# Oldhorster Moor

Ina May wurde in Kempten geboren und verbrachte einen Teil ihrer Jugend in San Antonio/Texas. Sie absolvierte ein Sprachenstudium an der Europaschule in München und arbeitete als Fremdsprachen- und Handelskorrespondentin. Ina Mays Interesse galt von Jugend an der Kultur der Vorzeit. Moorgebiete und deren Funde und Geschichten faszinieren sie. Als Hobbyarchäologin verbrachte sie eine spannende Woche auf einem Grabungsfeld im Landkreis Göttingen.

INA MAY

# Oldhorster Moor

NIEDERSACHSEN KRIMI

emons:

**Bibliografische Information der Deutschen Nationalbibliothek**
Die Deutsche Nationalbibliothek verzeichnet diese Publikation in der Deutschen Nationalbibliografie; detaillierte bibliografische Daten sind im Internet über http://dnb.d-nb.de abrufbar.

FSC
www.fsc.org
MIX
Papier aus verantwortungsvollen Quellen
FSC® C083411


Umschlagmotiv: mauritius images/Minden Pictures/Willi Rolfes/NIS
Umschlaggestaltung: Tobias Doetsch
Gestaltung Innenteil: César Satz & Grafik GmbH, Köln
Druck und Bindung: CPI – Clausen & Bosse, Leck
Printed in Germany 2016
ISBN 978-3-95451-993-4
Niedersachsen Krimi
Originalausgabe

## Prolog

*Achtzehn Jahre zuvor*

Als sie es geschafft hatten, das kleine Zelt auf der Lichtung aufzuschlagen, war es bereits später Nachmittag. Die Wettervorhersage hatte »freundlich, voraussichtlich trocken« gelautet, doch auf die Witterung kam es nicht an. Der Termin hatte lange festgestanden. Ein Zelt im Oldhorster Moor aufschlagen und dort bei einem Lagerfeuer und Gruselgeschichten übernachten – es war Klaras Idee gewesen. Die unheimliche Stimmung hatte sie gereizt, das Abenteuer. Es sollte eine besondere Nacht werden, denn Schlag zwölf endete das alte Lebensjahr, und sie startete in ein neues: Klara wurde sechzehn Jahre alt.

Hannah hatte ihrer Mutter gesagt, sie würde bei ihrer Freundin schlafen. Klara hatte ihren Eltern gar nichts gesagt, denn Mama und Papa hatten ein Abendessen und eine Übernachtung in einem Fünf-Sterne-Hotel gewonnen. Klara hatte sie überredet, den Gutschein unbedingt einzulösen, denn sonst würde der Gewinn nur verfallen. Sie hatte ihnen versprochen, ein braves Mädchen zu sein.

Also fragte niemand, was Klara mit dem Zelt, der Luftmatratze, dem Schlafsack und der Verpflegung wollte, und niemand sah, wie sie einige Dosen von Papas Bier einpackte, weil ihre Eltern schon am Vormittag zu dem schicken Hotel aufgebrochen waren.

Klara und Hannah saßen auf den aufgepumpten Luftmatratzen vor ihrem Zelt. Die kleinen Holzstücke und Ästchen, die sie für ihr Lagerfeuer gesammelt hatten, glommen müde vor sich hin.

»Bestimmt ist es zu feucht«, sagte Klara.

»Bestimmt ist es sowieso verboten, Feuer zu machen«, erwiderte Hannah.

»Spielverderberin.« Klara riss die mitgebrachte Chipspackung auf, zog die Bierdosen aus dem Rucksack und reichte eine davon an Hannah weiter. Sie grinsten und prosteten sich zu.

»Uh, bitter.« Hannah schüttelte sich nach dem ersten Schluck.

Klara verdrehte die Augen, schaltete ihre Taschenlampe ein und begann, aus einem Kurzgeschichten-Sammelband vorzulesen.

»Muss die Story denn unbedingt von Untoten handeln?«, unterbrach Hannah sie schon nach wenigen Sätzen und zog die Jacke enger um ihre Schultern. »Wo es hier schon eklig dumpf nach Moder riecht. Außerdem … sind wir vielleicht nicht allein.« Sie knabberte mit den Zähnen an ihrer Unterlippe.

Möglich, dass Klara das, was Hannah mit »außerdem« meinte und vorhin im Zwielicht bemerkt hatte, ebenso nicht entgangen war. Vielleicht war es kein Mensch gewesen, es konnte alles Mögliche gewesen sein. Einen Moment lang hatte Klara die Luft angehalten und sich einen Angsthasen geschimpft, dabei war sie normalerweise doch diejenige, die keiner war.

»Hast du nicht gesagt, du magst Gruselgeschichten?«, zog Klara die Freundin auf, zuckte die Schulter und klappte das Buch wieder zu. Aus der Dämmerung wurde Dunkelheit. Die Schatten krochen aus ihren Löchern, und dürre Nebelfinger streckten sich nach ihnen aus. Wie seltsam sich das anfühlte, die Ungewissheit im Rücken. Die Moorbirken mit ihren verkrüppelten Ästen wirkten im Nebel, der alles verschwimmen ließ, wie eine heranziehende Armee ausgehungerter Soldaten. Sogar ihre Fahrräder, die sie gegen die schmalen Bäume gelehnt hatten, sahen für die Mädchen unwirklich aus.

Hannah setzte die Dose an und kippte das Bier so schnell hinunter, dass Klara allein vom Zuschauen schwindelig wurde. Nachdem sie die leere Dose vor sich hingestellt hatte, zog sie sich aus. »Sag mir, dass ich zu feige bin, ohne was an durchs Moor zu laufen.«

»Du bist zu feige, ohne was an –«, begann Klara.

»Halt die Klappe«, sagte Hannah lachend und zog sich das Shirt über den Kopf.

Was sollte das plötzlich, wollte Hannah ihr vielleicht etwas beweisen? Oder sich? »Und nur der Mond ist Zeuge«, sagte

Klara und schlüpfte ebenfalls aus ihren Jeans. Über ihnen strahlte er tatsächlich hell: ein voller Buttercremetorten-Mond.

Sie legten ihre Kleidung auf einen Haufen, zogen ihre Schuhe wieder an und standen sich gegenüber.

Hannah griff nach Klaras Hand. »Welche Richtung?«

»Keine. Ich habe meinen Kompass vergessen«, sagte Klara. Er lag irgendwo zu Hause. Doch selbst, wenn sie ihn dabeigehabt hätte, er hätte ihr nicht großartig helfen können.

»Irgendwann in tausend Jahren wird uns jemand finden – Mumien im Oldhorster Moor«, spann Hannah eine Geschichte. »Ich denke die ganze Zeit darüber nach, was da unter meinen Schuhen ist. Der Grund fühlt sich so weich und nachgiebig an, irgendwie schaurig.«

»Ist es wahrscheinlich auch. Da könnte so ziemlich alles drunter sein.« Klara zog Hannah mit sich. An manchen Stellen war die Dunkelheit noch schwärzer, nur der Schein des Mondes troff auf Blätter und Gräser. Der Lichtkegel von Klaras Taschenlampe schaffte es kaum, die Dunkelheit aufzureißen.

Sie waren noch nicht weit gekommen, da stoppte Hannah plötzlich. »Schau mal … da.« Sie riss an der Hand von Klara, die es auch gesehen hatte. Etwas schimmerte blaugrün.

Das ist nicht echt, das kann nicht real sein! Klara hatte den Satz noch nicht zu Ende gedacht, da setzten die Geräusche ein. Sie hörten sich absolut real an. Ein Kreischen, das sich zog und in einem Röcheln erstarb, ein Schlag, gefolgt von einem Ratschen, als wäre etwas aufgeplatzt, dann wieder das klägliche Geröchel. Klara kroch Gänsehaut über den Nacken.

»Weg hier!«, schrie Hannah.

»Ich stecke fest!« Ungläubig. Klara konnte sich nicht von der Stelle bewegen, im Gegenteil: Ihr rechter Fuß sank immer tiefer im Moor ein. Der Sumpf zog an ihrem Schuh, kalte Finger schlossen sich um ihren Knöchel, das Gefühl war ekelhaft. »Zieh mich raus!«, rief Klara Hannah zu. Ihre Stimme brach, sie gehörte gar nicht mehr zu ihr.

Zögernd ließ Hannah ihre Hand los, kniete sich nieder und zerrte an Klaras Wade, bis ihr Fuß zusammen mit dem Schuh mit einem grausigen Schmatzen aus der Tiefe auftauchte.

Sie jagten zurück zum Zelt. Alles war noch genauso wie vorher. Oder? Die Mädchen schnappten sich die Kleidung, die sie ausgezogen hatten, griffen sich die Luftmatratzen, verschwanden im Zelt und zogen den Reißverschluss des Eingangs von innen zu.

»Da war nichts, nur Geräusche, die in der Natur eben vorkommen«, versuchte Klara, sich und Hannah zu beruhigen.

»Doch, da war etwas … jemand.« Hannah streifte sich die Schuhe von den Füßen, rieb mit den Händen über ihre Oberarme, schlüpfte in ihr Shirt und die Jeans.

Wir sind fünfzehn, fast sechzehn, verdammt, keine Kinder mehr, dachte Klara, und doch hätte sie in dieser Nacht lieber in ihrem eigenen Bett geschlafen. Aber sie konnten nicht zurück, nicht mitten in der Nacht.

Klara öffnete eine weitere Dose Bier. Vielleicht würde der Alkohol ihre Nerven beruhigen. Auf ihrer Uhr schlich der Zeiger vorwärts, als hätte er alle Zeit der Welt: Es war kurz nach elf.

»Für mich nicht mehr«, lehnte Hannah das Bier ab, das ihr Klara hinhielt. Sie deutete auf etwas außerhalb des Zeltes, etwas, das aus dem Inneren nicht erkennbar war. »Der Mond blickt auf uns herab, als könnte er alles sehen. Ich habe auch etwas gesehen, aber bisher war nicht die richtige Gelegenheit, dir davon zu erzählen …« Der Rest war undeutlich.

»Heulst du etwa?«, fragte Klara. Toll. »Ich dachte, wir feiern meinen Geburtstag und haben Spaß. Beste Freundinnen und so.« Sie wusste genau, wie sie sich anhörte. Zickig und beleidigt.

Die richtige Gelegenheit, sich gegenseitig etwas zu erzählen, würde es nie mehr geben.

# 1

Die Vorstellung existiert schon lange vor der eigentlichen Tat.

»Ich soll was?« Klara schüttelte den Kopf, dass ihre dunklen Locken flogen, was ihr Gesprächspartner natürlich nicht sehen konnte.

Der hörte durch das Telefon nur den erstaunten Tonfall und das Fragezeichen am Ende des Satzes. Michael Losen, der Kurator des Landesmuseums Hannover, hetzte durch seine Geschichte. Er hörte sich verdächtig danach an, als bräuchte er unbedingt ihre Zusage. In den fünfziger Jahren war man beim Torfaushub im Toten Moor auf zwei Frauenkörper gestoßen. Eisenzeitliche Moorleichen, waren sich Anthropologen und Historiker einig. »Im Rahmen einer neuen Ausstellung soll die persönliche Geschichte der Frauen nacherzählt werden. Sind sie vielleicht Opfer eines Verbrechens geworden? – Bei dieser Frage kommen Sie ins Spiel, wegen der Fallanalyse.«

Klara seufzte. Ein Spiel würde diese Aufgabe für sie bestimmt nicht werden. Kalte Fälle gehörten eher zu den ermüdenden Langzeiträtseln, und dieses Rätsel war nicht nur kalt, sondern schon eiskalt. Zu klären, was in einer Nacht vor tausendachthundert Jahren geschehen war, wie nannte man das? Mumien-Profiling?

»Es war gar nicht so einfach, Sie zu erreichen«, beschwerte sich Losen. »Ich musste Hinz und Kunz fragen. Kommen Sie, Frau Niehof, Sie können mir einfach keinen Korb geben.« Es folgte schepperndes Gelächter, der Kurator wechselte in eine unangenehme höhere Stimmlage. Bestimmt wollte er sie sein Missfallen hören lassen.

Hinz und Kunz. Ganz sicher. Normalerweise waren die Mitarbeiter der Polizeidirektion Hannover nicht so fahrlässig, was die Weitergabe von Kontaktinformationen betraf.

»Jetzt haben Sie mich ja erreicht. Erzählen Sie mir bitte noch einmal genauer, worum es geht«, forderte Klara Michael Losen auf und versuchte, sich auf das Gespräch zu konzentrieren.

Der Kurator erwähnte, dass die Leichen nackt waren.

Wirklich unanständig, fand Klara und verdrehte die Augen. Womit hatte sie diesen Kerl nur verdient? Und womit das Tier, das sich auf ihrem Bürostuhl rekelte, während Klara selbst mit gerade mal einer Pohälfte auf der Schreibtischkante hockte?

Man sollte jederzeit mit dem Unerwarteten rechnen, so hieß es doch, oder? Doch Mumien aus der Eisenzeit hätte sie nie und nimmer erwartet. Der Gecko auf dem Stuhl gab komische Geräusche von sich. Fast hätte sie über ihre Vorstellung, man könnte den kleinen Kerl in Polizeigewahrsam genommen haben, gelacht.

»Mir wurde geraten, mich unbedingt an Sie zu wenden. Finden Sie heraus, was damals im Moor passierte, und Ihr Name wird einer breiten Öffentlichkeit bekannt werden«, wollte Losen Klara ködern. »Es wäre Ihrem guten Ruf nur zuträglich.«

Die letzte Bemerkung machte ihr den Mann nicht gerade sympathischer. Klara konnte sich sein selbstgefälliges Nicken vorstellen. So ein Pech für ihn, denn ihr guter Ruf kümmerte sie herzlich wenig. Wenn sie einen Fall übernahm, dann nur, weil er sie tatsächlich interessierte. Die breite Öffentlichkeit reizte sie kein bisschen.

Losen rief sie an, weil sie vor drei Jahren als Profilerin geholfen hatte, einen Massenmord aufzuklären, der sich vor nahezu viertausendfünfhundert Jahren ereignet hatte. Damals in Zusammenarbeit mit Archäologen, Forschern und den Spezialisten des BKA. Eine Analyse der Universität Bristol hatte schließlich das *missing link* in der Indizienkette geliefert.

»Ich werde mir die Körper und alles, was Sie mir zeigen können, ansehen. Gern auch Kleidungsstücke und was die Frauen bei sich trugen. Die Ereignisse liegen ja schon etwas länger zurück«, untertrieb sie gnadenlos. »Der Täter, wenn es ihn denn gibt, wird vermutlich für immer im Dunkeln bleiben.« Besser, sie sagte das gleich, bevor Losen noch Wunder von ihr erwartete.

»Das ist klar, trotzdem müssen Sie mir eine Geschichte liefern. Am besten einen mysteriösen Kriminalfall, ein düsteres Rätsel, so etwas weckt das Interesse des Publikums«, sagte der

Kurator. »Und natürlich brauchen wir am Ende … ein Ende.« Wir. Wieder dieses gruselige Lachen.

Doch Klara war keine Geschichtenerzählerin, sie hielt sich lieber an Fakten und Beweise. Die Vorstellung, ein Geheimnis zu lüften, machte ihr sogar etwas Angst, aber sollte es eines geben, wäre sie bereit. Sie erklärte Michael Losen, am Telefon keine Entscheidung treffen zu wollen.

Wenn der Kurator als Antwort gemurrt hatte, überhörte es Klara. Sie legte auf und glitt vom Tisch hinunter. Die Knopfaugen des Bürostuhlbesetzers folgten ihren Bewegungen interessiert.

»Du siehst ungesund aus, falls dir das noch niemand gesagt hat.« Sie und der Gecko waren an diesem Morgen allein im Büro, das sie jedoch nicht als ein solches empfand. Der Charakter war ein anderer. Einzig das große Aktenregal und die drei Schreibtische ließen den Betrachter an Arbeit denken, doch die Couch, die kleine Küchenzeile und der Minikühlschrank machten diesen Eindruck schnell wieder zunichte. Irgendwo summte ein Drucker, es waren keine Stimmen zu hören, auf dem Stuhl schlug der Grüne mit seinem Schwanz. Die Stille war nicht nur für den Gecko ungewohnt.

Am Boden neben einem der Schreibtische stand ein Glaskasten, dessen aufwendig gestaltetes Innenleben aus Sand, kleinen Stämmen und Ästen bestand. Eine Abdeckung fehlte. Deshalb war der Gecko also ausgerissen. Tierische Unterstützer im Polizeidienst – vielleicht besaß der Grüne ja besondere Fähigkeiten? Nun, sie würde es sicher noch erfahren.

Klara hatte bislang nur mit den Namen und Dienstbezeichnungen ihrer Kollegen Bekanntschaft gemacht: Alexander Cord, Kriminalhauptkommissar, Linda Volant, Cords Assistentin im Bereich Kriminaltechnik und Erkennungsdienst. Sie, Klara Niehof, forensische Psychiaterin, Kriminologin und Verbrechensanalytikerin, war die Neue im Team. Und sie wusste noch immer nicht, warum man sie dafür ausgerechnet in Burgdorf in dem eigenwilligen Büro, das die Bezeichnung nicht einmal verdiente, einquartiert hatte. Und was Teamarbeit bedeutete. Doch das würde sie noch erfahren, wenn auch nicht von dem kurzen Memo auf ihrem Computer, das Klara gerade überflogen hatte.

Mit Alexander Cord hatte sie bislang in ihrer Tätigkeit als Verbrechensanalytikerin nichts zu tun gehabt, sie hatten an keinem Fall gemeinsam gearbeitet. Wenn überhaupt, hatte man sich zu irgendeinem Zeitpunkt in einem der Diensträume in Hannover vielleicht einmal gegrüßt. Der Name der Assistentin sagte ihr nichts.

Klara war eine Einzelgängerin, zumindest war sie es im Job. Jemand, der Verbrechen analysierte, sich auf die Spur eines Täters setzte und die Welt häufig nur schwarz oder weiß sah. An die Arbeit im Team würde sie sich erst gewöhnen müssen.

Polizeipräsidien in ganz Deutschland hatten erst vor Kurzem beschlossen, alte ungelöste Fälle wieder aufzurollen. Für Klara war die Bitte um ihre Unterstützung nicht allzu überraschend gekommen. Es gab so manches ungeklärte Verbrechen in der Region, das schon Jahre auf eine Auflösung wartete. Doch damit, dass sie diese Aufgabe unmittelbar zurück nach Burgdorf, ihren Heimatort, bringen würde, hatte sie nicht gerechnet. Trotzdem hatte sie sich dafür entschieden, wieder in der kleinen Stadt zu leben … und ihr hin und wieder zu entfliehen.

Sie ließ einen Espresso aus dem Kaffeeautomaten, nahm zwei der kleinen Schokobällchen mit Knusperkern aus dem Minikühlschrank, schnappte sich ein kleines Tablett und setzte sich mit allem auf den Boden. Der Bürostuhl neben ihr schaukelte leicht. Die sanfte Bewegung hätte auf sie beruhigend wirken können, tat es aber nicht.

Ein mysteriöser Kriminalfall, ein düsteres Rätsel …

Wusste Michael Losen über Klaras Vergangenheit Bescheid? Möglich wäre es, dachte sie. Jedenfalls hatte er mit seiner Anfrage einen empfindlichen Nerv getroffen. Sie selbst hatte einst die Hauptrolle in einer Geschichte gespielt, die sich im Moor zugetragen hatte. Eine Abenteuernacht zweier fünfzehnjähriger Mädchen, die im Moor campierten. Nur eines war lebendig zurückgekommen.

Klara biss in ein Schokobällchen und kippte ihren Espresso. In der kleinen Tasse blieb dunkler Satz zurück. Klaras Mundraum fühlte sich an, als hätte sie Lehm gegessen. Als der Kurator die beiden Moorleichen beschrieben hatte, hatte Klara an ihrer Stelle ein blondes Mädchen vor sich gesehen. Und hatte sich gewünscht, dass Hannahs Leiche irgendwann gefunden werden würde. Nach mittlerweile achtzehn Jahren durfte man sich so etwas wünschen. Die Ungewissheit, die ewigen Fragen danach, was geschehen war, und die unvermutete Freude, wenn sie wieder einmal glaubte, ihre Freundin in einer Menschenmenge gesehen zu haben, alles hatte ein riesiges Stück ihres Lebens verschlungen – genauso wie das Moor ihre beste Freundin.

Das kannst du nicht wissen, meldete sich eine Stimme kleinlich zu Wort.

Die Tür öffnete sich. Klara spitzte zwischen den Edelstahlbeinen des Büromöbels hindurch, ihr Blickfeld war eingeschränkt. Turnschuhe näherten sich ihrem Schreibtisch. Anscheinend Alexander Cord.

»Sie sitzen am Boden – verfolgen Sie damit einen bestimmten Zweck?«, erkundigte er sich höflich. Ein Schimmer Interesse blitzte durch seine Worte hindurch.

Klara sah auf. Cords tiefe Stimme war angenehm, und das war nicht das Einzige an ihm. Er war ein Mann, der gefiel: groß, schlank, muskulös, ohne dabei zu kräftig zu wirken, die dunkelblonden Ponyfransen fielen ihm lässig in die Stirn. Lachfältchen um die grauen Augen, ansprechende Züge, ein attraktiver Mund und schön geformte Ohren.

Sie war sich durchaus im Klaren darüber, was sie da gerade tat. Sie erstellte in Gedanken ein Profil. Attraktivität lag nicht, wie manchmal angenommen, im Auge des Betrachters, für sie gab es eine Formel – wie für beinahe alles. Lass es!, dachte sie, doch die Ermahnung war umsonst. Und wenn man durch eine Kopfhaltung einer Meinung Ausdruck geben konnte, dann besagte seine gerade, dass er sich fragte, ob sie, Klara, die Psychologin, noch ganz dicht war. »Vielleicht ist es auch andersherum, und der Zweck verfolgt mich«, gab Klara zurück. Es war nicht ganz ernst gemeint.

Cords Blick wanderte von ihr zum Bürostuhl, auf den sie deutete. »Er hat den Deckel aber nicht allein aufgemacht?«

Das hatte jetzt etwas vorwurfsvoll geklungen. Die Turnschuhe machten einen Schritt über Klaras ausgestreckte Beine hinweg.

Cord widmete sich dem Gecko. »Goldi, komm schon, lass los.« Vorsichtig löste er die wundersam haftenden Lamellen vom Leder des Bürostuhls.

»Er ist ziemlich grün für Goldi«, sagte Klara, winkelte die Beine an und zog sich am Schreibtisch in den Stand. »Ich habe nicht einmal überlegt, den Deckel zu öffnen. Womit ich sagen will: Ich war es nicht, er war schon offen. Der Gecko gehört also Ihnen. Warum haben Sie ihn zur Arbeit mitgebracht?«, fragte sie.

Sie kannte den Mann nicht, wusste nichts von ihm und über ihn. War er liiert, verheiratet, hatte er Kinder, gehörte der grüne Kerl überhaupt zu ihm, und was hatte er mit ihm vor?

Cords Züge verfinsterten sich. Hoffentlich hatte er die Information zur Kenntnis genommen, dass Klara dem Tier keinen Ausgang gewährt hatte. Er strich Goldi über den Rücken. »Seine Grundfarbe ist Grün, aber wenn Sie genau hingesehen hätten, hätten Sie feststellen können, dass er Goldstaub im Nacken hat. – Und zu Ihrer Frage: Man hat uns ausquartiert.«

Damit wanderte der Gecko zurück in sein Terrarium und Alexander Cord an den Schreibtisch, der Klaras gegenüberstand. Er klappte sein Notebook auf.

Sie hätte die Handlung nicht unbedingt demonstrativ genannt, aber es hatte den Anschein, als hieße das: Und frag mich bloß nicht, warum! Sie verzog das Gesicht. Ausquartiert klang endgültig, die Hintergründe gingen sie nichts an. Unbewusst gab sie einen Laut von sich.

»Haben Sie ein Problem?« Cords Blick war ehrlich besorgt.

»Ein alter Bänderriss.« Besser, sie wäre gar nicht auf die Frage eingegangen. Natürlich gab es viel mehr dazu zu sagen, doch auf die Wahrheit konnte sie in dieser Situation verzichten.

Der Kriminalhauptkommissar hatte die Lüge sofort erkannt. Er sah aus, als wollte er noch etwas sagen, aber dann senkte sich sein Kopf wieder, und seine Augen fixierten den Bildschirm.

Klara wollte weder zugeknöpft erscheinen noch sich dafür

revanchieren, dass er vorhin das Gleiche getan hatte. »Haben Sie das Memo gelesen?«, fragte sie ihn.

Bettelst du etwa gerade um gut Wetter?, wollte die kleine innere Stimme wissen.

Und als wäre so eine Kommunikation völlig normal, erwiderte ihr Klara stumm: Wir werden die nächste Zeit zusammenarbeiten, da muss ich mich doch um eine gute Atmosphäre bemühen.

»Um die Uraltfälle reißt sich niemand. Da ist nichts mit schnell mal abhaken. Wegen einer eisigen Spur zerbricht sich niemand den Kopf«, sagte Cord.

»Aber Sie?«, fragte Klara.

»Sicher gibt es nicht auf alles eine zufriedenstellende Antwort. Trotzdem sind Antworten immens wichtig, weil man sonst keine Chance hat, mit etwas abzuschließen. Das ist grauenhaft.«

»Ja, das ist es«, gab ihm Klara recht.

Cord hörte sich an, als ginge es ihm um Antworten, die etwas betrafen, womit er selbst seit Langem kämpfte.

Klara beschloss, nicht wissen zu wollen, was er gerade angedeutet hatte.

## 2

Schon Conan Doyles Sherlock Holmes sagte: »Einzigartigkeit ist fast unweigerlich ein Hinweis.«

Klara hatte also zugesagt, sich die Moorleichen im Landesmuseum anzusehen. Was für ein Zeitsprung im Vergleich zu den eisigen Spuren, von denen Alexander Cord gesprochen und dabei Fälle gemeint hatte, die gerade einmal seit einigen Jahren auf ihre Aufklärung warteten.

Im Memo hatte es geheißen, sie bekämen in den nächsten Tagen die Unterlagen, die bearbeitet werden sollten. Man schrieb ihnen vor, was sie sich zuerst vornehmen würden. Also hatte Klara noch Zeit, sich zu entscheiden, ob sie das Rätsel der Frauen im Moor annehmen würde.

Cord hatte sie gesagt, sie müsse noch mal weg, aber keinen spezifischen Grund genannt.

Die Stimme am Telefon hatte ihr schon nicht sonderlich behagt, und nun sah sich Klara auch noch einem unsympathischen Gesicht gegenüber.

Der Blick des Kurators wirkte, als würde er sie damit abtasten. Michael Losen trug eine helle Baumwollhose, dazu ein Poloshirt mit dem Logo eines Golfclubs. Er hatte schütteres Haar und einen dünnen Schnauzer. Wenn der von der fehlenden Haarpracht ablenken sollte, misslang diese Absicht gründlich. Losen streckte Klara eine feuchte Hand entgegen. »Schön, dass Sie so schnell Zeit gefunden haben.« Er hielt sich nicht mit einer Einleitung auf, kam gleich zur Sache. »Es geht ganz klar um Mord. Nur hat das außer Ihnen und mir bisher niemand verstanden.«

Aha, sie glaubte das also auch? Wie interessant. Dabei war eine mögliche Gewalttat doch bislang unbestätigt.

Aber bei dem Fall der Moorleichen wäre Klara erst einmal auf sich allein gestellt. Vielleicht würde es ihr bald leidtun, zugestimmt zu haben, sich die Frauen anzusehen – vielleicht tat es ihr jetzt schon leid.

»Eine halbe Million Jahre Menschheitsgeschichte werden hier dokumentiert«, erzählte Losen stolz, als er Klara vorbei an Vitrinen und Schaukästen führte. Dabei schwang er seine Arme wie ein Dirigent vor seinem Orchester. Sie konnte sein leises Schmatzen hören.

»Wo haben Sie die beiden Frauen seit dem Auffinden aufbewahrt?«, fragte Klara und machte keinen Versuch, freundlich zu klingen.

»Nun, ihre Überreste wurden in einem Kühlraum des Museums gelagert. Jetzt sind sie die Sensation der archäologischen Sammlung. Die Exponate sind erst seit Kurzem in diesem Glaskasten hier ausgestellt, der natürlich voll klimatisiert ist.«

Natürlich. Die Exponate hatten sich sicherlich niemals träumen lassen, dass man sie eines schönen Tages derart interessant fände. Man hatte für sie einen eigenen Raum mit Licht- und Toninstallationen ausgestattet. Klara war die erste Besucherin – die nicht zu den Museumsmitarbeitern gehörte –, die ihn zu Gesicht bekam, wurde ihr eröffnet. Vermutlich sollte sie sich geschmeichelt fühlen.

In dem großen Glaskasten, der Klara an Goldis Terrarium erinnerte, lagen die Körper der Moorleichen auf einem Bett aus getrocknetem Torfmoos und gaben so die Fundsituation wieder. Die Gesichtszüge hatten sich im Moment des Todes auf den Schädelknochen verewigt, die Kiefer waren schreckgeweitet. Klara erblickte winzige Brüste, die angezogenen Beine erinnerten sie an die Embryostellung eines Kleinkinds. Die Leichen waren klein, das Moor ließ Körper schrumpfen.

Farben und Beleuchtung wurden gekonnt eingesetzt, das musste Klara zugeben. Beim Betrachter entstand der Eindruck, sich mitten im Moor zu befinden. Ein leises Rascheln, dann ein Blubbern. Erst war ein Aufstöhnen, dann ein Gurgeln zu hören. Es klang, als würde etwas versinken – ziemlich echt. Die Geräuschkulisse konnte Klara am allerwenigsten gebrauchen.

»Können Sie das bitte abschalten?«, bat sie. Ihr wurde die Kehle eng. Ein beleidigter Blick streifte sie.

»Moorstimmung. Alles wurde vor Ort aufgezeichnet.«

»Schalten Sie das bitte ab«, wiederholte Klara.

Losen griff in die Tasche seiner Bundfaltenhose und holte eine kleine Fernbedienung heraus. Er zögerte, warf Klara noch einen Blick zu, als rechnete er damit, dass sie es sich noch einmal anders überlegte. Schließlich drückte er doch auf eine Taste, und es wurde angenehm still.

»Erzählen Sie mir, wie die Anthropologen und Historiker den Fund bisher bewerten«, sagte Klara.

Sofort wurde Losen wieder geschäftsmäßig, sein Tonfall bekam eine vertrauliche Färbung.

Klara kannte sein Verhalten von Zeugen, die eine Beobachtung gemacht hatten und dachten, ohne ihre geschätzte Mithilfe würde man den Fall nicht aufklären können.

»Dunkel und verschrumpelt, wie sie sind, sind die Körper im Schlick nie aufgefallen, bis sich den Torfarbeitern plötzlich eine Hand entgegenreckte.« Losen verzog das Gesicht, er fand die Situation nur vorgeblich gruselig.

Klara dagegen wandte den Blick einen Moment ab.

Er schien ihr Unbehagen entweder nicht zu bemerken, oder es war ihm schlichtweg egal. »Sie lagen nur ein Stück weit voneinander entfernt. Beide waren nackt, was zu allerhand Spekulationen führte. Nach einer ersten Leichenbeschau war klar, dass es sich um zwei Frauen im Alter zwischen sechzehn und zwanzig Jahren handelt.« Er unterbrach sich kurz, um dann mit verschwörerisch gesenkter Stimme fortzufahren. »Zuerst fanden umfangreiche kriminaltechnische Untersuchungen statt, weil man in den fünfziger Jahren annahm, es könnte sich um zwei Freundinnen handeln, die zu dieser Zeit spurlos verschwanden. Sozusagen um Opfer eines moderneren Verbrechens.«

Für Klara klang das wie eine Wiederholung durchlebter Ereignisse. Aber das hatte sie sich selbst eingebrockt. Sie zwang sich, nicht die Hand auszustrecken, um sich irgendwo festzuhalten, auch wenn sie das nur zu gern getan hätte.

»Das DNA-Material einer der Mütter der vermissten Mädchen wurde mit der DNA der Moorleichen verglichen – keine Übereinstimmung. Die Sache war Zeitverschwendung, hat nur Mehrkosten verursacht.« Losen rümpfte die Nase. »Mit der Radiokarbonmethode wurden die Leichen dann auf ein Alter von etwa tausendachthundert Jahren datiert. Die Marker deuten darauf hin, dass die beiden Schwestern waren. In ihren Mägen befand sich noch die letzte Mahlzeit, Grütze und Pflanzensamen. In einem hat man giftige Eibensamen festgestellt, dabei besaßen die Menschen zu jener Zeit schon ein umfangreiches Pflanzenwissen.«

»Also war ihr Tod wahrscheinlich kein Selbstverschulden«, sagte Klara. »Auch wenn Ihnen und mir heutzutage vielleicht ein solcher Missgriff passieren könnte.«

»Sicher nicht.« Pure Empörung.

»Sind das da drüben die Habseligkeiten der Frauen?« Klara deutete auf eine Vitrine, in der sich einige Gegenstände befanden. Die Funde hatte man mit kleinen Zetteln versehen.

Losen ging zu einem Tisch, schlug eine Mappe auf und reichte Klara eine Aufstellung und Beschreibung der Habseligkeiten der Frauen, dazu eine Landkarte mit der eingezeichneten Stelle, an der man die Körper ausgegraben hatte, eine Skizze, wie die Frauen anhand der Messungen zu ihren Lebzeiten ausgesehen haben könnten, und zwei kleine sorgsam beschriftete Tütchen, in denen sich einige der gerade erwähnten Pflanzen- und giftigen Eibensamen befanden.

Klara betrachtete die Skizze. Die Körper lagen nicht in unmittelbarer Nähe, einander zugewandt, sie trennten mindestens zehn Schritte. Sie deutete auf die markierte Stelle auf der Landkarte. »Was ist das für eine Vertiefung nahe der Fundstelle?«

»In grauer Vorzeit könnte das ein Sumpfloch oder Ähnliches gewesen sein. Ich habe es noch nicht erwähnt, aber womöglich beschäftigten sich die Frauen mit Magie.« Losen würgte das letzte Wort hervor.

Klara horchte auf. Wie kam der Kurator auf Magie? Die Wissenschaftler mussten etwas entdeckt haben, das auf unerforschte Orakelmethoden und Seelenwissen schließen ließ. Auf sie wirkte Losen nicht, als könnte er mit der Thematik viel anfangen. Vielleicht besaß er gar keine Seele. Klara war versucht zu lachen.

»Die beiden länglichen Holzstückchen mit den Kerben wurden als Runenstäbe identifiziert. Sie wurden von den Germanen bei magischen Weissagungen verwendet. Wahrscheinlich trugen die Frauen einen Satz Stäbchen bei sich.«

»Aber Sie haben nur zwei gefunden?«, vergewisserte sich Klara. Für die Frauen hatten die Runen demnach eine Bedeutung gehabt.

»Es wird nicht unbedingt nötig sein, auf die Stäbe einzugehen.«

»Ich möchte sie mir aber gern genauer ansehen«, sagte Klara. Wenn er ihr sogar einige der Samen eingetütet hatte, dürfte das keine außergewöhnliche Bitte sein.

»Es wäre gut, die Nacktheit der Frauen nicht unbedingt hervorzuheben. Darüber soll sich der Besucher keine Gedanken machen«, fügte Losen gleich darauf eilig hinzu.

Klara hätte ihn gern darauf aufmerksam gemacht, dass das wohl eher für das Museum ein Thema war, nicht für sie, die Profilerin. Sie ließ seine Worte unkommentiert, sprach dafür etwas anderes an. »Sie wollen von mir eine Geschichte, die Sie den Leuten verkaufen können. Dann aber werden Sie es mir allein überlassen müssen, mich um die Fakten zu kümmern. Und sollten Sie auf eine Lügengeschichte spekulieren, dann lege ich Ihnen ans Herz, sie selbst zu erfinden.« Ihr reichte es.

»Aber so war das doch nicht gemeint«, ruderte Michael Losen zurück. »Ich habe mir sagen lassen, Sie seien die Beste auf diesem Gebiet, Sie würden auch noch herausfinden, wer Ramses III. ermordet hat.«

Schließlich rückte er die Dokumente, Fotos und einige Proben freiwillig heraus. Er wollte ihre Analyse.

Indem sie alles an sich nahm, stimmte Klara praktisch zu, den Fall im Namen des Museums aufklären zu wollen. Hätte Losen geahnt, dass in Wirklichkeit die Schwangerschaft ihr Interesse geweckt hatte, er hätte wahrscheinlich auf der Stelle sämtliches Material von ihr zurückverlangt.

Klaras Blick war auf die Hand einer der beiden Frauen gefallen, die sie schützend auf ihren Bauch gepresst hielt. Das Bild ließ sie nicht mehr los. Was auch immer sich vor tausendachthundert Jahren im Toten Moor ereignet hatte, vielleicht taugte es wirklich als Kriminalfall. Und sie würde es herausfinden.

Aber nicht für irgendjemanden und schon gar nicht für den schnöseligen Kurator, sondern für sich selbst.

»Lassen Sie die Unterlagen ja nicht irgendwo herumliegen.« Eine Anordnung.

Klara reagierte auf solche Töne seit jeher allergisch. Sie verabschiedete sich, vermied es aber, Michael Losen noch einmal die Hand zu geben.

Sie würde den Abend zu Hause verbringen und sich noch ein paar Gedanken zu ihrem neuen Fall machen.

Das Loft am Wall in Burgdorf hatte Klara schon vor Monaten gekauft und ungefähr zur gleichen Zeit beschlossen, das Jobangebot der Polizeidirektion in Hannover als Profilerin anzunehmen. Sie hatte ausgesprochenes Glück, die Immobilienpreise waren gerade im Keller. Weil sie keinen Partner hatte und brauchte, hatte sie gedacht, es wäre schön, in einem lang gezogenen Raum ihre Möbel so stellen zu können, wie es ihr gefiel. Keiner ihrer Freunde glaubte, dass sie lange in der Kleinstadt bleiben würde, doch mit dem unterschriebenen Kaufvertrag der Wohnung hatte sich Klara selbst bewiesen, dass sie angekommen war. Sie fühlte es nicht immer, an manchen Tagen musste sie sich selbst bewusst davon überzeugen, doch diese wurden konstant weniger.

Der Aufzug schnurrte nach oben. Sie nahm den Schlüssel aus der Handtasche, aber die Tür öffnete sich von alleine. Nur zwei Menschen hatten außer ihr einen Schlüssel zu ihrem Loft. Ihr Putzmann und Moritz Mertens, dem sie alles anvertraute und dem sie unerschütterliche Liebe geschworen hatte – ihr bester Freund. Doch gerade kam es ihr so vor, als schaute sie einem Fremden ins Gesicht. Moritz sah zum Fürchten aus.

»Was ist passiert?«

»Ich hatte einen Auftrag im Einkaufscenter und wurde vermöbelt.« Die kleine Kamera, die er um den Hals trug, hing nur noch am sprichwörtlichen seidenen Faden. Es war nicht das erste Mal, dass ihn jemand bedroht, aber das erste Mal, dass man ihn derartig zusammengeschlagen hatte.

Moritz war Mystery Shopper. Sein Geheimnis waren die

Geheimnisse der anderen. Unternehmen beauftragten ihn, um zu überprüfen, wie qualifiziert, bemüht, hilfsbereit und freundlich ihre Mitarbeiter waren. Normalerweise ließ Moritz sich das Einkaufen teuer vergüten. Doch heute hatte er, wie es aussah, selbst bezahlen müssen.

Klara streckte die Hand aus und berührte vorsichtig sein Gesicht. Es sah aus, als hätte man die sonst so ansprechenden Züge gekonnt für einen Auftritt in einer Gruselvorstellung geschminkt.

Moritz gab die Tür frei und ließ Klara in ihre Wohnung.

Ihr war klar, warum er zu ihr gekommen war. Mit dem Gesicht konnte er unmöglich zu Hause auftauchen.

»Ich muss duschen«, sagte er. »Kann sein, dass Mutter anruft, könntest du dann mein Handy übernehmen? Sie will sich unbedingt einen Film ansehen. Ich soll mit ihr ins Kino.«

»So kannst du ganz bestimmt nicht ins Kino«, sagte Klara. »Wer war der Schläger?« Sie hängte ihre Tasche an die Garderobe.

»Das erzähle ich dir später. Erst muss ich das getrocknete Blut abwaschen.« Trotzdem hatte er sie von oben bis unten gemustert und die Witterung aufgenommen. »Was ist mit deinem Bein?«, wollte er wissen.

»Der alte Bänderriss«, sagte Klara.

»Scheiße«, erwiderte Moritz. »Und?«, forderte er sie auf. Er wusste, dass sie den Bänderriss gern als Vorwand nahm, um sich nicht erklären zu müssen. Allerdings normalerweise nicht ihm gegenüber, denn er kannte die wirkliche Geschichte: die des flüchtigen Kindermörders, der einen dicken Geländewagen geknackt und diejenige auf die Kühlerhaube genommen hatte, die ihn hinter Gitter gebracht hatte.

Klara wollte trotzdem nicht antworten. »Gib mir das Handy und geh duschen. Ich glaube, irgendwo muss ich noch eine Heilsalbe haben.«

Moritz angelte folgsam das Telefon aus der Hosentasche.

Klara griff danach, schob ihn ins Badezimmer und machte die Tür hinter ihm zu. Sie hoffte, dass das verdammte Handy keinen Laut von sich geben würde. Moritz' Mutter war anstrengend, und das war noch freundlich ausgedrückt. Wenn Beatrice Mertens sich etwas einbildete, musste dem Folge geleistet werden. Immer. Klara war der älteren Dame als Kind öfter begegnet, aber in den letzten fünf Jahren maximal zweimal, und das war schon genug gewesen. Wie eine Wölfin wachte sie über ihr Junges – das Junge war mittlerweile dreiunddreißig Jahre alt.

Moritz verschwieg seiner Mutter seinen wirklichen Job. Für sie war er Produktmanager. Ein Job, der ungefährlich langweilig klang und deshalb eigentlich überhaupt nicht zu Moritz passte.

Zu den Produkten, die er managte, hatte er für seine Mutter wahrscheinlich jeweils eine eigene Geschichte erfunden, verdächtigte ihn Klara. Seine Kleidung deponierte er bei ihr. Als Manager trug Moritz Anzug und Krawatte, als Mystery Shopper war er salopp unterwegs. Für angemessene Anziehsachen wäre also gesorgt gewesen, aber die Schrammen, Kratzer und das Veilchen konnte er sich als Produktmanager nicht eingefangen haben.

Klara marschierte ans andere Ende der Wohnung, wo eine mit Sperrholz verkleidete Zwischenwand eingezogen war, lüpfte den Vorhang, den sie angebracht hatte, und suchte in dem kleinen Apothekerschränkchen, das über dem Trockner hing, nach der Heilsalbe, von der sie glaubte, sie irgendwann in letzter Zeit gesehen zu haben. Was zum Glück stimmte. Sie fand eine Probepackung, die fürs Erste reichen sollte. Wobei – sie hatte den Rest von Moritz noch nicht begutachten können.

Sie waren Freunde. Also konnte es eigentlich kein Thema sein, wenn einer den anderen nackt sah. Klara klappte das Türchen des kleinen Schranks wieder zu, nahm die Heilsalbe mit und betrat das Bad. Das Wasser lief, sie wurde sofort vom Dampf eingehüllt. Die Sicht durch das Duschglas war verschwommen, doch offenbar untersuchte Moritz gerade seine Verletzungen, indem er mit dem Daumen auf verschiedene Hautstellen drückte. Klara klopfte gegen die Kabinentür und zog sie auf.

Blut verschwand rosafarben im Abfluss.

»He, es zieht!« Moritz drehte sich eilig um, präsentierte Klara seine Rückenansicht.

»Du bist nicht der erste nackte Mann, den ich in meinem Leben sehe, und ich hege den begründeten Verdacht, dass du vorhast, mir den Rest deiner Blessuren zu verheimlichen.«

Er drehte sich um.

Klara sog scharf die Luft ein und verzog das Gesicht. So etwas hatte sie noch nie gesehen. »Deine Eier sind blau«, flüsterte sie.

Kurze Zeit später hatte Klara die Heilsalbe auf Moritz' Blessuren verteilt und ihren besten Freund in ihren Bademantel gewickelt. »Wie ist das mit den blauen Hoden passiert?«, fragte sie. Sie waren blau gefleckt, ein einziger Bluterguss, um genau zu sein. Es sah schon übel aus, und Klara wollte sich nicht vorstellen, wie es sich anfühlen musste.

»Eine böswillige Attacke. Ich kam nicht mehr dazu, mich zu verteidigen«, lautete die vage Antwort. Moritz' Gangart erinnerte ein bisschen an die von John Wayne. Aber der Cowboy hatte auch einen anstrengenden Ritt durch die Prärie hinter sich gehabt, während Moritz nur einen saftigen Tritt in die empfindlichen Weichteile kassiert hatte.

»Du solltest das untersuchen lassen – und das sagt jemand, der sich Sorgen um dich macht.« Sie deutete auf die Region zwischen seinen Beinen, ohne ihn anzufassen.

»Danke, da geht's mir gleich viel besser. Mach dir keine Gedanken, Blutergüsse verschwinden von allein wieder«, behauptete Moritz.

Ach ja, seufzte Klara stumm. Ihr Freund konnte ein unglaublich harter Brocken sein.

»Guck mich nicht so an. Dein Sensorblick erinnert mich an damals, an Blubb.« Moritz wackelte an seiner Nase, die er offenbar noch nicht untersucht hatte, und verrieb die Salbe. »Mein Gesicht glänzt sicher wie eine Cremetorte«, beklagte er sich.

»Die wäre wenigstens zum Anbeißen, was du leider nicht bist.« Klara musste lachen. Blubb war ihr Teddybär gewesen, den sie bis zu ihrem fünften Lebensjahr überallhin mitgeschleppt hatte. An einem Tag im Kindergarten war der Teddy dann plötzlich verschwunden. Jemand musste ihn mitgenommen haben, weil Stofftiere sich nicht einfach so aus dem Staub machten. Damals beschloss sie, so lange zu suchen, bis sie wusste, wer Blubb in seiner Gewalt hatte. Vielleicht waren das die ersten Ansätze einer Täterermittlung in ihrem Leben gewesen. Im Kindergarten hatte Klara kaltblütig erzählt, der Teddy sei schwer krank, man könne nicht mit ihm kuscheln, ohne sich anzustecken. Nicht lange danach hatte sie ein Mädchen dabei beobachtet, wie es sich ausgiebig Gesicht und Hände wusch. Moritz, der in ihrer Kindergartengruppe war, hatte Blubb schließlich aus dem Müll gefischt. Das Mädchen war aus Angst davor, dass der Teddy laut Klaras düsterer Geschichte ansteckend sein könnte, eine ganze Woche lang zu Hause geblieben.

Damals hatte ihr bester Freund für Blubbs Auffinden einen Kuss verlangt, doch sie konnte sich nicht mehr erinnern, ob er seinen Finderlohn je bekommen hatte.

Klara schnappte sich die kleine Kamera, die sie ihm abgenommen hatte, und klickte sich durch die Fotos. »Du hast nur Regale fotografiert, keine Details«, stellte sie fest.

»Weil ich keine Bilder von Hangold-Produkten brauche. Ich wollte damit auf mich aufmerksam machen und habe nebenbei vor mich hin geschimpft. Meine Bilder braucht mein Auftraggeber natürlich nicht, der weiß doch selbst, was er verkauft. Na ja, vielleicht auch nicht. Normalerweise laufen die Aufträge dezenter ab, aber Hangold wollte es anders. Ein sehr unangenehmer Kunde, der aus dem Rahmen fällt. Für ihn zählt nicht nur die subjektive Wahrnehmung, sondern auch eine möglichst objektive Beurteilung. Einigen der Mitarbeiter im Center bin ich aufgefallen. Sie haben mich in den Lagerraum gelockt und dort windelweich geprügelt. Leider wird es nichts mit der schönen objektiven Beurteilung: Ich kann keinen einzigen der Angreifer beschreiben, sie hatten sich alle Schals um ihre Gesichter gewickelt.«

Klara hatte keine Mühe, sich das Szenario vorzustellen. »Und was wirst du jetzt tun?«

»Hangold nahelegen, das gesamte Personal zu entlassen – die Leute sind gemeingefährlich –, und der Firma eine gesalzene Rechnung schreiben.« Moritz versuchte ein Grinsen.

»Du solltest wegen der Blutergüsse wirklich zum Arzt«, ließ Klara nicht locker.

Moritz machte eine wegwerfende Handbewegung, ging in die Küche und öffnete den Kühlschrank. »Hmm«, seufzte er und kam mit einer Dose Cola zu Klara zurück.

Sie stellte sich vor, wie er sie sich eben kurz auf die schmerzende Stelle gedrückt und deshalb geseufzt hatte. Sofort verbannte sie das Bild.

Nachdem Moritz es sich auf der Couch bequem gemacht hatte, nahm er wieder sein Handy entgegen. »Ein Anruf in Abwesenheit – Mutter.« Er bedachte Klara mit einem vorwurfsvollen Blick und verdrehte die Augen.

»Ich war im Bad«, rechtfertigte sich Klara.

»Nein, ich war im Bad. Dir habe ich das Telefon gegeben.« Ein erwachsener Mann, der seine Mutter fürchtete. Schon tippte er die Nummer ein und hing mit einem Ohr am Handy.

Klara wollte sich das Gespräch nicht anhören. Wahrscheinlich würde es eine Weile dauern. Je nachdem, was Moritz sich einfallen ließ. Für Beatrice hatte er immer die sensationellsten Geschichten auf Lager. Sie war gespannt, wie die Sache ausging. Aber erst einmal war Rückzug angesagt. Eine Cola war keine üble Idee, befand sie, eiskalt und süß.

In Klaras Loft besaßen nur Küche, Bad und Toilette eine Tür. In dem riesigen Zimmer stand und hing herum, was ihr gefiel, und das war so einiges. Was sie verstecken wollte, fand Platz in einem kleinen verborgenen Stauraum. Der Wohnungsputz wäre eine Sache von mehreren Stunden gewesen, aber zum Glück kannte Moritz jemanden, der immer Geld zu brauchen schien, und hatte ihn für Klara organisiert. Eine Zufallsbekanntschaft im Café, hatte Moritz erzählt. Unterhielt man sich bei Kaffee und Kuchen übers Saubermachen? Wie auch immer, Klara war die Nutznießerin dieses Gesprächs. Putzfee Tim kam zweimal die Woche, um das Loft in Ordnung zu halten. Es war sinnvoll investiertes Geld, fand Klara, denn er war verlässlich, ehrlich und leistete überraschend gute Arbeit. Zuvor war Klara noch nie ein Mann untergekommen, der sich um einen Putzjob riss. Sie nahm einen eisigen Schluck von ihrer Cola.

»Ich übernachte heute bei einem Freund. Er wurde gerade samt Kind von seiner Frau verlassen, es geht ihm wirklich schlecht«, berichtete ihr Moritz wenig später. »Ich habe Mutter auf morgen vertröstet, dann können wir immer noch ins Kino gehen.«

»Eine böse Geschichte. – Und du kennst niemanden, auf den sie zutrifft«, sagte Klara.

»Wie gut, dass Mutter das nicht weiß. – Ich bleibe also heute Nacht bei dir.«

»Dann merk dir mal lieber gut, was du ihr erzählst. Ich glaube allerdings, dass Kino auch morgen noch keine gute Idee ist.« Die Blutergüsse in Moritz' Gesicht würden dann erst richtig leuchten.

»Das Leiden nach dem Verlassenwerden dauert in der Regel ja auch länger als nur einen Tag. Vielleicht muss ich morgen auch noch Trost spenden. Freunde tun so etwas füreinander.«

Meinte er das ernst?, fragte sich Klara. Nun, den Beweis könnte er gleich erbringen. Ein geschultes Auge wäre nicht schlecht, fand sie. »Ich kann deine Hilfe jedenfalls gut gebrauchen.« Sie begann, von ihrem neuen Auftrag zu erzählen. Von den Moorleichen und der dazugehörigen Geschichte, die mit Sicherheit ein Geheimnis barg, vielleicht auch mehrere. Sie wollte wissen, was ihm als Erstes auffiel, worauf er bei der Betrachtung der Fotos spontan reagierte.

»Warum quälst du dich freiwillig damit?« Moritz' Stimme ließ keinen Zweifel daran, was er davon hielt.

Klara antwortete nicht. Stattdessen holte sie die Mappe mit den kopierten Unterlagen und den Bildern, die beiden Runenstäbchen und die Proben der Samen hervor, die sich in den Beuteln der Frauen im Oldhorster Moor befunden hatten, und legte sie vor sich auf den Glastisch.

Sie hatte Michael Losen versichert, die Stäbchen nicht für eine Hochsteckfrisur zu benutzen und die Samen nicht zu essen, um ihre Wirkung zu testen. Sie öffnete die Mappe und breitete die Fotos aus.

»Zwei Frauen? Sie haben nichts an. Wie ihr damals«, sagte Moritz. Das fiel ihm tatsächlich zuerst auf. Daran erinnerte er sich? Ja, sicher, Klara hatte ihm irgendwann erzählt, wie Hannah und sie in dieser lange zurückliegenden Nacht unbekleidet und Hand in Hand über die Lichtung im Oldhorster Moor gelaufen waren.

»Ich weiß, was du sagen willst, ich habe auch daran gedacht«, gab sie zu. »Sie sind zu zweit. Wie wir vor achtzehn Jahren.«

»Deine beste Freundin ist damals nicht von eurem Ausflug ins Moor zurückgekehrt.«

Klara ließ die Zeit in Gedanken rückwärtslaufen. Sie war wieder fünfzehn, es war die Nacht ihres sechzehnten Geburtstags, und das Leben war aufregend. Vor allem dann, wenn man hin und wieder Regeln brach.

Sie hatte Moritz irgendwann später von dem gemeinsamen Abenteuer erzählt. Und davon, dass sie am Morgen allein im Zelt aufgewacht war.

»In der Nacht dachten wir, der Moorgeist wäre hinter uns her, würde um unser Zelt herumtanzen.« Das lang gezogene Kreischen und das Röcheln, als würde jemandem Schmerz zugefügt, begegneten ihr noch heute manches Mal im Traum.

»Du hast mir aber nie gesagt, wen du für den Moorgeist gehalten hast. Also, woran hast du gedacht?«, fragte Moritz.

Zum Glück funktioniert sein Gehirn noch einwandfrei, dachte Klara. Sie wusste, dass ihr bester Freund nicht an Erscheinungen glaubte. »Darüber wollte ich nie nachdenken«, sagte sie. Wenn irgendjemand dort draußen gewesen war, um ihnen Angst einzujagen, dann hatte das wunderbar geklappt. Noch heute konnte sie die Erinnerung an die Nacht nicht ertragen.

»Du hast Fälle geklärt, die schon länger auf eine Auflösung warteten. Du bist zurückgekommen, hast sogar das Angebot, als Profilerin zu arbeiten, angenommen. Aber ausgerechnet von diesem, von deinem Fall hast du dich immer ferngehalten.« Moritz drehte Klara seine leeren Handflächen hin, er wollte eine Antwort hören.

Doch stattdessen erzählte ihm Klara, dass sie im Auftrag der Polizei in nächster Zeit ausschließlich einige ungelöste Fälle bearbeiten würde.

»Aber Hannah ist kein solcher Fall, es gibt keine Leiche«, gab Moritz zu bedenken.

Klara schwieg. Sie rechtfertigte sich vor sich selbst dafür, dass sie zu feige war, sich dem letzten Bild zu widmen, das ihre Erinnerung von ihrer damals besten Freundin gespeichert hatte.

»Wenn Hannah am Morgen nicht mehr im Zelt war, wohin ist sie dann in der Nacht verschwunden? Und war sie allein oder in Begleitung?«, wollte Moritz wissen.

Das hatte sich Klara zwar auch gefragt, aber viel häufiger etwas anderes: War das, was passiert war, ihre Schuld gewesen? Die anderen Gefühle wie Scham, Schmerz und Reue hatte sie tief in ihrem Innersten verschlossen. Aber sie fühlte sich schuldig.

Moritz wandte den Kopf und betrachtete das Foto, das in einem Rahmen auf der Kommode stand.

Zwei lachende Mädchen. Klara, dunkelhaarig mit hohen Wangenknochen und blau schimmernden Augen, und Hannah, rötlich blond und so breit lächelnd, dass die Sommersprossen auf ihrer Nase zu tanzen schienen.

Sie hatte Hannahs Verschwinden nicht erst am nächsten Morgen bemerkt, das hatte Klara nur erzählt. Schuld stank zum Himmel, und trotzdem roch man sie nur selbst. Für alle anderen war der Geruch nicht wahrnehmbar.

Vielleicht wäre Hannah noch am Leben, wenn sie sich nicht gestritten hätten, wenn Hannah nicht in die Nacht hinausgelaufen wäre und Klara nicht …

Seitdem hatte sie keinen ihrer Geburtstage mehr gefeiert. Das zu tun wäre nicht gleichbedeutend damit, das Verschwinden ihrer besten Freundin zu bejubeln, natürlich nicht, aber für sie würde es sich so anfühlen. Das gemeinsame Foto mahnte sie, sich irgendwann der Vergangenheit zu stellen. Und vielleicht hatte sie schon damit begonnen, indem sie zugestimmt hatte, sich den alten ungelösten Fällen zu widmen. Wieder hörte Klara Alexander Cord sagen, Antworten seien wichtig, um mit etwas abschließen zu können.

Sie deutete auf die Unterlagen. »Der Kurator des Landesmuseums wünscht sich einen Mordfall.«

»Aber den Gefallen wirst du ihm nicht tun«, sagte Moritz.

Und er hatte recht, niemandem musste ihr Ergebnis gefallen. »Ich kann natürlich noch nicht sagen, was passiert ist, aber es muss einen Grund geben, warum die Frauen nackt sind. Die Kleidung wurde gefunden, was heißt, dass sie sich ausgezogen haben oder wurden.« Klara grinste. Michael Losen würde sich wie ein Springteufel aufführen, wenn er sehen könnte, wie sie mit einem Unbeteiligten Museumsgeheimnisse besprach. Dann wurde sie wieder ernst.

*Irgendwann in tausend Jahren wird uns jemand finden – Mumien im Oldhorster Moor*, das hatte ihre beste Freundin damals scherzhaft gesagt, als sie im Mondschein vom Zelt aufgebrochen waren. Zwei Mädchen, zwei Frauen. Beste Freundinnen, Schwestern.

Klara hielt in ihren Gedanken inne. Es musste ihr gelingen umzuschalten. Also: Eine kurze Notiz in dem Wust der Unterlagen besagte, dass es sich bei den Gefundenen in Wahrheit um drei tote Wesen handelte. Eines unsichtbar verborgen in seinem Kokon, in dem es für alle Zeit bleiben würde. Klara hatte sich so etwas schon gedacht, als sie die Hand der einen Frau auf ihrem Unterbauch liegen sah. »Die DNA gibt Aufschluss darüber, dass die beiden Schwestern waren. Eine war schwanger.« Sie wiederholte für Moritz, was die Forscher bisher herausgefunden hatten. »Es ist ein Puzzle. Wenn man die einzelnen Teile richtig zusammensetzt, entsteht ein Bild.« Klara schob die Fotos, auf denen die zwei Lederbeutel zu sehen waren, über den Tisch, bevor sie Moritz ihren Inhalt zeigte. Die eingeschweißten Runenstäbchen legte sie daneben. Ihre Hand verharrte einen Moment auf dem dünnen Plastik.

»Was fasziniert dich daran so sehr, dass du bereit bist, dich deiner Angst zu stellen?« Moritz erwischte Klara eiskalt.

Sie schüttelte den Kopf. Er kannte sie am besten, sie vertraute ihm. Aber da sie sich selbst keine Antwort darauf geben wollte, würde auch er keine von ihr erhalten. »Nicht …«, bat sie leise.

»Was sind das für Zeichen?«, fragte er, deutete auf die Stäbchen, und die Zeit lief weiter.

Das konnte sie beantworten – gefahrlos. »Alte Schriftzeichen der Germanen. Angeblich besteht ein Satz der Stäbchen aus vierundzwanzig Stück. Sie wurden in einer bestimmten Weise geworfen und dann ihrer Lage und ihrer zugewiesenen Bedeutung nach interpretiert.« Aber wofür standen diese zwei?, fragte sie sich. Sie würde sich mit der Historie der Runen befassen müssen, um herauszufinden, was die eingeritzten Zeichen bedeuteten.

»Wir könnten nachschlagen«, schlug Moritz vor.

Sofort drückte Klara den Startschalter des Notebooks. Sie war dankbar für jede Ablenkung.

Es war nicht weiter schwierig, eine Seite mit den alten germanischen Schriftzeichen zu finden, auf der die Runen und ihre Bedeutung beschrieben wurden, doch zu einer echten Entdeckung führte das Wissen sie nicht.

Auf dem einen Stäbchen war ein I für Isa eingeritzt. Offenbar stand das Zeichen in der Interpretation dafür, dass etwas geplant wurde, eine Person in Gedanken in der Zukunft lebte. Auf dem anderen befand sich ein X, »gebo« ausgesprochen. Seine Bedeutung: die Begegnung zweier Lebenslinien, ein Geschenk des Gebens und Nehmens. Gehörte das Stäbchen mit dieser Rune zu der Schwangeren?

»Viel verraten uns die Zeichen nicht, oder?«, fragte Moritz ratlos.

Darin musste ihm Klara zustimmen. Eine Erklärung, mit der etwas anzufangen war, wäre auch zu schön gewesen. »Ich muss den Frauen nachspüren, sie begreifen. Vielleicht bekomme ich dann eine Ahnung von dem, was sich in jener Nacht vor so langer Zeit im Moor ereignet hat.«

»Wie immer dem Geheimnis auf der Spur«, sagte ihr bester Freund. »Und es könnte durchaus ein düsteres sein. Ich kann mir vorstellen, dass du dabei an Hannah denken musst … aber die Geschichte der beiden Frauen ist eine andere, vergiss das nicht.«

Wirklich so anders?, fragte sich Klara im Stillen.

Moritz versenkte seine Augen in den ihren. »Du hast nie versucht herauszufinden, ob Hannah vielleicht nicht die Einzige war, die aus der Gegend verschwand, oder? Ist in den letzten achtzehn Jahren womöglich noch mehr passiert? Vielleicht war sie Teil eines größeren Verbrechens. Es gibt doch Dokumente und Archive, und mittlerweile sitzt du an der Quelle.«

Klara wollte ihm nicht weiter zuhören. Seine Worte klangen zu sehr nach einer Anklage. Sie brach den Blickkontakt ab und sagte: »Ich beziehe dir jetzt das Gästebett.«

***

Es ist spät, er ist allein. Gut so, niemand soll sich an ihn erinnern.

Die Nacht kann ihm nichts anhaben – aber ein Schritt vom Weg ab, der ihm längst nicht mehr vertraut ist, und er ist Geschichte, versinkt im undurchdringlichen braunen Morast. Niemand würde ihn finden – oder vermissen. Nicht den verurteilten Mörder und nicht denjenigen, der er jetzt ist.

Sie dagegen wird man schon ziemlich bald vermissen, doch das weiß sie noch nicht. Sie soll nicht im Moor verschwinden, das wäre nicht in seinem Sinn. Sie soll gut aussehen, er will, dass man sie später auch erkennt. Dann wird sich vielleicht endlich einmal jemand die richtigen Gedanken machen und dahinterkommen, was hier vor achtzehn Jahren geschehen ist und welche Personen damals eine Rolle spielten. Denn dieser Ort ist ein ganz besonderer.

Er weiß, dass Hermina Blankenburg nach Kräutern im Moor sucht. Er hat die alte Frau dabei beobachtet, wie sie jeden Tag hinausgeht, und hat ihr die Rolle der Entdeckerin zugedacht.

Der Nebel streckt seine Klauen aus, obwohl die Nacht ihm kurz zuvor klar erschien. Ein Stück noch, dann kann er Licht machen. Lichter sind im Moor keine Seltenheit. Sie sind rätselhafte und furchteinflößende Erscheinungen, die meist aus dem Nichts kommen.

Wenig später hat er seine Taschenlampe eingeschaltet. Der Strahl erfasst eine Moorbirke, dünn wie ein Skelett. Am Boden Graspolster. Im Tageslicht könnte er wahrscheinlich kleine blühende Blumen sehen, doch in diesem Moment umschließt ihn nur blaugraues Halbdunkel.

Hier muss er richtig sein. Die Lichtung. Hübsch. Zu seinem Plan passend.

Er hat ihn sich ausgedacht, alles zurechtgelegt. Bald wird er auch sie zurechtlegen, dort auf der Lichtung. Er schuldet ihr diese Überlegungen und Gedanken nicht. Sie hat, wenn überhaupt, sicher seither nur einen einzigen an ihn verschwendet. Damals hat sie gelogen und ihm mit dieser Lüge sein Leben gestohlen.

Es riecht erdig, torfig, ein bisschen faulig. Womöglich hat er bereits den Geruch des Todes in der Nase. Wahrscheinlicher aber ist, dass sich ein Tier zum Sterben hierher zurückgezogen hat. Ein Flattern lässt ihn zusammenzucken. Kurz bleibt er stehen. Seine Phantasie produziert Gruselbilder vor seinem inneren Auge. Kein Wunder, schließlich hat er sich eine neblige Nacht für seine Moorexkursion ausgesucht. Und zwar bewusst. Eitlen Sonnenschein kann er nicht einmal in Gedanken ertragen. Dennoch gelingt es ihm nicht ganz, sich vor einem Gefühl zu verschließen. In seiner Tiefe schlummert ein Hauch von Bedauern. Es hätte ganz anders sein können, dann hätte er das hier nicht tun müssen.

Der Nebel kriecht über den Boden, er sollte sich besser beeilen. Immer wieder zieht er einen Fuß aus dem Schlamm, und jedes Mal wird die Bewegung von einem widerlichen Schmatzen begleitet. Die Schuhe sind ihm egal, die Spuren, die er damit vielleicht in dem Untergrund hinterlässt, sind es nicht.

Doch er hat keine Zeit, sich länger mit dem Problem zu befassen, er kann die Hand vor Augen schon nicht mehr sehen, die Nebelfetzen schließen sich zusammen. Das Licht der Taschenlampe wird immer schwächer.

Er wird wiederkommen – aber dann mit ihrer Leiche.

Ein Mord, den er jemandem in Rechnung stellen wird. Wenn man es genau nimmt, hat er sogar mehr als einen bei ebendiesem Menschen gut.

# 3

Je konturloser und gewöhnlicher ein Verbrechen erscheint, desto schwieriger ist es aufzuklären.

Klara hörte Moritz' Handy im Verlauf der Nacht noch einmal klingeln, griff daraufhin in die Schublade ihres Nachttisches, nahm eine kleine Packung heraus, stopfte sich die Wachspfropfen in die Ohren und zog sich anschließend die Decke über den Kopf. Dann war endlich Ruhe.

»Mutter konnte nicht schlafen«, teilte Moritz ihr am nächsten Morgen mit.

Klara kniff Mund und Augen zusammen. Die Reaktion war deutlich und klüger, als eine bitterböse Bemerkung zu machen. Sie unterließ diese, weil er ihr leidtat, und zwar nicht wegen seiner überfürsorglichen Mutter.

Sie standen am kleinen Tresen in der Küche und frühstückten. Es gab Stühle, aber Klaras Bein brauchte nach dem Aufstehen immer etwas, um zu funktionieren, und im Sitzen würde es länger dauern.

Moritz verzichtete aus einem anderen Grund auf einen Stuhl. Die unnachgiebige Sitzfläche würde die guten Stücke zwischen seinen Beinen nur schmerzhaft zusammenquetschen.

Klara erkundigte sich, was Moritz, der noch immer ihren Bademantel trug, an dem Tag vorhatte.

»Für meinen neuen Auftrag müsste ich als Mystery Gast eigentlich ein Zimmer in einem bekannten Hotel buchen.«

Klara dachte an den Song »Hotel California« von den Eagles, in dem es um seltsame Stimmen und um einen Nachtportier ging, der der Meinung war, man könne als Gast jederzeit auschecken, würde das Hotel aber trotzdem nie mehr verlassen, würde für immer dort festsitzen. Herzlich willkommen.

»Ich habe vorhin in den Spiegel geguckt. Es würde prima funktionieren, ich würde ziemliches Misstrauen erregen – jedenfalls wenn die mich für einen Verbrecher halten sollen.«

Moritz wirkte geknickt. »Der Auftrag ist gestorben. Ich sehe mich schon mit Tim den Staubwedel schwingen.«

Klara grinste. Was für eine Vorstellung. »Geh zum Arzt und lass dir etwas geben. Ruh dich aus und telefonier mit deiner Mutter«, lautete ihr Gegenvorschlag. Ihr war bewusst, dass Letzteres ein bisschen gemein war.

Prompt ließ Moritz den Kopf hängen.

Klara umarmte ihn.

»Wahrscheinlich bin ich noch da, wenn du von der Arbeit zurückkommst«, sagte er trübsinnig. »Wann wird das voraussichtlich sein?«

Oje, stöhnte Klara innerlich auf. Moritz hatte begonnen, sich zu bedauern.

Klara fuhr zum Gebäude der Polizeiinspektion in Burgdorf, ihre Gedanken bei den Moorleichen und dem leidenden Moritz. Vielleicht würde sie später für ein schönes gemeinsames Abendessen einkaufen.

Sie hoffte, sich ein wenig Zeit für ihren Auftrag nehmen zu können. Dann würde es ihr bestimmt gelingen, die beiden Frauen wieder zum Leben zu erwecken – eine Magie, die so natürlich lediglich in ihrer Vorstellung stattfinden würde. Das bisherige Material gab über so manches Aufschluss. Gestern hatte Klara sogar daran gedacht, die Runenstäbchen aus ihrer Hülle zu befreien, um die eingeritzten Zeichen zu berühren, hatte sich jedoch ermahnt. Verboten. Genauso wie die beiden Samentütchen. Klara hatte erst das eine mit dem pflanzlichen Inhalt geöffnet und den Inhalt in ihre Handfläche geleert. Länglich und schmal sahen sie aus, wie Körner. Sie betrachtete sie lange und schüttete sie dann zurück. Mit den Eibensamen war Klara vorsichtiger umgegangen, sie waren auch klein, doch giftig.

Sie betrat das Büro, das keines war, und ein Knopfauge schielte um die Ecke. Diesmal hielt sich der Gecko in seiner Behausung auf. Der Kriminalhauptkommissar lag daneben, zusammengeknautscht auf der Couch. Klara ertappte sich dabei, wie sie besonders leise ging. Dann stand sie einen langen

Augenblick einfach da und betrachtete den schlafenden Mann, den aufgeklappten Bildschirm auf dem Schreibtisch und das kleine Lämpchen, das bedeutete, dass das Notebook eingeschaltet war. Klara machte einen vorsichtigen Schritt nach vorn, tippte auf eine Taste, und der Bildschirm erwachte zum Leben. Wohnungen. Cord hatte offenbar Anzeigen studiert und war darüber eingeschlafen.

»Sie schnüffeln«, kam es gähnend von dem Sofa.

Klara war pikiert. So hätte sie das nicht bezeichnet. »Guten Morgen«, wünschte sie ihm.

Er fuhr sich durchs Haar, dann mit beiden Händen über seine Wangen und verzog das Gesicht.

Klara fand die Bartstoppeln sexy, er offenbar nicht.

»Es gibt günstige Pensionen. Da bekommen Sie ein Bett, ein Bad und so weiter«, sagte sie.

»Vielen Dank, darauf bin ich auch schon gekommen. Leider sind Tiere meistens nicht erlaubt. Was macht Ihr Bein?«

Klara fühlte sich überrumpelt. Was sollte die Frage? »Alles in Ordnung«, gab sie unverbindlich, aber wachsam zurück.

»Lügen kann ich nicht leiden«, sagte er jetzt. »Und dumme Lügen noch weniger. Ich dachte, Sie hätten eine entsprechende Ausbildung. Wissen Sie, das war ziemlich kindisch von Ihnen. Wenn wir zusammenarbeiten wollen, dann lassen Sie von nun an gefälligst den Bänderriss-Quatsch. Es verlangt niemand, dass sie etwas überspielen. Außerdem bin ich des Lesens mächtig.«

Cord war bemerkenswert schnell wach und offensichtlich auch bemerkenswert gut informiert.

»Sie haben mich überprüft?«, fragte Klara.

»Ich habe Sie nicht überprüft, ich habe recherchiert. Eigentlich hätten Sie mir davon erzählen müssen. Gestern.« Er klang eine Spur beleidigt.

Aber das konnte Klara genauso gut. »Natürlich, ich binde gleich jedem, dem ich begegne, auf die Nase, was mir passiert ist. – Und wobei sollen wir zusammenarbeiten?«

»Hierbei«, sagte er und hielt ihr das Display seines Handys hin. *Frauenleiche im Oldhorster Moor.*

Klara sog die Luft ein wie jemand, der damit gerechnet hat

zu ertrinken und in letzter Sekunde doch noch die Wasseroberfläche durchbricht.

»An dieser Reaktion ist jetzt aber nicht das Bein schuld«, stellte Alexander Cord fest.

Klara schnaubte. Er konnte doch nicht für alles und jedes eine Erklärung verlangen. »Nein, nicht das Bein, nur eine alte Erinnerung.«

»Dann sollten Sie die so schnell wie möglich loswerden. Wir müssen uns jetzt auf den Weg machen.«

Dass er noch die Kleidung vom Vortag trägt, scheint ihn nicht zu kümmern, dachte Klara gerade, als Cord unter seinem Schreibtisch einen Koffer hervorzog und sich auszuziehen begann.

Klara sah weg, alles andere wäre ihr unanständig vorgekommen. Oder vielleicht doch nur ein kleines bisschen gucken?, relativierte sie. Denn durch ihre Träume waren in der letzten Nacht ausschließlich nackte Frauen gehuscht, noch dazu jahrtausendealt.

Gestern hatte Klara noch geglaubt, nie wieder einen Fuß in dieses Moor setzen zu müssen, und jetzt das. Sie fürchtete sich vor den Nebelschwaden, vor dem begierigen Schmatzen des Schlamms, vor der leichten Berührung der Farne, die sich anfühlte, als würden Knochenfinger nach ihren Beinen greifen. Und sie hatte Angst, einen toten Frauenkörper ansehen zu müssen. Diesmal wäre dort keine Hand, nach der sie greifen konnte, keine Stimme, die sie beruhigte.

Sie atmete tief durch, musste die Gedanken abstellen. »Wo ist Ihre Assistentin?«, fragte Klara.

»Bänderriss«, verkündete Cord.

»Schon gut, Sie müssen nicht gleich ironisch werden«, bemerkte sie.

»Gar nichts ist gut, Linda hatte einen Sportunfall und fällt erst einmal aus. Solche Dinge erfindet man nicht, sie passieren tatsächlich«, knurrte er.

Ob sie mit diesem Mann klarkam? Klara seufzte. Das würde sich noch zeigen. Aber in einem hatte er recht: Ihre Schummelei war dumm gewesen.

Cord hatte seine Garderobe gewechselt und seine Trockenrasur beendet. Er beugte sich zum Terrarium hinunter, öffnete den Deckel und gab Goldi sein Futter, offenbar lebende Insekten, wie Klara staunend bemerkte.

Sie sah die dünne Zunge blitzschnell hervorschießen und wieder verschwinden.

Genüsslich vertilgte der Gecko sein Frühstück. Er sah zufrieden dabei aus. Wenigstens einer in dem Raum.

Klara fröstelte, und das lag nicht an den ausgesprochen milden Frühlingstemperaturen. Cord fuhr den Dienstwagen aus der Tiefgarage, der nicht im Geringsten nach Polizeifahrzeug aussah.

Hätte man Klara gefragt, sie hätte behauptet, das Ding sei ein Oldtimer. Ein mintfarbener Mercedes, nicht gerade unauffällig.

»Keine Ahnung, wo die Verwaltung den ausgegraben hat und warum ausgerechnet wir die Ehre haben, ihn auszufahren.« Cord zeigte sich nicht sonderlich erfreut über das Vehikel. »Falls Sie etwas vermissen sollten, gibt es das wahrscheinlich nicht. Keine Extras«, sagte er.

»Solange der Mercedes seinen Job erledigt und uns ans Ziel bringt, werde ich nicht anfangen, über fehlende Extras zu jammern«, erwiderte Klara.

»Wir werden ihn abstellen, wo er nicht sofort ins Auge sticht. Wie gut sind Sie zu Fuß?«, fragte er.

»Tun Sie mir bitte einen Gefallen und hören Sie auf damit. Ich hätte es schon gesagt, wenn ich mir das nicht zutrauen würde.« Die nächste Lüge – natürlich hätte sie nichts gesagt –, wenn auch nicht so auffällig wie die davor. Hoffte sie zumindest.

»Ich bin nur besorgt. Wenn Sie mir im Moor schlappmachen, weiß ich nicht, ob ich Sie allein den ganzen Weg zurücktragen kann.«

»Falls es Sie interessiert: Ich bin auch besorgt. Sollten Sie für sich und den grünen Goldi nicht schnell eine Bleibe finden und sich weiter auf der Bürocouch einrollen, bin ich nicht sicher, ob die Dienststelle die Physiotherapie für Ihre Rückenschmerzen übernehmen wird«, schoss Klara zurück.

»Hoppla. Sind Psychologen normalerweise nicht einfühlsam?« Cords Mundwinkel zuckten, doch gleich darauf war er wieder ernst. Er wechselte so schnell seine Stimmung, dass Klara kaum hinterherkam. »Sie wollten noch gar nichts zur Leiche wissen. Aus Angst?«

»Haben Sie meine Angst auch schon recherchiert?«, fragte sie ungehalten, doch sein Blick sagte ihr, dass sie mit dieser Vermutung falschlag. Anscheinend wusste er nichts über Hannahs Verschwinden.

»Sie sind wirklich schrecklich empfindlich«, sagte Cord. »Möglich, dass Sie einen Grund dazu haben, aber den kenne ich leider nicht. Also tun Sie nicht so, als hätte ich vor, Sie auflaufen zu lassen«, sagte er.

Kurz überlegte Klara, ihm die Geschichte von Hannah zu erzählen, doch dann war der Moment vorbei, und sie hielt ihren Mund.

Cord parkte unter den Birken in der Nähe eines Hexenhäuschens am Waldrand. Die kurzen Schatten am frühen Vormittag ließen das leuchtende Mint des Mercedes schmutzig wirken.

Klara blieb einen Augenblick lang unbewegt sitzen. Erinnerungen, diese heimtückischen kleinen Gedankenfetzen, brachten ihr die Vergangenheit zurück.

Das kleine Haus hatte es damals schon gegeben, die alte Frau, die dort lebte, hatte irgendetwas, das sie selbst herstellte, an Spaziergänger und Autofahrer verkauft. Klara konnte sich an die Fenster mit den bunten Vorhängen erinnern. Sie hatte jemanden gesehen, als Hannah und sie ihre Fahrräder vorbeischoben. Die alte Frau, die sie beobachtete.

Am Morgen vor achtzehn Jahren hätte Klara an diese Tür klopfen können, doch sie war nach Hause gegangen und hatte von dort aus Hannahs Mutter angerufen, um nach ihrer Freundin zu fragen.

Cord hatte ihren inneren Rückzug bestimmt bemerkt, und Klara war ihm dankbar dafür, dass er ihn nicht kommentierte. Das Häuschen stand in den Ausläufern des Oldhorster Moors, ein kleines Stück Grünland gehörte dazu, dahinter begann die Vegetation, die feuchter und lichter wurde, je tiefer man in sie vordrang.

Klara war nach der Nacht nur noch einmal im Oldhorster Moor gewesen. Begleitet von Polizisten, die aus purem Mitgefühl viel zu wenig Fragen gestellt hatten. Klara glaubte nicht, dass sie heute eine solche Situation genauso handhaben würde. Doch damals war sie für das Verhalten der Beamten extrem dankbar gewesen.

Jetzt blickte sie nach vorn und entdeckte am Weg parkend einen Leichenwagen und den Van der Spurensicherung. Sie war noch nicht einmal ausgestiegen, hatte nur ihre Hand an die Wagentür gelegt, als Cord seine mit einem dumpfen »Klonk« zufallen ließ. Klara stieß ihre Tür entschlossen auf.

Sie hatte sich vorsorglich für eine leichte Jacke entschieden. Ein Entschluss, der nicht der etwaigen zu geringen Temperatur geschuldet war, sondern den kleinen Biestern, die ihre Rüssel allzu gern in Menschenhaut bohrten. Außerdem wollte Klara niemanden ihre Gänsehaut sehen lassen.

Die ersten Schritte kosteten sie entsetzliche Überwindung. Sie fielen ihr so schwer, als hingen Kilogewichte an ihren Schuhen. Sie hatte sich eingeredet, dass sie es schaffen würde, und jetzt musste sie als Allererste sich selbst davon überzeugen.

Alexander Cord schritt zügig voran. »Kommen Sie, wir sollten uns nicht verlieren.«

Sie gingen auf einem Weg durch den Wald, der immer schmaler wurde, bis er sich schließlich in einem kleinen Stück Wiese verlor, das an einen See grenzte. Im Gras konnte man die Schienen noch erkennen, auf denen früher in Loren der Torf abtransportiert worden war.

Cord warf einen Blick auf sein Handydisplay. Die Kollegen hatten ihm offenbar eine Wegbeschreibung geschickt. »Bei einem abgestorbenen Baum, an dem Moose hängen, nach links gehen.« Er blieb stehen, verglich die Angaben mit dem, was er vor sich sah. Es schien nicht zusammenzupassen. »Sehen Sie den Baum irgendwo?«, fragte er und vollführte eine Drehung. »Die Tote soll auf einer Lichtung liegen.« Schimpfend schüttelte er sein Telefon. »Jetzt geht gar nichts mehr, wo sind wir hier bloß?«

Eine rhetorische Frage? Klara nahm an, dass er sehr wohl wusste, wo sie waren. Allerdings kannte er ihren genauen Standort nicht, und das schien ihn nervös zu machen. Nun, die Ruhe selbst war sie gerade auch nicht, aber wenigstens wusste sie genau, wo sie sich befanden.

»Wir sollten den Spuren folgen«, schlug Klara vor und deutete auf das runtergetretene Gras. »Schließlich sind wir nicht die Ersten. Und passen Sie auf, wohin Sie Ihre Füße setzen, in den Löchern geht schnell mal ein Schuh verloren. Sehen Sie? Das da vorne könnte der Baum sein.« Sie deutete auf eine gekrümmte Birke. Bei Nacht und Nebel hätte sie wahrscheinlich lebendig gewirkt. »Früher gab es eine kleine sonnige Lichtung auf der anderen Seite vom See. Mit Wollgras, Knabenkraut, Heidelbeeren und schwarzen Heidelibellen.«

»Sie kennen sich hier aus?«, fragte Cord überrascht.

»Eigentlich nicht«, sagte sie. Denn sonst hätte sie doch längst nach Hannah gesucht. Klara sah den Ort, an dem sie gezeltet hatten, noch immer vor sich, jede Einzelheit. Er hatte sich in ihr Gedächtnis gebrannt wie kein anderer. »Wer ist die Tote?«, fragte sie endlich.

Cord drehte sich um. »Wer die Tote ist? In Kürze dürfte es unsere Aufgabe sein, das herauszufinden.« Offenbar verstand er nicht, worauf Klara hinauswollte.

»Ich meine, ob es zu ihr schon Informationen gibt. Ist sie schon länger tot? Haben wir es mit einer Moorleiche zu tun?« Sie musste es wissen, bevor der Körper vor ihr lag.

»Nein, sonst hätte man sicher nicht uns herbestellt, sondern ein Anthropologenteam. Aber wir seien ohnehin vor Ort, meint Hannover. Praktisch für sie, denn so müssen sie erst einmal keinen ihrer Ermittler entbehren. Sie haben angeordnet, dass wir die Bearbeitung der alten Fälle zurückstellen und uns diesen neuen Fall vornehmen sollen.« Er ging weiter, darauf bedacht, seine Schritte sacht auf den weichen Untergrund zu setzen.

Klara überlegte. »Ich habe gestern einen Auftrag für das Landesmuseum übernommen«, sagte sie. Sie wollte reden, um nicht denken zu müssen. »Es geht um zwei Frauen, Schwestern, die in der Eisenzeit im Toten Moor gestorben sind. Die Hintergründe sind ausgesprochen geheimnisvoll. Ein Rätsel, das ich entschlüsseln darf.«

»Sie geben tatsächlich freiwillig etwas von sich preis – wenn auch nur von Ihrer Arbeit«, sagte er.

Sehr gern, dachte sie, wenn es das Hier und Jetzt noch ein wenig länger von mir fernhält.

Es war später Vormittag, die Wetterlage labil. Noch zeigte sich der Himmel freundlich blau, doch am Horizont zogen bereits dunkle Wolken auf. Es sah nach Regen aus. Klara wünschte sich, die ersten Tropfen würden schon jetzt fallen. Dann würde die Leiche eingepackt und fortgebracht werden, und sie müsste sie sich nicht ansehen. Jedenfalls nicht gleich und in dieser Umgebung. Doch Wünsche erfüllten sich nur selten.

Sie konzentrierte sich auf den Untergrund. Als sie aufblickte, erkannte sie in etwa hundert Metern Entfernung Schemen, wovon einer relativ korpulent wirkte. Es war nicht mehr weit bis zum Fundort der Leiche.

»Der Ort ähnelt dem, den Sie beschrieben haben«, bemerkte Cord ein wenig überrascht.

Klara sog scharf die Luft ein. Früher oder später würden ihm Zufälle wie dieser auffallen.

Die Lichtung war bisher nicht abgesperrt worden. Anscheinend fürchtete man an einem verlassenen Ort wie diesem keine Schaulustigen.

»Beeilung, Beeilung. Sonst regnet's uns noch ein«, schnaufte ein übergewichtiger, wuschelhaariger Rechtsmediziner, der in einem weißen Einwegoverall steckte, und deutete zum Himmel.

Klara erkannte in ihm den korpulenten Schemen wieder und überlegte, wie der Mensch hieß. Sie waren sich, soweit sie sich erinnerte, bei einem Vortrag in Frankfurt über die Erfassung und Interpretation von Blutspuren begegnet. Der Name hatte sie an einen unangenehmen Geschmack denken lassen.

Der Rechtsmediziner würdigte Klara und Alexander Cord nur eines kurzen Blickes. »Verdammter Mordbube, der Schnitzeljagd mit uns spielt.« Er zwinkerte, als hätte er ein Augenleiden, und wies seine Leute an, alles, was so aussah, als könnte es ein Beweis sein, in Asservatentütchen zu stecken.

Cord beging den Fehler, zu fragen: »Wie kommen Sie darauf, dass es ein Mann war?«

»Weil er sie das letzte Stück getragen hat. Eine Frau trägt keine Frau, sie hätte sie geschleift. Und wahrscheinlich hätte sie sie an einem anderen Ort abgeladen.«

Klara blendete die Stimmen aus, so gut es ihr möglich war. Sie würde tun, was sie immer bei einer neuen Leiche tat: ihr Bild mit sämtlichen Informationen in ihrem Gehirn abspeichern. Sie blickte sich um.

Ein schöner Ort für eine Tote, die wie aufgebahrt inmitten von Pflänzchen lag, die wie größere Wattestäbchen aussahen: Wollgras. Das violette Knabenkraut warf Schatten auf die Frau, wobei von ihrem Gesicht nichts zu sehen war, weil es mit einem Tuch abgedeckt war. Hatte der Täter es befestigt? Womit? Da, ein Klebeband fixierte es auf ihrer Stirn.

Blonde Strähnen schimmerten feucht vom Tau auf dem Gras. Das lange Haar war fächergleich ausgebreitet. Klaras Blick blieb ein paar Atemzüge lang an den Handschuhen der Frau hängen, bis sie ihn weiter über ihren Körper wandern ließ. Die Füße steckten in hochhackigen schwarzen Stiefeletten, die mit einem Netz aus Spitze überzogen waren. In den Schuhen war sie sicher nicht durch das Moor gelaufen. Das Kleid war unübersehbar ein teures Designerstück, dazu passte der Schmuck. Zwei Anhänger mit Kristallsteinen an einer filigranen Goldkette. Eine Frau, kein junges Mädchen mehr. Wie sah sie unter dem Kleid aus? Klara hörte ihren Atem schneller gehen.

Sie ließ sich auf ein Knie nieder und schob den Saum gerade so weit nach oben, um sich in dem bestätigt zu sehen, was sie bereits gedacht hatte. Diese Region war die intimste, privateste einer Frau. Der Slip war unversehrt. Die einzig sichtbaren Verletzungen an ihrem Körper waren die Würgemale am Hals. Unblutig. Der Täter hatte eine bestimmte Absicht verfolgt.

»Das Tuch …«, begann Klara. Es war klein, ein Stofftaschentuch.

»Hat ihr Mörder dort hinterlassen«, informierte sie der Rechtsmediziner.

Klara bemerkte ihr Zittern erst, als sie eine Hand ausstreckte und das Tuch anhob.

Plötzlich kniete Cord neben ihr. Seine Finger berührten kurz Klaras.

Ist meine Dünnhäutigkeit so auffällig?, fragte sie sich, dann lüftete sie wie ein Zauberkünstler das Tuch und damit das Geheimnis.

»Um etwas zu sehen, sollten Sie vielleicht die Augen aufmachen«, sagte der dicke Mann in Weiß spöttisch.

Sie blickte auf. Er stand direkt vor ihr. Sie musste sich zusammenreißen, ihr Verhalten war nicht besonders hilfreich. Und Spekulationen, warum sie so zurückhaltend und zögerlich vorging, konnte Klara genauso wenig gebrauchen. Doch noch nie war es ihr so schwergefallen, sich eine Tote anzuschauen, denn sie musste befürchten, in einem aktuellen Fall etwas zu übersehen – und das durfte nicht passieren. Schuld waren die Rückkehr ins Oldhorster Moor und dieser Platz, der in Erinnerung an Hannah noch immer durch Klaras Träume spukte. Sie schwieg, sah sich das Gesicht an. Es ging nicht um ihre beste Freundin, es ging um eine Fremde.

Die Obduktion würde ihre eigenen Ergebnisse liefern, doch auch das Bild der Toten und ihr Umfeld waren für eine umfassende Beurteilung enorm wichtig. Durch sie äußerte sich der Mörder, sprach mit Klara, so sie denn zuhören konnte. Vielleicht wollte der Täter sie belügen oder etwas verschleiern, aber wenn seine Stimme und das von ihm hinterlassene Bild nicht zueinanderpassten, würde sie ihn stellen.

Die Spuren hingegen waren eine andere Sache. Da konnte ein Täter erfolgreicher tricksen, indem er etwas Unwichtiges hinterließ. Damit könnte er Klara auf eine bestimmte Fährte locken, und sie würde es vielleicht nicht oder nicht gleich bemerken.

Sie beugte sich tiefer über die Tote, atmete die Aromen ein, die ihr entströmten. Der Duft der Zersetzung lag an der Oberfläche, während das Parfüm der Frau und noch ein anderes gegeneinander ankämpften. Schade, dass es noch kein Archiv für Gerüche gibt, dachte Klara. Die Frau war attraktiv gewesen, hatte ein paar chirurgische Verschönerungen an sich vornehmen lassen. Doch im Tod fiel alles Künstliche in sich zusammen. Die Augenlider waren eingesunken, der Mund verrutschte etwas zur Seite. Und trotzdem war Klara sicher, sie schon irgendwo gesehen zu haben.

»Wollen Sie beide hier noch länger meditieren?« Wieder der Rechtsmediziner. Er kniff die Augen zusammen. »Langsam wird das Wetter unangenehm.«

Das hätte Klara auch erwidern und damit seinen Ton meinen können. »Fotografieren Sie die Male«, bat sie stattdessen den Mann mit der Kamera. Sie richtete sich auf, das Tuch, das sie von der Stirn der Toten abgelöst hatte, zwischen zwei Fingern haltend. Jemand hielt ihr einen Ziploc-Beutel hin, und sie ließ los.

»Wenn dann nichts mehr ist … Die Dame geht uns schon nicht verloren.« Der Korpulente machte eine ungeduldige Geste.

Aber ein paar Eindrücke, wenn du so hektisch bist, wollte Klara sagen, nickte aber nur.

»Sie können sie mitnehmen. Und vielen Dank für Ihre Geduld.« Cord zog den Satz in die Länge, der Rechtsmediziner murrte etwas Unverständliches.

»Warum haben Sie von einer Schnitzeljagd gesprochen?«, wollte Klara von ihm wissen.

»Andeutungen, jede Menge davon. Ich habe alles für Sie einpacken lassen. Ist doch Ihr Job, in einem Verbrechen zu lesen, oder? Allerdings würde ich wetten, dass der Typ uns etwas vorspielt, um abzulenken. Nur wovon, der Tat oder der Frau? Viel Freude beim Ermitteln, in zwei Tagen ist sie für Sie angerichtet.«

Ein unappetitliches Wortspiel. Klara hoffte, in nächster Zeit nicht allzu oft mit dem Mann zusammentreffen zu müssen. Sie richtete noch einige Grußworte an ihn und drehte sich um.

Kleine Nebelfelder, wie Löcher in die Luft geschnitten, tauchten vor ihnen auf. Klara blieb stehen.

»Nehmen Sie meine Hand«, sagte Alexander Cord.

»Alles gut, ich finde auch allein den Weg«, gab sie schroff zurück.

»Sie vielleicht, aber ich nicht. Also machen Sie schon, ich habe keine Lust, hier zu versinken.«

Klara streckte ihre Hand aus, und Cord ließ seine hineingleiten. Mit der Berührung fühlte sie sich ein ganzes Stück sicherer, obwohl sie das nie zugegeben hätte.

Hinter sich konnte sie noch lautstark den Dicken Kommandos geben hören.

»Verdammt noch eins, weg mit ihr. Packt den Kopf gut ein, Deckel zu und Tempo! Ihr geht voraus. Und nicht den Metallsarg durch die Gegend schaukeln, ich will später keine zusätzlichen Befunde vom Leichentransport erklären müssen.«

»Der Mensch ist eine echte Heimsuchung. Professor Dr. Oliver Bitter.« Cord flüsterte, betonte aber jedes Wort.

Bitter, genau. Klara hatte es richtig in Erinnerung gehabt, der Name des Mannes und sein Gemütszustand ergänzten sich perfekt.

Gemeinsam liefen sie durch die Nebelschwaden, die sich anschickten, sich zu einer Wand zu formieren.

»Der Wind kündigt Regen an. Ich fange an, es hier unheimlich zu finden«, sagte Cord.

Klara fand das schon länger.

»Waren wir auf dem Hinweg nicht schneller?«, fragte Cord nur Minuten später. »Sind wir falsch abgebogen? Sie könnten die Zeit nutzen, um mir zu erzählen, was Ihnen so zu schaffen macht.«

»Sollten Sie darauf bestehen, müsste ich Sie leider zurücklassen und allein weitermarschieren. Dann saufen Sie vielleicht wirklich ab«, entgegnete Klara.

»Ich kann Ihr Gesicht zwar erkennen, aber nicht gut genug, um Ihre Mimik zu deuten. Womöglich meinen Sie das gerade genau so, wie Sie es sagen. Vergessen Sie es einfach.«

Klara stoppte. Sie hatte zuvor die Lichtung gefunden, was konnte also so schwierig daran sein, den Weg wieder zurückzugehen? Doch auch sie hatte den Eindruck, dass sie vorher schneller gewesen waren. Die Stimmen der anderen Beamten, die sich eigentlich hinter ihnen befinden müssten, waren seit Kurzem verstummt. Der Nebel kam ihr vor wie ein lebendes, atmendes Etwas. Sie brauchte einen Anhaltspunkt als Orientierung. Irgendwo mussten die alten Schienen sein.

»Was war das noch mit: ›Ich finde den Weg‹?« Cord zog eine kleine Taschenlampe aus den Tiefen seiner Jackentasche. »Sinnlos«, sagte er kurz darauf. »Der Nebel ist dick wie Brei.«

»Wenn wir die Schienen finden, sind wir richtig«, sagte Klara. Aber sie konnte sie nirgendwo entdecken. Vielleicht waren sie im Kreis gegangen? Furcht breitete sich in ihrem Inneren aus wie zuvor Gänsehaut auf ihren Armen. Ihre Stimme hatte keinen Klang mehr, das musste auch Cord aufgefallen sein, der jetzt ihre Hand fester drückte.

»Ich kann nicht einmal mehr meine Füße sehen. Wenn wir die Schienen finden wollen, sollten wir uns besser nahe am Boden bewegen.«

Klara war klar, was er meinte, aber sie wollte nicht auf Händen und Knien durchs Moor kriechen. Sie blieb stehen.

Wenig später tauchte vor ihnen plötzlich etwas Rotes auf, das nach einem Hut aussah. Aus dem Nebel löste sich zuerst ein Gesicht, dann eine kleine Frau in Hut und Mantel, die sie mitleidig musterte. Im gleichen Moment machte sich Cords Handy bemerkbar. Er hatte wieder Empfang.

»Überall stehen Autos, aber Menschen sind keine zu entdecken. Das Moor ist tückisch. Man kann nicht einfach so darin herumspazieren. Ihr gehört doch zu den Leuten da draußen, die sich um die Tote kümmern, ihr seid keine Schaulustigen. Beamte? Bringen sie euch bei der Polizei denn gar nichts bei?«, schimpfte die Frau.

Klara atmete erleichtert auf. Erst danach registrierte sie die indirekte Information. Bitter und seine Leute hätten eigentlich schon zurück sein müssen.

»Ihnen kam niemand entgegen?«, fragte jetzt Alexander Cord.

»Kein Mensch.« Die Frau in Rot schüttelte den Kopf. »Ich habe heute Morgen Ihre Tote gefunden, und jetzt ist sie mit Ihren Kollegen verloren gegangen?«

Hoffentlich nicht, dachte Klara. Wie makaber, dass der Rechtsmediziner kurz zuvor noch gesagt hatte, die Dame würde schon nicht verloren gehen. Aber das Moor konnte doch unmöglich drei Menschen und eine Leiche verschwinden lassen.

»Folgen Sie mir und bleiben Sie direkt hinter mir«, befahl die Frau in Rot. Vielleicht hatte Cords Blick seine Skepsis verraten, denn sie fügte schnell hinzu: »Ich kenne mich im Moor aus wie andere Frauen in ihrer Handtasche.«

Klara betrachtete sie von hinten. Sie war mit Sicherheit die, die in dem Häuschen lebte. Die Handtaschensicherheit vorausgesetzt, konnten sie ihr vertrauen, aber sie hatten auch keine andere Wahl.

Klara bemerkte erst jetzt, dass die leichte Nebelfeuchte in ein Nebelnass übergegangen war.

»Wer es auch war, der die Leiche dort abgelegt hat, dieser jemand hat verflucht viel riskiert. Warum musste es nur dieser Ort sein?«, überlegte Cord laut.

»Vielleicht kann ich Ihnen darauf schon bald eine Antwort geben«, sagte Klara. Sie hatte noch immer nicht seine Hand losgelassen und behielt den roten Hut im Blick. Als sie bei ihrem Aufeinandertreffen kurz in das Gesicht der Frau gesehen hatte, hatte sie geglaubt, etwas in deren Augen erkennen zu können. Oder war das nur eine Nebelschliere gewesen? Im Moor konnten einem die Orientierung und auch der Sinn für die Wirklichkeit allzu leicht abhandenkommen. Eigentlich hätte Klara die Zeit im Auge behalten sollen, aber schließlich war sie einfach nur froh, hinter einer Biegung das Schwarz des Leichenwagens zu sehen. Der Nebelvorhang hob sich, als hätte jemand beschlossen, dass das Stück jetzt begann. Dafür fielen dicke Tropfen vom Himmel.

Die alte Frau beschleunigte ihre Schritte und zog im Gehen einen Schlüsselbund aus der Manteltasche.

Klara ließ Cords Hand los. Die Wärme der Berührung verlor sich binnen Sekunden. »Danke«, sagte sie zu der alten Frau. »Ich habe Ihren Namen leider nicht verstanden.« Den sie ihnen nicht genannt hatte.

»Ich dachte, den wüssten Sie. – Ich bin Hermina Blankenburg.«

Klara überhörte die Anspielung und stellte Cord und sich vor.

»Sie können gern mit reinkommen. Ich erzähle Ihnen, was ich gesehen habe, und Sie können meinen Festnetzanschluss benutzen, falls Sie mit dem Handyempfang Probleme haben. Sie werden jemanden anrufen müssen.«

Die Schlussfolgerung lag nahe. Klara konnte vor sich bereits Annett Rehbeins frustrierte Miene sehen. Die Gesichtszüge der Kommissariatsleiterin würden allerdings das kleinste Problem darstellen. Der anschmiegsam klingende Name täuschte.

Hermina Blankenburg führte sie in ihr Wohnzimmer, zeigte auf das Telefon und bot ihnen Tee zum Aufwärmen an. Während sie in der Küche hantierte, sah sich Klara um. Das Zuhause sagt so manches über einen Menschen aus. Auf dem Fensterbrett lagen Mineralien, kleine Kakteen streckten angriffslustig ihre Stacheln von sich. An jeder freien Stelle des Raums standen oder hingen Fotos. Die Kamera hatte die Person immer nur von der Seite oder von hinten eingefangen.

Alexander Cord starrte vor sich hin, bis Hermina Blankenburg mit Tee und Tassen zurückkam. »Die Kollegen waren hinter uns, als wir von der Lichtung aufgebrochen sind. Ist es möglich, sich plötzlich in die entgegengesetzte Richtung zu bewegen, wenn man kurz zuvor noch sehen konnte, wohin der Weg führt?«, fragte er.

»Sie waren gerade eben auch schon zum See unterwegs«, sagte die alte Frau. »Es hätte nicht mehr viel gefehlt, und Sie wären …« Sie konnte Cords Gedanken anscheinend lesen. »Ihre Kollegen werden so schnell nicht zurückkommen – jedenfalls nicht, wenn das Wetter so bleibt.«

Klara war bei den Worten zusammengezuckt.

»Wenn Sie wollen, kann ich Sie ins Moor führen«, sagte Hermina Blankenburg. »Allerdings erst morgen, denn die Wetterfrösche im Radio sind der Meinung, dass es heute weiterhin regnen wird. Dann füllen sich die hinterlassenen Spuren mit Wasser, und der Untergrund verändert sich. Wenn die Verschollenen klug sind, werden sie sich einen geschützten Platz suchen und dort ausharren, bis Rettung eintrifft.«

Cords und Klaras Blicke trafen sich. Ein Alptraum hatte begonnen. Bitter war sicherlich schlau, aber nicht unbedingt klug. Auf Klara hatte er überheblich und selbstgerecht gewirkt, in solch einer Situation womöglich eine gefährliche Mischung.

»Was haben Sie im Moor gemacht, als Sie die Tote fanden?«, wollte Cord von der alten Frau wissen.

»Wer hätte gedacht, dass man mit Bioprodukten mal Geld verdienen kann?«, sagte sie leichthin. »Und wenn das hier draußen nicht absolut bio ist, dann weiß ich auch nicht. Naturmoor enthält eine Menge Wirkstoffe; über dreihundert Wurzeln, Kräuter und Pflanzen. Was ich wann sammle, hat mit den Mondphasen zu tun. Wenn es Sie interessiert, erzähle ich es Ihnen ausführlicher.«

Alexander Cord winkte ab, zückte sein Handy und verschwand auf den Flur. Das Festnetzangebot nahm er nicht an.

Klara blieb mit ihrer Tasse Tee und Hermina Blankenburg zurück. Was hinter der Stirn der anderen Frau vorging, konnte sie höchstens erahnen. Aber die braunen Augen strahlten schon die ganze Zeit über eine Botschaft aus. Sollte sie sie direkt darauf ansprechen? »Was versuchen Sie mir zu sagen? Wir sind einander nie zuvor begegnet.«

»Es wäre aber möglich gewesen, nicht wahr?«, gab die alte Frau zurück. »Kein Geheimnis – jedenfalls nicht meines. Ihr Gesicht ist noch immer jugendlich, damals haben die Zeitungen wochenlang Berichte und Fotos vom Verschwinden Ihrer Freundin gebracht. Die Vorgänge wiederholen sich. Diesmal allerdings ein wenig anders.«

Klara trank einen großen Schluck Tee, um nichts sagen zu müssen. Sie war jetzt dreiunddreißig, das, was gerade passierte, war keine Wiederholung von dem, was vor achtzehn Jahren stattgefunden hatte. Jedenfalls nicht Klaras Meinung nach. Dass die Presse sich diesen Mord vornehmen würde, war sicher, aber wenn es gelang, den Dicken und das Team der Spurensicherung noch heute zu finden, würden sich die Spekulationen hoffentlich in Grenzen halten. Doch die alte Frau hatte ausgeschlossen, dass es möglich war, heute noch einmal ins Moor zu gehen. Also erkundigte sich Klara bei ihr, ob sie etwas gesehen habe.

»Es war noch jemand anderes dort draußen. Ich konnte es erkennen, als sich die Person bewegt hat. Und das war vor höchstens drei Tagen. Vielleicht wurde dabei nur die richtige Stelle ausgesucht. Erst anschließend hat derjenige die Leiche auf die Lichtung transportiert. Heute habe ich Spuren entdeckt, die von einer Schubkarre stammen.«

Interessant, dachte Klara, aber in Kürze aufgrund des Wetters leider nicht mehr nachzuprüfen. »Ein Wagen, den jemand in der Nähe abgestellt hat, wäre Ihnen auch aufgefallen, oder?«, fragte Klara.

»Manche fallen einem auf, so wie der von Ihnen. Andere tragen den Schriftzug einer Gärtnerei oder ähnlichen Firmen. Die Leute sind auf der Suche nach Moosen oder ungewöhnlichen Holzstücken für Gestecke und dergleichen. Die Autos nimmt man wahr, aber sie fallen einem nicht auf, wenn Sie verstehen, was ich meine.«

»Was ist mit der Toten? Kam sie Ihnen bekannt vor?«, wollte Klara wissen.

»Bekannt vorkommen. Wie denn, mit dem Tuch über dem Gesicht?« Hermina Blankenburg stieß ein Pffff-Geräusch aus, um anzudeuten, wie unsinnig die Frage war.

»Sie haben doch bestimmt nachgesehen«, behauptete Klara einfach.

Ihr Blinzeln und die Wiederholung von Klaras Worten, als sie antwortete, hatten die alte Frau verraten. Klara unterstellte ihr Neugierde und ging davon aus, dass sie weder zu zaghaft noch zu ängstlich war, um dem Tod ins Gesicht zu sehen. Sie konnte es gar nicht sein, wenn sie allein am Rande des Moors lebte und täglich dort hinausging, um Pflanzen und Kräuter zu sammeln.

»Sie sah aus wie jemand, den man kennen sollte«, formulierte Hermina Blankenburg vage. »Das Oldhorster Moor hütet noch viele Geheimnisse, und immer wieder kommt eines davon zum Vorschein. Wären Sie darauf vorbereitet?«

Klara seufzte. Die Frau hatte zum Gegenschlag ausgeholt.

Völlig unnötig, diese Reaktion, denn Klara hatte ihr keinen Vorwurf gemacht, weil sie sich das Gesicht der Toten angesehen hatte.

»Wenn dort draußen auf der Lichtung damals etwas passiert ist, wissen Sie ja, wovor Sie sich fürchten sollten«, fuhr Hermina Blankenburg fort. Sie hatte einen gedanklichen Zeitsprung gemacht.

Klara blieb der Mund offen stehen. »Ich …«, begann sie, aber weiter kam sie nicht, denn die Tür ging auf.

»Hätten Sie vielleicht noch eine Tasse Tee für mich?«, fragte Alexander Cord die Alte, die sofort mit einem wissenden kleinen Lächeln in der Küche verschwand. »Fadenscheinig, ich weiß«, begann Cord und wandte sich Klara zu. »Rehbein sagt uns Spezialisten zu, sollten wir die brauchen. Mit dem Versprechen wollte sie wohl davon ablenken, dass sie sich zuerst schlaumachen muss. Sie wird sich darum kümmern, dass jemand den Leichenwagen und den Van der Spurensicherung abholt.«

Sie tun alles, um den Eindruck entstehen zu lassen, der Professor und die anderen wären nie im Moor gewesen, dachte Klara.

Cord bemerkte ihren nachdenklichen Blick.

Klara nickte etwas verspätet, der Grund für die Abholung der Fahrzeuge lag natürlich auf der Hand: Im Van befand sich möglicherweise teures Equipment, und einen Leichenwagen sollte man auch nicht einfach irgendwo parken.

»Am Rand des Moors wird ein Zelt aufgebaut. Eine Wache wird vor Ort sein, und morgen früh wird ein Einsatzteam der Bundeswehr mit der Suche beginnen.«

»Der Bundeswehr?«, fragte Klara, nur um etwas zu sagen. Sie hätte sich gern in die Wangen gekniffen, da sie ahnte, dass bei der versteckten Anklage der alten Frau ihr Gesicht alle Farbe verloren hatte. Cord war das sicher nicht entgangen, wie ihm auch sonst anscheinend nur wenig entging.

»Die Bundeswehr verfügt über die nötige Ausrüstung, allerdings über zu wenig thermische Nachtsichtgeräte«, sagte er. »Ich habe es mir erklären lassen: Herkömmliche Instrumente funktionieren nicht besonders gut bei Nebel, Schneefall oder

Rauch. Damit haben wir keine Chance, wir hätten schneller als geglaubt die nächsten Vermissten.«

Hermina Blankenburg kam mit frisch aufgebrühtem Tee zurück.

»Haben Sie in der letzten Nacht Lichter im Sumpf gesehen?«, fragte Cord die alte Frau. Kurz hielt er inne, um dann hinzuzufügen: »Von einer natürlichen Lichtquelle, keine Irrlichter, die über die Moorflächen wandern.« Er nahm die Tasse mit dem Tee entgegen.

»Ich ziehe meine Vorhänge zu, wenn es dunkel wird. Glauben Sie mir, das ist gesünder, sonst müsste ich jedes Mal, wenn ein Licht erscheint und wieder erlischt, an die alte Sage denken. Kennen Sie die? Sie beginnt damit: ›Vor undenklicher Zeit versank im Moor ein ganzes Dorf …‹«

Klara konnte es Cord ansehen, dass er zu gern nachgefragt hätte, ob das mit dem untergegangen Dorf stimmte.

Doch er tat es nicht, sondern suchte etwas in seiner Brieftasche und hielt Hermina Blankenburg schließlich eine Visitenkarte hin. »Rufen Sie mich an, wenn Ihnen noch etwas einfällt.«

Sie ignorierte die Karte und sah stattdessen Klara an. »Geben Sie mir Ihre.«

»Wir haben noch ein Problem, ein personelles.« Sie saßen wieder im Mercedes. »Professor Bitter scheint sich keiner allgemeinen Beliebtheit zu erfreuen. Das Büro in Hannover meinte, es sei gut möglich, dass allein seinetwegen jemand die Presse informieren wird. Jemand, der sich darüber freut, dass der Bitter so richtig in der Bredouille ist.«

»Rechtsmediziner verläuft sich mit Leiche im Nebel«, sagte Klara. Die Schlagzeile wünschte sie nicht einmal einem so unangenehmen Typen wie ihm.

»Sie wären ja richtig gut als Journalistin!«, kommentierte Cord. »Was haben Sie aus der alten Frau herausbekommen?« Er startete den Wagen und wendete.

»Der Täter soll vor einigen Tagen das Moor erkundet und erst anschließend die Leiche dorthingebracht haben.« Klara erzählte, was Hermina Blankenburg gesehen haben wollte.

»Mit einer Schubkarre? Die Abdrücke hätten vorhin noch sichtbar sein müssen. Wenn es solche gab, haben die Spurensicherer sie dokumentiert. Aber sollten die nicht zurückkommen …« Er ließ den Rest des Satzes unausgesprochen.

»Das ist nicht lustig«, sagte Klara.

»So habe ich es auch nicht gemeint. Was war das vorhin zwischen Ihnen beiden?« Er warf ihr einen Seitenblick zu.

»Nichts, die alte Dame hat nur eine Bemerkung gemacht«, relativierte Klara und wechselte schnell das Thema. »Haben Sie die Bilder gesehen, die bei ihr an den Wänden hingen und auf den Regalen und Fensterbrettern herumstanden?«

»Manche Leute brauchen so etwas.«

Klara übersetzte stumm. Vermutlich sollte das heißen, dass er so etwas nicht brauchte. Auch sie wollte sich nicht allzu deutlich an ihr früheres Ich erinnern. Deshalb gab es kaum Bilder ihres Lebens im Loft, nur eine Aufnahme von ihr und von Hannah.

»Als ich die Fotos sah, fiel mir die Geschichte wieder ein.« Sie erzählte, dass Hermina Blankenburgs Bruder früher einmal im Torfabbau gearbeitet hatte. »Das müssen die frühen sechziger Jahre gewesen sein. Eines Tages kam er nicht nach Hause. Er wurde nicht mehr gesehen, und Jahre später entdeckten Arbeiter eine männliche Moorleiche. Die Experten waren begeistert, gaben der Leiche einen klingenden Namen und stellten den Körper in einer klimatisierten Vitrine in einem Museum in Bremen aus.« Klara dachte zurück an das verzerrte Gesicht auf dem Zeitungsfoto, das von unvorstellbarem Schmerz gesprochen hatte.

»Bislang habe ich mich in meinem Arbeitsleben noch nicht allzu intensiv mit Moorleichen beschäftigt«, bekannte Alexander Cord. »Aber Ihre Geschichte hört sich an, als gäbe es eine Pointe.«

Die Pointe, wie er es nannte, war nur etwas für Hartgesottene. »Der Mann hatte einen Holzpflock im Herzen«, sagte Klara und wunderte sich über sich selbst: Warum konnte sie sich die schauderhaften Details von Ereignissen stets am besten merken? »Zufällig erkannte ihn einer der ehemaligen Kollegen als den verschwundenen Kurt Blankenburg. Es gab keine Fotos, die man für einen Vergleich hätte verwenden können, auf keinem, die seine Schwester den Beamten anbot, sah man deutlich das Gesicht ihres Bruders. Also bat man sie um eine Vergleichs-DNA-Probe. Und Schluss war es mit der alten Moorleiche, denn bei der handelte es sich tatsächlich um Hermina Blankenburgs Bruder.«

»Und das ist Ihnen beim Teetrinken eingefallen?« Cord klang nicht unbedingt erstaunt. »Wie kam der Holzpflock in sein Herz?«, wollte er wissen.

»Zu schade, dass ich mich daran nicht mehr erinnern kann«, sagte Klara.

»Wirklich gemein.« Cord hielt an und ließ sie vor dem Büro aussteigen. »Dann bis morgen spätestens um acht, es dürfte ein langer Tag werden«, verabschiedete er sich. »Ich muss noch ein paar Dinge recherchieren.«

Was hatte er damit gemeint? Dass er sich lieber nicht über die Schulter schauen lassen wollte? Oder dass er vorhatte, Mietangebote zu recherchieren?

Was auch immer, recherchieren würde sie auch. Zudem befürchtete Klara, dass Cord die Nacht wieder auf der Couch verbringen würde. Kurz war sie versucht, wenigstens dem Gecko einen Platz in ihrem Loft anzubieten, da ihr Gästebett schon belegt war. Doch sie hatte keine Ahnung von Echsen, und vielleicht hatte Goldi ja tatsächlich den Deckel eigenständig geöffnet. Sie hatte keine Lust, im Schlaf von ihm überrascht zu werden. »Träumen Sie was Schönes«, sagte sie deshalb nur.

»Sollte sich etwas tun, rufe ich Sie an.« Cord verschwand mit Mr. Mint in der Tiefgarage.

Eigentlich hatte sie kurz daran gedacht, etwas für sich und Moritz zum Essen einzukaufen, doch es war alles andere als ein normaler Tag gewesen. Der Appetit war ihr vergangen und damit auch die Lust, etwas zu kochen.

Die Unterlagen von Losen hatte sie ins Büro mitgenommen und dort liegen lassen, aber nicht die Tütchen mit den Samenproben und die Runenstäbchen. Sie könnte einsteigen und diesen Fall ein wenig auf sich wirken lassen.

Solltest du aber nicht, fand die kleine Stimme.

Jedenfalls nicht jetzt, erklärte sich Klara einverstanden, denn war die Verbindung erst einmal hergestellt, würde es schwierig werden, sich wieder auf andere Dinge zu konzentrieren. Die neue Tote hatte Vorrang.

Diesmal öffnete niemand für sie die Wohnungstür. Klara horchte kurz. Es klang nicht so, als wäre überhaupt jemand in der Wohnung. Sie rief eine Begrüßung, die nicht erwidert wurde. Moritz konnte mit seinen Blessuren eigentlich nirgendwohin, wo steckte er?

Auf dem Glastisch lagen Zeitschriften, daneben stand ein Glas mit einem undefinierbaren Rest Flüssigkeit als Inhalt.

Dann entdeckte sie ihn. Ihr bester Freund lag auf der Couch, falls er das unter dem Berg aus Decken war. Klara zupfte an dem Zipfel der obersten und begann, als keine Reaktion kam, die Schichten einzeln abzutragen.

»Ist er weg?« Moritz kam zum Vorschein, Watte hing ihm aus den Ohren. »Kaum auszuhalten, und dabei war der Typ meine Idee«, stöhnte er.

Nun fiel auch Klara ein, dass Tim, die Putzfee, da gewesen sein musste. Es war Dienstag und somit einer seiner fixen Tage. Klaras Finger nahmen sich Moritz' Wattebüschel vor. Erstaunlich, was alles in einem Gehörgang Platz hatte. Dann erst betrachtete sie sein Gesicht. Es leuchtete in allen Regenbogenfarben. »Wenigstens hat er dir Unterhaltung mitgebracht.« Sie deutete auf die Magazine.

»Nicht freiwillig, die Bestechungskosten waren enorm. Und dann auch noch nur Boulevardkram«, beschwerte er sich. »Mutter hat schon zweimal angerufen, ich musste jedes Mal in den Aufzug flüchten. Staubsaugergeräusche und lauter Jazz lassen sich schlecht erklären, wenn man vorgeben muss, in einer wichtigen Besprechung zu sein. Außerdem träume ich die ganze Zeit von einem Steak, mein Magen hängt mir schon sonst wo.« Er sah sie bittend an.

»Wenn dein Gesicht weniger farbenprächtig wäre, könnten wir essen gehen. Aber stopp, selbst dann wären da noch die harten Stühle. Ich werde uns was besorgen«, sagte Klara kurz entschlossen. »Wenn mein Festnetz klingelt, während ich weg bin, geh bitte ran, ich bin sozusagen in Bereitschaft.«

»Ich hab's gehört. Eine Leiche im Moor.«

Verflucht! »Woher?«, fragte sie.

»Es kam in den Nachrichten. Sie wissen noch nichts Genaues, weil das Opfer verschwunden ist.«

Klara wusste, dass ihr bester Freund im Augenblick nur eines erfahren wollte, auch wenn er sie nicht direkt danach fragte.

»Ich konnte mir die Tote ansehen. Es ist nicht Hannah. Es ist keine Moorleiche.« Sie nahm ihre Handtasche und den Schlüsselbund. »Ich kümmere mich um etwas Essbares, du übernimmst das Telefon«, erinnerte sie Moritz. »Und schalt die Nachrichten ein.«

Klaras Gedanken rasten. Wie war das möglich? Die Info war nicht nur durchgesickert, sondern hatte in Turbogeschwindigkeit die falschen Adressaten erreicht: die Medien. Sie brauchten dort draußen im Oldhorster Moor mehr Leute, mehr Wachen, um ein mögliches Chaos zu verhindern.

Klara drückte auf dem Handy die Kurzwahltaste für das Büro und hoffte, dass der Anruf auf Alexander Cords Mobiltelefon umgeleitet werden würde. Seine Stimme hörte sich an, als wäre er relativ geladen. »Da die Nummer mir nichts sagt, frage ich hiermit aus Höflichkeit, wie ich Ihnen helfen kann. Aber sollten Sie mir auch nur ansatzweise dumm kommen, habe ich Sie am Arsch, darauf können Sie sich verlassen.«

»Klingt, als würden Sie belästigt«, sagte Klara. »Das ging aber schnell.«

»In jedem Fall schneller, als ich dachte. Die Medien haben nicht viel, aber selbst das ist genug. Jemand hat geredet.«

»Stille Post«, sagte Klara und stellte sich vor, wie sich die Sache entwickeln würde, bis die Nachricht dick und fett in allen nationalen Zeitungen prangte.

»Der Sohn eines Kollegen arbeitet bei einem Radiosender«, sagte Cord. »Leider habe ich den Bericht nicht gehört, aber klar ist, dass er mit der Verbreitung einer unbestätigten Meldung widerrechtlich gehandelt hat.«

»Ich würde erst noch einen Happen essen. Danach könnte ich mich auf den Weg zu Ihnen machen, damit wir gemeinsam darüber nachdenken, wie wir uns organisieren«, schlug sie vor. Würde, könnte. Sie klang, als hätte sie vor, sich erneut dort hinauszuwagen. Doch eigentlich wollte sie nichts dergleichen. Sie war froh, dem verdammten Moor entkommen zu sein.

»Heute Abend bleiben Sie zu Hause. Im Augenblick können wir für Bitter und seine Männer nichts tun. Aber ich habe eine andere Bitte. Sie haben sich die Tote angesehen. Im Kollegenkreis geht das Gerücht, Sie hätten ein fotografisches Gedächtnis. Ich werde mich um einen Polizeizeichner kümmern, die sind besser als jedes Computerprogramm. Mit Ihrer Hilfe haben wir dann wenigstens ein Gesicht zu unserer Toten, falls sie …«

»Hören Sie mit Ihren seltsamen Andeutungen auf«, sagte Klara. »Und ein fotografisches Gedächtnis hätte ich wirklich gern, aber leider reicht meins nur dazu, um mir ein paar Einzelheiten gut einzuprägen.«

»Vielleicht genügen die ja, um mit dem Ergebnis die Vermisstenmeldungen abzufragen.« Cord schlug Klara damit Plan B vor.

Sie hätte es lieber gehabt, dass er an die Rückkehr von Bitter und seinen Männer glaubte. Und vor allem, dass er mit der Toten nicht an die Öffentlichkeit ging. »Auch wenn es genügen sollte, können wir nicht einfach bei den Angehörigen auftauchen, behaupten, jemand sei ermordet worden, und die Leute schockieren. Wir haben keinen einzigen Beweis, nicht mal eine Leiche. Wirklich eine dumme Situation. Uns geht viel Zeit verloren, während wir auf Bitter warten.«

»Und sollte die Rechtsmedizin, wie auch immer, die Untersuchung an der Leiche abschließen können, könnte es bis dahin womöglich schon eine zweite geben.«

Es war zum Glück nur eine Möglichkeit, aber Klara hatte Cords Anspannung mitbekommen. Sie versuchte eine Antwort. »Das glaube ich nicht, aber fragen Sie mich jetzt bitte nicht, woran ich meine Meinung festmache.« Es war ein Eindruck, etwas, das ihr aufgefallen war.

»Also werden wir uns die Zeit mit ein wenig Vorabrecherche

vertreiben. Wir sehen uns dann morgen. Nehmen Sie den Eingang über die Tiefgarage, dort werde ich auch den Zeichner hineinschmuggeln. Sie haben eine Zugangskarte?«, fragte er.

»Schon. Sie und Goldi übernachten dann also wieder im Büro? Was frühstückt der Grüne?«, erkundigte sich Klara.

»Keine Brötchen, aber nett, dass Sie fragen. Für mich dürfen es übrigens gern welche sein. Können wir uns darauf verständigen, der Presse gegenüber nichts zu kommentieren?« fragte Cord.

Klara hatte kein Problem damit, dem zuzustimmen.

»Rechnen Sie auch mit persönlichen Fragen, sollten sie herausbekommen, dass Sie die Leiche gesehen haben«, sagte er.

»Ihre Anspielungen gehen mir allmählich auf die Nerven.« Klara konnte nicht mehr an sich halten. »Wo haben Sie denn Ihre Leiche versteckt, von der die Presse zu gern etwas erfahren würde?«, schoss sie zurück. Sie rechnete mit keiner Erwiderung und wurde überrascht.

»Meine Leiche ist mein Vater. Wenn Sie Zeit haben, können Sie sich gern damit beschäftigen. Vielleicht hätte ich mehr Grund gehabt, Sie im Moor zurückzulassen, als andersherum«, sagte er.

Klara erwiderte nichts und legte auf. Sie war zu perplex. Cord war schwierig, fand sie, undurchsichtig, nicht leicht einzuschätzen. Und was er mit seinem Vater gemeint haben könnte, darüber wollte sie augenblicklich nicht nachdenken.

Besser, sie machte sich Gedanken darüber, wo ihre Zugangskarte sein könnte. Sie hatte keine Ahnung, wo sie sie deponiert hatte. Aber auch das hatte Zeit bis später. Sie sollte sich allmählich beeilen, sonst müsste sie Moritz erklären, was sie die ganze Zeit getan hatte, um ihm kein Abendessen zu servieren.

»Normalerweise bin ich der mit den verrückten Geschichten«, sagte Moritz eine Stunde später, während er zufrieden kaute. Es gab Rinderfilet mit Pommes und Gemüse – eine schnelle Zauberei. Dazu ein Glas Wein, tiefrot, Blut nicht besonders unähnlich.

Blut. An der Leiche hatte Klara keines festgestellt. Keinen

einzigen Tropfen. Die Tote hatte keine offensichtlichen Wunden aufgewiesen, dafür hatten die Hände ihres Mörders auf ihrer Haut und an ihrem Körper Spuren hinterlassen. Der Täter hatte ihr die Augen geschlossen, das Haar arrangiert und ein Tuch auf das Gesicht gelegt. Und er hatte ihr den Schmuck nicht weggenommen – ohne Frage geschmackvolle und entsprechend teure Stücke. Klara war gedanklich einen Moment lang weit weg, wieder im Moor.

Moritz klopfte ungeduldig mit seinem Messer gegen das Weinglas. »Hör mir zu, meine Geschichte ist wirklich gut«, betonte er. »Eigentlich ist es ja die der Medien. Sie haben gesagt, zusammen mit der Leiche seien auch ein paar Leute verschwunden. Oder vielleicht zusammen mit den Leuten die Leiche? Das wäre dann Leichenraub, oder? Die Suche soll morgen mit Einsatzkräften der Bundeswehr, einem Bergungshubschrauber und vielleicht sogar einem Rettungshund beginnen, stimmt das?«

»Von wegen Leichenraub. Phantasierst du dir das zusammen, oder bringen sie diesen Quatsch etwa wirklich?«, fragte Klara. Welcher Redakteur würde sich derart weit aus dem Fenster lehnen?

»Ich habe dreimal Nachrichten gesehen, da gerät bei mir möglicherweise etwas durcheinander. Außerdem war da ein Anruf. Und noch ein Anruf. Und noch einer.« Moritz sah schuldbewusst drein. »Ich hatte solchen Hunger, da habe ich das alles vergessen – entschuldige.«

»Also mehrere Anrufe?«, hakte Klara nach.

»Drei. Ich habe dir alles aufgeschrieben. Ein ziemliches Potpourri. Der erste Anrufer fragte, ob die Leiche, von der berichtet wird, vielleicht für das Museum interessant sein könne. Der zweite war ein Reporter und der letzte eine Frau, die dir ausrichten lässt, dass sie es nicht gewesen ist. – Was will sie nicht gewesen sein, Klara?«

Sie überflog Moritz' Notizen auf den Zetteln. Losen, der Kurator des Museums, hatte versucht, sie zu erreichen, dann der Reporter mit der Nachricht »Gestern ist nie vorbei«, dessen Name, Berger, ihr nichts sagte und der sich wieder melden wollte, und Hermina Blankenburg. Doch Klara hatte sie nicht im Verdacht, irgendwelche Informationen an die Presse weitergegeben zu haben. Die Zeiten, als über ihren Bruder berichtet worden war, dürften ihr in Erinnerung geblieben sein.

»Diejenige, die es nicht war, wollte mir damit sagen, dass sie nicht für die Verbreitung der Nachricht gesorgt hat«, erklärte Klara Moritz.

»Mit was für seltsamen Leuten hast du nur zu tun?«, wunderte er sich. »Übrigens, da ich gerade keinen Auftrag annehmen kann, dachte ich mir, ich halte in den nächsten Tagen hier die Stellung. Aber würdest du dich dann wenigstens darum kümmern, dass ich eine Sportzeitung bekomme oder eine über Autos, einfach nur irgendeinen Lesestoff, der nichts mit Prominenten und deren Vorlieben zu tun hat? So gut informiert über deren Privatleben wollte ich nie sein.« Er schlug eine der Zeitschriften auf und blätterte. »Hier ein Facelifting und eine Faltenbehandlung, dort eine Brustvergrößerung. Dazu viel Blabla, wer womit gerade Geld gemacht hat, und Tipps, wie man es am besten wieder loswird. Wenn es einem finanziell gut geht, unterstützt man anscheinend eine Stiftung, weil man etwas von seinem tollen Gefühl abgeben möchte. Wie diese Dame hier.« Er zeigte Klara das Foto einer hübschen blonden Frau, die sich lächelnd der Kamera zuwandte.

Klara riss ihm das Heft aus der Hand. Auf der Lichtung im Moor hatte das Gesicht nicht mehr gelächelt. »Das hat uns gerade noch gefehlt«, sagte sie. Damit war der Polizeizeichner wohl überflüssig.

»Sie hat etwas mit deinem Fall zu tun?«, riet Moritz. Kurz darauf folgte die Erkenntnis. »Sie ist die Leiche.«

Klara nickte. Die Leiche, die sie nicht mehr hatten. Sie hoffte, dass sie die Identität der Frau noch eine Weile zurückhalten könnten.

*Sie sah wie jemand aus, den man kennen sollte*, so hatte Hermina Blankenburg sich ausgedrückt, und sie hatte es nicht einfach so dahingesagt. Überhaupt nicht.

Klara musste Alexander Cord informieren. Sofort. Hoffentlich das letzte Gespräch, das sie heute führen würde.

»Wie gut, dass Sie Klatschblätter lesen«, befand er, als sie ihm von ihrer Entdeckung erzählte.

»Tue ich nicht. Es war nur Zufall, dass mir unsere Tote aufgefallen ist.« Sie wollte ihn nicht glauben lassen, dass sie ausgerechnet diese Art von Illustrierten verschlang.

»Sie sind sich also sicher, dass die Tote Sonja Wallbrecht ist.« Das war eine Feststellung. »Wenn man die Frau vermisst hätte, wären wir verständigt worden. Was nur eines bedeuten kann: Sie wird bislang nicht vermisst.« Eine weitere Feststellung. Aber es war nur noch eine Frage der Zeit, die jetzt eindeutig gegen sie spielte, bis sich das ändern würde.

»Es könnte auch noch keine Vermisstenmeldung geben, weil eine Entführung dahintersteckt«, schlug Klara vor. Eine Möglichkeit. Naheliegend, denkbar. Gesellschaftsmagazine veröffentlichten keine Porträts von Frauen, nur weil sie hübsch und einigermaßen erfolgreich waren. Sie berichteten über Frauen, die einen entsprechenden Hintergrund hatten, deren Familien über viel Geld verfügten.

»Das war's schon? Mehr haben Sie, die Profilerin, dazu nicht zu sagen?«, wollte Cord wissen. »Warum Sonja Wallbrecht?«

Ja, warum? Klara dachte an die Szene im Moor zurück. Der Mörder hatte sie dort regelrecht arrangiert, als wäre sie eine Antiquität in einer Vitrine. »Ich weiß es noch nicht«, räumte sie ein. Doch warum war ihr ausgerechnet jetzt der Entführungsgedanke gekommen? Das konnte kein Zufall sein, also musste es in ihrer persönlichen Erinnerungsdatenbank einen dazugehörigen Wissensschnipsel geben. Einen winzigen vermutlich, den sie aber unbedingt finden musste.

Cord unterbrach ihre Überlegung, aber sie bekam nur noch den Schluss von dem mit, was er sagte. Und der betraf sie. »… während Sie in Gedanken schon wieder zurück im Moor sind«, sagte Cord. »Sie wissen schon.«

Klara räusperte sich. Es würde nicht gut ankommen, wenn sie jetzt nachfragen würde, was er gerade gesagt hatte. Außerdem wusste sie ja schon. Also würde sie sich zuerst gedanklich ins Moor zurückbegeben, um dem Täter näherzukommen, und danach herausfinden, warum sie an eine Entführung gedacht hatte. Es war noch ein unvollendetes Gedankenbild, doch sie würde nach dem fehlenden Schnipsel suchen. An Schlaf war nicht zu denken.

Moritz war während ihres Telefonats ins Gästebett geschlüpft und hatte ihr einen Zettel auf dem Tisch zurückgelassen. *Werde morgen unterwegs sein, gibt allerhand zu erledigen. Frag nicht danach.*

Aha. Hatte er nicht gesagt, er wolle die Stellung halten? Aber wie sich das las, hatte er etwas anderes vor. Wollte er vielleicht zum Arzt? Sie würde nicht fragen, aber Mutter bestimmt.

Klara war an diesem Tag noch keinen Augenblick zur Ruhe gekommen, und auch jetzt brauchte sie keine, im Gegenteil. Sie schnappte sich Block und Stift und setzte sich damit auf die Couch. Also zurück ins Moor. Schon der Gedanke daran verursachte ihr körperliche Schmerzen.

Sie hatte Alexander Cord von dem Holzpflock in Kurt Blankenburgs Herz erzählt, aber nicht die ganze Geschichte. Der Mann hatte sich aufgespießt – mit dem zugespitzten Ast eines aus dem Wasser ragenden Baumes. Wahrscheinlich ein Unfall, hatte es viel später in den Medien geheißen, aber Klara konnte sich nicht vorstellen, wie einem erfahrenen Torfstecher, der sich im Moor auskannte, so etwas passieren konnte.

Allerdings war das Oldhorster Moor, wenn sie so darüber nachdachte, eine einzige große Falle. Es überlief einen eisig, wenn der Boden sich öffnete, man einsank und ein Seufzen erklang, so als wollte jemand unter der Oberfläche des Moores das festhalten, was ihm da gerade entgegensank. Das Geräusch ließ einem das Blut in den Adern gefrieren.

»Warum ausgerechnet dort?«, flüsterte sie dem Mörder zu. Die gleiche Frage, die sie bereits lautlos gestellt hatte, als sie sich über die Leiche gebeugt hatte. »Du bist furchtlos ein großes Risiko eingegangen, also musste es sein. Ihretwegen? Sie hatte sich schick gemacht. Weil sie sich dadurch Selbstbestätigung erhoffte? Ließ sie deshalb auch die kleinen operativen Veränderungen an sich vornehmen, weil sie sich selbst gefallen wollte? Oder anderen? Die Handschuhe waren definitiv ein Modeaccessoire. Es ist Frühling, Strümpfe hatte sie keine getragen. Du hast sie schutzlos zurückgelassen. Hast nicht gewusst, wann sie gefunden werden würde. Das war der einzige Grund, warum du ihr Gesicht bedeckt hast. Das Tuch ist kein Zeichen von schlechtem Gewissen. Du wolltest, dass ihr kein Tier zu nahe kommt, deshalb der Lavendelgeruch des Taschentuchs. Du wolltest, dass wir ihre Identität klären können.« Klara war sicher, dass die Erkennbarkeit für den Täter überaus wichtig gewesen war.

»Deine Hände waren dein Werkzeug. Du hast sie ihr um den Hals gelegt, wolltest sie deinen Zorn spüren lassen. Deinen Zorn, der aber schon abgekühlt war, denn sonst hättest du ihn stärker an ihr ausgelassen. Und dann hast du in ihre Augen gesehen, bis der letzte Rest Leben aus ihr gewichen, bis ihr Blick gebrochen war.« Klara hatte keine Zeichen von Gegenwehr erkennen können. Warum nicht? Sie hatte keine Ahnung, überlegte weiter.

»Ein Grab inmitten von Blumen und Wollgras, als wolltest du damit sagen: Immerhin das werde ich noch für dich tun. Was hat sie dir bedeutet?«

Klara hatte nichts von ihren Gedanken aufgeschrieben, hatte sich in den Kopf des Täters begeben und sich dessen Gefühle unter die Haut gehen lassen. Es wäre interessant zu wissen, was die Spurensicherer hatten, was der Mörder sie hatte finden lassen. Klara war sicher, dass sie es mit einem Täter zu tun hatten, der sein Opfer gut gekannt hatte. Vielleicht war sogar Liebe im Spiel gewesen, nicht frisch, nicht brennend, obwohl auch das nur ihre Empfindung war. »Solch ein mühevolles Arrangement für jemanden, den du weder innig geliebt noch gehasst hast.« Aber es gab ein Dutzend Gefühlswelten dazwischen. Und doch hätte sie Professor Dr. Bitter gern gefragt, ob Sonja Wallbrecht geküsst worden war. Aber erst einmal mussten er und die Tote wiederauftauchen. Sie ertappte sich dabei, sich kurz einmal Alexander Cords Überlegung in Bezug auf die Verschwundenen und ihre Tote auszuborgen. Cord, der Mann mit der Leiche im Keller, von der er behauptete, sie sei sein Vater. Etwas an der Geschichte entsprach bestimmt der Wahrheit, trotzdem hielt Klara seine Äußerung für überzogen. Sie hätte gute Lust gehabt, die Wahrheit ans Licht zu zerren, aber nicht mehr in dieser Nacht. Zuerst musste sie noch ein paar andere Dinge zutage fördern.

Sie brauchte nicht lange dafür. Die Entdeckung war so offen zugänglich, als würde man eine Zeitung aufschlagen. Klara war online gegangen, eine alte Vermisstenmeldung sprang ihr sofort entgegen.

*Die vierzehnjährige Sonja W. verschwindet vom Grundstück des elterlichen Hauses …*

Auf dem dazugehörigen Foto waren die Gesichtszüge des Mädchens jünger als die der Frau, noch unverfälscht.

***

Ihr Gesicht, schön und kalt. Doch am Ende kommt es ihm nicht mehr so vor – schön. In seinen Augen ist sie es einmal gewesen, weil er sie geliebt hat. Sonja war kein bisschen verliebt gewesen, nicht in ihn.

Es ist vorbei, sagt er sich. Aber wenn er ehrlich ist, kann er es noch nicht vorbei sein lassen. Nur auf eine Person trifft das Vorbeisein zu. Auf Sonja. Für ihn ist es erst der Anfang. Er triumphiert nicht – er will nach all den Jahren endlich ein Ende, damit ein Beginn stattfinden kann.

Er kann sich denken, wer mit dem Fall im Oldhorster Moor und der Analyse der Leiche und des Täters betraut werden wird. Manchmal sind ein Schlüssel und eine Person nötig, die ihn benutzen kann. Klara Niehof. Sie kennt ihn und weiß es nicht einmal.

Die Polizei wird die Profilerin mit Sicherheit zu dem Fall befragen. Damit hat er ihnen den Schlüssel zur Lösung überlassen. Und den fürs Gartenhaus, versteckt im Handschuh der Toten.

Vielleicht wird sie verstehen.

Finde mich, Klara Niehof, bittet er. Dann hast du auch den Mörder gefunden – einen der Mörder.

# 4

In einer Hinsicht sind Polizisten Kriminellen ähnlich: Jedem müssen sie beweisen, wie hartgesotten sie sind.

Nur ein paar Stunden war die Nacht lang gewesen, und Moritz war verschwunden. Klara musste an seine Nachricht denken: *Frag nicht danach.* Sie hatte tief geschlafen und nichts gehört.

»Was treibst du bloß?«, sagte sie leise zu sich selbst. Sie hatte keine Lust, sich auch noch um ihren besten Freund sorgen zu müssen. Soweit sie das nachvollziehen konnte, trug er seine Freizeitkleidung. Was konnte er in seinem derangierten Zustand vorhaben?

Sie gönnte sich einen heißen Kaffee und schaltete das »Morgenmagazin« im Fernsehen ein. *Was geschah im Oldhorster Moor?* Die schwarze Schrift lief als Band am unteren Bildschirmrand entlang. Nicht beunruhigend, fand Klara. Wenigstens hieß es noch nicht: *Sonja Wallbrecht, Tochter des bekannten Bauunternehmers, getötet, ihre Leiche im Moor verschwunden.*

Das Opfer legte die Spur zu seinem Mörder – normalerweise. Und Klara verstand, sie zu lesen – normalerweise.

Momentan wussten nur sie, Moritz, Cord und Hermina Blankenburg, wer die Ermordete war.

Klara hatte die halbe Nacht mit Zeitungsmeldungen über das damalige Verschwinden der vierzehnjährigen Sonja W. verbracht.

Der Nachname war nicht genannt worden, und dennoch schrie er dem Leser zwischen den Zeilen entgegen. Zwei der Artikel waren so weit gegangen zu behaupten, die Täter seien in Sonja Wallbrechts persönlichem Umfeld zu suchen. Teenager, die einen Teenager gekidnappt hatten. Das Ende war ein gutes gewesen, Sonja war freigekommen.

Irgendwann nach Mitternacht hatte Klara einen Ansatz gehabt, doch der würde nur funktionieren, wenn die Leiche im Oldhorster Moor auch zweifelsfrei Sonja Wallbrecht war.

Klara hatte indirekt zugesagt, sich um das Frühstück zu kümmern, und kannte die Traditionsbäckerei in der Gärtnerstraße von früher. In einer Ecke des Ladens lief ein Fernseher ohne Ton, aber die Bilder sprachen für sich. Das Moor war allgegenwärtig, neuerdings wurde wohl wieder auf Schwarz-Weiß gesetzt, oder aber der Nebel war bei den Aufnahmen so dicht gewesen, dass er alle Farbe geschluckt hatte. Im Laden wurde heftig spekuliert und gemutmaßt, was passiert war.

Ein Mann, der darauf wartete, bedient zu werden, meinte, die Leiche könne seine Vermieterin sein, ein anderer, weiter hinten in der Schlange, machte sich Sorgen, weil seine Tochter seit zwei Nächten nicht nach Hause gekommen sei, und eine Frau erklärte, ihr Schwager, ein Bestatter, habe sich in letzter Zeit etwas seltsam verhalten und gesagt, er brauche noch ein paar Leichen mehr diesen Monat, um über die Runden zu kommen.

Klara verdrehte die Augen. Gerade als sie von der rundlichen Bäckersfrau das Wechselgeld für die Brötchen in die Hand gedrückt bekam, wurden im Fernsehen die Fotos eines Mannes und einer Frau eingeblendet. Alexander Cord sah ernst aus, seine Miene war verschlossen und ließ keinerlei Schluss darauf zu, was in ihm vorging. Von Klara hatte der Sender ein älteres Bild aufgetrieben, auf dem sie die Haare etwas länger trug. *Bekannte Profilerin wird zum Fall hinzugezogen – die Polizei hüllt sich weiter in Schweigen.* Die Schrift wurde unterhalb des Bildes eingeblendet. »Mist«, sagte sie laut, und die ersten Köpfe drehten sich in ihre Richtung. Sie beeilte sich, mit ihrem Einkauf den Laden zu verlassen.

Klara dachte mit Grauen daran, dass man Cord und sie nun anscheinend ins Visier genommen hatte. Sie musste nicht raten, was nun folgen würde.

Sie hatte schon seit dem frühen Morgen das Gefühl, als wäre jemand hinter ihr her. Blieb nur die Frage, ob es dem Verfolger um etwas Aktuelles oder um etwas ihre Vergangenheit betreffend ging.

Klara musste an die Nachricht des Reporters auf dem Anrufbeantworter denken. *Gestern ist nie vorbei.* Sie sah das anders.

Ein Teil von ihr war in der Nacht, in der ihre beste Freundin verschwand, mit ihr gegangen.

Auf dem Parkplatz der Polizeiinspektion vor dem Celler Tor warteten mehrere Fahrzeuge, die verdächtig nach Übertragungswagen aussahen. Klara wünschte sich, unsichtbar zu sein. Und wenn ihr schon nicht dieser Wunsch erfüllt wurde, dann würde sie ihren Mini Cooper wenigstens auf der unteren Ebene des Parkhauses abstellen, möglichst weit entfernt von den Gaffern. Und das, obwohl Klara normalerweise alles Unterirdische mied. Zu viel Düsterheit.

Die Zugangskarte hatte sie gestern Nacht noch gesucht und zusammen mit einigen Visitenkarten in der Art-déco-Schale auf einem Kästchen neben der Garderobe gefunden. Im Dunkeln war sie gegen das kleine Möbel gestoßen und hatte anschließend den Inhalt der zu Bruch gegangenen Schale vom Boden aufsammeln dürfen. Sie hatte kein Licht gemacht, um Moritz nicht zu wecken. Ihre Karte hatte sie ertastet.

Klara griff nach der Tüte mit den Brötchen, stieg aus und steuerte das Treppenhaus an.

Wenn die Garage schon düster war, dann herrschte in ihrem Büro absolute Finsternis.

Alexander Cord hatte sämtliche Rollos heruntergelassen. Wahrscheinlich sollte niemand mitbekommen, dass er hier nächtigte. Die Kollegen würden wahrscheinlich darüber lachen, die Kommissariatsleiterin eher nicht.

Klara stolperte und landete auf etwas Weichem. »Licht!«, rief sie. Wenigstens schien sie nicht über Goldis Heim gefallen zu sein.

Ein Schatten tauchte auf, dann Finger, die nach dem Schalter tasteten. »Wie spät ist es?«, erkundigte sich eine verschlafene Stimme.

»Morgen«, gab Klara zurück.

Cord sah auf sie hinunter. »Sie sitzen in meinem Koffer.«

Bei Licht betrachtet hatte er tatsächlich recht.

Cord streckte ihr eine Hand entgegen.

Sie ergriff sie und wurde aus seinem provisorischen Kleiderschrank gezogen. »Ich mache uns Frühstück«, bot sie großzügig an und musste grinsen. Alexander Cord sah in Boxershorts fast noch besser aus als Moritz.

»Sie haben gerade was Nettes gedacht«, sagte er und grinste ebenfalls.

Klara schreckte auf und wurde wieder ernst. Alexander Cord durchschaute sie, und das bei diesen miesen Lichtverhältnissen, das sollte ihr wirklich zu denken geben.

Cord schnappte sich eine Jeans aus dem Koffer und schlüpfte hinein. »Was hat Ihr stummer Austausch mit der Toten ergeben … oder mit ihrem Mörder? Was kam Ihnen als Erstes in den Sinn, als Sie die Frau im Moor liegen sahen?«

Klara war multitaskingfähig, sie konnte gleichzeitig: reden, Kaffee kochen und den Inhalt des Kühlschranks untersuchen. Zum Glück, denn so sah Cord ihr Gesicht und ihre Verlegenheit nicht. »Ich habe gedacht, dass etwas falsch ist. Einerseits erwürgt er sie mit bloßen Händen, andererseits fehlen Zeichen anderer Emotionen völlig. Widersprüchlich, obwohl uns der Täter eine präzise Botschaft geschickt hat. Wahrscheinlich geschah das unbeabsichtigt, trotzdem dürften die Schnitzel, wie Professor Bitter sich ausdrückte, zielgerichtet sein.«

»Die Schnitzel, die wir nicht haben«, sagte Cord.

»Es wäre auch denkbar, dass die Frau nicht sterben sollte und etwas schiefging.« Klara hatte nur eine der vielen anderen Möglichkeiten aufgegriffen, schüttelte aber gleich darauf den Kopf. Doch, diese Frau hatte sterben müssen.

»Worüber sind Sie gestolpert?«, fragte Cord.

Zuerst einmal über deinen Koffer. Klara dachte es nur. Sie sah ihn scharf an. Er wusste es. Sein Zögern, der Ton und die Formulierung der Frage ließen nur diesen einen Schluss zu – er wusste, dass Sonja Wallbrecht als Jugendliche entführt worden war. Und wenn er es heute Morgen wusste, hatte er es bestimmt auch schon gestern Abend gewusst. Wozu die Heimlichkeiten?

»Was haben Sie zu Sonja Wallbrecht?«, fragte sie. Los, sag es schon! Wieder nur gedacht, aber mit voller Inbrunst.

»Geben Sie mir fünf Minuten. So kann ich nicht mit Ihnen reden, so kann ich mich nicht mal selbst ansehen.«

Klara zuckte mit den Schultern. Cord brauchte für diese Feststellung offenbar keinen Spiegel. Reden, ansehen; so ein Schwachsinn. »Warum haben Sie nichts gesagt? Gestern Abend, als Sie den Namen der Toten gehört haben«, verlangte Klara eine Antwort.

Wenigstens stellte er sich nicht dumm und fragte, was sie meinte. Es dauerte annähernd die von ihm veranschlagten fünf Minuten, bis er endlich etwas erwiderte. Noch vor dem Frühstück wurde Klara wider Erwarten Sonja Wallbrechts Lebenslauf präsentiert. Alexander Cord hatte ihn tatsächlich recherchiert. »Die schillernde Biografie einer hübschen Frau, nur sagen all diese Fakten und Zahlen nichts über den Charakter, die Leidenschaften und die Besonderheiten aus, die einen Menschen ausmachen. Sie ist die Tochter von Magnus und Dorothea Wallbrecht. Und jetzt habe ich noch etwas aus der Boulevardpresse. Sonja Wallbrecht war offenbar ihrem Großvater Richard sehr zugetan, einem ehemaligen Kriegsberichterstatter für die Nachrichtenagentur Reuters, der nach einem Schlaganfall seine Wahlheimat Südafrika aufgab und nach Deutschland zurückkehrte. Das Anwesen der Familie befindet sich immer noch in Richard Wallbrechts Besitz. Sonja hat sich offenbar nach dem Tod ihres Ehemannes dazu entschlossen, für eine Weile wieder dort zu wohnen. Sonja Wallbrecht war mit Ricardo Cantelli, dem bekannten Rennfahrer, verheiratet. Er ist vor drei Jahren tödlich verunglückt.«

Das war eine ganze Menge. Klara erinnerte sich, die letzte Meldung gelesen zu haben. Sie hatte ein paar seiner Rennen im Fernsehen verfolgt.

»Sonja Wallbrecht besitzt ein Apartment in Nizza, ist aber seit dem Tod des Ehemanns wieder in Deutschland gemeldet.« Und Cord hatte noch mehr. »In ihrer Jugend geriet Sonja Wallbrecht auf Abwege. Sie hat eine Polizeiakte. Allerdings sehr dünn. Fahren ohne Führerschein, Befreiung von Tieren aus einem Versuchslabor. Eines von den beiden Delikten könnte man übrigens auch mir anlasten, aber ich wurde nicht erwischt.«

Klara konnte sich nicht vorstellen, dass Cord illegal Tiere gerettet haben sollte, dann schon eher Ersteres.

»Will man etwas über einen Menschen wissen, muss man ihm sehr nahekommen. Ist der Entsprechende tot, muss man sich mit seinen Angehörigen auseinandersetzen«, formulierte Alexander Cord seine Philosophie. »Doch solange sich der Professor und das Team nur im Moor verstecken, ist außer Sonja Wallbrecht noch niemand tot.« Er streckte Klara seine Handflächen entgegen.

Klara konnte dem nicht zustimmen. Ihrer Meinung nach kam man einem Toten nahe, indem man sich die vielen übereinanderliegenden Schichten seiner Vergangenheit vornahm. Eine Art Zwiebelschalenprinzip. »Und wie nahe sind Sie Sonja Wallbrecht bis jetzt gekommen?«, forderte sie Cord heraus.

»Gar nicht«, gab er zurück.

»Aber Sie wissen von der Entführung«, ließ sie nicht locker.

»Nicht auf nüchternen Magen. Der Tag wird nervenaufreibend, anstrengend und spannend. Lassen Sie ihn uns langsam angehen.«

Nervenaufreibend war es schon jetzt, fand Klara, da half ein Aufschub von weiteren fünf Minuten auch nicht viel.

Cord machte für ihr Frühstück Platz auf dem Schreibtisch seiner Assistentin. Er musste Klaras Blick bemerkt haben. »Linda ist noch krankgeschrieben«, sagte er. »Und ihr Schreibtisch ist sowieso der ordentlichste von unseren dreien, es geht also schneller mit dem Abräumen.«

Moment, was hatte er davor gesagt? Warum nervenaufreibend, anstrengend und spannend? Sie musste etwas verpasst haben. »Es wird … was?«

»Wir frühstücken in Ruhe, anschließend erzähle ich Ihnen etwas über die Entführung, und dann machen wir uns auf den Weg ins Oldhorster Moor.«

»Nein.« Sie stellte ihre Tasse ab, bevor Cord ihr Zittern bemerken konnte. »Die Einheit der Bundeswehr …«, begann Klara.

»Die hat keine Ahnung, wo die Leiche lag oder wo die Männer verschwunden sind.«

»Schon, aber …«, versuchte sie ein weiteres Mal, einen Einwand zu formulieren, und wusste, dass sie extrem zurückhaltend, beinahe ängstlich dabei klang. Am liebsten hätte sie ihre Gedanken gestoppt und ein für alle Mal ihren Mund gehalten.

»Wir warten nur noch ab, bis der Morgennebel sich verzogen hat, wenn er das denn tut«, sagte Cord. »Erzählen Sie mir lieber, was los ist. Mit Ihnen.«

Beim Frühstück, auf das sie keine Lust mehr hatte. Natürlich. Aber warum ging es plötzlich um sie? Hatten sie nicht andere Probleme?

Alexander Cord wartete, um sie herum herrschte Stille. Keine Chance zum Ausweichen. Aber sie musste nichts offenlegen, sie hatte kein Bedürfnis danach. Doch eines ließ sie einlenken: Aus Cords Blick sprach Sorge, keine Neugier.

»Es liegt schon ein halbes Leben zurück«, begann sie so vorsichtig, als würde sie auf einem schmalen Grat balancieren. Wenn sie das Gleichgewicht verlor, würde sie abstürzen, sie musste aufpassen. Schon Hermina Blankenburg hatte in sie hineingesehen, so ähnlich jedenfalls hatte es sich für Klara angefühlt. Vielleicht waren dazu nur Menschen in der Lage, deren eigenes Gewissen nicht frei von Schuld war.

Langsam erzählte Klara Alexander Cord also, warum das Oldhorster Moor für sie zum Alptraum geworden war.

Anschließend sagte Cord lange nichts, und als er es tat, klang er so, als würde er auch für sich sprechen. »Es wird erst zu Ende sein, wenn Sie es zweifelsfrei wissen – wenn Hannah gefunden wird. Erst dann.« Er konnte ihr nicht mehr in die Augen sehen.

Klara bemerkte, wie er ihrem Blick auswich. Noch jemand, dem Schuld nicht unbekannt war?

Er stellte seine Tasse ab und verschränkte die Arme. Die Körpersprache war eindeutig, er wollte für sich sein. Aber womit genau?

»Sonja Wallbrecht wurde als Jugendliche entführt – aber davon hat in Ihrer Illustrierten nichts gestanden, oder?«, fragte er.

Klara hatte den Artikel nur kurz überflogen, doch Moritz hätte die Information sicher erwähnt. Cord hatte seine Information nicht aus der Zeitung, vermutete sie. Aber von Moritz' Existenz brauchte er nichts zu erfahren. Klara war vielmehr gespannt, wie viel der Kollege ihr erzählen würde und wer oder was seine Quelle war. Womöglich die gleiche wie ihre. Sie hatte in der vergangenen Nacht etwas Interessantes im World Wide Web aufgestöbert. Da hieß es, dass damals die Lösegeldforderung zwei Tage nach Sonja Wallbrechts Verschwinden im Briefkasten gefunden und vonseiten der Eltern die Polizei eingeschaltet worden sei. Der Großvater, Richard Wallbrecht, sei in die Offensive gegangen und habe ein »Erfolgshonorar«, so hatte er sich ausgedrückt, zur Ergreifung des Entführers seiner Enkelin ausgesetzt.

Die Behörden hatten sich davon unbeeindruckt gezeigt, sie spielten nach eigenen Regeln. Der in der Forderung genannte Zeitpunkt und der Übergabeort des Geldes waren nicht an die Öffentlichkeit gedrungen.

Doch alles war anders gekommen. Eine Übergabe fand nicht statt, stattdessen brachte ein Polizist das Mädchen nach fünf Tagen unversehrt zurück. Sonja erzählte, der Täter habe eine Maske getragen und nicht viel geredet, sie sei gut behandelt worden und könne sich sonst an nichts Besonderes erinnern.

Klara hatte gestutzt. Wenn nicht davon auszugehen war, dass der Großvater mit dem Leben seiner Enkelin spielte, musste Richard Wallbrecht etwas über die Identität des Entführers gewusst haben. Das zumindest hatte sie sich schon gestern Nacht überlegt.

Der Name des Polizisten, der Sonja Wallbrecht nach Hause gebracht hatte, wurde nirgends erwähnt, fiel Klara auf. Wer war dieser Polizist, und hatte Wallbrecht ihm das Erfolgshonorar bezahlt?

Klara fiel Moritz' Bemerkung wieder ein, Hannah sei damals vielleicht nicht die Einzige gewesen, die verschwand. *Es gibt Dokumente, es gibt Archive, und du sitzt an der Quelle.*

Cords Handy klingelte und unterbrach ihre Überlegungen. Nach einem kurzen Blick auf das Display nahm er den Anruf entgegen.

Klara wusste immer noch nichts über ihn. Eine einfache Frage lag ihr auf der Zunge, aber es war eine, die sie nicht stellen würde. Sie hatte nicht vor, das Gespräch mitzuhören, konnte es aber schwer vermeiden.

»Wie kommst du auf sie? Das ist noch gar nicht raus. Halt die Füße still, sonst lasse ich mir was für dich einfallen.« Laut. Drohend.

Kommentiert wurde Cords Ausbruch mit lautem Lachen, das selbst Klara hören konnte. Cord machte ihm ein Ende, indem er auflegte. Er sah nicht so aus, als hätte er vor, Klara ins Vertrauen ziehen.

»Fragen Sie nicht, das war privat«, sagte er einige Sekunden später.

Vielleicht war es das tatsächlich, aber es hatte geklungen, als wäre es bei dem Anruf gerade um den aktuellen Fall gegangen. Oder bildete sich Klara nur ein, dass Cord mehr wusste, als er preisgeben wollte?

»Damit fallen wir heute nicht auf«, sagte Alexander Cord, als sie in die Tiefgarage gingen und in den Mercedes stiegen. Er hatte sich wieder im Griff. Sind wir auch gestern nicht, wollte sie schon sagen.

Es war ein Männerlachen gewesen, das Klara gehört hatte. Auch wenn der Anruf privat gewesen war, musste es dabei um ihre Tote gegangen sein. Was verheimlichte ihr Cord? Sie musste bei ihm darauf achten, was sie sagte und dachte. Und sie hasste Heimlichkeiten.

Jetzt übertreibst du, war sich ihre kleine Stimme sicher.

Und wenn schon, schnappte Klara stumm zurück. »Und ob wir auffallen«, erwiderte sie laut. »Aber nicht wegen des Mercedes. Jeder, der den Regionalsender einschaltet, kennt uns mittlerweile. In der Bäckerei, in der ich die Brötchen gekauft habe, lief die Morgensendung. Sie haben unsere Fotos gezeigt. Ich bin gespannt, was uns gleich im Moor erwartet.« Sie warf einen Blick in den Seitenspiegel. Ihnen folgte eine Autoschlange. War auch der Wagen darunter, den sie verdächtigte, sie zu verfolgen? Sie hatte gedacht, dass ihr schon vor der Bäckerei jemand aufgefallen war, der sich weggeduckt hatte. Zu viel Phantasie, Klara Niehof?

Cord unterbrach Klaras Überlegungen. »Ich wäre Ihnen dankbar, wenn Sie noch mal mit der alten Frau reden könnten, mit unserer Retterin. Ich lasse Ihnen mein Handy da. Wenn zwischenzeitlich ein Anruf eingeht, nehmen Sie ihn bitte entgegen. Im Moor habe ich sowieso keinen Empfang. Ich werde versuchen, den Männern von der Bundeswehr ein guter Lotse zu sein.«

»Tun Sie einfach so, als hätte ich nie etwas über das Moor gesagt.«

»Ich will Sie nicht raushalten oder freundlich zu Ihnen sein. Sie sitzen einer falschen Vorstellung auf«, versuchte er, sie zu überzeugen.

Und doch, gerade war er freundlich. Eine kleine unbewusste Botschaft, die sein Körper aussandte. Und Hermina Blankenburg würde bestimmt nicht weglaufen. »Ich werde mitkommen«, sagte Klara.

»Wie Sie meinen. Dann sagen Sie mir: Wer ist unser Mörder? Was haben Sie für mich?«

»Es handelt sich um keine spontane Tat, der Täter hat sich vorbereitet. Die Lichtung ist, wie es aussieht, nicht der Tatort, sonst wäre kein Transportmittel nötig gewesen. Ich glaube Hermina Blankenburg, die von einer Schubkarre gesprochen hat.« Von der es jetzt vielleicht wegen des Untergrunds und des Wetters bereits keine Spuren mehr gab. Das Team hatte hoffentlich Entsprechendes entdeckt und kommentiert. Sie war gespannt. »Ich denke, bei dem Mord können wir den sexuellen Aspekt außen vor lassen. Das Erwürgen mit bloßen Händen deutet darauf hin, dass das Verbrechen persönlich motiviert war. Es ist nicht viel, was ich bisher habe«, räumte Klara ein. »Leider kann ich dem Täter noch keine Präsenz geben.«

»Das ist trotzdem schon einiges«, sagte Cord. »Aber Sie haben etwas weggelassen.«

Klara zuckte zusammen. Das Wörtchen »etwas« traf es überhaupt nicht, fand sie. Sie hatte unerwähnt gelassen, dass hinter dem Mord wieder eine Entführung stecken könnte, die diesmal mit dem Tod geendet hatte. Es gab keine Anzeichen von Gewalt, doch die war auch nicht unbedingt nötig, um jemanden gefügig zu machen. Sollte man in Sonja Wallbrechts Blut Betäubungsmittel nachweisen, so könnte das eine Erklärung für die Ordnung am Auffindeort der Leiche sein. »Ich kann mich täuschen, aber Sonja ist hier in Burgdorf aufgewachsen und zog als Witwe wieder in ihr Elternhaus zurück. Ihr Leben fand hinter Mauern statt. Den Täter finde ich dort sicher nicht, aber vielleicht eine Verbindung zu ihm. Das Erwürgen mit bloßen Händen ist keine Methode, die ein Fremder wählen würde. Das Kleid, das sie trug, hatte nicht eine einzige Knitterfalte, sie trug noch ihren Schmuck. Doch solange niemand weiß, dass Sonja Wallbrecht tot ist, und wir es Angehörigen gegenüber nicht nachweisen können, wird es schwierig sein, ins Haus zu gelangen.«

»Wie oft haben Sie sich schon in Ihren Annahmen getäuscht?«, fragte Cord.

»Noch nie.« Nicht bei ihren Fällen, nicht bei ihren Analysen. Privat hätte die Antwort anders gelautet.

Der sonst so verlassene Waldweg, der ins Moor führte, war mit Fahrzeugen zugestellt.

Hermina Blankenburg hatte ihre Vorhänge zugezogen und auch sonst alles gegen Neugierige abgeriegelt. Als sie parkten, bemerkte Klara bei genauerem Hinsehen eine Hand an einem der Vorhänge. So wie damals.

»Die Blankenburg wird Sie sicher ins Haus lassen, wenn auch sonst niemanden.« Cord hatte die Hand offenbar auch gesehen.

Klara war durchaus versucht, keinen Schritt mehr ins Moor zu tun, sogar sehr versucht. Aber es wäre feige gewesen. Die bequeme Lösung. »Ich bin gleich wieder bei Ihnen«, sagte sie darum zu Cord und zückte ihr Handy, während er aus dem Wagen stieg. Sie wollte noch kurz telefonieren, bevor sie sich dem Moor stellte. Der Gedanke war ihr gerade erst gekommen.

Sie hatte die Nummer schon lange nicht mehr angerufen, die samtige Stimme lange nicht mehr gehört. Doch Klara würde sie zeit ihres Lebens erkennen. Als sie sich kennenlernten, war er ein einfacher Polizeimeister gewesen; was er heute war, wusste sie nicht genau, nur dass er aktuell im Polizeiarchiv in Hannover arbeitete.

Leon Pracht und sie hatten sich nach der Ausbildung aus den Augen verloren. Klara hatte gehört, er wäre inzwischen zweimal verheiratet gewesen und genauso oft wieder geschieden worden. Die Frage »Was wäre gewesen, wenn …?« erübrigte sich. Denn es reichte nicht, nur eine Stimme anziehend zu finden.

»Leon … ich bin's, Klara. Es ist lange her, ich weiß. Ich bin einfach mal eingebildet und glaube, dass du dich an mich erinnerst.« Ohne eine höfliche Begrüßung begann man kein Gespräch, und auch sie würde es nicht tun. Ihre fiel herzlich aus, weil der Mann ihr einmal etwas bedeutet hatte. Dann kam sie auf den Grund ihres Anrufs zu sprechen und sagte ihm, was sie von ihm wollte.

»Das ist nicht gerade wenig. Ich kann die Akten raussuchen, aber du wirst trotzdem vorbeikommen müssen … Ich freue mich schon, dich wiederzusehen. Wann?«

»Es ist nicht so eilig … heute Abend?«, fragte sie.

»Nicht so eilig?«, wiederholte er.

Sie ahnte sein Lächeln oder bildete es sich zumindest ein. Ein leises Glucksen war zu vernehmen. Sie verbiss sich ein »Die Sache ist nicht privat« und fand sogar ein paar nette Dankesworte für den Mann mit der Streichelstimme, an die sie sich noch gut erinnerte, während das Bild von Leon Pracht verschwommen blieb.

Er wollte sich die Zeit nehmen und für sie die Dokumente heraussuchen. Sie hatte für ihn den zeitlichen Radius eingegrenzt, der sie interessierte: die letzten zwanzig Jahre. Wahrscheinlich seien die Opfer ein bestimmter Frauentyp, hatte sie gesagt. Seiner Antwort nach würde sie später mehr als nur ein paar vereinzelte Ordner durchsehen müssen. Klara steckte ihr Handy ein und erlaubte sich noch einen Moment des Fürsichseins, in dem sie tief durchatmete, bevor auch sie sich aus dem Mercedes wagte.

Das Oldhorster Moor war bevölkert wie vermutlich schon seit Ewigkeiten nicht mehr. Stille herrschte höchstens noch tief im Sumpf, hier waren keine Moorgeräusche mehr zu vernehmen. Trotzdem war da wie schon am vorigen Tag das Gefühl von Enge und Schwere. Klara fühlte sich, als trüge sie ein Kettenhemd. Aber äußerlich durfte sie sich nichts anmerken lassen.

Die Geier hatten sie gesichtet. »Wissen Sie schon, wer die Leiche ist? Es geht doch um eine Leiche? Was ist mit dem Team passiert, was hatten die Männer draußen im Moor zu tun? Ist das hier ein Tatort? Warum beteiligt sich eine Profilerin an der Suche nach Vermissten?« Die einzelnen Stimmen vermischten sich zu einem großen Ganzen.

Klara sah über die Köpfe hinweg, das war leichter. Vor allem konnte sie sich so einbilden, von niemandem direkt angesprochen zu werden. Sie hatte nicht bemerkt, dass sich jemand von hinten an sie herangeschlichen hatte – aber wahrscheinlich war es bei dem Lärm nicht einmal nötig gewesen zu schleichen.

»Sie können nicht anders, oder? Wegen Hannah«, raunte eine Stimme dicht an ihrem Ohr.

Sie war angenehm, der Ton persönlich.

Vielleicht hatte die Person erwartet, dass sie herumfuhr, erschrocken darüber, dass jemand über die damaligen Vorkommnisse Bescheid wusste. Doch den Gefallen würde Klara niemandem tun.

Sie wandte sich langsam um und sagte ruhig: »Heute geht es nicht um Hannah.« Sie musterte ihr Gegenüber. Auffallend goldfarbene Augen mit kleinen dunklen Sprenkeln, die der Mann schnell abwandte. Er konnte ihrem Blick nicht standhalten. Klara fragte sich, worauf er mit seiner Bemerkung abzielte. Wollte er ihr demonstrieren, wie leicht es war, Persönliches über jemanden auszugraben? Aber das war keine Überraschung und unwichtig. Was zählte, war letztlich, was aus den persönlichen Informationen konstruiert wurde.

Der Mann hatte sich bereits wieder abgewandt, als hätte er allein Klaras Reaktion beobachten wollen.

Die nächste Frage wurde in ihre Richtung abgeschossen. »Wie ist es möglich, dass ein ganzes Polizeiteam im Oldhorster Moor so einfach verschwindet? Was verheimlichen Sie der Öffentlichkeit?«

Sie schüttelte den Kopf, sie würde keinen Kommentar abgeben. Von einem Polizeiteam hatte niemand etwas gesagt. Sorgenvoll durfte sie wirken, schließlich waren Kollegen verschwunden, aber mit anderen Gefühlen musste sie vorsichtig sein. Sie würde die Augen nicht niederschlagen, sondern versuchen, furchtlos aufzutreten.

»Von einer Leiche im Moor hätten Sie mir schon etwas sagen können.« Schütteres Haar und dünner Schnauzer. Michael Losen, der Kurator, der offenbar dachte, ein besonderes Anrecht auf Informationen zu haben.

Ihn würde Klara nicht ignorieren können. Sie nahm ihn ins Visier. Genau das machte den Unterschied; eine Leiche im Moor, aber keine Moorleiche, die für das Museum interessant sein könnte. »Zuerst und vor allem anderen bin ich im Polizeidienst und Verbrechensanalytikerin. Sie wollen eine Analyse, und Sie werden sämtliche Informationen von mir erhalten – natürlich ausschließlich die beiden Frauen aus dem Toten Moor betreffend.« Sie sprach langsam und betont, damit er auch alles verstand.

Losen reagierte verschnupft. »Dann machen Sie mal. Wir haben nicht ewig Zeit, auf Sie zu warten.« Schon beim letzten Wort drehte er ihr den Rücken zu und stapfte davon.

Klara war sich sicher. Auch wenn sie jetzt anderes zu tun hatte, würde sie das Schicksal der beiden Frauen nicht so schnell loslassen. Sie würde herausfinden, was mit den Schwestern passiert war. Doch bisher war es ihr gerade einmal gelungen, die eingeritzten Zeichen auf den Stäbchen zu entschlüsseln, und wahrscheinlich würde sie auch in den nächsten Tagen nicht zu mehr kommen. Und wo sie schon mal diesen ungemütlichen Gedanken dachte, schoss ihr jetzt auch noch Moritz durch den Kopf. Sie hoffte, er würde nicht irgendeinen Unsinn machen.

Das Zelt war riesig, aus Plastikbahnen, die man an den Seiten schließen konnte. Im Innern hatten einige Feldbetten, Tische und Stühle Platz gefunden, gleich daneben stand etwas, das wie eine mobile Feldküche aussah. Es schien, als hätte man sich am Rand des Oldhorster Moors nicht bloß für eine Nacht und einen Tag eingerichtet.

Die Einheit der Bundeswehr bestand aus überschaubaren sieben Leuten. Einen tierischen Begleiter, wie Moritz gehört haben wollte, konnte Klara nicht entdecken. Dafür Annett

Rehbein, die Kommissariatsleiterin, bürotauglich in Hose, Bluse und Pumps. Eine Pro-forma-Unterstützung, denn so würde sie keinen Schritt ins Moor machen. Rehbein reichte Klara gerade bis etwas über die Schulter, und Klara fragte sich, ob die kleine Frau hinter einer Sache und vor ihren Leuten stehen würde, wenn es Schwierigkeiten gäbe.

Ihre Vorgesetzte legte ihr eine manikürte Hand auf die Schulter. »Finde ich gut, dass Sie sich die Füße schmutzig machen wollen«, sagte sie salopp. Sie klang seltsam, ihre Mundwinkel wanderten nervös auf und ab. Es hatte den Anschein, als bedrückte die Frau etwas. »Wegen der Sichtung der alten Fälle«, fuhr Annett Rehbein zögernd fort, »das kann noch eine Weile warten. Gerade helfen Sie uns mehr, wenn Sie uns an dieser Front unterstützen. Sie sind in Burgdorf aufgewachsen und dürften mit den Gegebenheiten vertrauter sein als die meisten der Kollegen.«

Klara nickte.

Die Kommissariatsleiterin wünschte ihr viel Erfolg, bevor sie ihr und den anderen Umstehenden noch den Rat gab: »Seien Sie vorsichtig.«

Die Männer der Bundeswehr blickten skeptisch.

Alexander Cord übernahm die kurze Vorstellung untereinander. Es machte wenig Eindruck, dass mit Klara eine Profilerin mit von der Partie war. Die Männer in ihren tarnfarbenen Anzügen präsentierten sich als Team und errichteten eine unsichtbare Mauer zwischen sich und Cord und Klara. Jeder versuchte auf seine Art, sich gegen das, was kommen sollte, zu wappnen. Die geneigte Kopfhaltung und die hochgezogenen Schultern waren deutliche Zeichen von psychischer Anspannung. Im Moor lauerte das Unbekannte. Furchtlosigkeit allein würde dagegen nicht viel ausrichten können.

Der Einsatzleiter machte klar, dass Klara und Cord von jetzt an ihm unterstanden. Sein Wort sei von nun an Gesetz.

»Wer das Sagen hat, übernimmt auch die Verantwortung. Ich beneide Sie nicht«, kommentierte Cord unaufgeregt.

Die Antwort war ein stummes Nicken, dann deutete der Einsatzleiter ins Freie wie ein Ober, der Gästen ihren reservierten Tisch anweist.

»Höllrath«, flüsterte Cord.

Klara verstand nicht, zog eine fragende Grimasse.

»Der Mensch heißt Höllrath«, klärte er sie auf.

Sie musste lachen. Nicht wegen des Namens, sondern wegen Cords verkniffener Miene.

Es wurde vereinbart, dass Klara und Cord vorausgehen würden – den gleichen Weg, den sie tags zuvor schon genommen hatten.

Ohne Probleme fanden sie die Lichtung und die Stelle wieder, auf der Sonja Wallbrechts Leiche abgelegt worden war. Die Stelle, von der aus die Suche starten würde.

Als der Einsatzleiter anordnete, sich aufzuteilen, stieß er damit auf wenig Begeisterung. Die Nervosität der Männer war fast greifbar.

»Das ist vielleicht nicht besonders ratsam«, wandte einer ein. »Wir haben zu wenig Kenntnis des Gebiets, es gibt keine verlässliche Karte, hab ich mir sagen lassen, und mit Verstärkung aus der Luft können wir nicht rechnen, weil der Pilot bei den Nebelfeldern zu wenig sieht. Es kann uns schnell genauso gehen wie dem verschollenen Team.«

»Was reden Sie da?«, blaffte Höllrath den Mann an. »Sie tragen einen Armbandkompass, die Himmelsrichtungen sollten Sie ja wohl ablesen können.«

Klara verdrehte die Augen. Wenn der Einsatzleiter vorhatte, die Stimmung aufzuheizen, dann könnte er damit Erfolg haben.

»Der klingt so bitter und überlegen wie der Rechtsmediziner gestern«, kam es leise von Alexander Cord. »Aber der Herr Professor weiß im Gegensatz zu Herrn Höllrath jetzt, wozu so etwas führen kann.«

Vielleicht hatte Cord recht, vielleicht hatte eine ähnliche Einstellung Professor Dr. Bitter zu einem verlängerten Aufenthalt im Moor verholfen, und trotzdem wünschte Klara sich, sie würden den verschollenen Kotzbrocken bald finden.

Unbeeindruckt von dem Einwand teilte der Einsatzleiter das Team auf und wischte die Bedenken seiner Leute beiseite.

Alexander Cord fand sich in Höllraths Gruppe wieder, er würde sich also noch länger mit ihm amüsieren dürfen, während

Klara sich drei ihr unbekannten Männern anschloss. Sie fühlte sich unbehaglich, weil ihr Gehirn gerade das Gesicht der Toten über jedes einzelne ihrer Begleiter blendete.

»Blacky«, stellte sich der Mann vor, der es gewagt hatte, Höllrath zu widersprechen.

»Nicht zu übersehen«, scherzte der Blonde und knuffte den Schwarzen. »Ich bin der Große.«

»Nett«, gab sie zurück. Der Mann war ziemlich klein, wahrscheinlich keine eins siebzig groß.

»Dann haben wir noch den Kleinen«, sagte Blacky.

Klara grinste. An dem Rothaarigen waren nicht nur die Koteletten überdurchschnittlich, die ihm bis zum Kinn reichten und ihr sofort aufgefallen waren.

»Also dann«, sagte Blacky und bedeutete, es könne losgehen.

Klara konzentrierte sich wie die Männer auf den Untergrund. Damals hatten sie und Hannah sich nicht allzu weit vorgewagt. Sogar die hübschen Mooskissen konnten sich als tückisch erweisen, außerdem gab es Schlammlöcher, die alles verschluckten, was ihnen zu nahe kam.

Von einem Moment auf den anderen wurde es dunkler, die Männer schalteten ihre Taschenlampen ein. Über ihren Köpfen schienen sich die Äste der Birken zusammenzuschließen und eine Art Dach zu bilden. Wurzeln am Boden wurden zu Stolperfallen. Ein wenig weiter bogen sich ihnen die Zweige einer Weide entgegen. Weiden ließen auf Wasser ganz in der Nähe schließen, sie mussten also aufpassen.

Bläuliches Licht blitzte weit entfernt in den Tiefen des Sumpfes auf. Klara keuchte, sie hatte so etwas schon einmal gesehen, in jener Nacht mit Hannah. Womöglich war das gerade nur ein Trugbild gewesen, versuchte sie sich zu beruhigen. Erinnerungen konnten hinterhältig sein, sie kehrten zurück, wenn man sie am allerwenigsten gebrauchen konnte. Klara kannte die Geschichten von sogenannten Irrlichtern, Flämmchen, die für wenige Sekunden in bläulichem Grün aufleuchteten. Was auch immer das gerade gewesen war, sie bevorzugte die realistische Version schon deshalb, weil sie einen nicht an Übersinnliches glauben ließ, sondern an sich entzündende Faulgase.

»Nicht weiter!«, sagte Blacky neben Klara plötzlich und streckte den Arm seitwärts aus, um sie zu stoppen. Mit der anderen Hand zeigte er auf ein schlammiges braunes Loch, nur einen Meter von ihnen entfernt, in dem sich etwas bewegte.

»Der verdammte Boden scheint zu wandern«, meinte Kleiner, und Großer verlangte nach mehr Licht.

»Ein Schuh.« Es war nur ein Flüstern.

Die Schuhspitze drehte sich ihnen entgegen. Die Bewegung hatte etwas Aufforderndes. Schau mal!, schien sie zu sagen.

Hoffentlich steckt in dem Schuh kein Fuß, bat Klara stumm. Kurz darauf erklang ein grässliches Kreischen, das ihr einen Kälteschauer über den Körper jagte.

»Woher kam das?«, fragte Blacky.

»Wir müssen nachsehen.« Kleiner straffte sich, als kostete es ihn Überwindung, seinen Worten Taten folgen zu lassen. »Diese Richtung«, deutete er vage.

»Welche Richtung?«, fragten die Männer, erhielten aber keine Antwort. »Was ist mit deinem Armbandkompass?«

Kleiner murrte Unverständliches. Über seinen Hals kroch eine leichte Rötung. Er trug keinen.

»Zuerst will ich wissen, was mit dem Schuh ist.« Der Große, der noch immer relativ locker wirkte, schnappte sich einen langen Ast und wagte sich einen Schritt vorwärts. »Wohh!«, machte er überrascht.

Klara und die anderen beiden beobachteten noch, wie er die Spitze des Astes in den Schuh steckte, um ihn zu sich heranzuziehen. Schon einen Moment später war er eingesunken und ruderte hilflos mit den Armen. Der Ast, den er eben noch in der Hand gehalten hatte, dümpelte in der Brühe.

»Nicht näher kommen!«, warnte der Große.

Die Taschenlampen beleuchteten nur geisterhafte Umrisse. Klara konnte seine Füße nicht mehr sehen. Der Mann ging unter, unaufhaltsam, Stück für Stück im Moor. »Hören Sie auf, sich zu bewegen!«, rief sie ihm zu. Hinter ihr ertönte ein Lachen, es klang hilflos. Klara stand noch auf einigermaßen festem Boden, aber schon der Rand dieses vermaledeiten Lochs war morastig. Sie hatten den Blasen, die aufstiegen und zerplatzten, als würde dort unten im Verborgenen etwas vor sich gehen, keine Beachtung geschenkt. »Hat jemand ein Seil dabei?«, wollte Klara wissen.

»Die Männer der Bundeswehr haben zwar einen beschissenen Armbandkompass, aber kein Seil«, knurrte Blacky und ging in die Knie, um die Beschaffenheit des Untergrunds um sie herum abzutasten.

Der Große sank immer tiefer. »Leute … etwas zieht an mir.« Panisch.

Klara konnte sein Gesicht nicht sehen, es lag im Schatten der Nebelfetzen, aber seine Stimme brach. Sie glaubte zu sehen, dass seine Oberschenkel zitterten. Ihnen musste schnell etwas einfallen.

»Ist das nicht so ähnlich, als wäre er ins Eis eingebrochen? Was, wenn wir uns lang machen? Einer hält die Beine des Vordermannes … der Vorderfrau. Dann sollten wir allerdings die Plätze tauschen, Sie sind ja nicht …«

Es war klar, was Kleiner meinte. Klara war nicht Teil der Truppe. Oder ging es hier darum, wer im Rang unter dem anderen stand?

Sie verdrehte die Augen. »Dafür ist jetzt wirklich keine Zeit. Außerdem wiege ich von allen am wenigsten und sinke nicht ein.« Hoffentlich. Sie legte sich hin, streckte die Arme aus und versuchte, sich kriechend nach vorne Richtung Moorloch zu bewegen.

»Passen Sie auf!«, schrie Kleiner in ihrem Rücken.

»Ich werde versuchen, ihn irgendwie zu erreichen, aber Sie müssen mich festhalten.« Langsam kroch Klara an den Rand des Lochs, ihre Ellbogen tauchten schon in die dunkle Brühe ein. Es kam ihr vor, als würde sie mit ihrem Oberkörper über einem Abgrund hängen.

Der Große sank schnell.

Sie griff nach seinem Arm, den er ihr entgegenstreckte, wollte sich näher an ihn heranziehen, ihn festhalten. Klara würde nicht loslassen. Denn wenn sie es tat, wäre er verloren. Aber wenn sie es nicht tat, wären sie vielleicht beide verloren.

»Ich habe Angst«, flüsterte der Große.

Ich auch, dachte Klara. Wie tief das Loch wohl war? Aber wenn sie ehrlich war, wollte sie das gar nicht so genau wissen.

»Ziehen Sie mit aller Kraft, sonst verschluckt ihn das Moor!«, schrie Klara dem Kleinen zu. Oder besser uns. Sie fühlte einen Ruck, doch der kam aus der anderen Richtung. Der Große sank weiter ein, das Loch hatte ihn sich schon bis zur Brust einverleibt.

Klaras Gesicht wurde durch die schlammige Erde gezogen, sie schmeckte Fäulnis. Obwohl sie die Furcht bis zu den Zehenspitzen in der Gewalt hatte, brandete plötzlich eine Welle von Wut durch ihr Inneres. Das gesichtslose Wesen aus dem Moor war ihr nach Hannahs Verschwinden in ihren Alpträumen oft begegnet. Den eingebildeten Moorgeist gab es nicht, aber dafür jemanden, der damals herumgeschlichen war. Oder sollte sie sich das eingebildet haben? So wie Hannah auch?

»Blacky!«, brüllte Kleiner wie von Sinnen. »Streng dich an, du machst doch Krafttraining, verdammt noch mal!«

Klara atmete ein und aus, ein und aus. Es schien ewig zu dauern, bis sich wieder etwas bewegte, bis sich kalte Hände so fest wie Eisenklammern um Klaras Knöchel schlossen.

»WIR WERDEN NIEMANDEN VERLIEREN!« Es war ein Urschrei. Blacky zog, Kleiner zog, Klara zog. Der Gestank war erbärmlich, als der Schlamm seinen Gefangenen Zentimeter für Zentimeter wieder freigab. Zuerst tauchte die Brust des Großen auf, dann die Hüfte, dann nach und nach der Rest des schlammigen Körpers, bis dieser Klara endlich in die Arme sank. Sie fühlte sich wie eine Siegerin.

Irgendwann lag die kleine Gruppe nebeneinander und sicher auf festem Untergrund. Sie hatten den Großen mit vereinten Kräften aus dem Loch gerettet und er den Stiefel.

Klara konnte es nicht fassen, dass der Blonde tatsächlich den blöden Schuh mitgenommen hatte. Doch bevor sie darüber lachen konnte, brauchte sie erst einmal ein paar tiefe Atemzüge der Erleichterung.

»Wir sehen aus wie Schweine«, sagte der Große. »Ich heiße übrigens mit vollem Namen Sven Kraus. Ich schulde Ihnen was, ich schulde euch allen … ganz pathetisch: mein Leben. Aber

Sie«, sagte er und wandte Klara sein verschmiertes Gesicht zu, »Sie haben ein Herz, so groß wie der Mond.«

Klara lächelte. Ein schräges Kompliment in einer verrückten Situation. »Wir stinken auch wie Schweine«, sagte sie. »Klara Niehof. Jetzt zeigen Sie mal Ihre Beute.«

»Eine Antiquität. Deutsche Wehrmacht. Wenn es dazu eine Leiche gibt, dann keine besonders frische.« Er schüttelte den Kopf. »Scheiße, ich wollte uns wirklich nicht in Schwierigkeiten bringen. Nicht wegen so etwas.«

Doch Klara konnte der Geschichte auch etwas Gutes abgewinnen. Sie hatte sich weit vorgewagt, nicht gezögert und das Richtige getan. Und sie war dafür belohnt worden.

»Hört sich an, als wärst du in Ordnung«, sagte Kleiner.

»Bis auf … den tollen Kompass.« Sven Kraus drehte sein Handgelenk. »Der ist hinüber.«

»Wir werden jetzt zurückgehen«, entschied Blacky.

»Das wird Hölle nicht gefallen.« Kleiner blies die Backen auf.

»Das ist mir egal wie nur sonst was. Kraus ist am Leben, das Moor hat ihn nicht bekommen, das ist wichtig. – Ich gebe jetzt das Signal.«

Aber dazu kam er nicht mehr. Eine Trillerpfeife ertönte dreimal hintereinander. Das vereinbarte Zeichen. Doch nicht aus der Richtung des Camps, sondern aus der entgegengesetzten.

Die Pfiffe klangen nicht so, als wären Cord und die anderen Sucher erfolgreicher als sie gewesen. Erfolg wäre in einer anderen Lautstärke kommuniziert worden. Das Zeichen war viel zu leise.

»Der Nebel wird dicker.« Der dünnen Erklärung von Höllrath, als die beiden Gruppen aufeinandertrafen, war anzumerken, wie sehr er es hasste, kapitulieren zu müssen. Doch der Nebel war nur seine Rechtfertigung, weil der eigentliche Grund zu peinlich gewesen wäre. Höllrath humpelte, der rechte Fuß steckte noch im Stiefel, während der linke nackt war und aussah, als hätte auch er Bekanntschaft mit einem Sumpfloch gemacht.

Klara biss sich auf die Lippen, um nicht zu lachen.

»Ich hätte da einen einsamen Stiefel für Sie«, sagte Sven Kraus mit einem frechen Grinsen und hob das Wehrmachtsrelikt in die Höhe.

Cord bot dem Einsatzleiter sofort einen seiner Socken an, den dieser jedoch ablehnte. Eine weitere ungünstige Entscheidung, denn auf und neben dem Weg wuchsen Brennnesseln, Disteln und noch allerhand Ungemütliches.

Klara dachte, was sich auch alle anderen dachten: Trotz allem war der Nebel bezwingbar. Sie würde sich jetzt ausklinken müssen, denn sie hatte keine Ersatzkleidung dabei. Im Gegensatz zu Sven Kraus, der sich im Zelt umziehen, und Höllrath, der sich im Nu ein neues Paar Stiefel besorgen könnte. Doch der Stolz des Einsatzleiters hatte einen massiven Knacks bekommen.

»Die Aktion wird fürs Erste abgebrochen«, entschied Höllrath.

Nahe dem Zelt legte Alexander Cord eine Hand auf Höllraths Arm. »Informieren Sie die Medien, dass wir von den Männern noch keine Spur, aber dafür zum aktuellen Fall zufällig eine sehr interessante Entdeckung gemacht haben. Haben wir natürlich keineswegs, wie Sie wissen, aber gerade ist es nötig, das zu behaupten. Die Profilerin interessiert sich dafür, was in den Gesichtern der Anwesenden zu sehen sein wird, wie sie darauf reagieren. Sie sollten also möglichst überzeugend sein. Und beantworten Sie keine Fragen.«

»Der aktuelle Fall, Ihre Tote, über die das Fernsehen gerade herfällt?«, schnappte Höllrath. »Sehr interessante Entdeckung, so ein Schwachsinn. Was kann man hier schon zufällig entdecken? Sie werden mir nicht sagen, was ich zu tun habe, ich leite diesen Einsatz.« Höllrath bohrte seinen ausgestreckten Zeigefinger in Cords Brust.

»Richtig«, gab der zurück. »Sie leiten den Einsatz im Moor – den Sie gerade abgebrochen haben.« Er wischte den Finger weg, wartete nicht auf eine Erwiderung. Höllrath würde tun, was er von ihm verlangt hatte. Es war seine Gelegenheit, sich zu präsentieren und wenigstens für die Öffentlichkeit nicht mit leeren Händen dazustehen. Vielleicht die einzige.

Annett Rehbein war noch immer da. Etwas in ihrer Miene verriet persönliche Sorge. »Was ist passiert?«, fragte sie. »Wieso sind alle schon wieder da? Was ist das für eine Entdeckung, von der Sie eben geredet haben?« Und dann noch: »Sie wissen aber schon, dass Sie stinken, oder?«

»Das weiß ich«, sagte Klara. »Und ich habe keine Antworten auf Ihre Fragen. Am besten stellen Sie sie jemandem, der sich besser auskennt.« Damit ließ sie Rehbein stehen. Natürlich hätte sie ihre Vorgesetzte direkt fragen können, warum sie hier draußen die Stellung hielt, wessen Unversehrtheit der Verschwundenen ihr so wichtig war, aber dazu hatte Klara keine Lust.

Kurz darauf hatte Höllrath seinen Auftritt. Er stellte sich hinter einen breiten Klappstuhl. Kein nackter Fuß war mehr zu sehen, er trug jetzt Turnschuhe. Unbeeindruckt davon schaffte er es, ziemlich überzeugend zu sein, reckte den Hals und berichtete von einem Phantom, ohne wirklich etwas zu sagen. Mit wedelnden Händen versuchte er, die nachfolgenden Fragen der Presse, die sich sofort nach ihrer Rückkehr eingefunden hatte, wegzuwischen. Stattdessen entwarf er ein sehr lebendiges Bild von den Gefahren, die dort draußen im Moor lauerten. Schließlich trat Höllrath den Rückzug an, diesmal geordnet. Annett Rehbein verlangte zu wissen, warum die Suche nicht weiterging.

»Sehen Sie sich meine Leute an, beinahe wäre ein Unglück passiert, und der Nebel bläst seinerseits schon zur nächsten Attacke.« Sehr bildlich, fand offenbar auch die Kommissariatsleiterin.

»Geballter Unsinn«, beschwerte sie sich.

Der Zufall kam Höllrath gerade zu Hilfe. Der Nebel wurde tatsächlich dicker, undurchdringlicher. Im Zelt scharte Höllrath seine Männer um sich. »Morgen machen wir einen neuen Versuch. Ich erwarte Erfolg«, polterte er, darum bemüht, keine Schwäche zu zeigen. »Dann hoffentlich ohne Zivilisten.« Letzteres spuckte er wie ein Schimpfwort aus.

Sven Kraus war nicht der einzige Soldat, der die Augen verdrehte. Höllrath hatte nicht einmal wissen wollen, was geschehen war, nur den Schmutz in ihren Gesichtern gesehen und offenbar einmal in die Runde geschnüffelt.

Kraus gab Klara die Hand, ließ sie einschlagen und legte seine andere über ihre. »Ich werde das nie vergessen, und wir werden alles tun, um Ihre Kollegen zu finden«, versprach er.

Cord hatte für Klara nur ein knappes, kühles Nicken übrig. Dabei sah er aus, als würde er sich auf die Innenseiten der Wangen beißen, aber sicher nicht, weil er etwas an dieser Situation besonders lustig fand. Der Blick, den er einer anderen Frau zugeworfen hatte, entsprach dem, was Klara einen schweigenden Austausch genannt hätte. Wahrscheinlich war das die ominöse Assistentin, Linda Volant, die mit dem tatsächlichen Bänderriss. Sie war an ihnen vorbeigehumpelt und hatte Cord etwas in die Hand gedrückt. Klara hatte die Frau schon vorher bemerkt, bevor sie aufgebrochen waren, als der Kurator ihre Aufmerksamkeit beansprucht hatte.

»Wir nehmen eine Abkürzung«, sagte Cord jetzt und griff sich Klaras Arm. Er lotste sie in den Wald zu ihrer Linken. So würden sie den Medien, die vor dem Zelt begierig Höllraths Neuigkeiten gelauscht hatten, nicht begegnen und seitlich von Hermina Blankenburgs Haus wieder auf den Weg stoßen.

»Im Wagen gibt es hoffentlich eine Decke. Ich fürchte, ich krümele.« Klara klopfte sich die Kleidung ab.

»So dezent? Ich fürchte, Sie tun außerdem noch ganz andere Dinge.«

»Sie sehen ziemlich finster drein«, bemerkte Klara. Cord verhielt sich ihr gegenüber extrem muffig. Mit welchem Recht?

»Ich kann ein Zeichen deuten«, erwiderte er. »Der Mann ist komplett mit Schlamm beschmiert, und Sie sehen nicht minder schlimm aus. Sie haben den Mann aus dem Moor rausgeholt, oder? Es scheint knapp gewesen zu sein – zumindest für ihn. Warum meinen Sie eigentlich, unbedingt etwas wiedergutmachen zu müssen? Solche Aktionen können schnell tödlich enden, aber vielleicht haben Sie es ja genau darauf abgesehen?«

Hoppla. »Ist das Ihre Analyse?«, fragte Klara. Sie verspürte nicht den Wunsch, sich mit Cord auseinanderzusetzen, aber sie musste sich erklären. »Ich stand Sven Kraus einfach am nächsten, als er in dem Moorloch versank. Rausgeholt haben wir ihn zusammen. Und zu Ihrem Verständnis: Ich muss nichts wiedergutmachen, und ich bin auch nicht lebensmüde. Wir hatten Glück, und ich hoffe das Gleiche für den Professor und das Team.«

»Damit sind Sie nicht allein. Allerdings wünsche ich Höllrath einen verstauchten Knöchel, denn damit wäre er raus, und die Suche würde jemand anderes leiten. Einer mit etwas mehr Grips.«

»Er hat sich vor der Presse immerhin so verhalten, wie Sie es wollten.«

»Ich bin mir leider nur nicht mal sicher, dass das etwas bringt«, gab Cord zurück.

»Das kam man vorher nie sein«, bestätigte Klara. »So wie Sie nicht wissen können, ob Linda Volants Bilder, die sie auf Ihre Anweisung hin gemacht hat, das erstaunte Gesicht unseres Täters zeigen.« Sie hoffte, ihre Beobachtung richtig interpretiert zu haben. »Ihre Assistentin arbeitet unauffällig, ich hätte sie beinahe übersehen.« Klara wollte, dass er wusste, dass sie es wusste. Es war das Humpeln der Frau gewesen, musste sie zugeben, das ihr aufgefallen war. Und dass sie Cord etwas gegeben hatte. Klaras Gedanke war folgerichtig gewesen, aber sie hatte ein wenig ins Blaue getippt, was er gerade nicht unbedingt wissen musste.

Cord antwortete nicht, holte stattdessen eine Decke aus dem Kofferraum, die er für sie auf dem Vordersitz ausbreitete. »Wäre aber möglich«, sagte er dann. »Den Täter muss doch interessieren, was weiter im Moor passiert. Ich dachte, es würde helfen, vielleicht einen Blick in die Gesichter derjenigen zu werfen, die da so gespannt herumstehen. Profiler arbeiten doch auch mit dem Mienenspiel von Personen in bestimmten Situationen, oder? Der Täter verrät sich womöglich durch eine besondere Regung.«

Klara wollte ihn nicht loben, das wäre ihr gönnerhaft vorgekommen, aber sie musste sich eingestehen, dass ihre Angst zeitweise ihre eigenen Gedanken gelähmt hatte. Sie war froh über Cords These. »Im Moment muss es für ihn so aussehen, als würde man seine Tat unbedingt verschleiern wollen. Die Öffentlichkeit weiß zwar davon, kennt aber die Identität der Toten bislang nicht. Er jedoch hat es genau auf diese Aufmerksamkeit abgesehen. Vielleicht wird er ungeduldig und macht einen Fehler.«

»Oder er hat ihn schon gemacht«, sagte Cord. »Sehen wir uns Lindas Bilder an.«

In Klaras Kopf hallte das große Wort des Fehlers unheimlich nach. Sie hatte in ihrem Leben für ihren Geschmack schon genug Fehler begangen. »Wie hat Höllrath seinen Stiefel verloren?«, fragte sie Cord.

»Keine Ahnung, plötzlich hing sein Fuß zwischen den Gleisen. Einige von ihnen sind eingesunken und überwuchert, man sieht sie kaum. Wir haben zu zweit gezogen, aber ohne Erfolg. Schließlich mussten wir den Stiefel aufschneiden. Höllrath hat getobt.«

Das also war der wirkliche Grund gewesen, das Sockenangebot abzulehnen. Gekränkter Stolz. Klara lachte.

Im Büro hangelte sich Goldi kopfüber durch seine kleine Behausung. Klara betrachtete die Echse genauer. Konnte es sein, dass sie noch blasser als am Morgen aussah? Sie wollte lieber nicht fragen.

Cord hatte ihren Blick bemerkt. »Ich kümmere mich um ihn. Wäre er eine Katze, wäre es einfacher, eine Wohnung für uns zu finden.«

»Ich könnte Goldi eine Zeit lang bei mir aufnehmen, wenn Sie mir eine Art Bedienungsanleitung für ihn zusammenstellen. Was er mag, was er nicht mag, was er unbedingt braucht, was er frisst.« Sie hatte ihm das Angebot tatsächlich gemacht. Was war nur in sie gefahren?

»Das wollten Sie doch eigentlich gar nicht sagen. Also, ich habe jedenfalls nichts gehört. Und jetzt lassen Sie uns die Fotos ansehen.«

Klara schluckte. Sie hatte ihm einen Gefallen tun wollen, und er hatte ihn brüsk zurückgewiesen. Ihre Augen mussten sie verraten haben. Ein Patzer, der sie ärgerte.

Außerdem muffelte sie noch immer. Das sorgsame Abklopfen ihrer Kleider hatte wenigstens dafür gesorgt, dass diese keine Schlammbröckchen mehr hinterließen. »Ich bin eine Zumutung.« Sie verzog das Gesicht.

»Das Aroma hatte ich ohnehin schon in der Nase, ich kann Sie also auch noch länger ertragen. Wenn Sie wollen, bedienen Sie sich aus meinem Koffer. Bitte«, fügte er hinzu.

»Ein Hemd?« Vielleicht ginge es mit einem Gürtel als Kleid, es war schließlich Frühling. »Suchen Sie etwas für mich aus.« Klara würde ganz bestimmt nicht seine Sachen durchwühlen.

Alexander Cord stöberte kurz durch das Innenleben, dann reichte er ihr ein schmales Shirt in dunklem Blau mit Kentkragen.

Sie wollte ihm schon sagen, dass es kein Designerstück für sie sein müsse, aber er kam ihr zuvor.

»Es passt gut zu Ihren Augen«, meinte er. »Sie können auch mein Deo benutzen«, bot er an.

»Ich brauche eigentlich eine Komplettreinigung, aber danke für die freundliche Geste. Haben Sie noch einen Gürtel, den ich mir leihen kann?«, fragte sie.

Kurze Zeit später steuerte sie mit Hemd und Gürtel die Toilette an. Klara vermied es, in den Spiegel zu sehen, schlüpfte nur aus ihrer Kleidung, machte sich mit Wasser und Seife ein wenig frisch und zog Cords Hemd über. Das angenehme Gefühl der Frische würde vermutlich nicht lange vorhalten. Leider.

»Nicht allzu übel«, bemerkte er, als sie ins Büro zurückkam.

Also doch übel. Klara seufzte.

Cord drückte ihr eine Speicherkarte in die Hand. »Ich besorge uns Kaffee.«

»Und zum Dank muss ich jetzt etwas Sensationelles auf den Bildern unserer Kollegin finden?«, sagte Klara.

»Für eine kleine Sensation haben Sie heute schon gesorgt«, gab er zurück. »Sie haben einen Mann gerettet.«

Klara klappte ihr Notebook auf. Sie benutzte es nur für die Arbeit, Privates fand sich darauf nicht. Ihr Blick fiel auf das liegen gelassene Moorleichen-Dossier auf ihrem Schreibtisch. Warum war Michael Losen heute im Oldhorster Moor aufgetaucht? Weil er derart fasziniert von mumifizieren Leichen war, dass er hoffte, bei der Entdeckung einer solchen dabei zu sein?

Klara war sich schon verwundbar vorgekommen, als sie und Cord die Orientierung verloren hatten. Aber einsam im Moor zu sterben – die grausame Vorstellung begleitete sie seit ihrer Abenteuernacht damals. Da könnte sie noch so häufig helfen, jemanden in letzter Sekunde aus einem Schlammloch zu ziehen, da könnte sie noch so lange den Moorgestank einatmen, doch was in der letzten Sekunde geschah, wenn man in der schwarzen Brühe versank, das würde sie nie wissen. Und sie sollte es besser auch nicht wissen wollen. Die toten Schwestern, der Auftrag des Museums … der Moorgeist hatte Klara offenbar nach langer Zeit wiedergefunden und wollte sie zwingen, ihm ins Auge zu sehen.

»Etwas nicht in Ordnung?«, fragte Cord und stellte eine große Tasse vor ihr ab.

Klara blickte auf. Sie hatte nicht gemerkt, dass sie ihre Hand um die Speicherkarte zu einer Faust geballt hatte. »Entschuldigung, ich war noch einmal kurz im Moor. Gedanklich«, sagte sie.

Er öffnete ihre verkrampften Finger, befreite die Karte und steckte sie in den dafür vorgesehenen Schlitz des Notebooks. Kurz darauf erschien Linda Volants Fotoserie auf dem Bildschirm. »Ich habe mir notiert, wann Höllrath vor die Presse getreten ist. Lassen Sie uns diese Bilder zuerst ansehen«, lautete sein Vorschlag.

»Klicken Sie trotzdem einmal kurz durch. Dann wissen wir, welche Personen schon von Beginn an dort waren.« Klara sog den Duft des Kaffees ein, trank genüsslich einen Schluck und spürte seine wohltuende Wärme.

Cord ließ die Fotos langsam durchlaufen, nach jeweils ungefähr einer Sekunde klickte er weiter.

Klara fiel ein blonder Mann auf. Er wäre wohl jeder Frau aufgefallen, gut aussehend, wie er war, doch das spielte gerade keine Rolle. »Stoppen Sie hier kurz«, bat sie.

»Sie überlegen, ob Sie ihn kennen?«, fragte Cord.

»Ein Kennen schließe ich eigentlich aus«, sagte sie und

trommelte mit ihren Fingern auf die Tischplatte, als würde ihr gleich einfallen, was sie stattdessen stutzig gemacht hatte. »Keine Ahnung«, musste sie schließlich zugeben und schüttelte den Kopf. »Wenn er auf den Bildern am Schluss auch drauf ist …«

Aber das Gesicht tauchte kein weiteres Mal auf. Dafür verwandelte sich der Ausdruck der gespannten Erwartung in den Gesichtern der Leute nach Höllraths Bekanntgabe der mysteriösen Entdeckung.

Nimm die Maske ab, hätte Klara am liebsten dem Täter zugerufen. Denn eine instinktive Reaktion ließ sich nicht gut verbergen. Sie betrachtete die unschuldigen Zuhörer als Gruppe, die sich selbst und den anderen nichts vorspielten. Sie würden nicht auf den Gedanken kommen, sich bedeckt zu halten oder gar auf der Hut zu sein. Es hätte Klara nicht überrascht, wenn sie gesehen hätte, dass aus einigen Mündern Speichelfäden hingen.

Die Fotos wirkten vielversprechend. »Ich werde sie mir per Mail schicken.« Sie wollte sich die Gesichter und die Reaktionen zu Hause genauer anschauen.

»Verdammt!« Alexander Cord wirkte, als hätten die Blicke und Gesichter der Menschen etwas in ihm ausgelöst. Vielleicht ein bestimmtes Gesicht?

Klara war nicht aufgefallen, auf welches Foto er reagiert hatte, doch für einen winzigen Moment sah sie Verletzbarkeit.

Cord senkte die Augen. Als er wieder aufblickte, war der Moment der Schwäche vorbei.

»Wen haben Sie gesehen?« Klaras Frage kam zu spät. War es etwas Persönliches? Im Gegensatz zu ihm hatte sie nicht in seiner Akte geblättert. Was sie über Cord wusste, hatte er ihr mitgeteilt.

»Einen ehemaligen Polizisten. Wir hatten mal miteinander zu tun.«

Die Antwort klang nach einer wohldosierten Information und ließ ihr schlechtes Gewissen im Nu auf annähernd null zusammenschrumpfen. Wenn er sich so verhielt, warum sollte sie ihm dann sagen, dass sie mit jemandem zu einem langen Abend im Polizeiarchiv verabredet war? »Aha. Übrigens mache ich kein Angebot, das ich nicht so meine. In meiner Wohnung ist genug Platz, und Goldi sollte an die Sonne. Er verliert schon Farbe«, sagte Klara.

Klara hatte bemerkt, dass ihnen ein schwarzer Wagen bis vor die Tiefgarage gefolgt war. Gewartet hatte die Person nicht, denn als Klara am späten Nachmittag in ihrem Mini wieder herausfuhr, war die Limousine verschwunden. Wer auch immer ihr auf den Fersen war, irgendwann würde er oder sie sich zu erkennen geben – müssen. Klara war nicht leicht einzuschüchtern, nicht leicht zu verunsichern, obwohl sie seit Ray Ridell jeden Grund dazu gehabt hätte. Kein Zufall, dass er ihr in dieser Situation einfiel. Er war der Mann, der ihr regelmäßig Karten mit seinem blutigen Fingerabdruck schickte und ihr etwas versprochen hatte.

War der Verfolger vielleicht auch kein Zufall? Und war es derselbe, der ihr schon am Morgen vor der Bäckerei aufgefallen war? Ridell selbst war keine Bedrohung, doch mit seinen Kontakten konnte er für eine sorgen.

In ihrer Kindheit hatte sie sich keinen Tag Gedanken um ihre Sicherheit gemacht. Burgdorf war eine kleine Stadt mit einem ganz eigenen Charme. Man fühlte sich gut aufgehoben, als würde der Löwe vor den zwei Laubbäumen im Wappen tatsächlich über einen wachen. Bis Hannah verschwand. Der Löwe hatte einen kurzen Moment lang nicht aufgepasst. Danach war alles anders geworden.

Klara hatte die Schule abgeschlossen, um so schnell wie möglich aus Burgdorf zu verschwinden. Nichts sonst spielte mehr eine Rolle, nur dass die Verzweiflung in ihrem Herzen endlich verschwinden musste, egal, wie sie es anstellte. Klara traf die schmerzhafteste Wahl: eine Polizeiausbildung. Ihr folgte ein Psychologiestudium. Mit dem erfolgreichen Abschluss in der Tasche und einigen Weiterbildungen und Lehraufenthalten im Gepäck empfahl sie ihr Dienststellenleiter für einen elfwöchigen Kurs in den USA. Normalerweise wurden erfahrene und bewährte Polizeibeamte dorthin entsand, Klara war eine Ausnahme. Elf Wochen voller Faszination, ein Abenteuer, doch die andere, kranke Seite der glänzenden Medaille hatte beängstigend auf sie gewirkt.

An einem der Nachmittage sollte das Thema Kommunikation behandelt werden, und sie hatte sich schon auf langweilige Stunden eingestellt. Sie sah sich immer noch, wie sie damals die Mappe, die sie von ihrem Ausbilder bekommen hatte, aufschlug und stutzte. Darin: Berichte, Tatortfotos und Autopsieprotokolle. Wenig später sollte sie erfahren, was oder wer dahintersteckte. Sie besuchte ein Hochsicherheitsgefängnis und verbrachte eine Stunde mit dem Mann, dessen Bild die Zeitungen in aller Welt verunziert hatte – mit Ray Ridell, Serienmörder, verurteilt wegen achtfachen Mordes. Seine Opfer waren ausnahmslos junge Frauen gewesen.

Der Mann war groß und stämmig, wache Augen blickten sie an, er verbeugte sich und begrüßte Klara. *»Fuck you, Ms.«*

Die Verbeugung war respektvoll gemeint, was sie an seiner Haltung und seinem Blick erkannte, also hatte sie zurückgegrüßt: *»Fuck you, too.«*

Der Mann wirkte auf Klara nicht uninteressant, intelligent und dabei seltsam berechnend. Ridell, der brutale Mörder, der eine der Frauen hatte gehen lassen, als sie ihm erzählte, sie mache sich Sorgen um ihren Vater, der an Krebs leide. Der Grund dafür war klar ersichtlich. Klara hatte in den Unterlagen nachlesen können, dass Ridells Bruder an Krebs gestorben war. Ohne es zu wissen, hatte die Frau Ridells Mitgefühl angesprochen und war für ihn vom Opfer zur Person geworden. Eine angstvolle, ehrliche Antwort hatte ihr das Leben gerettet.

Klara hatte es noch nicht geschafft, diese Antwort für sich zu finden, sie hatte es nicht einmal geschafft, ehrlich mit sich selbst zu sein und diesen vielleicht todbringenden Fehler, ihre beste Freundin mit einigen gemeinen Worten aus dem Zelt gejagt zu haben, zuzugeben. Schön, sie war wieder im Moor. Anfangs hatte sie nicht einmal einen bestimmten Plan verfolgt, aber irgendwann war einer daraus geworden. Sie wollte Hannah finden. Nach ihrer Flucht und der Rückkehr nach Burgdorf wurde es jetzt endlich Zeit, ihr Ziel ins Visier zu nehmen und zu ermitteln. Das konnte sie doch, oder? Dafür war sie ausgebildet worden. Himmel, Klara Niehof, warum machst du's dir bloß so schwer?, fragte sie sich.

Aber erst einmal brauchte sie eine Dusche und warmes Wasser, um das restliche Moor von ihrem Körper und aus ihren Haaren zu spülen. In ihrem Denken hatte es sich hingegen festgebissen, daran würde sich so schnell wohl nichts ändern. Die Angst war heute im Oldhorster Moor zu ihr gekommen, obwohl sie sie nicht eingeladen hatte. Auch ein erster Schritt, dachte Klara.

Der Lift in ihrem Wohnhaus fuhr nach oben. Die Eingangstür war nur angelehnt, Moritz war wieder zurück, der Fernseher lief. Ein Nachrichtensender, Höllrath verkündete in diesem Moment die zufällige Entdeckung.

Sie betrachtete sich im großen Flurspiegel. »Igitt!«

»Astreine Tarnung. Der Moorgeist hat sich bestimmt gewaltig erschreckt, als er dich gesehen hat. Wahrscheinlich hat er geglaubt, sich selbst gegenüberzustehen.« Moritz drückte sie an sich, ihm war der Gestank offenbar egal. »Bist du okay?«, fragte er und zupfte an Klara herum.

»Fühlt sich jedenfalls so an. Vielleicht ein paar kleine Kratzer.«

Moritz fuhr mit einem Finger über Klaras Gesicht. »Ein Fall für die Buttercreme«, sagte er.

»Lass mal stecken.«

»Es heißt, die Aktion sei erfolglos gewesen. Wie kannst du dann so aussehen?«

»Weil eine andere umso erfolgreicher war«, gab sie lächelnd zurück. »Es ist Quatsch, darauf stolz zu sein, aber –«

»Dem Boss der Truppe hat ein Stiefel gefehlt. Wollte der Typ damit vielleicht von seiner unsympathischen Erscheinung ablenken?«

»Keine Ahnung, jedenfalls wurde nicht wirklich etwas gefunden – die zufällige Entdeckung war eine Finte. Wir wollten damit nur etwas austesten.« Klara war ihrem besten Freund nie damit gekommen, mit ihm nicht über einen aktuellen Fall sprechen zu dürfen. Ihrer Meinung nach verfügte Moritz über die nötige Distanz, ihr seine ungeschönte Meinung einer Situation zu präsentieren, was sie von sich in manchen Momenten nicht sagen konnte. Seine Kommentare waren für gewöhnlich hilfreich. Er dachte geradlinig, bevor er um eine Ecke blickte, war also zu beidem in der Lage. Er hatte so manches Mal einen wertvollen Tipp für sie gehabt, wenn Klara Scheuklappen getragen hatte.

»Und morgen? Moor oder Schreibtisch?«, fragte Moritz.

»Definitiv Schreibtisch. Es gibt viel zu tun, außerdem sollte ich schleunigst mehr über die Moorleichen in Erfahrung bringen. Der Kurator hat mir schon im Sumpf aufgelauert.«

»Irgendeinen essenstechnischen Wunsch für heute Abend?«, erkundigte er sich. »Mit meinem Kapuzenpulli würde ich mich auch in die Öffentlichkeit wagen, um einzukaufen.«

»Ich bin später noch verabredet.«

»Mit wem?«

»Wenn ich zurück bin und du noch unter den Wachen weilst, erzähle ich es dir. Wo hast du übrigens heute Morgen gesteckt?« Sie wusste, dass sie sich einen Hauch vorwurfsvoll anhörte.

Er schüttelte den Kopf, grinste und schwieg.

»Na schön«, gab sie nach. »Ich will nicht klingen wie Du-weißt-schon-wer.«

»Du-weißt-schon-wer hat gedroht, sämtliche Krankenhäuser anzurufen, wenn sie mich morgen nicht zu sehen bekommt. Ich glaube, sie hat Verdacht geschöpft, dass etwas passiert ist.«

Klara fasste Moritz unters Kinn und drehte sein Gesicht nach rechts und links. »Morgen könnte es gehen.« Im Augenblick sah er jedenfalls besser aus als sie, das musste sie zugeben.

Sauber zu sein war etwas Wunderbares. Zudem war an ihr wirklich alles heil. Klara schlüpfte in ein Paar Jeans und zog sich Moritz' Kapuzenpulli über den Kopf, den sie sich ausgeliehen hatte. Sie hatte eigentlich noch ein paar Gesichter auf den Fotos studieren wollen, die Alexander Cords Assistentin im Moor aufgenommen hatte, doch jetzt war dafür keine Zeit mehr. Leon Pracht wartete im Polizeiarchiv.

In gewölbeartigen Räumen eines Altbaus in der Waterloostraße wurden die Akten unaufgeklärter Fälle aufbewahrt.

Gab es noch keinen wirklichen Fall, fand man im System von INPOL, der Sammelstelle, das Fahndungsausschreiben und die Personalien der vermissten Personen. Diese Informationen, zu denen auch Leichenfunde ohne Tötungsdelikt zählten, wurden dreißig Jahre lang aufbewahrt, während die Frist für Personen- oder Fallakten nur fünf Jahre betrug – die aber individuell verlängert oder verkürzt werden konnte.

Es würde ein langer Abend mit ungewissem Ausgang werden.

Sie nahm die Dorfstraße in Richtung Süden und musste an Goldi denken, als sie an einer Kleintierpraxis vorbeifuhr. Danach noch ein kleines Stück auf der A 37 entlang, bis sie auf die Bundesstraße bog.

Dreißig Minuten später ließ Klara eine geleeartige Umarmung und einen feuchten Kuss über sich ergehen. Moritz' Kapuzenpulli war nicht im Mindesten sexy, nicht mal ein Hingucker, genau das Richtige für die Botschaft, die sie aussenden wollte: Dieser Besuch ist rein beruflich.

Sie hätte Leon Pracht schwerlich wiedererkannt, wäre da nicht die verführerische Stimme gewesen. Von dem ehemals athletisch gebauten, attraktiven Mann war nichts mehr übrig – erschreckend. Seine Körpermasse war irgendwann explodiert, sein Haar dünn geworden, der Hals ging direkt ins Kinn über, alles war eins. Klara fiel bei seinem Anblick eine Flasche Allzweckreiniger ein. Sie versuchte, sich ihre Überraschung nicht anmerken zu lassen, aber das war nicht einmal nötig.

Leon hielt immer noch ziemlich viel auf sich und schien ihr Erschrecken nicht zu bemerken. »Ich konnte einiges für dich ausgraben. Jemand anderes interessiert sich übrigens für den gleichen Stoff. Ich schlage vor, ihr tauscht die Akten – wenn der eine mit seinen durch ist, bekommt sie der andere.«

»Was?« Das konnte doch nicht sein. Wer sollte sich noch dafür interessieren?

»Er hat seine Anfrage kurz vor dir gestellt.«

Er. Cord hätte ihr doch gesagt, wenn er so etwas vorgehabt hätte.

Glaubst du? Wieder die kleine Stimme.

»Wer hat zum Archiv Zugang?« Klara legte den Kopf schief.

»Ausschließlich Polizisten«, betonte Leon in einem Das-müsstest-du-doch-wissen-Tonfall.

Der Raum war nur nahe den Fenstern hell, mit zunehmender Raumtiefe wurde er düsterer. Es fiel den alten Neonröhren sichtlich schwer, den Staub zu durchdringen.

Klara lief durch einen schmalen Rundbogengang, an dessen Seiten mit Ordnern, Mappen, gehefteten Dokumenten, Kartons und grauen Boxen prall gefüllte Stahlregale und eine Leiter Spalier standen.

Ein grauhaariger Endfünfziger saß an einem Hartplastiktisch, vor sich ihre Akten, und justierte eine Leselampe. Er musste ihre Schritte gehört haben. »Warum könnt ihr nicht mal was Neues anschaffen?«, maulte er, hob den Kopf und bemerkte, dass sein Rüffel die falsche Adresse erreicht hatte.

Klara bereute schon, sich Moritz' Kapuzenpulli ausgeliehen zu haben. In ihm sah sie aus wie eine Hobbyermittlerin. Das Ding machte ihre ganze Wirkung kaputt. Sie ärgerte sich, obwohl sie doch eigentlich genau das zuerst gewollt hatte. »Sie schnüffeln in meinen Akten«, sagte sie.

»Aha, Pracht hat schon gesagt, dass noch jemand kommt. Sie sind also die Profilerin. Auf dem Bild im Fernsehen sahen Sie eigentlich ganz nett aus, aber jetzt hätte ich Sie nicht unbedingt erkannt.«

Prima. Immerhin hatte Klara sich sofort an ihn erinnert. »Was haben Sie heute Morgen im Oldhorster Moor gemacht? Waren Sie nur neugierig, oder hatten Sie einen Grund für Ihre Anwesenheit?«

»Sie sind sehr aufmerksam. Und ja, ich hatte einen Grund.« Er grinste und wartete.

Klara seufzte. »Rücken Sie endlich die Akten raus, dann lasse ich Sie wieder allein.« In ihren Lungen war noch Sumpfluft, in ihrem Kopf Watte, in ihrem Magen Leere. Sollte er seinen Grund doch für sich behalten. Später würde es ihr vielleicht leidtun, nicht nachgebohrt zu haben, aber jetzt verspürte sie keine Lust dazu.

Der Mann sah ein wenig enttäuscht aus. »Leon Pracht, hast

du irgendwas Essbares und einen Schluck zu trinken dabei? Wir holen uns hier noch Staublungen!«, brüllte er den Gang hinunter.

Wir.

Leon beeilte sich nicht, vermutlich musste er erst überlegen, ob er von seiner Verpflegung etwas abgeben wollte. Schließlich tauchte er doch mit zwei Käsebroten, einem Krug und Gläsern auf. Es war sicher nicht üblich, dass sich hier um Verpflegung gekümmert wurde.

Klara dankte ihm.

»Ich dachte, wir könnten später vielleicht noch …« Leon sah sie an. Ein unvollendeter Satz, um jeder Vorstellung Raum zu lassen.

»Daraus wird nichts, wir haben zu tun«, kam Klara der Grauhaarige zu Hilfe. »Haben wir doch, oder?«, vergewisserte er sich. »Setzen Sie sich hin. Sie sind höllisch blass, Sie könnten glatt den Röhren Konkurrenz machen.«

Er hatte recht, sie fühlte sich gerade auch etwas wackelig, es war besser, sich hinzusetzen. »Ich glaube nicht an Zufälle. Sie wollen doch etwas von mir«, sagte Klara. »Erfahren«, fügte sie hinzu, als sie seinen erstaunten Gesichtsausdruck sah. »Warum interessieren Sie sich für diese Akten? Und wer sind Sie überhaupt?«, fragte sie etwas verspätet.

Er nahm sich eines der Brote. »Christian«, sagte er und reichte den Teller an sie weiter. »Mich interessiert nur eine Akte, die anderen gehören ganz Ihnen. Suchen Sie im Zusammenhang mit der Toten im Moor nach einem Einzeltäter, oder sind Sie einer Serie auf der Spur?«, fragte er.

Der erste Bissen blieb ihr im Hals stecken. Klara hustete. Ein Serientäter. Gott bewahre! Wenn so ein Gerücht die Runde machte, wäre in der Öffentlichkeit sofort der Teufel los. »Keine Serie.« Und selbst damit hatte sie schon zu viel gesagt.

»Sie dürfen nichts bestätigen, solange die Leiche nicht in Ihrem Besitz ist, aber es gibt jemanden, der seine Enkelin vermisst und glaubt, sie könnte Ihre Tote im Moor sein.«

Klara wusste nicht weiter. Wenn sie etwas von ihm erfahren wollte, würde sie dafür etwas preisgeben müssen. Und wenn sie etwas preisgab, wäre das Geheimnisverrat. »Warum glaubt er das? Gibt es eine Vermisstenmeldung?«

Er, das war Richard Wallbrecht, wenn sie mit ihrer Vermutung richtiglag. Denn nur dann ergab alles einen Sinn. Der erwähnte Großvater, dessen Enkelin verschwunden war. Aber Alexander Cord hatte doch gesagt, dass bislang niemand vermisst wurde, oder etwa nicht?

»Christian, reden Sie mit mir. Sie sind Polizeibeamter, sonst wären Sie nicht hier.« Klara trank einen Schluck Wasser, es schmeckte herrlich. Die Aktion im Moor heute hatte sie oder besser ihren Körper mehr gekostet, als sie gedacht hatte.

»Es gibt keine Vermisstenmeldung und noch keine besorgten Eltern. Ich bin übrigens kein Polizist. Nicht mehr. Ich bin Privatdetektiv.«

Oje. Richard Wallbrecht hatte ihn also engagiert, um etwas herauszufinden, und das hatte er getan.

Klaras Hirn schnappte sich einen der losen Gedankenfäden. »Sie waren der Polizist, der damals den Entführungsfall der vierzehnjährigen Sonja Wallbrecht bearbeitet hat.« Vermutete Richard Wallbrecht vielleicht eine Wiederholung der Tat? Aber warum er und die Eltern nicht?

»Sie sind gut. Wissen Sie, ob die Tote Sonja Wallbrecht ist?«, fragte er.

»Nein. – Was hoffen Sie, in der Akte zu finden? Sie kennen die Fakten von damals doch besser als jeder andere.«

»Darin finden sich keine Fakten. Sonja hat gelogen, nur eine Geschichte erzählt. Es gab keine Entführung, nur ein paar Jugendliche, die Geld brauchten, weil ihre Eltern, die sie sowieso zutiefst verachteten, ihnen kein Extrataschengeld mehr zusteckten. Sie dachten sich: Jetzt zeigen wir es denen mal so richtig.«

Das passte sogar, dachte Klara. Auch zum Großvater, der ein Erfolgshonorar bezahlen wollte. War er sich sicher gewesen, dass seine Enkelin sich selbst entführt hatte? Und heute vertraute er ihr so wenig, dass er als Erstes wieder eine Entführung in Betracht zog? »Das war gute Arbeit, wenn Sie das damals so schnell herausgefunden haben«, sagte sie.

»Mag sein«, gab er vage zurück.

Er war der Polizist, der Sonja Wallbrecht damals zurück nach Hause gebracht hatte. Aber jetzt war sie tot. Das Bild der Frau auf der Lichtung im Moor kam Klara in den Sinn. Der Täter war kein Fremder. »Sie haben Sonja gefunden. Wo? Wie?«

»Eigentlich wollte ich ja etwas von Ihnen erfahren«, sagte der Mann und machte dann eine resignierte Geste. »Es gab damals schon dieses alte Moorbad. Heute ist wahrscheinlich nicht mehr viel davon übrig. Als Sonja vierzehn war, standen noch ein großer Pavillon und einige kleine Hütten, aber baden konnte man im See nicht mehr.« Seine Finger schoben die Brotkrümel auf dem Teller zusammen. »Sie wissen, wie Polizeiarbeit funktioniert«, sagte er. »Zuerst folgt man seinem Instinkt, dann einem Verdacht und schließlich der Person, die man im Auge hat. Passt alles zusammen, hat man den Fall schon fast gelöst.«

»Leider ist es selten so simpel«, gab Klara zurück.

»Manches Mal aber doch. Wie wär's mit dem Rat eines alten Polizisten? Verlassen Sie sich nicht allein auf das, was Sie sehen.« Er erhob sich.

Nicht allein darauf, Klara verstand sich auch aufs Zuhören. Christian, wie auch immer sein Nachname lautete, hatte mit keinem Wort erwähnt, was er im Archiv suchte. Andersherum hatte er ihr gerade eröffnet, dass er etwas von ihr erfahren wollte. Wollte er nur eine Bestätigung, dass es sich bei der Leiche im Oldhorster Moor um Sonja Wallbrecht handelte? Klaras Besuch im Polizeiarchiv musste ihm jemand gesteckt haben, und Klara sah hier nur einen, der sicher gewusst hatte, dass sie heute Abend hier sein würde.

Leon schuldete ihr eine Antwort, ganz klar. Sie konnte nicht verhindern, dass sich ihr Herzschlag beschleunigte. Sie war sich sicher, dass sie hier auch auf Hannahs Unterlagen stoßen würde. Nach all den Jahren war ihre beste Freundin ihr mit einem Mal wieder sehr nahe. Hatte Leon sich an ihre Angaben gehalten, dann hatte er ausschließlich die Akten der Fälle herausgesucht, die ins Bild passten. Mädchen, verschwunden in einem Radius von hundertfünfzig Kilometern rund um Burgdorf von 1996 bis heute.

»Und die alle wollen Sie sich heute noch vornehmen?« Der Grauhaarige deutete auf den Stapel. »Doch eine Serie?«

Klara beschloss, offen mit ihm zu sein. »Wenn es eine ist, dann hat sie schon vor vielen Jahren begonnen. Meine beste Freundin ist verschwunden, als wir Teenager waren. Es gibt bis heute keine Leiche. Vielleicht finde ich in den Papieren etwas. Eine Vermutung, einen Namen.« Sie wusste allerdings, dass Vermutungen nicht protokolliert wurden. Aussagen von Zeugen dagegen schon. Davor fürchtete sie sich – ihren eigenen Namen zu lesen.

»So etwas kann lebenslange Alpträume verursachen. Wenn es sich um eine Serie handelt, dann hat der Täter sein erstes Opfer vielleicht gekannt. Sagt man doch gemeinhin, oder?«, schloss er an.

Es gab zumindest in einigen Fällen diese Annahme. Jemand hatte einmal gesagt, es ginge um eine bewusste Interaktion mit dem Opfer und um eine Typisierung; bestimmte Merkmale ließen einen Täter aufmerksam werden.

»War Ihre Freundin das erste Opfer?«, fragte Christian.

Klara erschauerte. »Es wäre möglich. Ich weiß es nicht«, gab sie zurück. Sie hatte keine Ahnung, und solange sie den Weg in Gedanken nicht zurückging, würde sie es nie erfahren.

Der Privatdetektiv wünschte ihr einen angenehmen Schlaf, nahm den Teller und sein Glas mit und verließ das Archiv.

Leon tauchte einige Minuten später auf. Er war hocherfreut zu sehen, dass Klara allein war.

Aber sie scheuchte ihn zurück zu seinem Schreibtisch. »Ich muss sämtliche dieser Akten durchsehen. Es sei denn, du leihst sie mir, und ich kann sie mit nach Hause nehmen.« Würde er nicht, durfte er nicht.

»Ich wollte eigentlich schon gar nicht mehr da sein«, ließ er sie wissen. »Wie lange brauchst du noch?« Ein wenig ungeduldig.

Klara hatte vor, sich die Fälle und die Namen aufzuschreiben und Leon doch noch dazu zu bewegen, eine Ausnahme zu machen; Kopien waren schließlich keine Originale. »Ich beeil mich. Könntest du noch etwas für mich herausfinden?« Sie sagte ihm, wonach er suchen sollte.

»Männer?«, wiederholte er.

»Nur ein Mann. Bitte, Leon. – Ich schulde dir was.«

»Wie recht du hast.« Er schmunzelte.

Vielleicht hatte sie sich gerade in Schwierigkeiten gebracht, aber ein Abendessen irgendwann in naher Zukunft mit ihm würde sie wohl überstehen. Einen kleinen Annäherungsversuch auch, aber nicht das volle Programm. Klara blendete Leon Pracht aus und nahm Block und Stift aus der Tasche. Zuerst würde sie sich mit Sonja Wallbrechts Fallakte befassen; mit der Vermisstenanzeige, dem Erpresserbrief, den offiziellen Fakten, von denen Christian gesagt hatte, sie wären keine Fakten. Was auch immer passiert war, es war ein perfides Spiel mit dem persönlichsten Schmerz gewesen, den man jemandem zufügen konnte. Mit der Angst, das zu verlieren, was einem am meisten bedeutete: einen geliebten Menschen. Klara holte sich das Erpresserschreiben auf ihr Handydisplay, falls es nötig wäre, es sich noch einmal genauer anzusehen. Sie hatte Sonja Wallbrecht nicht gekannt, war sich unsicher, ob sie sie gemocht hätte, doch das spielte jetzt keine Rolle. Ihr Täter war ein Einmalmörder, glaubte sie.

»Ich war erfolgreich«, brach eine Stimme in ihre Gedankenwelt. Leon schwenkte einen Computerausdruck in einer Hand. »Erfahre ich auch, warum ich das Gefühl habe, du hättest schon vorher gewusst, was ich finde?«

»Ich wusste es nicht, ich hatte nur eine leise Ahnung. Danke, Leon«, sagte sie.

»Du willst also weitermachen? Na gut«, gab er sich schließlich geschlagen. »Nachdem ihr schon mein Abendbrot verspeist habt, mache ich eben noch ein weiteres Zugeständnis.«

Klara lächelte. Sie würde die kopierten Unterlagen bekommen.

»Ich habe damit gerechnet, dass du dich verändert hast. Aber nein, kein bisschen. Ich bin noch immer am Überlegen, ob ich das beruhigend finden soll.« Er griff sich die Akten, drehte sich um und hob winkend eine Hand.

Klara grinste in sich hinein. Zum Glück hatte er keine Erwiderung abgewartet.

Leon arbeitete in diesem Archiv, weil er eine Leidenschaft für Rätsel hatte, die sich in Dokumenten verbargen. Vielleicht gab es noch einen anderen Grund, doch über den hatten sie nie gesprochen. Und für Klara hatte er just das Rätsel um Sonja Wallbrechts Teenagerfreund gelöst.

Es war der auffällige Blonde, den Cords Assistentin im Moor fotografiert hatte, und stammte wie Sonja Wallbrecht aus einer prominenten Familie. Es gab einiges, worüber Klara nachdenken musste.

Leon hatte alle wichtigen Aktenblätter kopiert, weshalb Klaras Handtasche nun einem Archiv im Kleinen ähnelte. Auch von Hannahs Akte hatte er eine Kopie gezogen; der Jahrestag ihres Verschwindens und Klaras Geburtstag waren nicht mehr fern.

Sie bedankte sich und ließ sich ein weiteres Mal ausgiebig umarmen.

»Hast du den Grauhaarigen angerufen und ihm gesagt, dass ich diese Akten sehen möchte?«, fragte sie Leon.

»Genau das meinte ich, Klara. Du hast dich nicht verändert. Wie konnte ich auch hoffen, du würdest es nicht merken?«

»Weil ich müde aussehe?«

»Christian«, begann Leon.

»Christian und wie weiter?«, forderte sie ihn auf. Sie musste ihm die kleinen Informationen sprichwörtlich aus der Nase ziehen. Es war einfacher gewesen, an die Unterlagen zu kommen.

»Nichts weiter, er hat gemeint, seinen Nachnamen würdest du noch früh genug erfahren, ihr würdet euch schon wiedersehen.«

Kein sonderlich beunruhigendes Orakel, fand Klara. »Warum hast du ihn überhaupt angerufen?«, hakte sie nach. Sie hatte den Verdacht, dass Leon sich vor der ganzen Wahrheit drücken wollte.

»Es geht um Sonja Wallbrecht, ihm geht es um sie. Und Christian war mein Ausbilder bei der Polizei, einer der besten.«

Etwas Ähnliches hatte sich Klara schon gedacht, demnach existierte zwischen den beiden eine lange Verbindung.

Klara machte sich auf den Rückweg. Sie nahm den schnellsten Weg, obwohl zu ihrer Stimmung und den momentanen Überlegungen, die sie verfolgte, Umwege besser gepasst hätten. Nicht einmal das Autoradio lief, sie konnte keine Ablenkung gebrauchen. Ihr Kopf war vollgestopft mit Informationen, die sie ordnen musste. Als das Stadtmuseum schließlich in ihrem Blickfeld auftauchte, war sie froh, diesen Tag und alles, was ihn bisher begleitet hatte, hinter sich zu lassen. Sie war gleich zu Hause. Automatismus, ein letzter Hauch davon. Klara parkte den Mini und stellte den Motor ab.

*Verlassen Sie sich nicht allein auf das, was Sie sehen*, hatte ihr der ehemalige Polizist vorhin geraten. Für heute reichte es ihr jedenfalls gründlich. Sie hoffte inständig, es gäbe nicht mehr viel zu sehen. Allzu beleidigt wäre Klara nicht, wenn Moritz bereits tief und fest schlafen würde und sie um eine Erklärung für ihr langes Wegbleiben herumkäme. Doch weder war Moritz auf, noch lag er im Gästebett.

Klara machte überall Licht. So groß war das Loft nicht, um jemanden zu übersehen, und trotzdem blickte sie in jeden kleinen Winkel. Nichts.

Ihr bester Freund verheimlichte ihr doch etwas. Sie beschloss, wach zu bleiben, bis er zurückkam, und legte sich ein dickes Kissen auf den Boden, auf dem sie bequem sitzen konnte. Auf der gemütlichen Couch würde sie wahrscheinlich einschlafen, und sie wollte noch einen Blick auf den Erpresserbrief aus der Entführungsakte werfen, den sie mit ihrem Handy fotografiert hatte. Wirklich dreist, den aus Spaß in den Briefkasten der Wallbrechts zu werfen.

*250.000, sonst wird Sonja nicht zurückkommen*
*Wie es weitergeht, erfahrt ihr bald*

Was Klara auffiel, war sicher auch damals der Polizei nicht entgangen; die Buchstaben waren aus einem bekannten Frauenmagazin, der deutschen »Vogue«, sehr großzügig ausgeschnitten worden, ein O, in das das Wort »Deutsch« gedruckt war, wurde als eine Null verwendet. Eine ehemalige Kollegin war immer hinter den neuesten Trends her gewesen und hatte das Magazin geradezu verschlungen, weshalb Klara die Buchstaben treffsicher erkannte.

Die Unterschrift lautete: »FREUNDE«. Sie war von Hand geschrieben. Da fürchtete sich jemand überhaupt nicht, war völlig sorglos. Einen Namen hatte Klara bereits: Der teuflisch gut Aussehende, Sonjas Teenagerfreund, hieß Dominik Hohenwart. Seine Neugier, die ihn dazu veranlasst hatte, im Moor aufzutauchen, musste einen Grund gehabt haben. Klara glaubte nicht, dass er wie andere nur als Schaulustiger dort gestanden hatte. Er hatte auf etwas oder vielleicht auch auf jemanden gewartet. Womöglich gab es noch eine Person, die damals wie heute mitgespielt und Sonja Wallbrecht gut gekannt hatte. Aber würde sich diese Person so einfach ködern und ins Moor bestellen lassen, wo sie doch befürchten musste, dass die Polizei genau darauf achten würde, weil bekannt war, dass Täter sich gern informieren? Klara glaubte, dass einige der Antworten im Haus der Wallbrechts zu finden waren, in Sonjas ehemaligem Zimmer. Niemand warf seine komplette Vergangenheit weg. Aber wie Zutritt erhalten?

Eigentlich hatte sie sich die Kopien der Aktenblätter aus dem Polizeiarchiv an diesem Abend nicht mehr vornehmen wollen, doch dann lagen die Seiten plötzlich vor ihr auf dem Boden, als hätten sie sich selbstständig gemacht.

Außer der von Hannah Sommer gab es noch Akten von zwei jungen Frauen, die verschwunden und vermisst gemeldet worden waren. Ein viertes Mädchen hatte man ermordet aufgefunden. Klara betrachtete die Haftzettel, die Leon mit Jahreszahlen versehen hatte, weil ihm etwas aufgefallen war. Das Verschwinden der beiden Frauen und der Mord an dem Mädchen lagen zeitlich nah beieinander. Klara sah in das hübsche Gesicht einer Sechzehnjährigen, deren Leiche in einem Waldstück nahe dem Oldhorster Moor gefunden worden war. Nicht in der Nähe von Hermina Blankenburgs Häuschen, sondern auf der gegenüberliegenden Seite. Nadine Franke war brutal vergewaltigt und anschließend erdrosselt worden, es fanden sich Schnitte eines scharfen Messers auf Dekolleté, am Hals und im Brustbereich.

Ein Mord, der vor siebzehn Jahren begangen worden war. Warum hatte Klara damals nichts davon gehört oder gelesen? Ein Verbrechen wie dieses wäre zu keiner Zeit unkommentiert gelassen und dann vergessen worden. Ihr Blick wanderte auf dem Aktenblatt weiter nach unten. Dort stand der Grund, warum der Mord von den Medien nicht breitgetreten worden war. Die Mutter des Mädchens lag im Sterben, als die Leiche gefunden wurde. Sie bat die Polizei darum, nichts preiszugeben. Die Beamten hatten ihrem letzten Wunsch entsprochen, und die breite Öffentlichkeit erfuhr nichts von den Ermittlungen.

Das nächste hübsche Gesicht, das Klara entgegenblickte, war ihr immer noch bekannt. Hannah Sommers Verschwinden lag achtzehn Jahre zurück. Klara schluckte. Ihre beste Freundin wirkte so, als würde sie ihr aufmunternd zulächeln. Du solltest ins Bett gehen, du bist wirklich müde, dachte Klara. Hier lächelt niemand, und schon gar nicht aufmunternd.

Dennoch blätterte sie zur nächsten Seite. Wie Hannah hatte man auch die achtzehnjährige Patricia Schubert nie gefunden. Die Tochter einer bekannten Schauspielerin war im Sommer vor sechzehn Jahren verschwunden.

Sie waren sechzehn, siebzehn, achtzehn Jahre alt gewesen – es musste eine Verbindung zwischen den Opfern geben. Auf einer der Kopien entdeckte Klara eine Notiz mit einem Fragezeichen. Eine Bekannte hatte ausgesagt, Nadine Franke sei frisch verliebt gewesen. Die Spur wurde verfolgt, doch ohne Ergebnis. Hatte jemand zuerst den Kontakt zu ihr gesucht und sie dann getötet? Auch Hannah hatte sich damals gerade in einen Jungen verliebt gehabt, erinnerte sich Klara. Zudem gab es eine offensichtliche Gemeinsamkeit der Vermissten und der Toten – alle jungen Frauen waren blond gewesen.

Um kurz nach zwei hörte Klara das Geräusch des Aufzugs. Sie hatte nur die Mordgedanken schlafen geschickt, nicht sich selbst, und überall die Lichter eingeschaltet. Und zwar nicht Moritz' wegen, sondern weil es sich besser anfühlte.

Moritz öffnete leise die Tür, bevor er das Licht bemerkte.

Sein erster Weg führte ihn in die Küche und an den Kühlschrank.

Er kam zurück, und Klara sah, dass er sich die Dose mit kaltem Espresso geholt hatte, die eigentlich nur für Notfälle gedacht war. Moritz zog die Schuhe aus und Klara von ihrem Kissen auf die Füße. »Meditierst du?«

Etwas in der Art hatte ihr auch ein grummeliger Rechtsmediziner mit Namen Bitter gestern unterstellt. »Ich habe nachgedacht.« Sie verkniff sich die Frage, wo er gewesen sei. Womöglich hatte sie für die Antwort nicht mehr genug Energie. »Ich muss jetzt dringend ins Bett«, verkündete sie.

»Hätte ich das gewusst, hätte ich mir kein Koffein mehr genehmigt. Du kannst jetzt nicht ins Bett gehen, ohne mir deine Geschichte erzählt zu haben.«

***

Er hat den Eindruck, als würde alles in Zeitlupe passieren, als käme jemandem diese Verzögerung sehr gelegen. Sorgt sich sein ehemaliger Freund, man könnte ihn entdecken? Oder dass man etwas anderes finden würde, denn allzu viel ist nach der langen Zeit von einem Körper sicher nicht mehr übrig.

Er wird abwarten, es sich noch eine Weile ansehen, immerhin sitzt er am Steuer und bestimmt die Richtung. Tatsächlich? Bislang hat er nur wenig bestimmt. Sein früherer Freund ist normalerweise derjenige mit der Hand am Steuer. Möglich, dass er sich Gedanken über Sonjas Tod macht. Er glaubt jedenfalls, es in seinem Gesicht gesehen zu haben.

Sonja sollte nicht in diesem verdammten Moor verschwinden, das hat er nicht gewollt, das ist nie sein Plan gewesen.

Wie geht es jetzt weiter?

Wie kann er dafür sorgen, dass es auf die richtige Art und Weise weitergeht?

# 5

Um den Täter zu finden, muss man die Tat betrachten.

Klara hatte nicht einmal genug Zeit zum Träumen gehabt. Dafür hatte Moritz in der Nacht noch alles erfahren, was es zu erfahren gab. Der Espresso hatte sich ausgezahlt, zumindest für ihn.

Und Klara wusste noch genauer als zuvor, dass sie Michael Losen würde erklären müssen, dass sie den Fall der Moorschwestern im Moment nicht bearbeiten konnte.

Sie lag im Bett. Die Sonne schien ihr ins Gesicht, aber deren Stand ließ keinen Zweifel daran, dass es noch ziemlich früh war. Etwas klingelte, doch es hatte nichts mit ihr zu tun. Vermutlich Mutter, die sich vergewisserte, dass Moritz ihre Verabredung nicht vergaß.

Sie erhob sich einige Minuten später und sah nur noch die erhobene Hand, als Moritz ihr einen erfolgreichen Tag wünschte und eilig die Tür hinter sich zuzog. Klara lächelte. Es wäre wunderbar, wenn sich Wünsche wie dieser ohne größeren Aufwand erfüllen ließen. Aber weil damit nicht zu rechnen war …

Um die Spur, die sich vielleicht als lohnend erweisen könnte, zu verfolgen, durfte sie nicht trödeln. Später wäre die alte Frau vermutlich anderweitig beschäftigt.

Klara wollte Hermina Blankenburg nach dem alten Moorbad fragen. Als Vorwand diente ihr das Protokoll. Die Frau hatte die Leiche von Sonja Wallbrecht entdeckt, also müsste jemand auch ihre Aussage aufnehmen. Selbst wenn das von Kollegenseite bereits erledigt worden sein sollte, könnte sie sagen, dass sie sich noch einmal persönlich bei ihr erkundigen wollte. Außerdem hatte sie beschlossen, den Auftrag für das Museum erst einmal zurückzustellen. Es geriet momentan alles durcheinander, und Michael Losen war regelrecht aufdringlich. Und verfolgt wurde sie auch noch.

Hermina Blankenburg war dabei, sich vor dem Haus ihre Stiefel anzuziehen, als Klara den Mini abstellte und ihr einen guten Morgen wünschte.

»Ich habe schon gehört, dass Sie die Männer der Bundeswehr heute bei ihrer Suche begleiten. Die Aufnahme Ihrer Aussage ist reine Formsache, es wird schnell gehen. Erzählen Sie mir bitte einfach noch einmal, wie Sie die Tote gefunden haben und ... was Sie mir sonst erzählen möchten.« Klara zog ein kleines Aufnahmegerät aus ihrer Jackentasche.

»Dann lassen Sie uns gehen.« Hermina Blankenburg warf einen Blick auf Klaras Schuhe. »Die sollten in Ordnung sein.«

»Ich habe damit nicht gemeint ...«

»Ich weiß. Aber Ihnen geht es doch nicht allein um meine Aussage, Sie wollen etwas Bestimmtes wissen.«

Klara seufzte. Die alte Frau war eine gute Beobachterin, doch was wollte sie jetzt dort draußen? Sie gab die Frage an Hermina Blankenburg weiter.

»Ihnen zeigen, wie schnell sich ein Grab im Moor wieder verschließt.«

Klara schüttelte den Kopf. Das hatte sie eigentlich nicht wissen wollen.

»Es ist keine Formsache, geht aber trotzdem schnell.« Hermina Blankenburg klemmte sich einen Spaten unter den Arm.

Klara schaltete ihr Aufnahmegerät ein und ließ die alte Dame erzählen. Vielleicht würde sie so noch etwas erfahren, das nach dem Leichenfund nicht erwähnt worden war.

Die beiden Frauen nahmen einen anderen Weg ins Oldhorster Moor als Klara zuvor, sie kamen nicht am Zelt und an der Wache vorbei.

Klara fragte nicht, wohin sie gingen, die Antwort würde ihr nicht das Geringste sagen. »Sie wollen ein Grab ausheben?«, fragte sie, als Hermina Blankenburg nahe einem kleinen Hügel anhielt, der mit dünnem Gras bewachsen war.

»Haben Sie für Ihre Freundin damals eines ausgehoben?« Die alte Frau stach den Spaten in den nachgiebigen Untergrund.

»Genau das glauben Sie doch, darum all die versteckten Andeutungen mir gegenüber.« Klara hatte allmählich genug davon.

Hermina Blankenburg zog den Spaten aus dem Boden, beschrieb mit dem flachen Spatenblatt ein Quadrat, bevor sie wieder zustach und den Torf mit dem Bewuchs heraushob. Es sah aus, als würde ihr die Arbeit leicht von der Hand gehen. »Der Mörder dieser Frau hätte sich nicht einmal anstrengen müssen, hätte er sie vergraben wollen.« Sie klopfte ein wenig Lehm und Erde von dem Spaten ab und setzte das Quadrat wieder zurück in seine Vertiefung. »Man nimmt einfach einen Teil der Torfunterseite ab und passt das ausgehobene Stück dann wieder ein. Binnen weniger Tage, je nach Wetter, schließt sich der Sumpf darum, zurück bleibt maximal eine kleine Erhebung, die aber mit den Jahren absinkt. Der Mörder dieser Prominenten hat sich ganz klar gegen ein Grab für sie entschieden.«

Klara nickte. Hermina Blankenburg hatte Sonja Wallbrecht also tatsächlich erkannt und ihr eine neue Information geliefert. Aber warum hatte der Mörder auf ein Grab verzichtet? Allmählich ärgerte Klara das Versteckspiel der alten Frau. »Ihnen ist klar, dass Sie uns mit Ihrer Aussage über die Identität der Toten Arbeit erspart hätten?«

»Es war nur eine Vermutung. Und es ist nicht meine Schuld, wenn Sie die Leiche verlieren.« Ein unwilliges Schnauben.

Die Leiche, an der inzwischen todsicher der Zahn der vergangenen Tage und womöglich Schlimmeres genagt hatten. Klara wagte sich vor. Wenn sie jetzt schon so weit waren, konnte sie das Spiel auch noch eine Spur attraktiver gestalten. »Haben Sie von der Entführung gewusst?«

»Der jetzigen oder der von damals?«

Klara stöhnte innerlich auf. Die alte Frau stellte stets die richtigen Fragen, aber ihre Antworten blieben rätselhaft.

»Ich weiß, wer Sie sind. Die Entführung von Sonja Wallbrecht war damals in allen Zeitungen – genauso wie das Verschwinden Ihrer Freundin«, rieb Hermina Blankenburg Klara unter die Nase. »Was habt ihr Mädchen damals nur im Moor gemacht?« Sie klopfte mit der Rückseite des Spatenblatts auf den abgedeckten Aushub.

Klara fand das Gespräch immer seltsamer. Sie war zwar hergekommen, um etwas zu erfahren – aber doch etwas ganz anderes.

Die alte Frau wandte sich um. Klara würde ihr besser auf den Fersen bleiben.

»Zwei Freundinnen bei Vollmond im Moor. Es sollte ein Abenteuer sein.« Das war kein Geheimnis, und die alte Frau wusste sowieso, dass sie dort gewesen waren. Vielleicht hatte sie ja auch von den beiden Frauen gehört? »Vor langer Zeit kamen zwei Schwestern nicht mehr aus dem Moor zurück«, sagte sie.

»Sie meinen die Moorleichen, die im Landesmuseum ausgestellt werden sollen.« Klaras Tonfall verriet ihren Standpunkt.

»Man geht nicht einfach so ins Moor. Nicht heute … zu keiner Zeit.« Ihr Blick traf Klaras. »Ich weiß, dass damals jemand bei euch war, ich habe ihn gesehen.«

Gerade noch war es um die Frauen gegangen, die vor tausendachthundert Jahren im Moor den Tod gefunden hatten, jetzt drehte sich ihr Gespräch, wenn man es so nennen wollte, schon wieder um sie und Hannah.

»Vielleicht ging es um einen Liebeszauber. Oder um mehr. Diese Art Magie benutzten nicht nur Frauen in der Eisenzeit«, sagte Hermina Blankenburg, was Klara an Micheal Losen erinnerte.

Ein Liebeszauber. Magie. Klara lächelte. Der Kurator hätte vielleicht besser die alte Frau bezüglich der Moorschwestern fragen sollen. »Wir dachten, wir wären in jener Nacht allein dort auf der Lichtung, wir wollten meinen Geburtstag feiern«, sagte sie. Sie hatten geglaubt, sie wären allein, und trotzdem hatte auch Hannah das Gefühl gehabt, beobachtet zu werden. Wollte Hermina Blankenburg vielleicht andeuten, Hannah könnte schwanger gewesen sein? Doch nicht sie. Hannah hatte einen Jungen geliebt, aber sie hatte doch noch nicht mit ihm geschlafen. Oder doch? Klara musste sich eingestehen, es nicht zu wissen. »Wer war die Person? Ein Mann?«, fragte sie jetzt die alte Frau, in der Hoffnung, diese hätte vielleicht ihren Moorgeist entdeckt. Er spukte im Augenblick auffallend häufig in Klaras Kopf herum.

Hermina Blankenburg schwieg, und Klara erinnerte sich deutlich an das seltsame Gefühl, das sie damals übermannt hatte, als sie meinte, im Nebel etwas gesehen zu haben. Jemanden.

# 6

Der unberechenbare Gegner, der sich um seine eigene Sicherheit keine Sorgen macht, ist am gefährlichsten.

Einige Wagen kamen ihr entgegen. Klara war froh, das Moor hinter sich zu lassen. Erst einmal oder für immer?

Während des Rückwegs dachte sie an Hannahs mögliche Freunde, an einen ganz besonderen Freund, an Liebeszauber und an Magie. Aber Hannah und sie waren damals nicht Mädchen gewesen, die sich für so etwas begeisterten.

Vielleicht weißt du gar nicht, wer Hannah wirklich war. Die kleine Stimme war unerbittlich.

»Sie war nicht schwanger«, flüsterte Klara und wollte es unbedingt glauben. Um sich sicherer zu sein, musste sie endlich einen Blick in die Kartons werfen, die hinter der kleinen Tür in dem Stauraum in ihrem Loft lagerten. Die Kartons mit ihrer Vergangenheit, die die Macht hatten, Klaras Herz im Nu auf die Größe einer Kiwi zusammenzupressen. Die Kartons, von denen einer etwas Aufschlussreiches enthalten könnte.

Doch zuerst musste sie zum Museum, ihre kurze Notiz dem Briefschlitz anvertrauen, denn zu dieser frühen Stunde war noch kein Mitarbeiter anwesend. In dem Schreiben entschuldigte sich Klara nicht eben wortreich, das Schicksal der beiden Schwestern augenblicklich wegen eines aktuellen Falls nicht weiterverfolgen zu können. Die Runenstäbchen hatte sie zusammen mit den kleinen Samentütchen in ein gepolstertes Extrakuvert gesteckt. Nicht gerade die feine Art, musste sie zugeben, aber war es normal, als Museumskurator im Moor aufzutauchen und nach einer Leiche zu fragen? Klara verbannte den schnauzbärtigen Losen erst einmal sonst wohin.

In der Bäckerei in der Gärtnerstraße war man dagegen schon seit einigen Stunden in Aktion. Klara konnte sich nicht erinnern, ob sie mit Alexander Cord frühstückstechnisch für den heutigen Morgen etwas vereinbart hatte, wollte aber nicht riskieren, mit leerem Magen arbeiten zu müssen. Für den Auftritt in der Öffentlichkeit hatte sie ein Tuch aus ihrem Fundus an Accessoires gekramt und damit ihre Haare eingeschlagen. Sich eine Sonnenbrille aufzusetzen erschien ihr dann aber doch übertrieben, Versteckspielen behagte ihr nicht.

Auch ihr Verfolger im dunklen Wagen hatte anscheinend die Lust an dem Spiel verloren. Er war nicht zu sehen.

Im Geschäft hing der warme Geruch nach frischen Backwaren. Die Morgensendung lief, diesmal sogar mit Ton. Gerade machte sich der Suchtrupp der Bundeswehr in Begleitung von Hermina Blankenburg und den ersten zögerlichen Sonnenstrahlen auf den Weg ins Moor. Bei gutem Wetter wirkten Wald und Pfad fast idyllisch. Vor dem Zelt hatte sich erneut eine Menge Schaulustiger versammelt. Klara hätte eine Wette abgeschlossen, dass die dort draußen auch wetteten. Und eine weitere, dass der Einsatzleiter eine Riesenfreude daran hatte, Ratschläge einer alten Frau entgegenzunehmen.

Klara war die einzige Kundin in der Bäckerei, und zum ersten Mal registrierte sie die Auslage mit den hart gekochten Eiern auf der Theke. Sie ließ sich ein paar einpacken.

Auch auf dem Parkplatz der Dienststelle standen heute keine Medienfahrzeuge Spalier. Es war ruhig, ungewohnt in einer Situation wie dieser. Sie stellte den Mini Cooper ab und ging ins Büro. Cord hatte es sogar gewagt, ein Fenster und die Jalousien zu öffnen. Er saß mit Goldi im Sonnenlicht. Der Anblick hatte etwas Anrührendes.

»Es gibt Tee oder Kaffee. Ich habe uns beiden die Daumen gedrückt, dass Sie daran denken, Frühstück mitzubringen«, sagte er. Der Grüne wanderte zurück in sein Reich. Er sah immer noch etwas farbreduziert aus.

Klara hob die Tüte und die Eier, die sie gekauft hatte, in die Höhe.

»Was meinen Sie – wird Höllrath die Suche zu einem guten Ende bringen?«

»Möchten Sie wetten?«, fragte Klara.

»Ich wette lieber nicht. Sonst würde ich noch auf den verqueren Gedanken kommen, damit den Ausgang der Sache irgendwie beeinflusst zu haben.«

»Was ist eigentlich mit Ihrer ganz persönlichen Leiche?«, fragte sie ihn, wie sie fand, sehr direkt. Sie hatte es unterlassen zu schnüffeln, aber sie war froh darüber, nicht allein zu sein mit einer Vergangenheit. »Ich habe Ihnen von meinem Trauma erzählt, Sie könnten also anfangen, mir etwas über sich zu erzählen. Vielleicht beim Frühstück?« Es war keine Bitte, vielmehr ein Vorschlag.

Cord lehnte sich zurück, unentspannt. Er ging auf Abstand. Ganz ähnlich wie schon bei dem Gespräch über Sonja Wallbrechts Entführung.

Klara tat das Gleiche, wenn auch nur, um ihr Frühstück vorzubereiten.

»Sie sehen mich nur an und extrahieren für sich mit diesem einen Blick schon alles Wesentliche«, beklagte er sich.

»Es wäre toll, wenn ich das könnte, aber so funktioniert es leider nicht«, sagte Klara und zuckte die Schultern. Obendrein sah sie eher in ihn hinein, als etwas aus ihm herauszuholen. Was jedoch auch nicht zwingend klappte. »Machen Sie sich locker und spucken Sie's aus. Ich habe kein Interesse, Sie in die Pfanne zu hauen.«

»Aber vielleicht jemand anderes«, sagte er. »Es liegt lange zurück, ich war Polizeianwärter, steckte in dieser grauenhaften Uniform, wollte für Gerechtigkeit kämpfen und auf dem schnellsten Weg nach oben. Dass man auf diesem Weg auch abstürzen kann, kam in meinem Plan nicht vor.« Er hielt inne.

Aber er war nicht abgestürzt, dachte Klara. Jedenfalls beruflich nicht. Sie trug den Kaffee, die Milch und die geschälten und geviertelten Eier auf, verteilte die kleinen eingepackten Butterstücke und schnitt die Brötchen. Wurst und Käse hatten sie nicht, dann eben Marmelade oder Honig. Aber es gab Salz für die Eier. Er nickte kurz über den Schreibtisch. »Womit hab ich die Fürsorge verdient?«, wollte er wissen, begleitet von einem Lächeln.

»Ich tue das jedenfalls nicht, um Sie zum Reden zu bringen«, versicherte ihm Klara.

»Mein Vater war Ermittler einer Sonderkommission. Ein schlauer Fuchs, integer, beliebt, bis er sich bestechen ließ. Er hat Geld genommen. Viel Geld. Die Presse berichtete darüber. Zuerst wurde er vom Dienst suspendiert. Dann wollte seine Behörde ihn loswerden, also löste man das Beamtenverhältnis auf. Auf einmal war alles anders. Ich bin immer noch froh, dass meine Mutter das nicht miterleben musste.«

Sein Vater war also derjenige, der abgestürzt war. Klara nickte stumm. Der Fall seines Vaters machte Cord noch immer zu schaffen. Mehr würde sie heute sicher nicht von ihm erfahren.

»Könnte ich Goldi später noch vorbeibringen? Ich habe ein Zimmer in einer Pension gemietet. Da im Moment keine Saison ist, sind die Preise moderat. Der Besitzer hört schlecht und sieht auch nicht mehr allzu scharf. Eigentlich gute Voraussetzungen, um Goldi reinzuschmuggeln, aber ich möchte nichts riskieren.« Es war Cord anzumerken, dass es ihm unangenehm war, sich nun doch für diese Lösung entschieden zu haben.

»Natürlich, aber die Bedienungsanleitung nicht vergessen«, erinnerte ihn Klara. Sie hatte den Vorschlag gemacht und ihre Ernsthaftigkeit betont – jetzt würde sie den grünen Kerl aufnehmen müssen, der womöglich in der Lage war, die Tür ihrer Wohnung zu öffnen.

Cord machte sich daran, in der kleinen Küche das benutzte Geschirr abzuwaschen. Es schien, als wollte er nicht weiter über seinen Vater reden.

Und Klara wollte ihn nicht fragen, ob er ihn wegen der Annahme des Geldes verurteilte oder dafür, dass sich sein eigenes, Cords Leben mit dieser Entscheidung so plötzlich verändert hatte. Sie beseitigte mit einem feuchten Lappen ihre Spuren auf dem Schreibtisch. Sie hatten ein Frühstück geteilt, aber nicht ihre Gedanken.

Cord klappte wenig später schon wieder seinen Laptop auf. Er verfolgte offenbar die neuesten Meldungen, während Klara auf ihrem Notebook noch einmal die Fotos betrachtete, die Cords Assistentin im Moor gemacht hatte.

Auch der Reporter, der sie auf Hannah angesprochen hatte, war zu erkennen. Zumindest hatte sie ihn für einen Reporter gehalten. Mit dem dunklen, an den Schläfen leicht ergrauten

Haar sah er trotz der Falten um die intensiv goldfarbenen Augen gut aus. Es war nicht seine Mimik, sondern das kleine Lächeln um seinen Mund, das Klara auffiel. Fehl am Platz, schoss es ihr durch den Kopf. Er wartete nicht darauf, dass etwas passierte, er schien vielmehr zu beobachten. Sie druckte das Bild aus.

Die Gesichter der Anwesenden wirkten wie erwartet. Nirgends sah sie einen geilen, erwartungsvollen Blick.

Das hasste Klara an ihrem Job – ihr wurde präsentiert, wie wenig ein Leben in den Augen der meisten Menschen wert war.

Auch ein alternder Schauspieler, ein Serienstar, tummelte sich vor dem Zelt, er war Kameras gewohnt. Klara hatte irgendwann einige Folgen der Serie gesehen. Schon komisch, was die Leute anzog, oder brauchte er mal wieder ein wenig Publicity? Dann war er hier richtig. Es wurden Fragen gestellt, und er konnte etwas erzählen. Gruselig, fand Klara.

Der teuflisch gut aussehende Blonde war hingegen kein Star. Sie legte den Ausdruck, um den Leon Pracht sich gekümmert hatte, neben den Laptop und wartete, bis das Gesicht auf ihrem Bildschirm auftauchte. Ohne jeden Zweifel derselbe Mann. Umwerfend blaue Augen, die er bestimmt einzusetzen wusste.

Dominik Hohenwart hatte noch die Chance, ein Star zu werden, falls sich Beweise dafür fanden, dass er, Sonja Wallbrechts Teenagerfreund, etwas mit ihrem Tod zu tun hatte. Versunken in ihre Betrachtungen hatte Klara alles andere um sich herum vergessen und zuckte zusammen, als das Telefon auf dem Schreibtisch klingelte.

Alexander Cord bedeutete ihr abzuheben, da sie näher dransaß.

Sie stellte den Anrufer auf laut. Es gab gute Neuigkeiten. Die Einheit der Bundeswehr hatte den Professor und das Team der Spurensicherung aufgespürt. Unterkühlt, dehydriert und schmutzig, aber am Leben.

»Wo ist die Leiche?«, fragte Klara.

»Das ist etwas komplizierter«, erklärte ihr Gesprächspartner, und seine Zurückhaltung sagte alles. Sie hatten die Leiche nicht.

»Der Metallsarg mit der Toten ist in einen See gerutscht. Die Männer sind noch nicht wirklich ansprechbar, ihre Aussagen, was genau passiert ist, waren ziemlich wirr und nicht sonderlich erhellend. Wir schicken Taucher, die den Moorsee absuchen sollen, aber heute wird das nichts mehr. Der Wetterdienst hat im Lauf des Tages eine Sturmfront angekündigt. Man sieht hier draußen schon jetzt den Arsch des Vordermannes nicht mehr. 'tschuldigung.«

Klara wagte gar nicht erst zu fragen, wie es mit den Beweismitteln der Spurensicherung aussah. Vermutlich wäre der Ansprechpartner auch der falsche gewesen. Wenn sie richtig Pech hatten, waren auch die im Moor verloren gegangen.

Sonja Wallbrecht würde also noch ein wenig länger darauf warten müssen, dass jemand sie identifizierte. Und ermöglichte damit ihrem Mörder, noch mehr Distanz zwischen sich und die Ermittler zu bringen.

# 7

Das Verhalten des Opfers ist für die Tat ebenso wichtig wie das des Täters.

Ein aktueller Fall anstelle der alten, ungelösten Kriminalfälle, die sie hätten bearbeiten sollen, dazu unsagbar viele Pannen. Klara drehte mit dem Finger eine Locke ein; ein Lehrer hatte es einmal ihren nervösen Tick genannt. Wieder würde sich die Bergung der Leiche hinauszögern. Und zu guter Letzt hatten sie nicht einmal die Möglichkeit, ein paar Antworten auf ihre Fragen zu erhalten.

Wenn jemand Klaras Verbindung mit Hannah Sommer recherchieren konnte, dann würde man auch Alexander Cords Vergangenheit mit Leichtigkeit ans Licht bringen; ein Vater, der wegen Bestechlichkeit aus dem Polizeidienst entlassen worden war.

Wahrscheinlich war es nur eine Frage der Zeit, bis die Presse davon Wind bekam, und Zeit wurde momentan mehr als genug in der Sache mit dem Oldhorster Moor aufgewandt.

Der Metallsarg, der sich mit der Leiche noch immer auf Tauchstation befand, war ein saftiger Brocken für die Medien. Also würden ganz sicher auch am nächsten Tag wieder Beobachter im Moor vor Ort sein.

Im Büro gab es für sie erst einmal nichts mehr zu tun. Klara wollte nicht untätig sein, aber Cord auch nicht von ihrem zugegeben etwas abenteuerlichen Plan erzählen. In der letzten Nacht hatte sie ihn für eine gute Idee gehalten, um ihrer Toten endlich näherzukommen. Sie würde davon nicht Cord, sondern jemand anderem erzählen und sehen, welche Reaktion sie erhielt.

Cord hatte angekündigt, sich zuerst in seinem Pensionszimmer einzurichten und danach zu versuchen, noch an einige gesicherte Informationen zu ihrem Fall zu kommen. Wenn er damit die Beweise in den Asservatentüten meinte, dann wünschte Klara ihm viel Glück. Sie bezweifelte, dass die Männer sie aus dem Moor zurückgebracht hatten.

Cord nahm das Terrarium mit Goldi und ging damit zum Aufzug. Klara würde vorausfahren, er wollte sich anhängen.

»Das mit dem Futter erklären Sie mir aber noch mal«, bat sie ihn und versuchte, den wackligen Unterton in ihrer Stimme zu unterdrücken.

»Goldi mag am liebsten Heuschrecken und Fliegen. Oder Babyobstbrei«, sagte er.

»Goldig.« Ein winziges Lächeln.

»Wenn Sie ihn zu füttern vergessen, übersteht er auch eine Woche ohne Nahrung. Normalerweise ist ein Abstand von zwei Tagen optimal.«

Vergessen werde ich meinen neuen Mitbewohner garantiert nicht, dachte Klara.

»Er sonnt sich am Vormittag gern, vielleicht haben Sie ja einen schönen Platz für das Terrarium, halb Sonne, halb Schatten. Wenn er keine Lust auf etwas hat, versteckt er sich ohnehin irgendwo in seinem Dschungel. Haben Sie Angst, Sie könnten etwas falsch machen?«, fragte Cord, nachdem Klara lediglich einige »Mhms« von sich gegeben hatte.

»Und wie«, gab sie zu. Sie machte sich Gedanken, dass er ihr entwischte, sie ihn verhungern ließ, sie, Moritz oder Tim auf ihn trat und und und. Ein Alptraum.

»Empfindlich ist er nur, was seinen Schwanz angeht«, merkte Cord an.

»Ich habe nicht die Absicht, ihn an intimen Stellen anzufassen«, erklärte Klara.

Cord grinste. »So etwas hat er auch gar nicht, er ist ein Reptil. Ich spreche von dem Schwanz, der offensichtlich ist. Versuchen Sie nicht, ihn dort festzuhalten.«

»Oh. Klar.« Irgendwie war jetzt schon alles ziemlich kompliziert, und der Grüne war noch nicht einmal eingezogen.

Das war erst dreißig Minuten später der Fall. Goldi sah sich neugierig in seiner neuen Umgebung um. Ein Kuscheltier war er nicht. Klara fragte sich nach einem Blick zum kleinen Balkon hinüber, wie sie es anstellen sollte, dass der Grüne sein Sonnenbad bekam.

»Zerbrechen Sie sich darüber nicht den Kopf«, sagte Cord.

Klara schluckte. Er hatte ihren Blick und den ratlosen Gesichtsausdruck schon wieder richtig interpretiert.

Cord verabschiedete sich, und Klara betrachtete die Gefäße mit den Luftlöchern, die ihr Kollege mitgebracht und auf der Kommode angeordnet hatte. In einem summte es, im nächsten hüpfte es. Zwei Gläser Babyobstbrei standen im Kühlschrank.

»Sei bitte nett zu mir, dann wird sich unser Zusammenleben bestimmt wunderbar gestalten«, bat sie Goldi. »Und komm ja nicht auf komische Gedanken.«

Im Moment aber waren es allein ihre seltsamen Gedankenspiele, nicht die des Geckos, die sie beunruhigten. Klara wandte den Blick von ihm ab. Sie würde sich daran gewöhnen müssen, dass Goldi Geräusche machte, und sie sollte in diesem Fall nicht jedes Mal nachsehen, dass er noch immer in seinem Terrarium war. Jedenfalls nicht, solange dessen Deckel geschlossen war.

Auf sie wartete Arbeit. Klara würde sich noch einmal die Zeitschrift mit den Fotos von Sonja Wallbrecht vornehmen und sich bezüglich ihrer ersten Inaugenscheinnahme der Toten Notizen machen. Die Leiche musste sich in der Zwischenzeit verändert haben. Wie sehr, das würde Klara erst wissen, wenn sie wieder einen Blick auf die Frau werfen konnte, und das würde allem Anschein nach noch dauern.

Sonja Wallbrecht war naturblond, kein Ansatz war zu erkennen. Schönheitsoperationen an Augenlidern, dem Kinn und der Nase, hätte Klara getippt. Die hohen Wangenknochen modellierten das Gesicht.

Zu mehr als einer knappen Beurteilung war Klara am Fundort im Oldhorster Moor nicht gekommen, weil Professor Dr. Bitter zur Eile gedrängt hatte. Jetzt war sie an der Reihe und würde Bitter drängen. Vermutlich blieb er für eine Nacht zur Beobachtung im Krankenhaus, würde ihr also nicht entkommen. Sie musste nur in Erfahrung bringen, in welche Klinik der Rechtsmediziner und die Spurensicherer gebracht worden waren.

Klara setzte sich mit dem Büro in Verbindung, das die Polizeieinsätze koordinierte. Die Dame am anderen Ende reagierte genervt. Klara ignorierte es. Schließlich kannte sie den Namen und die Nummer des Beamten, an den sie sich wenden konnte. Der Mann war am Moor zur Wache eingeteilt.

Das Handy klingelte, dann wurde das Gespräch entgegengenommen. Die Männerstimme klang müde.

Klara stellte sich vor und fragte nach, in welcher Klinik das Team der Spurensicherung und der Professor medizinisch versorgt wurden.

Wenn es eine Informationssperre gab, dann hatte der Mann sie vergessen oder sie war ihm egal. Er nannte Klara einen Namen.

Sie bedankte sich, schlug die Illustrierte auf und schnitt einige der Fotos von Sonja Wallbrecht aus. Die würde sie wie ihr Diktiergerät mitnehmen, auf dem sich schon das Gespräch mit Hermina Blankenburg befand. Aber Klara brauchte bloß ein paar Restminuten, mehr nicht, sie wollte es den bitteren Professor nur sagen hören.

Das Krankenhaus lag am Rande von Nirgendwo. So kam es Klara vor, denn sie kannte seine Vorgeschichte. Die Frugardi-Klinik war bis in die sechziger Jahre des 20. Jahrhunderts eine Nervenheilanstalt gewesen. Schaurige Geschichten wurden über sie erzählt. Heute besaß die Einrichtung einen guten Ruf.

Klara hatte vergessen, wie grauenhaft Sterilität riechen, wie unangenehm sich allein die Empfindung von Krankheit auf einen gesunden Organismus auswirken konnte. Die Besuchszeit war längst vorbei, sie hoffte, sich niemandem gegenüber erklären zu müssen. Von dem müden Moorwächter hatte sie sogar erfahren, in welchem Stockwerk und in welchem Zimmer Bitter lag. Die langen, breiten Gänge waren eierschalengelb gestrichen, bodennah verlief ein breiter weißer Streifen, an den Wänden hingen Farbdrucke. In einigen Fluren herrschte Betriebsamkeit, in anderen gähnende Leere. In Klaras Vorstellung gingen davon nicht die Türen zu Krankenzimmern, sondern zu Zellen ab.

Professor Bitter war am Ende eines langen Gangschlauches untergebracht, in einem Krankenzimmer gleich gegenüber der Fluchttreppe. Doch die würde ihm nichts nützen. Der Gedanke zauberte Klara ein befriedigendes Grinsen auf die Lippen. Sie klopfte kurz, schaltete das Diktiergerät in ihrer Tasche auf Aufnahme und öffnete die Tür.

Die Wände glänzten in einem kühlen Weiß, das Bett und die verschiedenen Vorrichtungen glänzten weniger und machten einen eher abgenutzten Eindruck. Professor Bitters Unterarme und ein Bein steckten in weißen Verbänden. Vielleicht hatte er sich die Haut irgendwo aufgerissen. An Flucht war in seinem Zustand wahrscheinlich eher nicht zu denken.

»Lasst mich endlich zufrieden, ihr Nervensägen von der Presse«, grüßte er unfreundlich.

»Sie sollten besser Ihre Brille aufsetzen«, schlug ihm Klara vor. Zwar hatte er auch keine getragen, als sie ihm am Fundort der Leiche begegnet war, aber ihr war aufgefallen, dass er immer wieder gezwinkert und die Augen zusammengekniffen hatte. Die Brille lag auf dem mobilen Krankenhausnachttisch, anscheinend eine mit Gleitsichtgläsern.

Bitter kniff erneut die Augen zusammen, als er sie musterte. Offenbar mit Erfolg. »Ach, Sie sind das. Ihren Namen habe ich vergessen, aber Ihre dunklen Locken erkenne ich wieder. Ich kann mir vorstellen, was Sie von mir wollen, aber ich habe es nicht«, raunzte er.

»Sie können nicht wissen, was ich will«, erwiderte Klara, aber beschloss, es ihm in Kürze zu sagen.

»Nach zwei Tagen im Sumpf brauche ich Ruhe.« Er verschränkte die Arme vor der Brust, fühlte sich offensichtlich bedrängt.

»Ihre Ruhe können Sie vergessen«, eröffnete ihm Klara. »Sie haben eine Leiche verloren. Sollte die Presse die Identität der Frau herausbekommen, können Sie sich auf einiges gefasst machen. Mit dieser Familie ist nicht zu spaßen.« Es war keine leere Drohung. Eine prominente Familie verstand es immer, sich Gehör zu verschaffen.

»Was denn, welche Familie? Wir haben doch noch überhaupt keine Vorstellung davon, wer sie ist.« Er versuchte, in seinem Bett etwas höherzurutschen.

»Doch, die haben wir mittlerweile.« Klara legte die mitgebrachten Bilder aus der Illustrierten vor ihm auf die Bettdecke und seine Brille dazu. Vermutlich wollte Bitter, dass sie verschwand, aber um sie loszuwerden, musste er reagieren. Er rührte die Brille nicht an und starrte nur missbilligend in ihre Richtung.

Klara nahm an, dass sie selbst und alles andere für ihn unscharf waren. Vielleicht war gerade deshalb ihr Ton messerscharf. »Bestätigen Sie mir, dass die Tote im Oldhorster Moor dieselbe Frau ist wie die auf diesen Bildern oder widersprechen Sie.« Die Finte war nicht einmal sonderlich geschickt, aber auf andere Art würde sie von Bitter keine Antwort bekommen. Er würde erst die Bergung der Leiche und die abschließende Autopsie abwarten wollen.

Endlich griff Bitter noch etwas unentschlossen nach seiner Brille und den Zeitschriftenbildern. Sein Atem beschleunigte sich. »Verdammte Scheiße. Was wollen Sie von mir? Das Gesicht der Frau im Moor war zugedeckt.«

»Ist die Tote im Moor Sonja Wallbrecht?«, hakte Klara nach.

Er schnaufte. »Todsicher, obwohl Sie das erst mal für sich behalten sollten. Die Wallbrecht war in einem meiner letzten Vorträge, sie wollte mich für irgendein Wohltätigkeitsding gewinnen. Sie war eine hübsche Frau, fiel in der Menge auf.« Ungehalten riss er sich die Brillenbügel von den Ohren und hob die Hände, als wollte er sich ergeben. »Das Moor ist teuflisch, wie Sie selbst wissen. Es … war ein Unfall, der Metallsarg ist uns aus den Händen geglitten. Ausgerechnet in einen See ist er reingerutscht.«

Bitter klang so, als wäre die Schuld auf keinen Fall bei ihm zu suchen. »Hören Sie«, sagte er in anderem Ton. Jetzt wollte er etwas von Klara. »Halten Sie mir bloß die Pressehyänen vom Leib. Die übertreiben nur wieder gnadenlos. Das können wir doch nicht wollen!«

Wir. Bloß nicht! Klara wünschte dem dicken Professor, dass jemand unerbittlich nachbohren würde, dass jemand zutage fördern würde, was sich im Oldhorster Moor tatsächlich abgespielt hatte, und dass man Bitter nicht mit billigen Ausreden davonkommen lassen würde. Sie schaltete das kleine Gerät aus. Da er einer Aufnahme nicht zugestimmt hatte, würde Klara die

Information über die Identität ihrer Toten und seine besonders nette Meinung für sich behalten müssen. Aber das hatte sie auch vor, sie diente ihr nur dazu, später noch zu wissen, was er in der Situation gesagt hatte. Sie war mit ihm fertig und verabschiedete sich mit einem leisen Lachen, dessen Interpretation sie ihm gern überließ.

Der Gang lag nicht mehr ganz so verlassen da wie zuvor, als Klara die Tür hinter sich zuzog. Auch andere Besucher hatten sich auf den Weg gemacht, offenbar nahm man es mit den Besuchszeiten nicht ganz so genau. Gut für Klara, denn weiter vorne bog eine kleine Frau gerade um die Ecke. Klara müsste sich schon sehr irren, wenn nicht Annett Rehbein auf das Zimmer des lädierten Professors zusteuerte.

Klara wollte ihrer Vorgesetzten nicht in die Arme laufen und nahm den rückwärtigen Ausgang, obwohl sie sie gern gesehen hätte: Bitter und Rehbein, privat.

Wenig später verschwand der Klinikkomplex in ihrem Rückspiegel. Sie würde nach Hause fahren und wenn möglich nicht mehr über etwas nachgrübeln, über das man auch morgen noch nachdenken konnte.

Sie erinnerte sich, versäumt zu haben, Moritz eine kurze Notiz wegen Goldi zu schreiben. Sollte er lebend aus Mutters Fängen entlassen worden sein, hätte er mit dem Gecko sicher schon Bekanntschaft gemacht. Kurz dachte sie an eine andere Entlassung, die des Professors aus der Klinik, und das, was folgen würde. Würde er die Obduktion leiten oder sie einem Kollegen übertragen? Man durfte gespannt sein. Wie konnte ein Metallsarg nur in einem See verschwinden? Klara schüttelte den Kopf.

Sie war zufrieden, eine wichtige Antwort bekommen zu haben, aber nicht mit der Entwicklung, die die Sache nahm. Zudem hatte sie Bitter nicht mehr gefragt, was mit den Beweisen passiert war. Nicht mehr fragen wollen. Unangenehm, der Mensch, und gerade fühlte sie sich so angreifbar, als hätte sie nicht des Öfteren mit solchen Leuten zu tun.

Moritz hockte bei ihrem Eintreffen vor dem Terrarium und klopfte an die Scheibe. Goldi war nirgendwo zu sehen.

»Du hast den Deckel nicht aufgemacht, und er war auch nicht offen, als du gekommen bist.« Keine Frage, Klara hoffte einfach, dass ihre Annahme der Wahrheit entsprach, sonst steckte sie womöglich früher als erwartet in Schwierigkeiten.

»Es war niemand zu Hause«, gab er zurück. »Hier nicht und bis jetzt auch nicht im Terrarium.«

Mist.

Moritz löffelte etwas, Metall schlug gegen Glas.

Klara wusste sicher, dass sie keine Puddings oder Joghurts eingekauft hatte. Und auf keinen Fall in Gläsern.

»Wo hast du dich versteckt?«, wollte er wissen.

»Zuerst du, der tapfere Ritter in der Drachenhöhle«, übertrieb Klara. »Wie geht's Mutter?«

Moritz steckte den Löffel ins Glas. »Sie will wieder heiraten.«

»Will sie nicht. Nicht einmal, wenn du's wollen würdest«, gab Klara ungerührt zurück. Die ältere Dame kündigte die Heirat schon an, seit Moritz seinen Schulabschluss gemacht hatte, ungefähr bei jeder Veränderung im Leben ihres Sohnes. »Das kannst du an dem Tag glauben, an dem sie dich abends nicht mehr anruft«, sagte Klara.

Der Vater war gestorben, als Moritz zehn war, es wäre also nicht zu früh, noch einmal eine Ehe zu riskieren, aber soweit sie beide wussten, gab es keinen Mann an Mutters Horizont.

»Als ich kam, war ihr Nachbar bei ihr. Angeblich, um ihr mit den alten Kartons zu helfen, in denen der Weihnachtsschmuck verstaut ist. Also echt, wann war denn Weihnachten?«

Darauf musste sie ihm keine Antwort geben. Der letzte Winter hatte sich schon vor Monaten verabschiedet, und ein neuer war zum Glück noch nicht in Sicht. »Weihnachten.« Klara konnte Moritz in diesem Moment nicht allzu ernst nehmen.

»Der Typ ist kein bisschen durchschaubar«, erhitzte er sich. »Hat nicht irgendwann mal jemand herausgefunden, dass eine bestimmte Kopfform und die Größe der Ohren – seine sind unförmig und stehen ab – es wahrscheinlicher machen, dass es sich bei deren Besitzer um einen Kriminellen handelt?« Er wandte sich Klara zu und zeichnete die unförmigen Ohren in der Luft nach.

»So etwas hat nie jemand herausgefunden beziehungsweise ist es nie belegt worden. Aber im 19. Jahrhundert wurden an Gefangenen Messungen durchgeführt mit der Absicht, Karten anzufertigen und die Häftlinge zu registrieren.«

»Bertillon«, sagte Moritz.

»Ich wusste doch, dass mein Freund ein gebildeter Mann ist.« Und das war er tatsächlich, da er mit dem Namen desjenigen aufwarten konnte, der das anthropometrische System entwickelt hatte.

»Trotzdem hat der Nachbar komische Ohren. – Also, welches Tier nascht diese Winzlinge hier?« Er hörte auf, mit dem Löffel gegen das Glas zu klopfen, und deutete auf die kleinen Behältnisse auf ihrer Kommode.

»Es ist grün, hat einen langen Schwanz, und du hast ihm gerade seinen Babybrei weggegessen.« Sie nahm ihm das Glas aus der Hand.

Diesmal war es Klaras Handy, das mitten in der Nacht mobil machte, aber weder eine Nummer noch den Anrufer verriet. Klara ging trotzdem ran. Am anderen Ende war nur lautes Atmen zu hören. Sie reagierte nicht, hatte noch nie auf solche Anrufe reagiert und trennte die Verbindung. Wie gelangte ein Gefangener in den Besitz eines Telefons? Wie kam Ray Ridell an Klaras Handynummer? Eine der Fragen konnte sie sich selbst beantworten: In fast allen Gefängnissen kursierten geschmuggelte Handys.

Moritz war von dem Klingeln anscheinend aufgewacht, er schlurfte in Socken zu ihrem Bett.

Sie schlug die Decke zurück. Es war keine Einladung, sondern ein Vertrauensbeweis.

Er schlüpfte neben sie und zog die Decke bis zum Kinn hoch. »Hast du den Kuss damals eigentlich eingelöst?«, fragte er.

Klara wusste sofort, von welchem Kuss die Rede war, denn es hatte zwischen ihnen nur den einen gegeben. Für Blubbs Rettung. Seltsam, sie hatte sich vor Kurzem das Gleiche gefragt.

»Ist wohl gerade nicht die richtige Zeit für eine Antwort«, sagte er nach einem Seitenblick. »Gibt es Neuigkeiten?«, fragte er und deutete auf ihr Handy. »Ich kriege ja leider nicht so viel mit, wie ich gern würde.«

»Nein, es war nichts – niemand«, sagte sie. Aber warum zitterte sie dann?

Sie überlegte, ihm vom Tagesgeschehen zu berichten – und den Anruf zu vergessen. »Der Vater meines Kollegen war Ermittler einer Sonderkommission und offenbar bestechlich. Und vorhin war ich bei Professor Dr. Bitter in der Klinik, Sonjas Leiche befindet sich noch auf Tauchgang in einem Moorsee.« Das war es auch schon in Kürze. »Den kalten Fall, für den mich der Kurator des Landesmuseums gewinnen wollte, habe ich auf Eis gelegt. Ich kann mich nicht um alles kümmern. Obwohl er mich wirklich interessiert. Aber aus den Augen heißt nicht aus dem Sinn.« Hermina Blankenburgs unheimliche Beobachtung einer dritten Person in der Nacht, als Hannah verschwand, behielt Klara erst einmal für sich. Sie strubbelte Moritz durchs Haar. »Und die beste aller Neuigkeiten … die Genesung meines liebsten Freundes«, sagte sie.

Sein Lächeln hätte Eis zum Schmelzen gebracht. »Was ist mit diesem Kollegen? Ich habe den Eindruck, etwas an ihm gefällt dir. Sonst würdest du sein Tier nicht in Pflege nehmen.«

»Vielleicht ist es das Gefühl, dass wir beide im gleichen leckgeschlagenen Boot sitzen. Wir sind angreifbar, so etwas verbindet.« So empfand es Klara jedenfalls. Das Gefühl, schwach zu sein, hatte mit Hannahs Verschwinden angefangen und nie wieder aufgehört.

»Toller Vergleich. Womöglich säuft es bald ab. Das Polizeiboot, meine ich, nicht euer persönliches Kanu«, sagte Moritz. »Wegen diesem Rechtsmediziner, die Medien haben noch keine genaueren Infos«, wusste er, der sich gerade erst beschwert hatte, nicht genug mitzukriegen.

Klara glaubte immer noch nicht, dass sie Bitter vor den Pressehyänen bewahren wollte. Und hätte man sie gefragt, hätte sie noch weniger daran geglaubt, dass sie schon bald ausgerechnet dessen Fahrlässigkeit benutzen würde, um einen Mörder wieder auf freien Fuß zu setzen.

»Im Radio haben sie etwas über vermisste Personen gebracht,

Es hieß, eine Sonderkommission sei eigens von der Polizeidirektion Hannover abgestellt worden, um sich um diese alten Fälle zu kümmern. Sie haben auch ein paar Details zum Verschwinden von Hannah Sommer gebracht.« Moritz suchte nach ihrer Hand.

Erlogene Details?, fragte sich Klara. »Bevor uns Sonja Wallbrecht dazwischenkam, stimmte das mit der Sonderkommission. Zu der gehöre auch ich. Ich habe schon bei Jobantritt geahnt, dass ich in diesen Dokumenten irgendwann Hannah Sommer wiederbegegnen würde. Da siehst du's, ich war schon, bevor du mich darauf gestoßen hast, nahe dran, mich meiner Angst zu stellen.«

»Wenn du's sagst.« Er klang alles andere als überzeugt.

Klara schaute auf ihre beiden ineinander verschlungenen Finger. »Weißt du, was komisch ist?« Sie lag händchenhaltend mit einem tollen Mann im Bett und fühlte sich nicht im Geringsten zu ihm hingezogen.

Als sie ihre Gedanken aussprach, lachte Moritz. »Ist doch gut, stell dir vor, welche Probleme es mit sich brächte, wäre es anders.«

»Welche?«, fragte Klara.

»Wir müssten unser anregendes Gespräch unterbrechen.«

»Undenkbar«, sagte sie. Und würde doch genau das am liebsten tun – dieses Gespräch unterbrechen. So viel zum Thema Sich-ihrer-Angst-stellen.

»Genau. – Wann gilt jemand eigentlich als vermisst?«, wollte er wissen.

»Die Polizei berücksichtigt drei Punkte, bevor sie eine Vermisstenfahndung einleitet«, erklärte sie. »Eine Person hat ihr gewohntes Lebensumfeld verlassen, ihr derzeitiger Aufenthaltsort ist unbekannt, und es wird eine Gefahr für Leib oder Leben dieser Person angenommen. Das hört sich ziemlich kalt und emotionslos an, und das ist es auch. Allerdings wird bei Minderjährigen ganz automatisch von einer grundsätzlichen Gefahr ausgegangen. Hannah ist heute dreiunddreißig Jahre alt«, sagte Klara und verbesserte sich schnell. »Ich meine, sie wäre heute dreiunddreißig Jahre alt, würde sie noch leben. Eine Vermisstenanzeige verjährt nicht.«

»Für dich wird Hannah immer fünfzehn bleiben. Du glaubst nicht, dass sie noch am Leben ist, oder?«, sagte Moritz.

Klara nickte. Sie wollte über ihre beste Freundin nicht reden, als gäbe es keine Chance auf ein Wiedersehen, doch schon einen Tag nach Hannahs Verschwinden war das Band gerissen, das oftmals zwischen zwei sich nahestehenden Menschen existierte. So hatte Klara es empfunden. Hannah war tot, sie würde nicht mehr lebend zurückkommen. Klara hatte es immer schon in einem Winkel ihres Gehirns gewusst. Sie würde Hannah höchstens in einem Grab wiedersehen. Ausgerechnet ein Serienmörder, Mr. Fuck-you-Ray-Ridell, hatte sie damals darauf angesprochen, was sie belastete, und ihr erklärt, er habe sich im Gefängnis mit Psychologie beschäftigt. Ob sie wisse, was komisch sei. – Jemandem etwas vorzumachen sei leicht, wenn man aber die Wahrheit sagte, glaubte sie einem niemand.

Was in seinem Fall stimmte. Ridell hatte sich den Behörden gestellt und den Polizisten erklärt, er sei der gesuchte Killer. Die Beamten dachten offenbar, er sei ein Verrückter wie schon viele vor ihm, und brachten ihn freundlicherweise nach Hause zurück.

Klara sah die Situation wieder vor sich, als sie sich ihm gegenübergesetzt hatte. Sie konnte ihn sogar riechen.

»Sie haben sich noch nicht vorgestellt«, sagte Ridell mit Spott in seiner Stimme.

Aber Namen waren verboten, was ihr vor dem Zusammentreffen mit Ridell noch einmal von ihrem Ausbilder eingeschärft worden war.

Er wusste das natürlich, erwartete, dass sie sich etwas Nettes für ihn ausdenken würde. Tatsächlich hatte sie einen Augenblick gezögert, was er bemerkte. Wenn sie ihm einen fiktiven Namen nannte, würde sie nichts von ihm erfahren, weil er das als Schwäche wertete. Auch in Klaras Augen wäre es eine gewesen. Wie hatte sie nur so überheblich sein können?

Ihr war bewusst, dass jemand wie Ridell Anhänger und Fans hatte. Egal, wie viele Menschen durch seine Hand gestorben waren – oder genau deshalb. Wollte er sie erledigt wissen, wäre es für ihn ein Leichtes, das zu organisieren.

Klara hatte ihm die Hand hingestreckt. »Klara Niehof, Deutschland.«

Er hatte genickt und einen Augenblick überrascht ausgesehen. »Okay, Klara Niehof, Deutschland – worüber reden wir eigentlich, was wollen Sie wissen?« Vermutlich gab er ihr damit zu verstehen, dass er die Situation und sie völlig im Griff hatte. Dass sie für ihn nur eine nette Ablenkung vom Gefängnisalltag war.

Im Grunde genommen hatte sie ausschließlich eines wissen wollen: Was machte eine Frau in seinen Augen zum Opfer? Aber vor solchen Fragen hatte man sie gewarnt. Also hatten sie sich nur über Unwichtiges unterhalten, und Klara hatte dabei seine Miene beobachtet.

Sie hatte fast schon vergessen, wer er war, bis Ridell trotz der Handfesseln mit der flachen Hand donnernd auf den Tisch schlug. »Nichts davon interessiert Sie. Hören Sie auf, sich so höflich mit mir zu unterhalten!«, hatte er sie angeschrien.

Klara hatte eine Hand gehoben zum Zeichen für die sie beobachtenden Beamten, dass alles in Ordnung war, und die Schultern gezuckt. »Ich könnte Ihnen stattdessen erzählen, dass Sie gar nicht so tough sind, wie Sie vorgeben zu sein. Dass Sie sich Gedanken machen. Sie reden von Psychologie, haben sich selbst analysiert? Ist nicht gerade vorteilhaft, weil es Sie den Respekt der anderen Insassen kosten könnte, wenn die durch irgendwelche Umwege erfahren sollten, dass Sie Ihr Wesen zu ergründen versuchen, dass Ihnen womöglich etwas oder jemand leidtut. Oder die Sache mit der Frau, die Sie gehen ließen.« Klara forderte ihn heraus.

Von einem auf den anderen Moment schaltete er um. »Opfer zu sein, hat etwas mit Schwäche zu tun. Manchmal. Trotzdem kann es auch Menschen treffen, die sich absolut sicher fühlen.« Er hob die Hände, die Handschellen klirrten. »Eines sollten Sie nie vergessen. Sicherheit gibt es nur unter Vorbehalt. Ich habe Sie im Blick, Klara Niehof, Deutschland.« Er provozierte, wollte sehen, wie sie reagierte.

»Sie sind ein selbstgefälliger Mistkerl, Ridell, und sterbenslangweilig! Sie haben absolut nichts zu sagen.« Sie stand auf, seine Hände schossen über den Tisch. Keine Gefahr, er hätte sie nicht festhalten können, das ließen seine Fesseln nicht zu.

»Was ist Ihnen passiert?«, fragte er mit einem Gesichtsausdruck, als wüsste er es bereits.

Jetzt waren sie endlich so weit, hatte Klara geglaubt, jetzt würde es interessant werden. Aber falsch gedacht, ganz falsch. Sie erzählte ihm von Hannahs Verschwinden, immer mit dem Hintergedanken, er würde sich revanchieren und sich ihr im Gegenzug öffnen. Etwas verraten, das vielleicht irgendeinen Hinweis bergen könnte, wonach ein Täter sein Opfer aussuchte. Ob er das überhaupt tat. Stattdessen blieb Ridell zugeknöpft und durchschaute sie.

»Sie brauchen mir gegenüber nicht offen zu sein, ich werde Ihnen nichts sagen. Aber warum belügen Sie sich? Ihre Freundin kam nicht zurück, Ihnen muss doch klar sein, dass sie tot ist. Ist es Ihre Schuld, dass sie tot ist? Sie haben sie vielleicht nicht ermordet, aber Sie haben sie getötet. Gehen Sie wieder nach Hause, Klara Niehof, Deutschland – oder haben Sie Angst, weil Sie Ihre Schuldgefühle nicht aushalten?«

*»Fuck you, Mr. Ridell«,* hatte sie ihm geantwortet und es verdammt noch mal so gemeint.

»Oh, ich werde auch an Sie denken.«

Seitdem stand für Klara fest, dass Täter – wie auch immer die von ihnen begangene Tat aussehen mochte – einander erkannten. Sie wollte diese Verbindung nicht, doch sie hatte sie geschaffen. Sie hatte ihren eigenen Dämon zu sich gerufen. Seither schickte Ridell ihr Postkarten. Er gab ihr zu verstehen: Ich weiß, wo du bist. Das am stärksten Beängstigende aber waren die darauf notierten Botschaften in Form von Abzählreimen. Die Karten waren immer wieder in unregelmäßigen Abständen eingetroffen, er wollte sie wissen lassen, dass er sie nicht vergessen hatte und dass er sie überall finden konnte. Auf der letzten Karte hieß es übersetzt: *ZWEI – in Gedanken bin ich frei … auf bald.* Unterzeichnet mit einem blutigen Fingerabdruck. Klara hatte eine Ahnung, was auf die *ZWEI* folgen würde, und Angst davor.

Moritz war ihre Hand haltend eingeschlafen. Beste Freunde, einer fing den anderen auf. Allmählich fragte sich Klara, wie oft er das für sie schon getan hatte.

Der Morgen dämmerte. Als Klara aufwachte, lag sie allein in ihrem Bett. Sie hörte Frühstücksgeräusche, schlug die Decke zurück, fröstelte etwas, überwand sich aber, aufzustehen.

Moritz fütterte Goldi. Eine seiner Hände hielt einen der kleinen Behälter, die andere steckte mit einem dünnen Einweghandschuh überzogen im Terrarium.

Klara wischte sich den Schlaf aus den Augen. Hatte ein Gecko Zähne? Aber die wären ihr doch schon längst aufgefallen. »Wozu die Handschuhe?«, fragte sie. »Er beißt nicht und färbt nicht ab.«

»Ich habe es zuerst ohne versucht, aber seine Zunge fühlt sich gruselig an.« Moritz redete Goldi gut zu – wie einem Kind, dem man das Essen mit einem Löffel in den Mund zu bugsieren versucht. »Erst ein bisschen was von den leckeren Hüpfern, dann einen von den pummeligen Brummern. Lass es dir gut schmecken.«

Klara musste lachen. Moritz hielt eine dicke Fliege am Flügel und Goldi hin. Die Technik funktionierte nicht. Die Fliege erhob sich in die Lüfte, versuchte zu entwischen, aber Goldis Zunge war schneller. Genüsslich verspeiste die Echse ihre Beute.

Für Klara machte der knopfäugige Gecko einen zufrieden lächelnden Eindruck. Moritz dagegen schien nachdenklich zu sein. »Mutter hat sich gestern nicht gemeldet?«, erkundigte sie sich.

»Genau. Das heißt, dass sie den Kerl mit der kriminellen Veranlagung vielleicht wirklich heiraten will.« Er schloss den Deckel des Terrariums und zog den Handschuh aus. »Du könntest ihn kraft deines Amtes überprüfen. Ob er Vorstrafen hat, ob gegen ihn etwas vorliegt, so was in der Art. Wenn nämlich …« Moritz ließ einem Zungenschnalzen ein kaum subtil zu nennendes Ich-krieg-ihn-dran-Grinsen folgen.

Kraft ihres Amtes, aha. »Du könntest auch einfach mit ihr reden, wie wäre das?«, fragte Klara. So mir nichts, dir nichts das

Leben eines Menschen offenlegen, das konnte sie natürlich, aber würde es ganz bestimmt nicht tun, nur weil Moritz sich etwas zusammenphantasierte.

»Aber dann glaubt sie noch, ihre Heirat würde mir etwas ausmachen, und ich will nicht, dass sie so einen Quatsch denkt. Aber ich will auch nicht, dass jemand sie ausnutzt. Mutter ist sehr vermögend.«

»Du auch und wohnst noch bei ihr«, sagte Klara.

»Momentan nicht, da wohne ich bei dir, sollte es dir noch nicht aufgefallen sein. – Der Typ heißt übrigens Hendrik Carstens, danach wolltest du doch eben fragen. Carstens mit C. Ich übernehme im Gegenzug Goldis Pflege, solange ich hier bin. Ich ersetze ihm auch das Glas Babybrei. Wir könnten gemütlich zusammensitzen, jeder mit seinem Glas …«

Klara legte sich die Hände über die Ohren. Das Gesülze, das sich Überredung nannte, war nicht auszuhalten. Freunde fingen einander auf? Aber doch nicht so.

Den schwarzen Wagen, der ihr gefolgt war, hatte Klara schon beinahe vergessen, bis sie ihn wieder hinter einem blauen Golf und einem roten Flitzer im Rückspiegel bemerkte. Bisher hatte sie ihn niemandem gegenüber erwähnt und würde es auch erst dann tun, wenn sie sich ernsthafte Sorgen machte und in ihm eine Bedrohung sah. Doch so weit war es noch nicht.

Im Büro kam Klara tatsächlich kurz der Gedanke an Hendrik Carstens mit C, den sie jedoch sofort wieder verwarf. Nein, sie würde jetzt nicht nachsehen, es gab Wichtigeres.

Sie hatte Moritz nicht gefragt, was er nun vorhatte. Dass er bedingt vorzeigbar war, würde wahrscheinlich zur Folge haben, dass er in Kürze wieder einen Auftrag annahm und den Mitarbeitern irgendeines Konzerns auf den Zahn fühlte. Genau das täte ihm nach dem Herumsitzen in ihrer Wohnung gut.

»Wie kommen Sie und Goldi miteinander klar?«, wollte Cord wissen.

Klara nickte, lächelte. Sie stellte sich Moritz vor, wie er sich hingebungsvoll bemühte, den Gecko zu füttern. »Prächtig, aber zum morgendlichen Sonnen sind wir noch nicht gekommen.«

Cord deutete zum Fenster. Sonnen ohne Sonne war schlecht möglich.

Natürlich. Klara verdrehte die Augen. Wie kam es, dass er es schaffte, sie so durcheinanderzubringen? Sie dachte daran, sich nach seiner ersten Nacht in der Pension zu erkundigen. Vielleicht entdeckte der Vermieter bald seine Liebe für eingeschrumpfte Reptilien, und Goldi könnte übersiedeln, wo doch im Augenblick keine Saison war. »Wie ist es in der Pension?«

»Der Kerl hat gestern ewig mit seiner Flamme telefoniert. Der armen Frau müssen die Ohren abgefallen sein, so laut schrie er sie an. Wie auch immer, die Kollegen haben angerufen. Die Leiche ist noch immer nicht geborgen, aber jemand hat seinem Ärger Luft gemacht. Es geht um den Dicken. Der Professor wollte im Nebel angeblich unbedingt die Führung übernehmen und konnte nicht zugeben, dass er sich in der Richtung geirrt hat. Dann war es zu spät, und er bekam es mit der Angst. ›Ladet die Tote irgendwo ab. Eine Moorleiche mehr …‹, so soll er sich ausgedrückt haben. Das Abladen hat der Sturz in den See besorgt.«

So viel hatte Klara schon von Bitter selbst erfahren – mit ein paar Nuancen zu der Art und Weise, wie der Sarg in dem See gelandet war. »Dafür wird er bezahlen müssen.«

»Bitter ist jedenfalls raus aus der Obduktion. Die wird ein Kollege übernehmen, was die ganze Behörde wie einen Haufen unfähiger Trottel aussehen lässt«, sagte Cord.

Klara hatte immer wieder gehört, dass Professor Dr. Bitter gut war, zumindest was seine Autopsien betraf. Mehr als einmal hatte einer ihrer Ausbilder aus dessen Vorträgen zitiert. Vor allem wäre er imstande gewesen zu sagen, welche Verletzungen die Leiche schon vor dem Transport aufgewiesen hatte und welche dazugekommen waren.

Aber würde man Bitter nach allem, was geschehen war, die Leichenschau und die nachfolgende Obduktion übertragen, wären die Ergebnisse anfechtbar.

»Werden wir informiert, wenn die Taucher Sonja Wallbrecht gefunden haben?«, wollte Klara wissen. »Ich möchte mir die Leiche ansehen.«

»Sie wissen, dass es offiziell noch nicht um Sonja Wallbrecht geht.«

»Doch. Ich wollte Ihnen eben von meinem Gespräch mit dem Professor erzählen.« Sie beschrieb den kurzen Krankenbesuch bei Bitter in der Klinik. Die nächste Besucherin erwähnte sie nicht. Klara wollte Annett Rehbein nicht bloßstellen, es ging sie nichts an, wie die beiden zueinander standen.

»Er hat die Tote erkannt und den Mund nicht aufgemacht?«, fragte Cord ungläubig.

»Er hat sie nicht direkt erkannt. Erst als ich ihn genötigt habe, seine Brille aufzusetzen.« Klara rief sich die Situation noch einmal in Erinnerung. Hatte sie Bitter womöglich die passenden Worte in den Mund gelegt? Aber sie hatte die Tonbandaufnahme. Bitter war unüberhörbar erschrocken, als sie ihm am Krankenbett die Zeitungsausschnitte vorgelegt hatte.

Ihr Instinkt hatte Klara an dem Abend in der Klinik gesagt, dass der werte Herr Professor entweder etwas unternommen oder etwas unterlassen hatte, was nicht ganz legal war. Und dass er überheblich genug war, sich noch immer für unangreifbar zu halten. Aber warum hatte er den Sarg mit der Leiche zurücklassen wollen? Aus Panik? Weil er dachte, sie würden es mit dem Ballast vielleicht nicht durch das Moor schaffen?

»Sobald sich im Moor draußen etwas ergibt, bekommen wir Bescheid«, sagte Cord. »Hermina Blankenburg wird auch die Taucher zum See begleiten und für ihre sichere Rückkehr sorgen. Nicht dass einer von denen noch für immer auf Tauchstation geht.« Cord hatte das Stichwort geliefert. Klara holte ihr Aufnahmegerät hervor und hörte sich noch einmal das Gespräch mit Hermina Blankenburg an.

Auf Tauchstation wäre auch Klara wenig später am liebsten gegangen, als sie sah, wer zur Tür ihres Büros hereinspazierte. Ihr war klar gewesen, dass der Kurator des Museums sich auf ihre Absage melden würde, aber nicht, dass Michael Losen es für nötig halten würde, persönlich vorbeizukommen.

Alexander Cord übernahm den unangenehmen Gast fürs Erste, während Klara hinter dem Aktenschrank verschwand, wo sie außer Sichtweite überlegen konnte, ob sie mit Losen reden wollte oder nicht. Sie hörte ihn nörgeln, dass er keinen Termin für sein Auftauchen bräuchte.

Cord bat den Mann, sich einen Augenblick zu gedulden.

Klara stöhnte leise auf. Sie würde ihrem Schicksal nicht entgehen. Das Büro war einfach auch nicht groß genug, um sich zu verstecken.

Cord lugte um die Ecke des großen Aktenschrankes, aus dem Klara schnell einen Ordner gezogen hatte und nun vorgab, darin etwas nachzuschauen. »Sie verstecken sich doch nicht etwa vor unserem Besucher?«, raunte er.

»Ich bin sofort da«, sagte Klara, unterdrückte einen Seufzer, stellte den Ordner zurück und tauchte hinter dem Aktenschrank auf. »Sie hätten sich nicht herbemühen müssen«, begrüßte sie den Kurator. »Ich bin auch telefonisch erreichbar.«

»Doch«, gab er zurück.

Cord bedeutete ihr, dass er kurz rausgehen würde. Sie nickte. Keine Schützenhilfe, aber die gab es sowieso nicht, die Sache war allein ihre Angelegenheit.

Wenn Klara Michael Losens Schmatzgeräusche hörte, wusste sie sogar Goldis Essgewohnheiten zu schätzen. Sammelte er gerade Spucke, um sie damit zu überziehen?

»Sie haben den Auftrag bekommen, weil Sie an der Aufklärung eines antiken Massenmordes mitgearbeitet haben. Sie müssen ihn erfüllen.« Seine Augen und seine Gestik sprachen eine klare Sprache. Er wollte Ergebnisse – und zwar jetzt.

Doch damit konnte sie nicht dienen. »Im Moment hat der aktuelle Fall im Oldhorster Moor Priorität«, wiederholte Klara den Inhalt ihres Schreibens.

»Aber Fall ist Fall – ob alt oder neu, die Mörder müssen gefasst werden, oder etwa nicht? Sie haben übrigens vergessen, alle Samen Ihrem Brief beizulegen. Das ist Beweisunterschlagung.« Er drohte ihr in Lehrermanier mit dem Finger.

»Was? Sie haben die Samen doch zurückbekommen, was sollte ich damit auch wollen?«

»Jemanden vergiften?«, schlug er vor und sah aus, als würde er das ernst meinen.

»Es fehlen fünf Eiben- und drei Bohnensamen.«

Er hatte sie anscheinend abgezählt, und sie war womöglich nachlässig gewesen, als sie sie in die Tütchen und diese in den Brief zurückgesteckt hatte. Oder schon vorher, als sie sich die Samen in ihre Handfläche geschüttet hatte? Klaras erster Gedanke: Der spinnt doch. Doch selbst wenn, konnte der Spinner ihr ernstlich schaden. Sie würde Moritz anrufen. Hoffentlich war er gerade in der Wohnung und hatte noch keinem neuen Auftrag zugestimmt. Ihrer war dringend. Er würde Staub saugen und anschließend den Beutel leeren und nach den kleinen Dingern suchen müssen. Das alptraumhafte Szenario spielte sich im Bruchteil einer Sekunde vor Klaras innerem Auge ab.

»Ich muss die fehlenden Samen zurückbekommen. Es ist nicht meine Schuld, dass Sie mit Arbeit eingedeckt sind und Fehler machen. Ich erwarte, in Kürze von Ihnen zu hören.« Er verabschiedete sich mit einem Schlusssatz wie aus einem viktorianischen Roman und verließ das Büro.

Klara stöhnte laut auf. Sie hatte von Anfang an geahnt, dass es besser gewesen wäre, den Auftrag nicht anzunehmen. Sie klemmte sich ans Telefon. Moritz ging eigentlich immer sofort an sein Handy, doch heute dauerte es. Sie erklärte ihm, was er für sie tun musste – es war unaufschiebbar.

Moritz wiederholte die Anweisung. »Überall saugen? Wann kommt denn Tim, der Staubwedel, wieder? Übermorgen? Hat das nicht bis dahin Zeit?«, fragte er ungläubig.

»Nein«, sagte Klara.

»Wir sitzen hier gerade so nett zusammen, eigentlich habe ich –«

»Eine Frau ist bei dir – äh, bei mir?«, unterbrach ihn Klara. Normalerweise wäre es ihr egal, aber nicht heute. Heute ging so etwas überhaupt nicht.

»Der Grüne muss zuerst zurück in sein Apartment, anschließend kann ich staubsaugen, wenn es denn sein muss«, erklärte Moritz.

Wo war Goldi, wenn er erst zurückmusste? Das hörte sich schwer nach Ausriss an. »Was ist los?« Klara wollte nicht panisch klingen, hörte sich aber mehr als nur ein bisschen besorgt an.

»Was glaubst du denn? Goldi hangelt sich ein bisschen durch die Gegend und sieht aus, als hätte er Spaß dabei.«

Klara hätte garantiert nie mehr Spaß, sollte Goldi die Samen fressen und daran sterben. Sie legte erst auf, als Moritz ihr versprochen hatte, sich sofort um das angeblich fehlende Beweismaterial zu kümmern.

Sie konnte nicht anders, als an Losens Anklage und an einen womöglich ausgebüxten Goldi zu denken. Moritz hatte sich nicht sonderlich klar ausgedrückt, vielleicht hörte sie auch nur das Gras wachsen. Sie schreckte erst auf, nachdem Alexander Cord, der wieder ins Büro zurückgekommen war, etwas zu ihr gesagt hatte. »Entschuldigung …?«, gab sie hilflos zurück.

»Ich habe Sie gefragt, womit Bundfalte Ihnen gedroht hat.«

Sie schüttelte den Kopf. Er war doch gar nicht im Raum gewesen. »Es ging um den Auftrag, den ich für das Museum übernommen habe. Ihm gefiel nicht, dass ich ihn auf später vertröstet habe. Jetzt habe ich mich über seine Reaktion geärgert.« Ihr gelang nur ein dünnes, gequältes Lächeln.

»Geärgert«, wiederholte Cord. »Die Andeutung, ich könnte vorhaben, jemanden zu vergiften, würde mich mehr als nur verärgern.«

Wie konnte er das wissen? So laut war Losen doch nicht geworden.

Cords Blick spiegelte Enttäuschung wider. »Irgendwann verrate ich Ihnen vielleicht, woher ich das weiß.«

Klara schluckte. Sie war es nicht gewohnt, jemanden an etwas teilhaben zu lassen. Und schon gar nicht an ihren Problemen. Wobei, früher war es Hannah gewesen. Sie hatten die wichtigen Dinge miteinander geteilt. Das hatte Klara zumindest bisher geglaubt.

# 8

Je mehr ein Täter unternimmt, um seiner Enttarnung zu entgehen, umso mehr Hinweise zu seinem Verhalten gibt er.

Der Anruf erreichte Klara und Cord bei Sonnenuntergang.

Man hatte die Leiche geborgen. Der Körper hatte sich allerdings unter Wasser in Gestrüpp verfangen, und man hatte ihn erst befreien müssen, was das Kleid des Mordopfers nicht überstanden hatte. Auch der Sarg war aufgetaucht und mit ihm einige der Asservatentüten.

»Verunreinigte Beweismittel, weil sie im See gelandet sind. Für uns sind die wahrscheinlich verloren«, sagte Cord. »Trotzdem sollten wir alles untersuchen lassen.«

Dem stimmte Klara zu. Vielleicht waren die Beweismittel offiziell nicht mehr zu gebrauchen, aber was auch immer der Täter hinterlassen hatte, würde ihnen vielleicht doch noch einen Hinweis liefern. Sie fragte sich noch immer, was der eigensinnige Professor Dr. Bitter mit der Schnitzeljagd gemeint haben könnte.

Es hieß, dass die Autopsie ein gewisser Professor Victor Danemann übernehmen würde. Er war Leiter am Institut für Rechtsmedizin an der Medizinischen Hochschule Hannover und hielt laut eigener Auskunft große Stücke auf den Kollegen Bitter. Womöglich würde sich das ändern. Es dürfte sich bereits herumgesprochen haben, was der Dicke sich geleistet hatte, aber niemand redete schlecht über einen Kollegen, was eigentlich für Bitter sprach.

»Ich wollte Sie gerade nicht übergehen … aber auch nicht mehr über meinen unerfreulichen Auftrag reden. Es ist nichts Persönliches, ich eigne mich nur nicht als Erzählerin«, sagte Klara und fragte sich sofort, warum sie das machte. Cord sah nicht aus, als würde ihn eine Entschuldigung oder ihre Erklärung interessieren.

»Wie unpersönlich ist für Sie denn nicht persönlich?«, fragte er. »Sie haben im Nebel meine Hand gehalten, Sie haben mich halb nackt beim Umziehen gesehen, Ihre Vergangenheit mit mir geteilt, Goldi in Pflege genommen – alles ziemlich persönlich. Und Sie sind ziemlich besonders.«

Klara hatte zugehört. Ein Kompliment am Ende der Aufzählung.

»Lassen Sie uns fahren«, sagte er.

Jetzt gleich?, hätte Klara gern gefragt – wo sie doch dringend die Samen-Angelegenheit klären wollte. Aber das musste dann eben noch warten. Sie rief Moritz kurz an, um sich und ihn auf zwei Stunden später zu vertrösten. Hoffentlich blieb es dabei.

Das Institut sah mächtig und erhaben von seinem kleinen Hang auf sie herunter. Sie parkten und richteten den Blick ganz automatisch auf die Dominanz aus Stahl und Glas. Beredte Architektur, einschüchternd. Wahrscheinlich Absicht, dachte Klara. Es war nicht ihr erster Besuch und würde sicher auch nicht der letzte sein, aber die Wirkung war immer die gleiche.

Die gefliesten Räume glichen einander mehr oder weniger, genauso wie die glänzenden Metalltische mit ihren Abflüssen. Ihre Tote würde jedoch nicht mehr der Leiche gleichen, die Klara vor zwei Tagen betrachtet hatte. Sie war in eine neue Kategorie hinübergewechselt, für die die Temperatur im Moor und die vielen Stunden im Wasser verantwortlich waren.

Klara verlangsamte ihren Schritt. Ausgerechnet jetzt musste sie daran denken, wie sie vor vielen Jahren durch ein Waldgebiet gelaufen war, in dem wissenschaftliche Studien durchgeführt wurden – zu postmortalen Veränderungen an Menschen und Verwesungsprozessen von Leichen an freier Luft. Auf der legendären Body Farm der FBI-Akademie in Quantico, Virginia. Das Areal war ursprünglich eine Mülldeponie gewesen, bis es von einem Anthropologen umfunktioniert worden war. Es gab keinen angenehmen Tod. Diesmal würde sie Alexander Cord nicht von ihren Gedanken ausschließen. »Seit Tennessee ertrage ich den Geruch nicht mehr. Ich dachte, ich warne Sie lieber vor.«

»Ich fange Sie auf. Hätte ich auch ohne Ihre nette kleine Warnung getan.«

Klara hauchte ein »Sehr freundlich« und hatte keine Ahnung, ob Cord das ernst gemeint hatte. Auf die Probe stellen wollte sie ihn jedenfalls nicht.

Ein dunkelhaariger Hüne in einem blütenweißen Kittel schlurfte den Gang entlang. »Victor Danemann«, sagte er. »Ich habe Sie schon erwartet.«

Cord stellte sich und Klara vor. Sie gaben sich nicht die Hand.

»Sie riecht um einiges schlimmer als ein seit Monaten nicht mehr geöffneter Kühlschrank«, sagte Danemann.

Klara nickte, darauf musste sie nicht antworten.

»Wo ich sie schon hier habe, habe ich mir die Beweismittel zu dem Fall angesehen, sie aufgelegt, fotografieren lassen, wieder eingetütet und sie gleich weitergeschickt, falls Sie das interessiert.«

Das war ungewöhnlich. Klara sah Cord an. Erstaunt. Er schien das Gleiche zu denken. Das bedeutete, dass die Taucher die komplette Ausbeute aus dem See hier im Institut abgeliefert hatten. Vermutlich in der Annahme, dass sich schon irgendwer darum kümmern würde, sie an die richtigen Stellen weiterzuleiten. Ein Glück, dass sie damit recht gehabt hatten.

Ein Rechtsmediziner, der mehr unternahm, als sich einen Körper nur anzusehen, die Ergebnisse aufzuschlüsseln und seinen Bericht zu schreiben. Das war zwar nicht unbedingt ganz neu, aber Klara war diese Einstellung persönlich noch kein einziges Mal begegnet. Sie mochte sie, und der dazugehörige Mann war ihr sympathisch.

»Ich kann Ihnen im Augenblick meine Fotos anbieten«, sagte der sympathische Mann gerade. »Schlüsse zu ziehen ist sowieso Ihre Aufgabe. Ich nehme Ihnen Ihre Arbeit nicht ab und dem Labor und der Kriminaltechnik schon gar nicht, aber ich mag es genau und kombiniere gern. Die Kameras der Spurensicherung haben überlebt, die Auswertung der Speicherkarten wird noch auf sich warten lassen«, fuhr der Professor fort. »Zugegeben, ich war neugierig, denn ein Fall beinhaltet auch für mich mehr, als sich nur eine Leiche anzuschauen.« Ein entschuldigendes Zucken der Mundwinkel. »Mir nach«, bat Danemann und ging voraus.

Sie passierten eine Tür aus Sicherheitsglas und eine weitere, die in einen bis zur Decke gefliesten Raum führte.

Danemann reichte Cord und Klara Einweghandschuhe und je einen Mundschutz. »Die Anhaftungen an der Leiche könnten tatrelevant sein. Aufgrund der Bergungsaktion stammen ein paar aber sicher von den Kollegen. Mein Assistent hat Proben genommen, um die Spuren der eigenen Leute auszuschließen. Ich habe mich mit Professor Dr. Bitter bereits über die diversen Verletzungen an der Toten unterhalten. Er war nicht angetan davon, mir Rede und Antwort stehen zu müssen.« Er nickte Klara zu. »Sie haben sich das Opfer am Auffindungsort schon vorgenommen, wie ich gehört habe. Vielleicht kommen wir gemeinsam ein Stück weiter.«

Sonja Wallbrecht war nicht länger hübsch. Sie hatte nur noch eine vage Ähnlichkeit mit der blonden Frau, die ihr Mörder im Moor abgelegt hatte, und sie roch. Danemann hatte bislang keinen Schnitt gesetzt, er war mit der äußerlichen Begutachtung beschäftigt gewesen.

Klara riss sich zusammen. Sei um Himmels willen professionell, ermahnte sie sich. Sie versuchte, möglichst flach zu atmen. Dann fasste sie zusammen, was ihr im Moor aufgefallen war. An der Toten, ihrer Kleidung, dem Umfeld. Die Fingerspitzen in den Handschuhen berührten den aufgequollenen Mund der Leiche.

»Was überlegen Sie?«, wollte Danemann wissen.

»Ich habe mich gefragt … hätte ein Kuss Spuren an ihren Lippen hinterlassen?«

»Durch Speichel, sicher. Allerdings hätte das Wasser die Spur längst zunichtegemacht. Sie glauben, der Täter könnte sie geküsst haben?«

»Ich bin mir beinahe sicher. Er hat sie geküsst, bevor er ihr das nach Lavendel duftende Taschentuch aufs Gesicht gelegt hat. Aber es ist hinfällig, das zu behaupten, wenn man es nicht mehr beweisen kann«, sagte sie.

»Es ist genauso hinfällig zu behaupten, die Abdrücke an ihrem Hals hätten uns stichhaltige Beweise auf den Täter liefern können. Jetzt nicht mehr.« Danemann grinste schief.

»Hat der Professor Ihnen gesagt, um wen es sich bei der Frau handelt?« Klara war gespannt, wie Danemanns Antwort ausfallen würde.

»Bitter glaubt, die Frau wiedererkannt zu haben, eine Prominente. Er ist sich dessen aber nicht völlig sicher.«

Klara schnaufte. Todsicher, das hatte der Feigling zu ihr im Krankenhaus gesagt.

Sie verbrachten nur ein paar Minuten in dem Raum mit der Leiche, sehnten sich aber alle drei augenscheinlich schon nach einer Dusche und neuer Kleidung. Der Geruch hing in den Anziehsachen, in den Haaren und in jeder noch so kleinen Pore fest.

Danemann bat Klara und Alexander Cord in sein Büro. Auf jeder Fläche lagen Bücher und kopierte Unterlagen. Der Professor hatte die gesicherten Beweismittel bereits der Kriminaltechnik übergeben, Klara und Cord erhielten die Fotos.

»Kollege Bitter soll die Identität der Toten bestätigen. So schnell wie möglich, am liebsten noch heute. Sollte er das nicht können, müssen wir einen anderen Weg gehen.«

Was Klara dem bitteren Professor nicht empfehlen würde. Sie nahm sich die fotografierten Beweismittel vor. Jedes war ein Abenteuer, bei jedem wurde Klara zur Entdeckerin. Und zu entdecken gab es fast immer etwas: Auf einigen der Bilder hatte jemand zum Beispiel die Spuren einer Schubkarre festgehalten.

Danemann und Cord unterhielten sich, während Klara sich weiterhin den Funden des Spurensicherungsteams widmete. Es waren tatsächlich ein paar Schnitzel darunter: ein Stück von einem Pullover und ein Schlüssel mit einem Doppelbart, der nicht aussah, als passte er zu einer neueren Tür. »Oh«, entfuhr es Klara, »was ist das für ein Schlüssel?«

Danemann trommelte mit den Fingerspitzen auf den Tisch. »Er befand sich in der linken Hand des Opfers«, sagte er. »Ich bin auf ihn gestoßen, als ich der Leiche ihre Handschuhe ausgezogen habe.«

# 9

Je detaillierter das Täterprofil der Polizei ist, desto schneller kann man die Anzahl der potenziellen Verdächtigen reduzieren und sich darauf konzentrieren, den wahren Täter zu finden.

Seit Klara wusste, dass Losen Samen fehlten, hatte sie auf glühenden Kohlen gesessen und sich trotzdem auf etwas anderes konzentrieren müssen. Zum Glück dauerte die Rückfahrt vom Institut zum Polizeirevier nicht lange. Cord war offenbar in Gedanken vertieft, was ihr nur recht war, denn so durfte sie das Gleiche tun.

Hatte Moritz die Samen schon gefunden? Ging es dem Grünen gut? Klara könnte sich ans andere Ende des Globus versetzen lassen, sollte Goldi etwas passiert sein.

Am Revier angekommen verabschiedete sie sich von Alexander Cord und hoffte, er würde nichts mehr sagen oder fragen. Alles hatte Zeit bis morgen, alles bis auf …

Klara beeilte sich. Zum ersten Mal seit mehreren Tagen spürte sie wieder ihr Bein. Wenn sich das Wetter änderte, dann veränderte sich auch die Empfindsamkeit, doch diesmal hatte das gesteigerte Schmerzempfinden weniger mit ihrer ehemaligen Verletzung zu tun als mit ihrer Stimmung und der Anspannung.

Der Aufzug brachte sie im Schneckentempo in ihr Stockwerk, die Tür ging auf, und Moritz empfing sie mit einem Staubsaugerbeutel in der Hand. Als sie ihm um den Hals fiel, zog er die Nase hoch.

»Ein bisschen viel Eau de Mort. Dein Anrufbeantworter hatte heute viel zu tun. Natürlich habe ich mal kurz reingehört«, teilte er ihr mit.

»Sie haben die Tote gefunden«, sagte Klara. »Das kam doch bestimmt in den Nachrichten.«

»Ich habe keine gesehen. Stattdessen habe ich mich mit dem kreischenden Monster von Staubsauger beschäftigt.«

»Wie geht's Goldi?«, fragte sie.

»Kann sein, dass er beleidigt ist, aber ansonsten geht's ihm wunderbar. Was soll sich jetzt noch mal hier drin befinden?« Er schüttelte den Staubsaugerbeutel.

»Ich hoffe auf ein paar Pflanzensamen. Der Kurator des Landesmuseums verlangt sie zurück. Hilf mir suchen.«

»Wenn wir sie finden, gut. Wenn nicht, besorge ich irgendwelchen Ersatz, das dürfte doch niemandem auffallen. Die Dinger sind giftig, oder? Wie kannst du nur einfach so Gift in deiner Wohnung verlieren?«

Genau das fragte sich Klara auch. Es wäre ihr lieber, sie würden die Samen finden, auch wenn das bedeutete, im Schmutz rumwühlen zu müssen.

Eau de Mort. Sie schnüffelte an sich. »Du hast recht, ich muss erst mal unter die Dusche«, sagte sie. »Du könntest währenddessen schon mal Papier auslegen und die Ausbeute darauf verteilen.« Klara warf Moritz einen Luftkuss zu. Es wäre herrlich, wenn sich dieses Problem schnell erledigen ließe und sie sich wieder anderen Dingen widmen könnte. Dinge, wie etwa mit ihren Ermittlungen zu der Toten im Oldhorster Moor endlich den wesentlichen Schritt weiterzukommen.

Klara brauchte eine verlässliche Bestätigung, dass es sich bei der Toten tatsächlich um Sonja Wallbrecht handelte, aber dafür musste sie die Angehörigen befragen. Ihr schwebte ein unangekündigter Besuch vor. Sie war selbst überrascht von ihrem Gedanken, ihren Kollegen anzurufen. Wahrscheinlich genauso, wie Cord es gewesen wäre, hätte sie es getan. Aber bevor sie die Initiative ergriff, musste sie dringend den Leichengeruch loswerden.

Sie zog sich aus und stopfte die Kleidung in die Waschmaschine. Vermutlich war es übertrieben, so viel Pulver einzufüllen, aber der Tod stank. So intensiv hatte sie ihn schon lange nicht mehr wahrgenommen. Sie bearbeitete ihre Haut und shampoonierte ihr Haar, bis sie der Meinung war, dass kein olfaktorischer Überrest von Sonja Wallbrecht mehr an ihr kleben konnte. Ein letzter erfrischend eiskalter Wasserstrahl, dann hüllte Klara sich in ihren Bademantel.

Moritz saß schon mit einer Lupe am Boden, vor sich auf dem

ausgelegten Papier Krümel, Staubflusen und kleinste Reste von irgendwas.

Binnen einer Viertelstunde hatten sie ein paar Dinge herausgefischt, die so aussahen, als könnte es sich bei ihnen um Samen handeln. Klara brauchte acht Stück.

»Das müssen sie einfach sein«, sagte sie und füllte die Beute in ein Briefkuvert. Sie hatte den Verdacht, dass Michael Losen sich mit seiner Beschwerde nur dafür revanchieren wollte, dass er von ihr nichts über die aktuelle Leiche erfahren hatte. Sie könnte die Samen per Einschreiben an das Museum schicken, aber würde sie damit nicht eine Niederlage eingestehen? Einen Fehler möglicherweise? Nein, so weit würde er sie nicht bekommen!

»Was ist, wenn er gelogen hat?«, kam auch Moritz der Gedanke. »Wenn er sich die fehlenden Samen nur ausgedacht hat.«

Klara sah ihn fragend an. Moritz war Losen nie begegnet.

»Schon vergessen? Ich bin Meistereinkäufer und Schauspieler. Die Täuschung von anderen Menschen habe ich fest in meinem Repertoire«, erklärte Moritz.

»Dann würde ich deiner Meinung nach also mit diesem kleinen Kuvert zugeben, eine Diebin zu sein?« Klara hatte den Kurator möglicherweise richtig eingeschätzt. Aber sie hatte in jedem Fall einen Fehler begangen – indem sie die Unterlagen und Beweismittel in ein Großkuvert gesteckt und dieses dem Briefschlitz des Museums anvertraut hatte. Unklug. Sie hätte es persönlich abgeben sollen, ja müssen.

»Er will dich auf die Probe stellen oder dich auflaufen lassen. Du könntest zum Angriff übergehen und ihn direkt darauf ansprechen, aber in diesem Fall solltest du dir ganz sicher sein.«

Klara überlegte. Hoffentlich würde ihr eine Lösung einfallen, doch zuerst wollte sie kurz die Nachrichtensendung im Fernsehen anschauen und die Mitteilungen auf ihrem Anrufbeantworter abhören.

Eine der Stimmen kam ihr bekannt vor.

»Es begann vor achtzehn Jahren.«

Der Reporter, der schon einmal angerufen hatte. H. Berger

von InforAll. Den Namen hatte sie noch nie gehört, es könnte eine Nachrichtenagentur dahinterstecken. Wollte er sie ärgern?

Die zweite Stimme erkannte sie nicht gleich, obwohl sie ihr mehr als nur ein bisschen hätte vertraut sein müssen. Doch inzwischen war viel Zeit vergangen.

»Du bist wieder zurück, aber ich werde weggehen. Eigenartig, wie sich alles fügt. Ich möchte dir noch etwas geben, das ich in ihrem Zimmer gefunden habe. Ruf mich bitte an.«

Klara hielt die Luft an.

Moritz berührte ihren Arm. »Wer war das?«

Eine einfache Frage, deren Antwort ihr schwerfiel. »Hannahs Mutter«, sagte sie. Klara hatte den Bezug und auch den Kontakt zu ihr verloren, als Hannah verschwand. Für sie war diese Frau immer Frau Sommer geblieben, nie zu Marlene geworden. Was konnte Marlene Sommer jetzt gefunden haben?

Hannah war wie Klara eine Geheimniskrämerin gewesen. Beste Freundinnen, sie hatten sich ein Tagebuch geteilt, doch jede behielt Dinge für sich – die schönen, die, die sie kränkten, und die, die sie glücklich machten. Die beiden Bettelarmbänder fielen ihr ein, die sie zusammen gekauft hatten. Und nach und nach auch die verschiedenen Symbole, die man anhängen konnte. Jedes mit eigener Bedeutung. Wo war ihr Armband? Klara hatte ewig nicht mehr daran gedacht. Genauso wie an das Tagebuch.

Sie würde Marlene Sommer anrufen, aber nicht mehr an diesem Abend.

Die kleinliche Stimme riet Klara davon ab, Cord anzurufen.

Trotzdem tippte Klara die Nummer ihres Kollegen in ihren Festnetzapparat. Ein bisschen vehement, wie ihr auffiel. Vielleicht war er nicht erreichbar, aber dann hätte sie es wenigstens versucht. Und würde was tun? Sich zu einem Alleingang entschließen? Klara hatte keine Zeit mehr, darüber nachzudenken, denn er war erreichbar.

Sie zögerte kurz. »Können wir uns treffen, und würden Sie das Risiko eingehen, sich durch eine Aktion vielleicht ein paar Feinde zu machen?«, fiel Klara mit der Tür ins Haus.

»Ist das Risiko, sich mit Ihnen zu treffen oder durch eine Aktion Leute gegen sich aufzubringen? Könnten Sie vielleicht etwas präziser werden?«, bat er sie. Er klang, als würde er gerade die Augen gen Himmel verdrehen.

Sie würde präziser werden, aber erst, nachdem sie einen Treffpunkt ausgemacht hatten. »Sagt Ihnen die Burgdorfer Aue etwas?«, fragte Klara.

»Ein Flüsschen im Nirgendwo«, sagte er. »Erklären Sie mir, wie ich hinkomme, vergessen Sie aber den Rest nicht.«

An dem über vierzig Kilometer langen Ufer der Burgdorfer Aue standen sechs Skulpturen, die man Landmarken nannte. Alle fünf Höhenmeter befand sich eine Skulptur. »Wir treffen uns nördlich vom Stadtzentrum bei der Vierzig-Meter-Landmarke. Die Skulptur an dieser Stelle nennt sich Aufbruch. Ist nicht zu übersehen.« Nicht mit ihrer Höhe von fast drei Metern und sieben roten und einer grünen Stahlstange, die scheinbar aus einem Naturstein wuchsen. »Von dort ist es nicht mehr weit.«

»Nicht mehr weit wohin?« Cords Argwohn war unüberhörbar.

Klara beantwortete seine Frage, wurde präziser und erklärte ihm den Grund der Aktion, die genau genommen ihre alleinige Aufgabe gewesen wäre. Sie war für das Täterprofil zuständig. »Richard Wallbrecht denkt nicht erst seit gestern, dass die Tote im Oldhorster Moor seine Enkeltochter ist. Er hat einen bestimmten Verdacht.« So viel hatte ihr immerhin Christian im Archiv erzählt. »Ich muss unbedingt einen Blick in Sonjas Zimmer werfen.« Natürlich mehr als nur einen Blick, aber das verschwieg sie. Sie hatten sich schon viel zu viel Zeit damit gelassen.

»Wir sollen Familie Wallbrecht darüber informieren, dass die Leiche ihrer Tochter und Enkelin im Rechtsmedizinischen Institut in Hannover liegt, verstehe ich Sie richtig?«, fragte Cord.

Klara nickte, dann fiel ihr ein, dass er ihre Geste nicht sehen konnte. »Ja.«

»In dem Vorgehen sehe ich kein Risiko«, behauptete er. »Gut, vielleicht lassen sie uns nicht rein, aber das war's dann auch schon. Allerdings könnten wir uns damit tatsächlich Feinde machen.«

»Wer war eigentlich der Mann, der Sie im Büro angerufen hat, als die Leiche im Moor gefunden wurde? War er derjenige, den Sie auf einem von Linda Volants Fotos erkannt haben?«

Ein Seufzen. Dann: »Mein Vater.«

»Wenn Ihr Vater Christian heißt, kann ich behaupten, ihn bereits kennengelernt zu haben«, verriet sie ihm. »Er ist Richard Wallbrechts Detektiv.«

Ein aufgebrachtes Fluchen am anderen Ende der Verbindung ertönte, Cord schien fast durch das Telefon zu springen.

Klara hatte den Norden von Burgdorf mit der der Vierzig-Meter-Landmarke vorgeschlagen, weil es von dort nicht mehr weit zum Haus der Wallbrechts war. Cord und sie könnten zu Fuß gehen und hätten dabei vielleicht Gelegenheit, über ein paar Dinge zu reden.

Als Klara ins Auto stieg, dachte sie nicht an ihren Verfolger, doch schon nach wenigen Kilometern war sie sicher, dass sich wieder jemand an sie rangehängt hatte. Der Wagen war dunkel, der Abstand der Scheinwerfer zueinander ließ auf ein größeres Fabrikat schließen. Es brachte ihr nichts, sich einzureden, keine Angst zu haben; sie hatte sie.

Ihre Reaktion auf eigene Angst war in der Regel Wut, und Wut war um Welten besser als dieses beklemmende Gefühl, das sie jetzt spürte. »Wie du willst!«, rief Klara, bremste scharf, öffnete die Fahrertür und sprang aus dem Auto.

Sie beeilte sich und war doch zu langsam. Die schwarze Limousine scherte aus, beschleunigte und war nicht mehr zu sehen. Um das Kennzeichen lesen zu können, war sie zu langsam gewesen.

Klara stieg wieder ein. Ihr Verfolger musste auf sie gewartet haben. Schon einmal in ihrem Leben hatte jemand ihr aufgelauert. Wie um sie daran zu erinnern, pochte ihr Bein. Wenigstens dachte sie mittlerweile nicht mehr jeden Tag an denjenigen, der sie auf die Kühlerhaube genommen hatte. Aber die Paranoia war geblieben. Klara schüttelte die düsteren Gedanken ab und bog in die Sackgasse, an deren Ende ein kleiner Feldweg begann.

Was hatte der Fahrer des dunklen Wagens vorgehabt? Anscheinend nicht, sie zu überfahren, denn das hätte klappen können. Wenn ihr nun jemand folgen wollte, musste derjenige ein Stück querfeldein laufen, sie würde die Person also bemerken.

Klara stieg aus. Sie war dankbar für ihre Taschenlampe. Kleine Steine knirschten unter ihren Sohlen, dann sah sie die imposante Landmarke und dahinter die Holzbrücke, die im Dunkeln verschwand.

Klara schickte das Licht der Taschenlampe voraus. Cord war noch nicht da. Sie würde ihren Standort nicht durch den Strahl der Lampe verraten, falls sich wirklich jemand die Mühe gemacht hatte und ihr auf den Fersen geblieben war. Sie schaltete die Lampe kurzerhand aus und lauschte. Schon bald hörte sie schnelle Schritte und sah einen umherschwirrenden Lichtkegel.

Cord trug Jeans, Turnschuhe und einen Pulli mit V-Ausschnitt. Er hatte sich rasiert und dabei geschnitten.

Klara hätte gern über seine Wange gestreichelt. »Sie sehen verdammt frisch aus«, sagte sie.

»Mit Stoppeln im Gesicht fühle ich mich nicht wohl, schon gar nicht dann, wenn wir uns vielleicht Ärger einhandeln.«

»Wir sind nur pflichtbewusst und nehmen die Sorge der Familie ernst. Trotzdem muss die Polizei irgendwann die Öffentlichkeit informieren, und dann –« So ähnlich jedenfalls, denn offiziell sorgte sich bisher niemand von der Familie um die verschwundene Sonja Wallbrecht.

»Schon gut, heben Sie sich Ihre Ansprache für später auf. Was ist los?«, fragte er. »Sie zittern.« Er berührte sie am Arm.

»Jemand ist mir gefolgt – vorher, im Wagen«, sagte Klara. »Ich musste an einen alten Bekannten denken, aber das ist eine andere Geschichte.« Auf die sie jetzt nicht eingehen wollte.

»Über die Sie nicht reden wollen. Sie halten den Deckel drauf.«

»Wie Sie«, gab Klara zurück. »Aber Ihren Deckel reiße ich jetzt weg.« Sie erzählte ihm, was sie in der Akte von Sonja

Wallbrecht gelesen hatte, woher sie Cords Vater kannte und was dieser ihr über die angebliche Entführung berichtet hatte.

»Hat er Ihnen auch erzählt, woher er wusste, wo Sonja war?« Cords Wut wehte Klara beißend entgegen.

Doch sie war seinem Vater nur einmal begegnet. Es konnte kaum gelingen, einen Menschen nach einem kurzen Treffen mit all seinen Facetten zu beurteilen. Klara war nicht so überzeugt von sich, das zu glauben. Cords Reaktion sollte wahrscheinlich seine Verachtung für seinen Vater ausdrücken, aber Klara sah nur eine alte Verletzung, die unversehens wieder aufgebrochen war.

Eine gepflasterte Auffahrt führte zur Villa der Wallbrechts. Rasenflächen zu beiden Seiten, dahinter ein kleiner Park. Das Gelände und das Gebäude verschmolzen mit der Dunkelheit, es war nicht viel davon zu sehen.

»Sie machen den Anfang, wir warten die Reaktion ab und handeln erst danach«, sagte Cord, als sie den Eingang erreicht hatten. Er hatte seinen Zorn nicht hinuntergeschluckt, ihn aber für den Moment verdrängt.

»Sehen Sie eine Klingel?«, fragte Klara.

Cord verneinte und bediente den Messingklopfer, der hart gegen das Holz krachte.

Klara hätte das dezente Geräusch einer Türklingel definitiv sympathischer gefunden.

Die erste Reaktion der Wallbrechts auf ihren Besuch war eine sich einen Spaltbreit öffnende Tür und: »Was kann ich für Sie tun?«

Dabei machte die Frau nicht den Eindruck, als würde sie tatsächlich etwas für sie tun wollen. Ihr Blick tauchte unter einer nicht mehr ganz modischen Lockenfrisur hindurch und huschte nervös zwischen Klara und Cord hin und her.

Klara tippte auf eine Haushälterin, wenn es so etwas in diesem Jahrhundert noch gab. »Wir möchten bitte zu Sonja Wallbrecht«, sagte sie und kam sich brüsk und unhöflich vor.

Die Locken wippten, als die Frau den Kopf schüttelte. Endlich öffneten sich wieder ihre Lippen. »Ich glaube nicht, dass Sonja im Augenblick im Haus ist.« Die Tür bewegte sich.

»Es handelt sich um eine polizeiliche Angelegenheit«, sagte Cord.

»Vielleicht das falsche Stichwort«, raunte ihm Klara zu, davon hatte sie absichtlich noch nichts sagen wollen, doch die Frau erklärte, sie würde sofort jemandem Bescheid geben. Die Tür schloss sich wieder.

»Großartig. Früher gab es einen Salon für Gäste, heute wird man vor der Tür stehen gelassen. So weit ist es schon gekommen.« Cord lehnte sich mit dem Rücken an die Mauer.

»Das war die Zeit, in der Polizisten noch die Hintertür benutzen mussten. Heute dürfen wir vielleicht sogar durch den Vordereingang rein«, sagte Klara.

Sie durften. Ein paar Minuten später ging die Tür wieder auf, und man bat sie ins Haus. Im Innern war es still. Zu still dafür, dass das Klopfen mit Sicherheit überall zu hören gewesen war. Doch niemand ließ sich blicken. Wo war Familie Wallbrecht?

Die Frau, die Klara vorher als Haushälterin identifiziert hatte, ging ihnen voraus eine breite Treppe hinauf und einen Gang entlang. Der Handlauf glänzte, Klara fiel auf, dass auf ihm keine Fingerspuren sichtbar waren. Seitlich von ihnen öffnete sich eine Tür. Sie wurden erwartet.

Der Raum sah aus wie ein gemütliches Arbeitszimmer: ein cognacfarbener Lederzweisitzer, Bücherregale an den Wänden, daneben ein Schreibtisch und hinter ihm hohe Rundbogenfenster. Ganz ungemütlich erschien Klara dagegen ihr Gastgeber, der sich ungastlich gab und schwieg. Die Haushälterin bedeutete ihm etwas und verschwand. Offenbar redete man in diesem Haus nicht viel. Klara fühlte sich zusehends unwohl.

Eine blöde Situation, aber sie war dafür verantwortlich. Klara konnte sich nicht erinnern, Richard Wallbrecht zuvor schon einmal begegnet zu sein, aber da Cord etwas von einem Schlaganfall gesagt hatte, mussten sie wohl gerade Sonjas Großvater vor sich haben. Der ehemalige Korrespondent der Nachrichtenagentur Reuters saß im Rollstuhl, sein Blick unfreundlich, seine Gesichtsmuskeln sichtlich angespannt. Ein großer, schlanker Mann, trotz seines Alters gut aussehend, jemand, der auf sich achtete. Die geschnitzten Gesichter, die einen wuchtigen antiken Schrank zierten, schienen sie ähnlich böse wie der Hausherr anzustarren.

Klara spürte Cords Blick auf sich – es sah tatsächlich so aus, als würden sie sich Ärger einhandeln. Sogar eine Zeugin für ihr nächtliches Eindringen gab es: die lockige Haushälterin.

Cord schwieg genauso wie Richard Wallbrecht.

Endlich stellte Klara sie beide vor und fuhr fort: »Ich entschuldige mich für die späte Störung. Aber für das Überbringen einer Todesnachricht gibt es keinen passenden Zeitpunkt.«

Eine Reaktion blieb aus. Wallbrecht gab nicht das Geringste von sich, aber an seinen Augen war zu erkennen, dass er sie verstanden hatte. Er nahm einen Block vom Schreibtisch und klickte auf einen Kugelschreiber. Tat er nur genervt, oder war er es tatsächlich?

Klara nahm den Block entgegen. Anscheinend hatte der Schlaganfall dafür gesorgt, dass er Schwierigkeiten hatte, flüssig zu sprechen.

*Todesnachricht?*

Sie gab den Block an Cord weiter, konnte die Gedanken in seinem Gesicht lesen: Der lässt uns auflaufen.

Klara dachte ähnlich. Der Großvater wollte die Polizei offensichtlich nicht in seinem Haus haben, aber da war noch etwas anderes. Der ältere Herr wirkte, als hätte er einen Trumpf im Ärmel. Irritierend.

»Die Tote im Oldhorster Moor wurde von einem Professor der Rechtsmedizin als Sonja Wallbrecht identifiziert.«

Alexander Cord übernahm. »Mein herzliches Beileid, aber wir brauchen Ihre Hilfe und ein paar Informationen.«

Wallbrecht griff nach dem Block. Sein Kugelschreiber flog über das Papier, das er diesmal an beiden Seiten mit Daumen und Zeigefinger hochhielt.

*Meine Enkeltochter befindet sich im Urlaub – schönen Abend noch!*

Das konnte doch nicht wahr sein. Klara kniff die Augen zusammen.

Cord sah sie an, sagte zum Glück nichts. Später würde er ihr bestimmt etwas an den Kopf werfen.

Die falsche Frau, die falsche Familie, die falschen Hinweise?

Sie hatte sich geirrt, und der dicke Professor hatte nicht die Wahrheit gesagt. Aber warum fühlt es sich dann immer noch richtig an?, fragte sie sich.

Richard Wallbrecht drehte den Rollstuhl mit Schwung herum und präsentierte ihnen seine Rückenansicht.

»Sie sind unhöflich«, sagte Klara. »Wegen Ihnen verlieren wir wertvolle Zeit bei der Suche nach dem Täter. Wenn Sie eine Strategie verfolgen, sollten Sie zusehen, dass sie in Ihrem Sinn aufgeht.«

Cord machte eine Was-soll-das-Geste.

Richard Wallbrechts Hände krampften sich um die Armlehnen des Rollstuhls.

»Ihnen auch eine gute Nacht«, wünschte Klara ihm.

Die Haushälterin verzog keine Miene, als sie Klara und Cord zur Tür brachte und diese hinter ihnen schloss.

Cord hatte nur ein freudloses Lachen für die Situation übrig. »Entweder ist Sonja Wallbrecht tatsächlich im Urlaub oder unsere Tote im Oldhorster Moor.« Er schaltete seine Taschenlampe ein. Er hatte Klara bisher nicht gefragt, wie sicher sie mit ihrer Annahme war, und jetzt hatte Wallbrecht es fertiggebracht, sie zweifeln zu lassen. Einen kurzen Moment lang.

»Er hat etwas vor«, sagte sie. »Der Alte weiß, dass seine Enkelin nicht im Urlaub, sondern tot ist, aber er will nicht, dass es jemand schon zu diesem Zeitpunkt erfährt. Also: Warum braucht er mehr Zeit? Warum braucht sein Detektiv mehr Zeit?« Klara beschleunigte ihre Schritte. »Sie müssen Ihren Vater anrufen und fragen, was er für Richard Wallbrecht herausfinden soll. Wen hat der alte Herr als Täter in Verdacht?«

»Das werde ich nicht tun!« Nachdrücklich. Alexander Cords Augen schossen Blitze auf Klara ab. »Das hat sich wirklich gelohnt«, grummelte er.

Doch Klara gab die Hoffnung nicht auf, dass sich ihre Aktion vielleicht doch noch lohnen würde.

Cord lief ein kleines Stück voraus, vermutlich um nicht mit ihr reden zu müssen. Er war sauer, das war deutlich, aber er würde sie in der Dunkelheit nicht allein lassen. »Ich fahre hinter Ihnen und warte, bis Sie in Ihrer Wohnung verschwunden sind«, sagte er.

»Sie müssen nicht …«, begann sie und hielt inne. Sie hatte ihm von dem Verfolger erzählt, sein Verhalten war die daraus folgende Gentleman-Konsequenz. Sie lächelte.

»Richtig«, erwiderte er. »Ich muss überhaupt nichts.«

Ein Paar Augen folgte Klara aufmerksam, als sie nach Hause kam, ein anderes Paar hatte sie auf dem Weg zurück beobachtend begleitet. Klara lächelte immer noch.

In der Wohnung schlich sie zum Terrarium. »Geht's dir gut?« Eine Regung als Antwort hätte ihr genügt, um sicher zu sein, dass Goldi keinen der Samen gegessen hatte. Losen hatte sie ganz schön nervös gemacht. Der Gecko tat ihr den Gefallen, ein kleiner Saugnapf landete auf der gläsernen Innenwand. »Du bist nicht so dumm, Gift zu futtern, nicht wahr?« Sie tippte mit dem Zeigefinger gegen das Glas und freute sich, dass der Grüne nicht sofort die Flucht ergriff.

Ihr bester Freund dagegen war geflüchtet – Klara hätte es eine Flucht nach vorn genannt – und hatte ihr einen Zettel hinterlegt. *Bin mit Mutter im Kino.*

Die alte Dame bekam immer, was sie wollte. Klara wusste, dass sie ihren Sohn schlicht erpresste, und wunderte sich, dass es so gut funktionierte. Vielleicht sollte sie das auch mal ausprobieren. Überlegtes Handeln und Erpressung schlossen einander schließlich nicht zwingend aus. Doch Klara dachte dabei schon nicht mehr an Michael Losen. Sie würde im Fall Wallbrecht alles auf eine Karte setzen. Diplomatie war ohnehin keine ihrer Stärken, vielleicht würde sie mit einer Erpressung besser fahren.

Sie nahm sich das Material, das sie und Moritz für die Samen gehalten hatten, noch einmal vor. Unter der Lupe sahen die Dinger immer noch aus wie Samen. Für den Moment konnte sie den wütenden Kurator also vergessen. Sie massierte mit den Fingerspitzen ihre Schläfen.

Richard Wallbrecht und seine Reaktion auf die Nachricht vom Tod seiner Enkelin konnte sie hingegen nicht so leicht abhaken. Sie brauchte einen Plan, um zu erfahren, was der alte

Herr vorhatte. Kompliziert und extrem zeitraubend. Vielleicht könnte sie Alexander Cord dazu bringen, sich mit seinem Vater zu treffen, der mehr wusste. Aber der eine Cord wollte mit dem anderen Cord ja nicht reden. Sie schüttelte den Kopf.

Klara blieb wach, bis Moritz zurückkam. Der Kinofilm, den er gesehen hatte, war nicht der Grund dafür. Seine Handlung interessierte sie nicht, dafür aber etwas, das Moritz gesagt hatte und das plötzlich wieder auf ihrem Radar aufgetaucht war.

Moritz hatte sich für den Kinoabend schick gemacht. Klara beschloss, sein Aussehen besser nicht zu kommentieren. Seit wann brauchte man einen Anzug, um ins Kino zu gehen? Oder kam es darauf an, welcher Film gezeigt wurde? Oder in welcher Begleitung man sich befand?

»Du bist noch auf?« Erstaunt. »Arbeitest du etwa noch?«

»Nicht wirklich«, sagte Klara. »Ich habe auf dich gewartet.«

»Solltest du mich fragen wollen, warum ich meinen Anzug rausgekramt habe, um ins Kino zu gehen … ich wollte einfach mal wieder gut aussehen.«

»Es ist nicht dein Anzug, der mich interessiert, sondern eher das Auto, das du im Moment fährst«, sagte Klara. »Groß und dunkel?«

»Nein. Ja. Warte.«

Sie hatte ihn überrumpelt. Er zog sein Jackett und die Schuhe aus und setzte sich zu ihr auf die Couch. »Ich wollte auf dich aufpassen, wenigstens ein bisschen. Aber es ist schwieriger, als ich dachte.« Er legte den Kopf schief, seine Augen erflehten Absolution.

»Du hast mich zu Tode erschreckt.«

»Das wollte ich nicht. Ich bin dir auch nur zweimal gefolgt und dachte nicht, dass du mich siehst. Anscheinend verstehe ich mich auf dieses Verfolgungsding nicht sonderlich, in der Eile habe ich sogar einen Laternenpfahl touchiert. Und die Rechnung der Leihwagenfirma ist irre hoch. Ich habe den Wagen doch nur gefahren und will ihn nicht kaufen«, schimpfte Moritz.

»Ich hätte dich um ein Haar erwischt«, sagte Klara.

»Sicher nicht, so nahe bin ich dir nie gekommen.«

»Und was war das heute?«, fragte Klara und konnte an Moritz' Gesichtsausdruck die Antwort ablesen. Sie schlang die Arme um ihren Oberkörper. Wenn sie kurz zuvor noch so etwas wie Erleichterung empfunden hatte, war diese jetzt verflogen.

Es gab also noch jemanden, der ein dunkles Auto fuhr und ihr folgte. Dessen Absichten wahrscheinlich nicht so ehrenhaft waren wie die ihres besten Freundes.

»Ich lass nicht zu, dass das jemand mit dir macht.«

»Was macht?«, fragte Klara.

»Dich so verunsichert«, sagte Moritz.

Verunsichern war ein relativ harmloses Wort. Das, was Klara fühlte, war um vieles schlimmer. Es gefiel ihr nicht, dass jemand so eine Macht über sie hatte.

»Glaubst du, es könnte jemand von früher sein?«, fragte Moritz.

»Ich habe beim Anblick des Wagens tatsächlich an jemand Bestimmtes gedacht.«

Moritz wusste, wen Klara meinte, weil er nach dem Anschlag auf sie lange Nächte auf den ungemütlichen Stühlen im Gang des Krankenhauses übernachtet hatte, um in ihrer Nähe zu sein.

»Ich könnte einen augenblicklich arbeitslosen Mystery Shopper auf den Typen ansetzen«, schlug er vor.

»Sorry, aber zwei Verfolger sind mir dann doch etwas zu mysterymäßig«, sagte Klara. »Wie war der Film?« Sie wollte nicht länger an das Phantom im schwarzen Auto denken.

»Rätselhaft?« Eine Antwort mit einem Fragezeichen. »Mutter hat mich in einen Streifen geschleppt, den ich schon Ende der Achtziger gesehen habe. Die Geschichte spielt in einem ach so langweiligen amerikanischen Vorort, der Hauptdarsteller ist ein Typ, der einfach mal gar nichts machen möchte und es dann mit neuen Nachbarn zu tun bekommt, die sich seltsam benehmen. Nachts dringen unheimliche Geräusche aus deren Haus. Die Anwohner rotten sich zusammen und wollen herausfinden, was los ist. Skurril und witzig, denn die neuen Nachbarn haben es wirklich in sich. Mutter hat sich gebogen vor Lachen. Und ich habe in einem der Filmnachbarn andauernd Mutters Zukünftigen gesehen, ein Horror. Was will sie mir damit nur sagen?«

»Sie wollte dich aufziehen. So etwas kann passieren, wenn …«

»Wenn was?«

»Wenn der kleine Moritz sich nicht mehr angemessen um Mutter kümmert«, sagte Klara, und ihre Hand tätschelte angemessen mitleidig sein Knie.

Im selben Moment klingelte Moritz' Handy.

Klara feuerte eine imaginäre Pistole ab und bedeutete, es sei Zeit für sie, ins Bett zu gehen. Alles wie immer.

# 10

Zeugenbefragungen sind wie das Waschen von Gold. Als Resultat erhält man meist wertlose Kiesel, aber stößt man endlich auf echtes Gold, war die Arbeit alle Mühe wert.

Klaras Handy hatte sich in der Nacht nicht mehr gemeldet, obwohl sie eigentlich damit gerechnet hatte. Sie hatte sogar auf die Ohrstöpsel verzichtet, um es nicht zu überhören. Aber es hatte ganz den Anschein, als hätte Alexander Cord keinen Grund gesehen, seinen Vater anzurufen und sich anschließend bei ihr zu melden.

Dafür hatte H. Berger in der Nacht eine Nachricht hinterlassen. Auf Klaras Anrufbeantworter stellte er sich wie gewohnt vor, bevor er sagte: »›Der Unterschied besteht nur darin, dass sie früher weniger bekannt wurden, während man jetzt angefangen hat, über jede neue Mordtat zu reden, sogar zu schreiben, und deshalb hat es den Anschein, diese Verbrechen seien jetzt erst aufgetaucht.‹« Eine kleine Pause, dann: »Ein Zitat von Dostojewski.«

Aha. Klara hätte den Zitatgeber nicht nennen können. Was wollte Berger nur von ihr?

Klara hatte noch immer keine Spur, die sie aus dem Dunkel führen würde, und war nicht wild auf Rätsel wie die des Journalisten. Im Moment gab es zu viele davon. Nicht zu vergessen das von dem schweigsamen alten Mann, der nur durch Schreiben kommunizierte. Zumindest bestand keine Veranlassung, sich zu sorgen, dass sich Richard Wallbrecht bei der Polizei über ihre späte Ruhestörung beschweren würde. Sie hatten ihn vielleicht aufgeschreckt, aber mehr nicht. Doch wo waren Sonja Wallbrechts Eltern? Es schien, als gäbe es nur einen alten Mann, der in der Familie schalten und walten konnte, wie er es für richtig hielt.

Das Kopfweh, mit dem sie aufgewacht war, würde sie vermutlich so schnell nicht wieder loswerden, denn sie musste die Museumssache erledigen. Zuerst hatte sie mit dem Gedanken gespielt, das Kuvert mit den vermeintlichen Samen zurück ins Museum zu bringen, hatte die Idee dann aber wieder verworfen.

Also stand sie am frühen Vormittag mit leeren Händen am Eingang des Gebäudes. Ihr blickte eine große Tafel mit ihrem Foto entgegen. *Profil eines heimtückischen Mordes. In Zusammenarbeit mit Klara Niehof – dem Geheimnis der Moorschwestern auf der Spur.*

Michael Losen hatte anscheinend nicht länger warten wollen und über Nacht seine eigene Geschichte erfunden. Die Besucher würden begeistert sein – ein Mord, geheimnisumwittert und düster. Und der Kurator war tatsächlich so dreist gewesen, ihren Namen zu benutzen.

Klara stieß die Tür auf und erkundigte sich, wo Losen zu finden sei. Die Miene der Frau hellte sich auf, sie erkannte Klara offenbar. Sie sagte ihr, Michael Losen sei im Raum mit den Moorleichen.

Sie traf ihn, während er eifrig damit beschäftigt war, die Geschichte der Schwestern für die erwarteten Besucher zu präsentieren. Der von ihm formulierte Text und das Bildmaterial waren eingeschweißt. Bildmaterial, das natürlich nicht original war. Losen verwendete kolorierte Zeichnungen, die zeigten, wie man sich die Frauen in der Eisenzeit vorzustellen hatte. In der kleinen Vitrine verwies ein großer Pfeil auf die halb geöffneten Beutel, dazu die Erläuterung: *Die Mordwaffe – Gift.*

Losen breitete voller Stolz die Arme aus, als wäre Klara die erste Besucherin. »Wie finden Sie es? Anhand der Fakten habe ich einen wasserdichten Fall konstruiert. Mord ist immer spannend, wie Ihre neue Leiche im Moor ja hinreichend beweist.« Er wagte ein Grinsen.

»Entfernen Sie sofort meinen Namen und mein Foto von dem Plakat. Mit Ihren Mordphantasien habe ich nichts zu tun.« Klara bemühte sich, gelassen und nicht ärgerlich zu klingen.

Losen nickte, er sah äußert zufrieden aus. »Da der Ausstellungstermin nun genauso feststeht wie die Mörderin, entzieht Ihnen das Museum den Auftrag, was ja anscheinend sogar in Ihrem Sinne ist, da Sie ja keine Zeit haben.«

Die Mörderin – natürlich, er hatte ja auch nur die Schwestern als Verdächtige zur Verfügung gehabt.

Klara musste an russisches Roulette denken, ein potenziell tödliches Glücksspiel, das mit einem Revolver gespielt wird, in dessen Trommel sich nur eine Patrone befindet. Die Trommel wird dabei gedreht, sodass die Position der Patrone unbekannt ist, dann hält sich der Spieler die Waffe an den Kopf und drückt ab. Wie man es ein Spiel nennen konnte, war Klara immer schleierhaft gewesen. Vielleicht hatten vor tausendachthundert Jahren giftige Eibensamen die Patrone ersetzt. Vielleicht hatten die Schwestern die Beutel mit den Samen einige Male miteinander getauscht, weil eine Entscheidung getroffen werden musste. So jedenfalls wäre es vorstellbar, denn nur im Magen einer der Frauen waren die giftigen Samen festgestellt worden. Das Sumpfloch könnte die andere Schwester verschluckt haben. Wie auch immer, was damals passiert war, war nach wie vor ein Rätsel. Klara riss sich von den Überlegungen los.

»Haben Sie die Samen dabei?«, wollte Losen wissen.

Auf diese Frage hatte Klara gewartet. Vermutlich hatte Losen gar nicht mehr die Absicht gehabt, an dem Auftrag festzuhalten. Die angeblich fehlenden Samen waren nur seine kleinliche Rache dafür gewesen, ihn vertröstet zu haben. Klara würde sein Verhalten enttarnen und seine Reaktion genießen. »Ihr Griff in die Trickkiste war nicht erfolgreich. Es sind alle Samen vorhanden.«

»Das können Sie doch gar nicht wissen!«, echauffierte er sich.

Aber spätestens jetzt weiß ich es, dachte Klara. »Ich bin Analytikerin, und Sie sind ziemlich durchschaubar.« Selten hatte jemand sie so geärgert und ihre Kompetenz gleichzeitig derart in Frage gestellt. »Der Mord an Ramses III. ist übrigens längst aufgeklärt.« Unerbittlich. »Das sollten Sie wirklich wissen, Herr Losen, ägyptische Geschichte ist Ihr Spezialgebiet, oder nicht?« Der Zusatz war unnötig und zugegeben auch ein bisschen gemein. »Falls Sie in nächster Zeit wieder einen Fall haben sollten … rufen Sie mich bitte nicht an.« Und damit verabschiedete sie sich.

Lächelnd stieg sie vor dem Museum in ihren Mini. Schon

sein verletzter Stolz würde Losen dazu veranlassen, ihren Ruf zu schädigen – sollte er doch. Er würde nie erfahren, was mit den Frauen im Moor wirklich passiert war. Klara wollte es trotz des ihr entzogenen Auftrags zwar noch immer unbedingt wissen, aber teilen würde sie ihre Erkenntnisse mit Losen nicht mehr. Sie hatte sich einige Informationen dazu notiert und ein paar Zeichnungen angefertigt, wie sie es bei jedem Fall tat. So würde sie auch ohne die Unterlagen des Museums in der Lage sein, weiterzumachen. Doch gerade drängte sich ein anderer Gedanke in den Vordergrund. Hannah.

Es wurde Zeit, Marlene Sommer zurückzurufen. Klara hatte sich die Nummer auf einem Zettel notiert.

Eine Frauenstimme meldete sich. »Ja bitte?« Die Frage kam nicht zögerlich. Eher hoffnungsvoll.

»Sie haben mir die Nachricht hinterlassen, dass Sie weggehen werden.« Klara fand schon den Beginn der Unterhaltung schwierig. So viele Fallen: ein nicht sorgfältig gewähltes Wort, ein ein bisschen zu aggressiver Ton. »Wir haben uns lange nicht mehr gesehen. Ich habe Angst, etwas Falsches zu sagen«, gestand Klara. Die ungeschminkte Wahrheit.

»Das brauchst du nicht. Ich würde mich freuen, wenn du bei mir vorbeikommen könntest. Ich verkaufe das Haus und räume gerade aus. Ich habe etwas in Hannahs altem Zimmer gefunden. Eins ihrer kleinen Geheimnisse.« Ein winziges Lachen. »Es war unter einem lockeren Dielenbrett versteckt.«

Auch wenn Klara vielleicht nicht erfuhr, worum es sich handelte, würde sie Marlene Sommer natürlich den Gefallen tun – und sich selbst.

Die Heiterkeit ihres kleinen Sieges über Losen würde sie weder ins Büro noch zu Hannahs Mutter mitnehmen können, doch sie würde sich ein Stückchen davon für später aufheben.

»Sie waren heute schon im Landesmuseum?«, erkundigte sich Alexander Cord, als Klara die Tür hinter sich zugezogen hatte. »Alles klar?«

»Ja, nein.« Sie hörte sich schon an wie Moritz. »Lenken Sie nicht ab. Ich dachte, Sie wollten Ihren Vater anrufen.« Klara blieb vor seinem Schreibtisch stehen, als könnte sie ihm durch ihre demonstrative Anwesenheit etwas entlocken.

»Wollte ich nicht.« Er schüttelte den Kopf. Cord sah ausgeschlafen und entspannt aus, duftete angenehm. Der gestrige Schnitt auf seiner Wange nur noch ein Schatten.

Klara fand immer noch, dass Bartstoppeln besser zu seinem Typ passten, sie waren so rau wie das Äußere dieses Mannes. Einige Augenblicke lang kaute sie gedankenverloren an ihrer Unterlippe herum.

»Wen sollte es eigentlich laut Ihrem unsympathischen Besuch gestern erwischt haben?«, wollte er wissen und sah sie arglos an.

»Goldi«, sagte Klara und machte ein Gesicht, dass Cord lachen musste.

»Ich war besorgt, er könnte etwas gefressen haben, dass ihm nicht bekommen ist.« Schön formuliert.

»Ihr Besucher sagte, Sie hätten nicht alle Samen zurückgegeben. Wenn die Samen das Gift waren, haben Sie sich völlig umsonst gesorgt. Samen bewegen sich nicht, somit sind sie für Goldi uninteressant.«

»Verdammt – ich hatte Angst, dass er vielleicht an ihnen stirbt. Dann hätte ich Ihnen erklären müssen, was passiert ist, und Sie hätten mich dafür abgrundtief gehasst.« Klara drehte sich um, lief um ihren Schreibtisch herum und ließ sich in den Bürostuhl fallen. »Woher haben Sie die Information mit den Samen? Sie haben die Unterhaltung doch nicht mitbekommen«, sagte sie.

»Wissen Sie, was ich an Ihnen mag? – Sie stöbern weder in meinem Leben noch in meiner Vergangenheit. Trotzdem hätten Sie nicht unbedingt schummeln müssen.«

Klara wartete. Sie hätte auch nicht gewusst, was sie sonst tun sollte. Cord sah aus, als würde er sich gerade zu einer Erklärung durchringen.

»Ich bin bei meinen Großeltern aufgewachsen, meine Oma war gehörlos, also habe ich Gebärdensprache und Lippenlesen gelernt. Letzteres, weil es mich fasziniert hat und ich dachte, es könnte mir irgendwann einmal nützlich sein.« Ein direkter Blick.

»Sie haben es von den Lippen meines unsympathischen Besuchers abgelesen, während Sie draußen vor dem Büro herumgeschlichen sind und durch die Fenster gesehen haben?«, vergewisserte sich Klara. »Beweisen Sie es.« Sie erzählte ihm tonlos, wie sie und Goldi am Abend zuvor kommuniziert hatten – er mit einem Saugnapf auf einer Seite, sie mit einem Finger auf der anderen Seite der Terrariumwand.

»Das habe ich jetzt leider doch nicht ganz verstanden«, sagte Cord.

»Macht nichts, dann bleibt es mein und Goldis nettes Geheimnis«, sagte sie. »Sie waren gestern mächtig sauer auf mich wegen Richard Wallbrecht.«

»Ich war übrigens tatsächlich so frei, meinen Vater einzubestellen, wie Sie es gestern vorgeschlagen haben.« Er verzog keine Miene. Er war immer noch sauer.

»Sie haben Ihren Vater ins Büro zitiert.« Es war eine verwunderte Feststellung.

»Er wird sicher in Kürze da sein, ich habe ihm mit Polizeigewalt gedroht, sollte er sich weigern, also wird er kommen.« Cord wirkte nicht die Spur, als würde er spaßen. »Sie werden das schon hinkriegen, ich muss noch etwas anderes erledigen.« Er nahm seine Jacke vom Stuhl, hatte anscheinend vor, sich aus dem Staub zu machen. Sehr mutig.

»Ich wollte doch nur mit Ihrem Vater reden«, sagte Klara. »Anders, nicht im Büro.«

»Viel Erfolg«, erwiderte Cord.

»Wann sind Sie zurück?«, fragte sie mit dem Unterton einer misstrauischen Ehefrau.

»Glauben Sie, dass Ihnen eine Stunde reicht, um Ihre Antworten zu bekommen?«, fragte er.

»Vielleicht.« Woher sollte sie das wissen?

»Schön.« Ungerührt.

Was war das hier? Ihre Unterhaltung fühlte sich privat und vertraulich an, obwohl sie den Fall betraf. Klara hätte Cord zu gern gesagt, wofür sie ihn gerade hielt. Für einen ausgemachten Feigling.

Kurze Zeit später setzte sich der Aufzug mit Alexander Cord in Bewegung Richtung Tiefgarage.

Christian Cord kam zur Tür herein. »Schön, Sie wiederzusehen«, begrüßte er Klara und gab ihr die Hand. »Sie sehen aus, als …«

»Ihr Sohn hat mich gerade eiskalt erwischt. Er hat mir erklärt, er habe Sie herbestellt, und hat sich dann aus dem Staub gemacht«, bekannte sie und bat ihn, Platz zu nehmen.

»Eiskalt ist sein zweiter Vorname«, sagte Christian Cord. »Kommen Sie, fragen Sie«, forderte er sie auf. Er hatte offenbar nicht vor, Zeit zu verschwenden.

»Erzählen Sie mir einfach, warum Richard Wallbrecht darauf beharrt, dass seine Enkelin sich im Urlaub befindet.«

Von Christian Cord erfuhr Klara, dass sich Sonjas Eltern schon vor einigen Tagen in ihr Haus am Gardasee zurückgezogen hatten, um zu trauern.

»Aber wie kann man trauern, wenn die Leiche noch gar nicht identifiziert ist? Wer hat die Familie informiert?«, wollte sie wissen. Ihr Verstand ging in Sekundenschnelle die Möglichkeiten durch und stoppte bei Annett Rehbein, die bei Professor Bitter in der Klinik gewesen war.

»Ihre Behörde«, bestätigte Christian Cord Klaras Vermutung.

»Der Erpresserbrief damals war unterschrieben mit ›FREUNDE‹. Richard Wallbrecht ahnte, wer die Frechheit besaß, sich als Freund auszugeben – und jetzt ist der Freund wiederaufgetaucht. Dominik Hohenwart. Damals ging es um Geld.« Sie war sich sicher, ins Schwarze getroffen zu haben.

»Das Motiv ist womöglich immer noch dasselbe. Hohenwarts Firma ist angeschlagen, eine Finanzspritze hätte ihre Rettung bedeuten können. Wann ist Sonja Wallbrecht gestorben?«

»Sie ist nicht *gestorben*«, betonte Klara.

»Nein, natürlich nicht.« Er senkte den Blick. »Diesmal war ich nicht rechtzeitig da, konnte sie nicht wie damals zurückbringen.«

Klara verstand ihn. Es war unmöglich, die Frage nach der Todeszeit auch nur annähernd exakt zu beantworten, aber sie hatte sich selbst schon gefragt, wann sich die Hände des Täters um ihren Hals gelegt, wann seine Daumen Sonja Wallbrechts Kehle zusammengedrückt hatten.

Klara schüttelte den Kopf. »Warum sieht Richard Wallbrecht in Dominik Hohenwart den möglichen Täter?«

»Mit Ihnen hätte ich auch gern zusammengearbeitet«, sagte Cord und lächelte. »Damals jedenfalls. Momentan bin ich ja jemand anderem verpflichtet.«

»Wenn es sein muss, besorge ich mir einen Durchsuchungsbeschluss – und den werde ich bekommen, das können Sie mir glauben. Ich muss in Sonjas Zimmer. Mir egal, wem Sie sich gerade verpflichtet fühlen!«

Cord senior grinste. »Ich wollte Sie nicht ärgern.«

Sie hatte trotzdem den Verdacht, dass er genau das wollte.

»Sonja Wallbrecht hat ihrem Großvater erzählt, sie habe einen Freund von früher wiedergetroffen. Richard Wallbrecht hat jemanden auf dem Grundstück gesehen, und dann ist seine Enkelin verschwunden. Ich rede nicht von damals.« Christian Cord nickte Klara zu, stand auf und verabschiedete sich. »Dem Kriminalhauptkommissar hätte ich das wahrscheinlich nicht erzählt. Er hat mir tatsächlich mit Beugehaft gedroht.«

Klara verdrehte die Augen.

»So habe ich auch reagiert«, sagte er zu ihr gewandt. »Ich werde Richard Wallbrecht wissen lassen, dass Sie noch einmal vorbeikommen werden.«

Der Familienname Cord war anscheinend ein Synonym für schwierig. Hoffentlich würde der Kriminalhauptkommissar sich bald wieder im Büro einfinden, sie hatten zu tun, und die Zeit drängte.

# 11

In der Gedankenwelt eines überheblichen Täters sind Ermittler nur ein Haufen Schwachköpfe. Am besten entspricht man seiner Vorstellung und stellt ihm eine Falle. Dann wird er sich in irgendeiner Weise zeigen.

Als hätte er alles von einer sicheren Position aus beobachtet, stand Alexander Cord plötzlich wieder im Büro. Einen Moment früher, und er hätte Klara dabei ertappt, wie sie seinen Schreibtisch durchstöberte.

»Was hatte die Kriminaltechnik zu sagen?«, fragte Klara. Sie hatte die Auflistung auf Cords Schreibtisch gesehen, die mit Sicherheit noch nicht lange dort lag. »Zu den Wollfasern, dem Schlüssel mit dem Doppelbart, den schon Victor Danemann erwähnt hat, und den Kamerabildern?«

»Aha«, lachte er. Er konnte sich denken, dass sie neugierig gewesen war. Cord las ihr die Ergebnisse vor und dazu die Anmerkungen, die er notiert hatte. »Das winzige Stückchen Pullover, sehr edel, hing an einem kleinen Ast am Weg. Wer läuft denn bitte in Seide und Kaschmir gewandet durchs Moor?«

Zugegeben, das klang seltsam.

»Mit dem Schlüssel in Sonja Wallbrechts Handschuh wurde schon lange keine Tür mehr gesperrt, an einigen Stellen fand sich Rost. Durch die Nummer konnte der Hersteller ermittelt werden: Die Firma ist bekannt für Gartenpavillons, Wintergärten und Orangerien im viktorianischen Stil, alles ziemlich hochpreisig.«

Gab es auf dem Grundstück der Wallbrechts etwas Derartiges? Die Schnitzel dieser Jagd begannen, interessant zu werden, fand Klara.

Cord blickte wieder auf seine Notizen. »Die Kameras, die das Team benutzt hat, haben nur wenig Schaden genommen, sie sind vom Wasser verschont geblieben. Die Fotos kommentieren die Auffindesituation der Leiche, es gibt eine Großaufnahme der Fingerspuren an Sonja Wallbrechts Hals. Hier.« Er gab Klara einen Ausdruck.

»Darauf hatte ich gehofft«, sagte sie.

»Worauf genau?«

»Einen Hinweis. Sehen Sie, der Täter ist ein Linkshänder.« Sie zeigte Cord auf dem Bild, was sie meinte. »Den Verfärbungen zufolge wurde mehr Kraft mit dem Daumen der linken Hand ausgeübt. Haben Sie eine Lupe?« Sie wollte den Daumenabdruck vergrößern.

»Manchmal sind Sie sehr eigenwillig«, sagte Cord und zog die Schublade seines Schreibtischs auf.

Was denn, er drohte seinem Vater mit Beugehaft und fand sie eigenwillig?

»Hier.« Er reichte ihr ein altes Vergrößerungsglas.

»Faszinierend und einzigartig – Bogen, Wirbel, Schleifen. Die Richtung der Schleife könnte vielleicht zu erkennen sein, wenn man das Bild noch einige Male vergrößert.« Sie hoffte, dass es ihr den letzten Hinweis liefern würde, sobald es einen Verdächtigen gäbe, mit dessen Abdruck man diesen vergleichen könnte. Sie senkte die Lupe auf den Daumen auf dem Bild. »Ich werde Ihnen jetzt eine Geschichte erzählen, die angeblich wahr ist. Mark Twain schrieb 1882 den Roman ›Leben auf dem Mississippi‹ und berichtet darin von einem Mann – er nannte ihn Ritter –, dessen Frau und Kind zur Zeit des Amerikanischen Bürgerkriegs von marodierenden Soldaten ermordet wurden. Der Mörder der Frau hinterließ am Tatort den blutigen Abdruck eines Daumens, schreibt Twain. Ritter zeichnete ihn ab und machte sich als Handlesekünstler getarnt mit der Zeichnung auf den Weg, um den Mörder seiner Familie zu finden. Militärlager waren sein Ziel, Soldaten, denen er die Zukunft aus der Hand las. Nebenbei sah er sich die Linien ihrer Daumen genauer an. Er fand den Mörder. Wie er auf seine Methode gekommen war, erklärte Ritter so: Er habe einen alten Franzosen gekannt, der dreißig Jahre lang als Gefängniswärter gearbeitet und ihm erzählt hatte, dass es am Menschen etwas gäbe, das sich von der Wiege bis zum Grab niemals ändere – die Linien auf der Innenfläche eines Daumens. Woher auch immer der gute Mark Twain die Idee für diese Geschichte wirklich hatte, ich mag sie und ihre Aussage: Beharrlichkeit, ein untrügliches

Gespür und ein aufmerksames Auge sind gute Helfer bei der Suche nach einem Täter.«

»Schaurig«, sagte Cord.

»Und jetzt kommen Sie, wir haben eine Verabredung«, sagte sie.

»Aber nicht mit meinem Vater?« Störrisch wandte Cord den Blick ab.

»Der Ihnen selbst unter Androhung einer Strafe nichts erzählen würde. – Aber nein, nicht mit Ihrem Vater, wir fahren noch einmal zu Richard Wallbrecht.«

»Bei dem waren wir doch gestern schon. Irgendwie erfolglos.«

»Annett Rehbein hat die Familie Wallbrecht über den Tod informiert. Es dürfte schwierig sein, jetzt noch weiter von einem Urlaub zu reden.«

Bei Tag machte die Villa einen ganz anderen Eindruck als am Abend zuvor, im Licht der Außenbeleuchtung und dem Schein ihrer Taschenlampen. Sie wirkte lebendig, obwohl einer ihrer ehemaligen Bewohner tot war.

Der Türklopfer machte auch diesmal Lärm, die Haushälterin mit den wippenden Locken kannten sie bereits. Sie verkniff sich jede Bemerkung, als sie ihnen öffnete.

Der Raum, in dem Richard Wallbrecht sie erwartete, strahlte eine sonnige Freundlichkeit aus, die Person, die sie erwartete, nicht.

»Ihr Detektiv hat sich Ihnen gegenüber loyal verhalten. Damit will ich sagen, dass er nicht allzu viel gesagt hat. Trotzdem können wir von nun an auf Ihre Lügen keine Rücksicht mehr nehmen.« Klara sah Richard Wallbrecht an und hoffte, ihr Blick wäre unnachgiebig. Dabei konnte sie Drohgebärden eigentlich nicht leiden. Aber der Mann ließ ihr keine Wahl.

Richard Wallbrecht schien bemüht, seine Wut im Zaum zu halten. Er schrieb etwas auf und gab Alexander Cord den Block.

*Mein Sohn und meine Schwiegertochter ziehen es vor, sich rauszuhalten. Feigheit wie diese kann ich schwerlich entschuldigen. Ich werde tun, was zu tun ist.*

Klara kommentierte die Zeilen nicht.

Als Cord Wallbrecht sagte, wie er ihnen helfen könnte, nickte er.

»Wann war Ihre Enkelin zuletzt hier?« Klara war es gleich, dass er seine Antwort aufschrieb und den Block Cord reichte.

*Sie hat natürlich einen Schlüssel fürs Haus, sie kann kommen und gehen, wie sie mag – tut es auch. Sie hat immer von Urlaub geredet, wenn sie plötzlich verschwand.*

Wenig hilfreich. »Aber Sie wussten doch, dass Ihre Enkelin gerade keinen Urlaub geplant hatte?«, fragte Cord.

Richard Wallbrecht machte eine unbestimmte Geste.

*Sie war keine Planerin.*

Er hielt etwas zurück, so wie Christian Cord, dessen war sich Klara sicher. Aber Letzterer hatte gesagt, Sonja Wallbrecht habe vor Kurzem einen Freund von früher wiedergetroffen. Sie versuchten, ein Puzzle aus vielen kleinen Teilen zusammenzusetzen, aber noch passte nichts zueinander, und Wallbrecht war ihnen keine große Hilfe.

Dann eben anders. »Hatte Ihre Enkeltochter einen Bezug zum Oldhorster Moor? Vielleicht zu dem alten Moorbad?«, fragte Klara.

*Das gibt es doch längst nicht mehr*, schrieb Wallbrecht.

»Ich würde gern einen Blick in ihr Zimmer werfen«, sagte Klara.

Ein längeres Zögern, dann wieder ein Nicken.

»Zeigen Sie mir, wohin ich muss?«

Richard Wallbrecht lenkte seinen Rollstuhl über die breite Galerie und hielt vor einer weißen Doppelflügeltür.

»Sonja hat in diesem Haus gewohnt.« Klara wollte versuchen, dem Großvater den Zweck einer Durchsuchung zu erklären. »Ich hoffe, ein paar Dinge zu finden, die aufschlussreich sein können. Würden Sie mich jetzt ein paar Augenblicke allein lassen?« Als sie die Türen öffnete, hatte er seinen Rollstuhl bereits wieder umgedreht.

Der Raum war ein Designerzimmer, edler Minimalismus. Sie hätte beeindruckt sein können, aber dafür hatte Klara keine Zeit. Der Großvater würde sie wahrscheinlich nicht lange unbeobachtet lassen, und irgendwo hier musste Sonja Wallbrechts Vergangenheit zu entdecken sein. Sie würde sie finden.

An die Wand gepinnte Fotos, offenbar Schnappschüsse von einer Party vor langer Zeit. Eine der Personen zog ihren Blick an. Klara gab einen überraschten Laut von sich. Das Gesicht ihres besten Freundes leuchtete im Schein eines Lagerfeuers hell auf. Moritz hatte nie erwähnt, Sonja Wallbrecht besser gekannt zu haben. Klara fühlte einen fiesen kleinen Stich. Über dem Schreibtisch hing ein weiteres vergrößertes Foto, es zeigte Sonja Wallbrecht bei der Befreiungsaktion von neun Beagles aus einem Versuchslabor mit in die Höhe gereckten Daumen und überlegenem Grinsen. Davon hatten sie gewusst, ein Vermerk stand in Sonja Wallbrechts Akte. In einem kleinen Karton im Schrank fanden sich noch mehr Bilder – ohne Moritz. Dafür mit drei anderen Gesichtern Jugendlicher: Sonja noch in natura und noch ohne Schönheitsoperationen und ein teuflisch gut aussehender blonder Junge. Keine Überraschung. Die dritte Person hatte Sonja anscheinend aus ihrem Leben getilgt. Ihr Gesicht war ausgeschnitten. Es fehlte auf mehreren Fotos. Klara stellte sich zwei Freunde vor, die sich in dasselbe Mädchen verliebt hatten. Die Fotos erzählten, wer Sonja bekommen hatte. Eine Freundschaft war in die Brüche gegangen, aber das musste schon länger zurückliegen. Auf der Aufnahme war Sonja noch keine zwanzig. Der Großvater wüsste es wahrscheinlich genauer.

Klara sah Notizen, Briefe und Postkarten durch. Eine davon steckte sie in einen Beweismittelbeutel. Das Motiv der Vorderseite war beeindruckend. Zu jener Zeit dürfte das auch der Preis für eine Skireise nach British Columbia gewesen sein. Klara musste nicht raten, um zu wissen, wer der Absender der Postkarte war. Vielleicht aber hatte sich Sonja Wallbrechts Jugendfreund Dominik Hohenwart sicher genug gefühlt und die Unterschrift auf dem Erpresserbrief vergessen. Doch wessen Gesicht war es, das Sonja auf so vielen Fotos so sorgfältig ausgeschnitten hatte? Klara beschloss, eines davon Richard Wallbrecht zu zeigen.

Sie blickte sich im Zimmer um. Zwischen den Erinnerungen und all den teuren Möbeln musste es auch etwas geben, das Sonja Wallbrechts Charakter verriet. Etwas, das rief: »Das bin ich!«

Eine halbe Stunde später konnte Klara über ihr Opfer immerhin sagen, wer in seinem Leben eine Bedeutung gehabt hatte und wer überhaupt nicht. Ihren Großvater hatte Sonja Wallbrecht bedingungslos geliebt, es gab ziemlich viele gemeinsame Schnappschüsse, viele davon wirkten, als hätte ein Selbstauslöser die schönen Momente eingefangen. Ganz anders war offenbar die Beziehung zu den Eltern gewesen. Es fand sich nicht ein einziges Bild mit ihnen. Sonja Wallbrecht hatte ihre Eltern in Kauf genommen, sie vielleicht als diejenigen betrachtet, die ihr manches ermöglichten und für sie in brenzligen Situationen die Kastanien aus dem Feuer holten. Liebe, Fürsorge und Zusammenhalt sahen jedoch anders aus. Klara setzte sich auf den roten Ledersessel und ließ ihren Blick durch den Raum schweifen.

Minuten später verließ sie das Zimmer, schloss die Tür und nahm den Weg, den sie gekommen war, zurück. Alexander Cord unterhielt sich mit Richard Wallbrecht, wenn man es so nennen konnte.

Kaum hatte Klara den Raum betreten, nahm Wallbrecht sie mit seinem Blick ins Visier. Natürlich wollte er wissen, ob sie fündig geworden war.

»Es gibt da einige Fotos. Wissen Sie, wer das hier ist?« Klara reichte ihm das Bild, auf dem Sonja mit Moritz am Lagerfeuer zu sehen war. Vielleicht hatte es nichts zu bedeuten, aber sie würde sich mit einer Antwort besser fühlen. – Nicht mit jeder Antwort, schränkte sie sofort sich selbst gegenüber ein.

*Kann sein, dass ich ihn schon mal gesehen habe. Wenn Sonja das Bild aufgehoben hat, hat es für sie etwas bedeutet.*

Klara nahm das Foto wieder entgegen, sie würde es ungeniert mitgehen lassen. Hoffentlich hatte Cord ihre kurze Verlegenheit nicht bemerkt. »Und wessen Gesicht hat Sonja hier ausgeschnitten? Und warum?« Sie gab ihm die nächste Fotografie.

Er strich über die unschönen Ränder, die vermutlich eine Nagelschere hinterlassen hatte.

*Liegt lange zurück. Schlimme Geschichte. Sonja mochte den Jungen. Niemand hätte es für möglich gehalten.*

Klara las seine Antwort vor und fragte: »Was hätte niemand für möglich gehalten?«

*Lesen Sie die Zeitungen oder bemühen Sie eine Suchmaschine im Internet.*

Wallbrecht hatte ein Datum unter die Zeilen geschrieben.

Cord hielt sich zurück, überließ es ihr, die Fragen zu stellen. Klara vermutete, dass er die Gelegenheit nutzte, den alten Herrn zu beobachten.

Wallbrechts Misstrauen ihnen gegenüber war mit Händen zu greifen. Klara musste ihm zugestehen, dass sie sich bislang nicht besonders geschickt angestellt hatten. Aber er auch nicht.

»Es liegt wirklich schon lange zurück«, sagte sie mit Blick auf die Jahreszahl. »Achtzehn Jahre.« Klara räusperte sich, in ihrem Hals saß plötzlich ein dicker Kloß fest, der sie beim Schlucken behinderte.

Wallbrecht zuckte die Schultern. Seine unausgesprochene Botschaft war deutlich: Wenn ihr etwas wissen wollt, müsst ihr euch schon selbst drum kümmern.

Klara traute dem Mann und seinen Antworten nicht über den Weg.

Cord wiegte seinen Kopf leicht von einer Seite zur anderen. »Besitzt Ihre Familie einen viktorianischen Pavillon, einen Wintergarten oder etwas in der Art?«, fragte er.

Richard Wallbrecht schrieb etwas auf und reichte den Block Cord, der ihn so hielt, dass Klara mitlesen konnte.

*Unser Gartenhaus. Sonja hat sich dort gern mit ihren Freunden verabredet, Partys gefeiert. Früher. Warum fragen Sie?*

»Aus dem gleichen Grund, aus dem wir gestern schon hier waren.« Cord starrte ihn an, Wallbrecht starrte zurück. Als Klara Cord auf den Arm tippte, holte der Kriminalhauptkommissar Luft. »Bei der Toten wurde ein Schlüssel mit einem Doppelbart gefunden.«

Wallbrecht dachte kurz nach, dann schüttelte er den Kopf.

*Nicht ihrer. Der hängt noch bei den anderen Schlüsseln.*

»Wozu könnte der Schlüssel dann passen?«, fragte ihn Klara. Der Mann kostete einen wirklich Nerven.

*Eigentlich nur zum Gartenhaus.*

»Wer könnte sonst noch einen Schlüssel haben?«, wollte Cord wissen.

*Womöglich ihre besten Freunde.*

»Ihre besten Freunde, von denen damals einer Dominik Hohenwart war?«, fragte Klara und zeigte Wallbrecht den Inhalt des Beweismittelbeutels. »Ich darf mir die Postkarte doch ausleihen?«

*Die Polizei ist immer zu spät.*

Besten Dank.

Wallbrecht war kaum zu verstehen, als er überraschend hustend sagte: »Ich muss mich auf den Weg machen, meine Enkelin identifizieren. Sie können auf dem Grundstück tun, was immer Ihnen wichtig erscheint. Der Pavillon liegt im hinteren Teil des Gartens. Meine Haushälterin weiß, wo die Schlüssel sind.«

»Das hat ihn Überwindung gekostet«, sagte Klara, als sie sich mit einem Schlüssel, der genauso aussah wie der, den Danemann im Handschuh der Toten gefunden hatte, auf den Weg in den hinteren Garten machten.

»Was steht auf der Postkarte?«, fragte Cord. »Ein schönes Motiv, aber deshalb haben Sie sie nicht eingesteckt, oder?«

»Das Übliche von einer guten Zeit und tollen Pisten. Eigentlich ist nur die Unterschrift interessant. Nick. Die Karte könnte von Dominik Hohenwart sein – dem Blonden, den Ihre Assistentin im Oldhorster Moor fotografiert hat. Ich habe mich noch nicht näher mit der Familie befasst, aber dem Namen nach könnte er der Erbe der Hohenwart-Werke sein.«

»Treffender wäre, der Hohenwart-Dynastie. Sein Großvater hat ein Vermögen mit Erfindungen und Patenten gemacht, sein Vater handelte Verträge mit den großen Autoherstellern aus und stieg als Zulieferer ein. Aber der Junior … keine Ahnung.« Cord machte eine entsprechende Geste.

»Vielleicht verwaltet er nur das Geld«, schlug Klara vor. Sie würden es herausfinden. Und Christian Cord hatte interessanterweise gesagt, die Firma sei angeschlagen.

»Ein Flug nach Kanada war zu der Zeit, aus der die Karte stammt, für die meisten unerschwinglich. Sie können also davon ausgehen, dass es sich um Hohenwart handelt. Aber selbst wenn es so ist, was ist daran dann interessant? Fingerabdrücke wird es keine mehr geben, die Karte wurde von zu vielen Leuten angefasst. Vielleicht die Schrift und ... der Speichel auf der Briefmarke?« Er grinste.

»Falls Hohenwart die Marke abgeleckt hat. Wir brauchen eine weitere kostspielige Analyse, aber die muss drin sein.«

»Was ist mit dem anderen Jungen?«, fragte er.

Sie hätte sich denken können, dass Cord bemerkte hatte, dass der Junge auf dem Bild am Feuer nicht Hohenwart war.

»Der ist mir bekannt, um den kümmere ich mich«, sagte Klara und hoffte, dass er nicht nachfragen würde. Hoffentlich hatte ihr bester Freund eine verdammt gute Antwort darauf, warum er mit Sonja Wallbrecht im Arm an einem Lagerfeuer gesessen und andererseits so getan hatte, als würde er die Frau auf dem Foto in der Illustrierten nicht kennen. Sie holte tief Luft. »Vor achtzehn Jahren ist etwas passiert, das die Familie Wallbrecht wahrscheinlich nur indirekt betraf, ihnen aber bis heute im Gedächtnis geblieben ist. Wenn man sich ein Datum so lange Zeit merkt, hat es immer etwas zu bedeuten. Und jemand, der in seinem Job wie Wallbrecht Krisengebiete durchreist hat, wird nicht von einer schlimmen Sache reden, wenn das nicht den Tatsachen entspricht.«

»Mich müssen Sie nicht überzeugen«, sagte Cord. »Als Sie in dem Zimmer waren, hat der alte Herr ganz uncharmant genörgelt, blinde Hühner würden die falschen Körner finden.«

»Interessant«, sagte Klara. »Bei Hühnern ist der Geruchssinn übrigens extrem stark ausgeprägt. Ich schlage vor, wir konzentrieren uns ausschließlich auf die richtigen Körner.«

»Wenn Sie das sagen. Ich werde das Datum von Wallbrechts Zettel an Linda weitergeben. Mit einem Bänderriss lässt es sich prima am Computer recherchieren. Sie soll alles heraussuchen, was sie dazu findet, besser noch mehr. Wenn es schlimm genug und Sonja Wallbrecht darin verwickelt war, dann war es sicher auch in den Medien.«

In den Medien, in denen bald auch der Mord breitgetreten werden würde. Klara fragte sich ernsthaft, was es Richard Wallbrecht genutzt hätte, hätte er es geschafft, die Meldung über den Tod seiner Enkelin noch einige Tage zurückzuhalten.

»Ich glaube, das da soll das Gartenhaus sein.« Cord deutete auf ein weißes Gebäude mit Kuppeldach und Säulen zu beiden Seiten des Eingangs. Er gab ihr den Schlüssel, bevor er sein Handy hervorholte.

Klara hatte schon einige Gartenhäuser gesehen, doch für das vor ihr stehende hätte sie eine andere Bezeichnung gewählt: Es war ein großer Pavillon. Sie steckte den Schlüssel ins Schloss.

Verschiedene Ebenen, Terrakottaböden, einige exotische Pflanzen, dazwischen helle Sitzmöbel aus Rattan, Eisenlampen, ein Wandbrunnen und überall antik aussehende Verzierungen in Form von Blättern. Klara nahm die unterschiedlichen Eindrücke in sich auf. Sollte ihr hier drin nur eine Winzigkeit auffallen, dann würde sie nicht zögern und alles auf den Kopf stellen lassen.

Die Winzigkeit war schließlich eine Glasscherbe am Fuß der cremeweißen Rattancouch. Sie sah aus, als befände sich Blut an ihr. Man könnte sie leicht beim Saubermachen übersehen haben. Anders die Handtasche, die über der Lehne eines Sessels hing. Sonjas Tasche? Hatte sie womöglich jemand genau dort platziert? Auf den ersten Blick sichtbar, sodass Klara sofort nachsehen wollte, was sich darin befand. Aber sie hatte die Einweghandschuhe schon in Sonjas Zimmer benutzt und beim Ausziehen zusammengeknüllt und eingesteckt. Sie spielte gerade mit dem Gedanken, ein Taschentuch zu nehmen, als sich die Tür des Gartenhauses öffnete. Cord hatte sein Telefongespräch beendet.

»Hört man irgendwann auf, das Besondere zu erkennen, wenn man alles kaufen kann?«

Es war eine rhetorische Frage, doch Klara beantwortete sie trotzdem. »Niemand hat alles, weil nicht alles käuflich ist. – Können Sie aushelfen?«, fragte sie und wedelte mit einer Hand herum.

Cord zupfte für Klara einen Handschuh aus der Tasche seines Hemdes und streifte sich den anderen über. »Ich habe nur das eine Paar. Bisher fehlt uns noch der Tatort«, fasste er ihre Gedanken in Worte.

»Aber wir sind auf eine Winzigkeit gestoßen, und ich habe mir versprochen, meinem Gefühl zu vertrauen, sollte ich diese finden«, sagte Klara und zeigte ihm die Scherbe.

»Dazu muss ein Glas gehört haben. Und eine Frau mit einer Handtasche wird wohl nicht allein hierhergekommen sein.«

Und das von einem Mann. Klara lächelte. Sie hätte das Gleiche gesagt, obwohl sie keine Freundin von Handtaschen in allen Lebenslagen war. »Warum nicht?«, forderte sie Cord gleich darauf heraus. Es interessierte sie, wie er seine These erklären würde.

»Sonja Wallbrecht hatte etwas vor, vielleicht war sie verabredet. Das Gartenhaus war der Treffpunkt, weil die Person es von früher kannte. Hätte sie hier niemanden erwartet, hätte sie die Handtasche nicht gebraucht«, sagte er.

Jemand hatte also aufgeräumt und die Handtasche bewusst zurückgelassen. War nur die Scherbe übersehen worden? Wirklich? Normalerweise spürte Klara, wenn sich an einem Ort ein Verbrechen ereignet hatte. Sie hatte es noch jedes Mal gespürt. Aber hier war die Stimmung friedlich. Zudem war der Mord an Sonja Wallbrecht ein blutloses Verbrechen gewesen, sie war erwürgt worden. Für Klara war Blut immer das schreckliche Komplement eines Verbrechens, das ihr eigenes erstarren ließ.

Sie hatten bislang noch keinen Beweis dafür, dass Sonja Wallbrecht im Pavillon gestorben war. Vermutlich war etwas anderes hier passiert. Klara stellte sich Sonja und den Blonden vor, wie sie zusammen unter den Palmen saßen und etwas tranken. Möglich, dass er versucht hatte, ihre gemeinsamen Erinnerungen an das Gartenhaus zu wecken, dass er sogar mit ihr auf der Couch geschlafen hatte. Oder war umgekehrt Sonja Wallbrecht diejenige gewesen, die Initiative gezeigt hatte?

Klara testete mit der Hand, wie bequem das Ding war. Rauflegen konnte sie sich schlecht, sonst würde das Team der Spurensicherung noch ihre Spuren hier finden. »Sex wäre denkbar«, überlegte sie laut.

»Sonja Wallbrecht mit wem?«, fragte Cord.

Sie drehte sich nach seiner Stimme um. Normalerweise zog sich Klara mit ihren Eindrücken zurück und ließ dazu Bilder entstehen. Gerade aber stellte sie sich ein anderes Bild vor, in dem Alexander Cord und sie selbst die Akteure auf dieser Couch waren. »Sonja Wallbrecht und Dominik Hohenwart. Eine Verführung.«

»Wer hat wen verführt?« Seine Stimme klang rau, sein Blick nahm sie einen Moment lang gefangen.

»Das Opfer ihren ehemaligen Geliebten?« Klara holte einmal tief Luft. Das ist ein Fall, sagte sie sich. Ein Fall. Bleib auf dem Boden. »Ich weiß es nicht. Ich denke, es macht Sinn, die Kollegen dazuzuholen. Hier muss es noch mehr Spuren geben, auch wenn der Täter versucht hat, diese zu entsorgen. Jeder macht Fehler. Absichtliche und unabsichtliche.« Davon war Klara überzeugt.

»Und Sie machen ein Rätsel daraus. Der ehemalige Geliebte einerseits, die Spur des Täters andererseits. Das klingt, als müssten es zwei Personen sein.« Er fing ihren Blick auf. »Einer ist Sonja Wallbrechts Mörder, aber es ist nicht derjenige, der sich mit ihr hier vergnügt hat. Meinen Sie das? Dass es nicht um ein und denselben Mann geht?«

»Ja, das meine ich, obwohl bislang nur einer von beiden ganz deutlich aus dem Schatten tritt«, sagte Klara. Sie konnte keinen Grund für diese Annahme nennen. Besser gesagt keinen, der wirklich nachzuvollziehen war und der sich an Fakten festmachen ließ. Sie nahm aus ihrer Tasche einige Beweismittelbeutel und legte sie auf dem kleinen Mosaiktisch nebeneinander. Dann öffnete sie den Reißverschluss der am Stuhl hängenden Handtasche, griff hinein und legte deren Inhalt Stück für Stück auf die Beutel.

»Ich bin kein Experte, was den Inhalt von Frauenhandtaschen angeht«, sagte Cord, »aber dieser ist wohl ziemlich gewöhnlich.« Er deutete auf die Utensilien.

»Ein Lippenstift, ein Kamm, ein kleiner Spiegel, Parfüm.

Alles steckte in einer separaten Innentasche.« Sie musste ihm zustimmen – gewöhnlich. Eine aufgeräumte Handtasche.

»Moment.« Alexander Cord angelte nach Klaras Tasche. Er wollte untersuchen, wie deren Innenleben im Vergleich aussah.

»Nichts da«, sagte Klara und versuchte, ihre Tasche zurückzuerobern. Sie hatte die Postkarte von Ridell hineingesteckt. Dass Cord sie sah, hatte ihr gerade noch gefehlt. Er versteckte die Handtasche hinter seinem Rücken, sodass sie ins Leere griff. »Das ist doch kindisch«, beklagte sie sich.

»Der Inhalt dieser Handtasche ist hingegen nicht als gewöhnlich einzustufen«, sagte er kurz darauf. »Eine Taschenlampe, ein Pfefferspray, eine Schnur, ein Taschenmesser, eine Postkarte ... aus einem US-Bundesgefängnis.« Cord atmete scharf ein. »Anscheinend birgt jede Handtasche ein Geheimnis.«

»Was Sie nichts angeht«, betonte Klara.

Cord zeigte sich unbeeindruckt. *»Fuck you, Klara Niehof«*, las er vor. *»ZWEI – in Gedanken bin ich frei* ... Er hat die Karte mit einem blutigen Fingerabdruck unterzeichnet. Wer ist der Typ?« Auf Cords Stirn pochte eine kleine Ader.

»Ray Ridell. – Und jetzt kümmern wir uns bitte wieder um unseren Mörder.«

»Ray Ridell, der Serienkiller? Eine schöne Bekanntschaft, die Sie da pflegen. Und Sie machen sich Gedanken, weil Ihnen jemand folgt?« Seine Mundwinkel verzogen sich nach unten. »Wozu die Schnur und das Taschenmesser? Wen wollen Sie damit in die Flucht schlagen?« Cord nahm seine Hand aus ihrer Tasche und hängte sie ihr schwungvoll wieder über die Schulter.

»Eine Schnur, um etwas zu verschnüren, und ein Taschenmesser, wenn man etwas durchschneiden muss. Vielleicht trage ich einige unnütze Dinge in der Tasche mit mir herum, aber wen kümmert das schon? Und zu meiner Bekanntschaft: Das Gericht hat Ridell zu achtmal lebenslänglich verurteilt. Er wird in diesem Leben nicht mehr freikommen«, sagte Klara und ärgerte sich gleich darauf einmal mehr darüber, dass Cord sie mit nur einem Blick dazu brachte, sich ihm zu erklären.

»Was auf einige seiner Anhänger leider nicht zutrifft. Haben Sie den Kerl bemerkt, der uns nachgeschlichen ist? Wahrscheinlich lauert er jetzt irgendwo da draußen in dem kleinen Waldstück.«

»Sie wollen mich verunsichern«, sagte Klara.

»Wie schräg muss Ihr Weltbild sein, wenn Sie das verunsichern nennen?«, fragte er.

»Es macht mir eine Heidenangst, aber ich habe kein gesteigertes Bedürfnis, mich ihr geschlagen zu geben«, gestand sie ihm. »Sie stöbern in meiner Handtasche und finden etwas, von dessen Bedeutung Sie keine Ahnung haben. – Haben Sie wirklich jemanden gesehen?« Sie hätte nicht fragen müssen. Sie wusste, dass er das nicht behaupten würde, nur um sie zu ärgern.

»Ja. Mit ziemlicher Sicherheit jemand von der Presse wegen unserer Toten.« Er wollte noch etwas zu Ridell loswerden. »Sie wissen, dass die Postkarte ein Einschüchterungsversuch, vielleicht aber auch eine Drohung ist. Zählt er runter, ein Countdown? Zwei, eins und schließlich null? Was meinen Sie, was dann passiert?«

»Hören Sie auf!« Sie wollte nicht über Ridell reden. Klara hatte den Mann nie analysiert, seinen Charakter nie bis in dessen Tiefen ausgelotet. Im Grunde genommen hatte sie keine Ahnung, wie er tickte. Die Biografie seiner Taten hatte zwischen zwei Aktendeckeln gesteckt, und sie hatte ihm ihr privatestes Geheimnis anvertraut, weil sie von dem Mann hatte hören wollen, nach welchen Kriterien ein Serientäter seine Opfer auswählt.

»Wir müssen zurückkommen … zur Sache.« Klara widmete sich wieder Sonja Wallbrechts Handtasche. Ihre Finger erspürten ein kleines Seitenfach, das versteckt in den Futterstoff eingearbeitet war. »Ein Geheimnis in einem Geheimfach.« Klara zog vorsichtig an einem Stück Stoff, das wie ein Halstuch aussah. »Seide, ich würde sagen, der Träger war ein Mann.« Paisleymuster in verschiedenen Violetttönen, es fühlte sich teuer an, und als Klara den Hersteller las, wurde ihr Gefühl bestätigt.

»Womit Sie auch wegen des herben Duftes richtigliegen dürften«, meinte Cord. »Aber warum hat es Sonja Wallbrecht eingesteckt? Als Andenken?«

Klara atmete einmal tief durch. Frauen behielten gern Kleinigkeiten einer geliebten Person. »An allen Dingen, die wir entdecken, sollten sich DNA-Spuren befinden. So viel Genmaterial ist mir fast schon unheimlich. So einfach funktioniert es normalerweise nicht.«

»In ein paar Tagen werden uns erste Ergebnisse vorliegen. Egal, ob unheimlich oder nicht, Genmaterial gilt als Beweis, und wir sind gezwungen, entsprechend zu handeln«, sagte Cord.

»Stimmt, doch niemand kann uns zwingen, diesem Beweis auch zu glauben«, gab sie zurück.

# 12

Die Täter lehren uns, die Hinweise zu interpretieren wie ein Arzt, der durch Analyse verschiedener Symptome eine bestimmte Krankheit diagnostiziert.

Der Van der Spurensicherung traf eine knappe Stunde später ein. Die Menschen in den Ganzkörperanzügen schleppten ihre diversen Koffer mit den Geräten und der Ausrüstung durch den Garten. Beobachtet von tausend Augen, wie es schien, doch wahrscheinlich waren es in Wirklichkeit nur ein Dutzend Augenpaare. Dennoch schien der Informationsdurst von diesem Dutzend ziemlich groß zu sein. Die Medienvertreter schwirrten wie eine Horde Stechmücken an einem schwülheißen Tag auf dem nicht abgesperrten Teil des Wallbrecht-Grundstücks herum. Wie schon beim letzten Mal, als die Suchaktion im Moor eingeleitet worden war. Irgendjemand musste ihnen einen Tipp gegeben haben.

Klara erkannte einige Journalisten wieder. Aber einen entdeckte sie nicht – den Mann, der sie nach Hannah gefragt hatte.

»Die sind verdammt schnell«, fand auch Cord und reichte Klara sein Handy. Die erste Zeitung hatte den neuesten Entwicklungen bereits ihren Aufmacher der Onlineausgabe gewidmet. *Der grausame Tod der Sonja W. – ermordet im Gartenhaus, entsorgt im Oldhorster Moor.*

Die Meldung war brandneu. »Das hat bislang noch niemand bestätigt, und die verkaufen es dreist als Tatsache«, schimpfte Klara. »Übernehmen Sie es, Annett Rehbein Bescheid zu geben?«, fragte sie Cord. »Sie kann bestimmt einen Beamten abstellen, der sich darum kümmert, dass nicht jeder Zutritt zum Grundstück erhält.«

Cord nickte. »Ich mach das. Und dann müssen wir noch einige Fragen klären: Wann wurde das Gartenhaus zum letzten Mal benutzt, wer macht dort sauber und kümmert sich um die Pflanzen? Gibt es Überwachungskameras? Wir müssen schnell sein.«

»Ich habe zwei Kameras gesehen.« Klara hatte sie bemerkt,

doch keine davon war auf das Gartenhaus ausgerichtet gewesen. Überwacht wurden das Haupthaus und ein sich daran anschließendes Nebengebäude. »Damit könnten wir vielleicht die Person aus der Ruhe bringen, die mit Sonja Wallbrecht im Pavillon zusammen war. Hilfreich wäre es, wenn Richard Wallbrecht jemanden auf dem Grundstück gesehen hätte.«

»Sie tüfteln sich doch schon wieder etwas zurecht«, sagte Cord.

Klara erwiderte nichts, zuckte nur mit der Schulter. Immerhin hatte Richard Wallbrecht angekündigt zu tun, was getan werden musste. Momentan befand er sich im Institut, um seine Enkelin zu identifizieren.

Klara kannte das Prozedere der Leichenidentifikation. Es war keine leichte Aufgabe, sich dem Tod gegenüberzustellen, auch wenn man durch eine Glaswand von ihm getrennt war. Um Sonja Wallbrechts Gesicht sollte sich mittlerweile ein Präparationsassistent gekümmert haben.

Obwohl Wallbrecht in Kriegsgebieten gearbeitet hatte und das Gesicht des Todes kennen musste, sollte ihm der Anblick des Körpers in seinem ursprünglichen Zustand nicht zugemutet werden – es ging schließlich um seine Enkelin. Bei den Gedanken empfand Klara Mitleid mit dem ehemaligen Kriegsberichterstatter.

Cord holte sie ins Hier und Jetzt zurück. »Ich werde mich gleich um Rehbein und den Beamten kümmern und anschließend nachhaken, ob meine fleißige Assistentin etwas über diese Sache vor achtzehn Jahren aufgestöbert hat. Wie sieht Ihre Abendplanung aus?«

»Das fragen Sie mich heute zum ersten Mal«, fiel Klara auf. »Falls es eine Was-war-vor-achtzehn-Jahren-Geschichte gibt, dann schicken Sie mir diese bitte per E-Mail. Ich fürchte, es erwartet mich Nachtarbeit. Vorher werde ich aber noch die neuen Asservatentütchen bei Professor Danemann abliefern, ihn fragen, ob er bestimmen kann, wann Sonja Wallbrecht gestorben ist und ob sie vor ihrem Tod Sex hatte, und außerdem …«, war sie mit Marlene Sommer verabredet, »… habe ich noch etwas Privates zu erledigen«, sagte sie.

»Sie sollten mal Ihr Gesicht sehen, Klara Niehof. Als wären Sie mit Ihrem Richter verabredet, und das Treffen könnte Sie den Kopf kosten.«

Klara nickte. Alexander Cord hatte das Gefühl, mit dem sie kämpfte, gerade in Worte gepackt.

Damals hatte man Klara auf eine stille Art und Weise gerichtet. Die subtile Art war ihr unter die Haut gegangen. Vielleicht saß der Schmerz darüber noch heute dort. Den Kopf würde es sie nicht gerade kosten.

Bevor sie nach Hause fuhr, händigte Klara die Beweismittel, die sie im Gartenhaus eingetütet hatte, dem Team der Spurensicherung im Institut aus und bat um schnelle Ergebnisse. Den Professor zu erwischen war nicht ganz so leicht. Danemann war irgendwo auf den Gängen unterwegs, erfuhr Klara. Sie fragte nach seiner Handynummer.

Als sie Danemann erreichte, erkundigte sie sich, ob sie ihn kurz stören könne. Aber der Rechtsmediziner hatte den Anruf entgegengenommen, also durfte sie es wahrscheinlich. »Gibt es Neuigkeiten?«

»Der Todeszeitpunkt lässt sich nicht mehr bestimmen, da muss ich mich leider auf die Beobachtungen des Kollegen Bitter verlassen«, sagte er. Das »leider« klang, als würde er es genauso meinen. »Wenigstens hat sich der Professor endlich zur Identität der Frau geäußert«

Professor Dr. Bitter musste Annett Rehbein erzählt haben, dass Klara ihm mit ihrem Besuch in der Klinik auf die Füße gestiegen war. »Und dann hast du für dich schwarzgesehen und geredet, nicht wahr?«, flüsterte Klara.

»Bitte?«, fragte Danemann.

»Entschuldigung«, sagte sie »nur ein lauter Gedanke.« Klara hörte, wie Danemann Papier umblätterte. »Aber auch der Kollege will sich nicht auf eine Todeszeit festlegen, weil er die Leiche auf der Lichtung im Moor nicht eingehender untersucht hat. Wir haben von ihm nur eine Schätzung: Als Sonja Wallbrecht am Morgen gefunden wurde, war sie seit ungefähr sieben Stunden tot.«

»Also starb sie zwischen Mitternacht und ein Uhr morgens.« In einer einsamen, dunklen Stunde, dachte Klara.

»Sie war eine organisch gesunde Frau, in ihrem Blut und in den Körperhaaren fanden sich keinerlei Spuren von Drogen oder anderen Substanzen«, sagte Danemann.

»Wir haben im Gartenhaus der Wallbrechts etwas entdeckt.« Klara drückte sich davor, den Pavillon als den möglichen Tatort zu bezeichnen. »Sonja hatte dort eine Verabredung, vielleicht hat sie an diesem Abend mit jemandem auf einem Sofa dort geschlafen.« Sie wollte den Namen des Verdächtigen absichtlich nicht nennen.

»Vaginaler Geschlechtsverkehr fand tatsächlich statt, es wurde kein Kondom benutzt. Verletzungen der Vulva konnte ich keine finden, der Sex dürfte einvernehmlich gewesen sein. Einen genauen Zeitpunkt kann ich Ihnen auch hier nicht präsentieren, aber wir reden von höchstens achtundvierzig Stunden.«

Liebe vor dem Tod. Vielleicht war die Liebe nebensächlich gewesen, nicht aber der Tod. Er war zu mühevoll und überlegt arrangiert gewesen. Aber darüber würde sie sich später Gedanken machen.

»Sonja Wallbrecht trug ihre Schuhe noch, als die Taucher sie fanden. Bei der Obduktion ist mir etwas an ihren Füßen aufgefallen.« Danemann zögerte. »Es ist winzig, aber ich wage zu behaupten, der Schnitt, den ich entdeckt habe, ist nicht post mortem entstanden. Außerdem befanden sich kleine Sandkörner in ihren Schuhen. Wenn ich theoretisieren darf, ist die Frau barfuß an einem Strand entlanggelaufen und hat sich an einem scharfkantigen Stein verletzt.«

»Einem Strand? Einem scharfkantigen Stein und keiner Scherbe?«, hakte Klara nach. »Wie kurz vor ihrem Tod soll die Verletzung entstanden sein?«

»Wenige Stunden vorher. Und nein, keine Scherbe. Denken Sie an einen unserer heimischen Seen, an irgendeinem Ufer befindet sich meist eine Sandbank.«

Am Abend war es still in ihrer Wohnung. Nur Goldis leises Geraschel war aus dem Terrarium zu vernehmen. Klara hatte mit ihrem besten Freund ein Hühnchen rupfen wollen, aber Moritz war nicht da. Dann würde sie ihm das Foto, das sie bei Sonja Wallbrecht entdeckt hatte, eben später unter die Nase halten, sie wollte eine Antwort, verdammt. Die Vorstellung, dass er ihr etwas verheimlichte, machte ihr eine Riesenangst. Er und Sonja Wallbrecht am Lagerfeuer, dabei hatte er so getan, als wäre sie nur eine gut aussehende vermögende Frau, die er in einer Zeitschrift entdeckt hatte.

Und trotzdem: Jetzt musste Klara sich auf ihre offizielle Mission konzentrieren. Sie schluckte ihre Sorge erst einmal hinunter.

***

Die clevere Profilerin hat ihn zwar bemerkt, aber sie sieht ihn nicht. Tut sie es endlich, kann es zu spät sein. Für sie.

Auch er hat manchmal so einiges übersehen. Spannend, was sich über einen Menschen herausfinden lässt, wenn man nur ein wenig Zeit investiert. Das hat er getan, und irgendwann ist er darauf gestoßen.

Daten, die einen grausamen Sinn ergeben. Vergangenheiten, die sich überschneiden. Der Schnittpunkt ist Hannah Sommer. Er wusste nicht das Geringste über sie, erst später hat er mehr erfahren, doch da war er sicher, dass sein ehemals bester Freund Hohenwart sie sich schon geschnappt hatte. Und nicht nur sie. Wie kann man bloß so dämlich sein zu glauben, einen Menschen zu kennen? Er hat Dominik nie wirklich gekannt.

Er ist nicht wie er, sagt er sich. Zum Glück.

Wirklich nicht?, fragt er sich gleich darauf lachend und mit einer Gänsehaut auf den Armen.

Sie würden beide für ihre Taten bezahlen. Er hat viel über Klara Niehof gelesen, auch dass die Profilerin mit einigen Serientätern gearbeitet hat. Es wird höchste Zeit, dass sie die Serie erkennt und den kranken Typen findet, der ohne Gewissen, ohne Reue mordet.

## 13

Im Kopf des Täters, dessen Blick an einer einzigen Person hängen bleibt: Dieses Opfer unterscheidet sich von den möglichen anderen, es ist die leichteste Beute.

Klara warf einen Blick in den Rückspiegel. Kein dunkler Wagen folgte ihr, nur ein Radfahrer bog aus einer Seitenstraße. Sie glaubte nicht, dass ihr Beschatter plötzlich aufs Rad umgestiegen war. Die Enge in ihrer Brust hatte einen anderen Grund: Klara wusste nicht, was sie gleich erwarten würde.

Marlene Sommer wohnte noch immer im Haus in der Hasenheide. Klara hatte ihre beste Freundin gern mit ihrer Adresse aufgezogen: ein Angsthase in der Hasenheide.

Sie fuhr langsam die Straße entlang, bis sie das Haus mit der Nummer neunzehn bereits passiert hatte und am Ende der Straße wenden musste. Sie hatte ein mulmiges Gefühl. Kein Wunder, denn sie hatte das Haus nicht mehr betreten, seit Hannahs Mutter sie vor achtzehn Jahren gefragt hatte, wie sie es wagen könne, ohne Hannah bei ihr aufzutauchen. Von da an war Klara ihr aus dem Weg gegangen. Sie hatte diesen verletzten Blick nicht ertragen wollen, mit dem Marlene Sommer sie anzuklagen schien.

Das Haus war schon damals Marlene Sommers ganzer Stolz gewesen. Um es zu kaufen, hatte sie eine Hypothek aufgenommen. Klaras Familie hingegen hatte immer zur Miete gewohnt, obwohl der Vater Grundstücke, Gewerbe- und Auslandsimmobilien verkaufte.

Als Hannah noch hier gelebt hatte, war Marlene Sommer Geschäftsführerin in einem Hotel gewesen. Klara konnte sich an den Namen nicht mehr erinnern. Von ihrem Vater hatte Hannah nur einmal erzählt: Er starb, als sie noch ein Baby gewesen war.

*Als Hannah noch hier gelebt hatte.* Warum ging sie den Erinnerungen so konsequent aus dem Weg? Warum hatte sie noch immer keinen Blick in die Kartons mit Vergangenheit, wie sie die Boxen nannte, in ihrem kleinen Stauraum geworfen? Klara hielt halb auf dem Gehsteig vor dem Haus, stieg aus, machte einige Schritte, zögerte, hielt inne. Als die Tür aufging, stand sie noch immer wie festgewachsen auf einer der Bodenplatten des Gartenwegs.

»Komm doch rein, Liebes.« Marlene Sommer lächelte. Als das Lächeln verschwand, sah Klara die tiefen Falten in ihrem Gesicht.

Marlene Sommer ging ihr voraus ins Wohnzimmer. Hier hatte sich nichts verändert. Klara fand die winzige Konstante warum auch immer tröstlich.

Sie fragte, was sie auf keinen Fall hatte fragen wollen. »Wie geht es Ihnen?«

Marlene Sommer sah sie an, eine seltsame Ruhe ging von ihr aus. Vermutlich, weil ihr Klaras Unruhe aufgefallen war und sie diese ausgleichen wollte. Sie berührte leicht Klaras Arm. »Du siehst aus, als hättest du Sorgen«, sagte sie. »Mir macht nichts mehr Sorgen, für mich ist es bald vorbei. Krebs.«

Klara riss die Augen auf.

»Ach, Klara, sieh mich nicht so an, es ist gar nicht so schlimm. Das Haus ist verkauft, und mit dem Erlös werde ich mir noch ein paar gute Monate gönnen. – Ich habe immer auf den Tag gewartet, an dem ich eine Antwort auf die Frage erhalte, warum und wohin Hannah verschwunden ist. Leider kann ich nicht mehr viel länger warten.« Der Satz blieb zwischen ihnen hängen.

»Ich verspreche Ihnen, ich werde alles tun, um diese Antwort zu finden.« Klara fühlte, dass sie das Versprechen nicht nur Hannahs Mutter, sondern auch sich selbst gab.

»Ich glaube zu wissen, wie sehr es dich seit damals belastet«, sagte Marlene Sommer.

Klara nickte der Einfachheit halber, sie wollte nicht darauf eingehen, obwohl es viel zu sagen gegeben hätte.

»Ich hatte eine Firma beauftragt, um das Haus auszuräumen. Einer der Männer entdeckte, dass man eines der Bodenbretter in Hannahs Zimmer herausheben konnte. Darunter lagen in Geschenkpapier verpackt ein paar Seiten Papier … Vielleicht hatte Hannah gerade angefangen, Tagebuch zu schreiben, allerdings ist es nur eine lose Blattsammlung«, erzählte Marlene Sommer von ihrem Fund.

Klara ahnte, dass es etwas anderes war. Damals hatten sie sich jeder drei Dinge ausgedacht, die einen in irgendeiner Weise beeindruckten – positive und negative. Etwas, das einen glücklich machte, etwas, das einen kränkte, etwas, das man nie vergessen würde. Waren die gefundenen Seiten Hannahs Antwort? Falls ja, dann hatte ihre beste Freundin sie jedenfalls gut verwahrt. Vor allen Augen verborgen.

»Neben den Seiten lag auch ihr Bettelarmband. Ich dachte, sie hätte es immer getragen, und dann liegt es dort in dem Versteck. Der Verschluss sieht aus, als wäre er kaputt.« Marlene Sommer reichte Klara das Silberarmband mit den kleinen Symbolen und Glücksbringern.

Ein Kleeblatt, ein kleiner Schlüssel, ein Ring. Kein Herz, auch kein Würfel und kein Schmetterling. Es war nicht Hannahs Armband, sondern Klaras. Das Silber fühlte sich auf ihrer Hand an, als würde es glühen. Hitze kroch über ihr Gesicht, ihr Mund wurde trocken.

»Ich würde es dir gerne zusammen mit den Papieren schenken«, sagte Marlene Sommer jetzt.

Klara gelang ein angedeutetes Lächeln, sie presste ihre Lippen aufeinander, schloss für einen winzigen Moment die Augen. Hannah war in jener Nacht noch einmal zu Hause gewesen. Das war die einzige Erklärung, die Klara wenigstens von einem Teil der Schuld befreite. Doch den anderen Teil, den würde niemand für sie übernehmen. Sie und Hannah hatten sich im Zelt gestritten, es war um einen Jungen gegangen. Ihre Freundin hatte ihr etwas anvertraut, und Klara hatte eine dumme Bemerkung gemacht. Sie sah Hannah wieder vor sich, wie sie sie anschrie: »Dich interessiert doch gar nicht, wie es mir geht! Wenn das so ist, dann bist du mir von jetzt an auch völlig egal!« Sie riss ihr das Armband vom Handgelenk, deren silberne Anhänger sie stets gemeinsam gekauft hatten, und löste damit ihre Freundschaft auf. Dann war Hannah trotz ihrer Furcht vor dem Nebel und dem Moor aus dem Zelt in die Nacht verschwunden.

Klara hatte den Reißverschluss zugezogen, sich die kleinen Walkman-Kopfhörer in die Ohren gestopft und laut Musik gehört. Bis heute hatte sie geglaubt, ihre beste Freundin hätte sich im Moor verirrt, und sich die Schuld daran gegeben, weil sie wegen der Musik ihre verzweifelten Hilferufe nicht gehört hatte.

Klara strich gedankenverloren über das Armband. »Danke«, flüsterte sie.

# 14

Das plastische Bild des Mörders: keine Hexerei, kein Taschenspielertrick, sondern Vermutungen, die sich auf Hintergrundwissen, Recherchen und Erfahrungen gründen.

Klara ließ das Armband in ihre Handtasche gleiten, sie überlegte, den Verschluss neu aufarbeiten zu lassen. Aber ob sie es tragen würde?

Die beschriebenen Seiten lagen auf dem Beifahrersitz, sie hatte noch keinen Blick unter das Geschenkpapier mit Rehen und Sternen geworfen. Sie wollte Hannahs Zeilen an einem Ort lesen, an dem sie beide gern Zeit verbracht hatten. Der Altwarmbüchener See war in den achtziger Jahren im Zuge des Ausbaus der sogenannten Moorautobahn entstanden. Im Sommer herrschte an einigen Stellen am Ufer ausgelassener Trubel, die Liegewiesen waren meist überfüllt. Andere Bereiche des großen Sees standen unter Naturschutz, Idylle und Ruhe nahmen zu, je weiter man sich nach Osten orientierte. Doch der Frühling hielt sich bisher mit warmen Temperaturen noch zurück, wahrscheinlich würde niemand draußen am See sein.

Klara hatte vor, sich für ein paar unabhängige Gedanken, die sie in einem geschlossenen Raum nur bedrücken würden, eines der am Ufer liegenden alten Ruderboote auszuborgen. Natürlich illegal. Auf dem Wasser würde sie sich hoffentlich befreiter fühlen. Sie beschloss, ihre Tasche im Auto zu lassen und den Schlüssel auf den Hinterreifen zu legen; es war niemand in der Nähe, und sie fand den Platz dafür sicherer als das Boot.

Sie blickte sich um, sah sich und Hannah ausgelassen um die Wette schwimmen, sah, wie sie sich auf der Liegewiese mit Creme etwas auf ihre Rücken schrieben und so lange in der Sonne lagen, bis man das Wort lesen konnte.

Klara schob ein Boot ins Wasser und kletterte hinein. Es tat gut, das Holz in den Händen zu spüren, die Ruder rhythmisch einzutauchen, die Luft einzuatmen, die kleinen Wellen zu beobachten, die das Wasser kräuselten. Sie war allein, nur der Himmel über ihr leistete ihr Gesellschaft.

Ungefähr in der Mitte des Sees zog Klara die Ruder ein, öffnete die papierene Verpackung und nahm die Seiten heraus. Hannahs verschnörkelte Schrift war gut lesbar. Klara hatte keine Ahnung, was sie erwartete, was ihre beste Freundin schriftlich festgehalten hatte.

Es ging offenbar um einen Jungen. Hannah hatte ihn kennengelernt und vergaß bei ihrer Beschreibung nicht die kleinste Kleinigkeit, was Klara traurig stimmte. Sie selbst hatte ihn nie getroffen, doch der Junge, den sie vor sich sah, war ihr aus irgendeinem Grund eigenartig vertraut. Klara versuchte, sich zu erinnern, aber da war nichts.

Sie wusste, dass Hannah sich manchmal einsam gefühlt hatte. Natürlich, daran musste sie ausgerechnet jetzt denken! Und einiges andere musste sie sich auch eingestehen. Sie sah ihre Freundin so deutlich vor Augen wie schon lange nicht mehr und wurde traurig. Hannah war zurückhaltend, leise und überlegt gewesen, Klara begeisterungsfähig, temperamentvoll und leidenschaftlich. Ein Risiko einzugehen, das hätte vielleicht zu ihr gepasst, aber doch niemals zu Hannah. In Klaras Augen sammelten sich Tränen, einige davon fielen auf die beschriebene Seite und verwischten den Namen des Jungen, in den Hannah sich verliebt hatte. Trotzdem war er zu lesen. Klara schnappte nach Luft. Es gab ein weiteres Blatt. Sie hätte es fast übersehen, weil es auf der Rückseite des anderen festgeklebt war.

Klara war in Gedanken gewesen, bemerkte den Wetterumschwung erst jetzt. Die kleinen Wellen waren nicht mehr so klein und schlugen jetzt gegen den Rumpf ihres Bootes. Wind war aufgekommen. Bevor Klara die Seiten zurück in den schützenden Geschenkpapier-Umschlag stecken konnte, schnappte sie sich eine Bö.

Klara lachte auf. Das konnte doch nicht wahr sein! Das Papier trieb in ein paar Metern Entfernung auf dem Wasser. Hannah hatte mit Kugelschreiber geschrieben, die Worte würden dem Wasser einige Zeit standhalten. Klara versuchte, mit dem Ruder nach den Seiten zu angeln. Das Ergebnis war, dass sie sie immer wieder untertauchte. Dann ruderte sie so nahe heran, dass sie nach ihnen greifen konnte. Doch das Boot schaukelte, und die Wellen trieben die Blätter wieder außer Reichweite. Eine andere Möglichkeit schoss ihr durch den Kopf, und sie sah zum Ufer hinüber. Die Distanz war zu bewältigen. Das Wasser war sicherlich frisch, und der Wind und die Wellen würden es ihr nicht leicht machen, aber sie war eine passable Schwimmerin. Sie musste wissen, was auf dem Blatt stand, das ihre Freundin auf die Rückseite des anderen geklebt hatte. Würde sie noch länger überlegen, dann würde es vielleicht dem Wasser zum Opfer fallen.

Klara schnürte ihre Schuhe auf, öffnete den Gürtel ihrer Jeans, zog sie sich hinunter und legte alles ins Boot. Ein kleines Opfer für Hannah, außerdem würde die Kleidung sie nur am Schwimmen hindern. Ihre Jacke würde sie anbehalten, die hatte eine Seitentasche mit Reißverschluss, in der sie Hannahs Geheimnisse verstauen konnte.

Vorsichtig ließ sich Klara über den Bootsrand ins Wasser gleiten. Es war kälter als gedacht. Sie schwamm auf den weißen Fleck auf dem Wasser zu, griff danach, stopfte das Papier in die Tasche ihrer Jacke und hoffte, die Aktion nicht umsonst auf sich genommen zu haben.

Sie müsste später jemanden anrufen, um zu erklären, dass sie das Boot genommen hatte und ans Ufer zurückgeschwommen war, sonst käme noch jemand auf die Idee, nach einer Person zu suchen, die ihre Schuhe und Hose im auf dem See treibenden Boot zurückgelassen hatte.

Klara schwamm zügig. Schon nach relativ kurzer Zeit fühlte es sich an, als würde sie von einer starken Hand in die Tiefe gezogen werden. Sie schluckte Wasser und hustete. Das Ufer schien sich von ihr zu entfernen, statt näher zu kommen. Ihre Bewegungen wurden langsamer, die Oberarme begannen zu schmerzen. Die Jacke schien mehrere Kilogramm zu wiegen, der Stoff hatte sich vollgesogen, aber Klara konnte sie nicht ausziehen und im See zurücklassen, sonst wären Hannahs Erinnerungen für immer verloren.

Oder du wärst verloren. Die kleine Stimme wieder.

Sicher nicht! Ein zornig gedachter Widerspruch. Klara hatte schon beinahe den letzten Rest ihrer Energie verbraucht, als ihre Knie endlich über sandigen Untergrund schabten.

Tropfend und frierend rannte sie zu ihrem Auto. Ihre erste Handlung war, die Heizung im Mini auf achtundzwanzig Grad einzustellen.

Erst als Klara in der Seitenstraße ihrer Wohnung parkte und ausstieg, wurde ihr bewusst, dass der Pulli unter der Jacke nur mühsam ihren Hintern bedeckte. Sie entledigte sich der Jacke, schlang sie sich um die Taille und knotete sie zusammen. Es war definitiv noch nicht warm genug, um schwimmen zu gehen oder barfuß zu laufen. Sonja Wallbrecht fiel ihr ein, die sich laut Danemanns Theorie ohne Schuhe an einem Sandstrand aufgehalten und sich dabei die Fußsohle verletzt haben sollte.

»Gewagtes Outfit«, lautete Moritz' Kommentar, als sie das Loft betrat. »Wo kommst du her, und wo hast du den Rest deiner Klamotten gelassen?«

»Später«, sagte sie. Klara lehnte sich erschöpft an ihn und murmelte etwas von wegen, es tue ihr leid, ihn nass zu machen. »An einem schönen Tag wie diesem legt man doch gern ab und stürzt sich in die Fluten.«

»Ich frage mich ernsthaft, wie du noch die Energie aufbringst, einen solch charmanten Witz zu machen«, gab Moritz zurück. »Du siehst ziemlich mitgenommen aus.«

Klara überging den Kommentar. »Denkst du, du kannst die Seiten trocknen? Sie sind hier drin.« Sie deutete auf die verknotete Jacke. »Ich war bei Marlene Sommer, die Papiere hat sie in einem Versteck von Hannah entdeckt.«

»Und dann hat Marlene Sommer versucht, dich zu ertränken?« Moritz löste den leichten Knoten der Jacke.

»Nein, das war ich selbst.«

»Klar. Wie auch immer.« Er nahm das tropfende Kleidungsstück, öffnete den Reißverschluss, zog den Inhalt heraus und hängte die Jacke an einem Bügel in die Dusche. »Das sind Hannahs Notizen?«, fragte er, als er die zerknitterten Seiten glättete.

»Mhm, und ich fürchte mich davor, demjenigen zu begegnen, in den sie damals verliebt war. Ich glaube, er und unser in Kürze Hauptverdächtiger im Mordfall Sonja Wallbrecht sind ein und dieselbe Person. Ich habe Marlene Sommer ein Ende versprochen. Sie soll Klarheit darüber haben, was damals passiert ist, und es eilt. Sie stirbt.«

»Aber sicher nicht in den nächsten Minuten.« Moritz schob sie in Richtung Bad. »Du läufst aus.«

Klara sah an sich herunter: Sie stand in einer kleinen Pfütze. Ihre eigenartigen Aktionen verlangten anscheinend immer nach einer Dusche. Diesmal nach einer heißen.

Als sie zwanzig Minuten später im Schlafanzug aus dem Bad kam, wurde es draußen bereits dunkel. Sie musste etwas essen und sich mit den geretteten Seiten beschäftigen. Sie würde Moritz das Foto am Lagerfeuer präsentieren und anschließend die Ergebnisse zu dem achtzehn Jahre alten Fall durchlesen. Als wüsste sie nicht mehr, was sich zugetragen hatte! Ihrer besten Freundin war etwas zugestoßen. Außerdem musste sie sich endlich die Kartons in dem kleinen Stauraum vornehmen. Klara stöhnte bei den Gedanken auf: Sie hatte sich einiges vorgenommen.

Ihr bester Freund saß auf der Couch, hatte die nassen Seiten auf dem Glastisch angeordnet, die Ecken beschwert und blies mit einem Föhn das Nass weg.

»Ich bin gleich bei dir!« Klara ging in die Küche und machte sich zwei Buttertoast. Im Kühlschrank war noch ein Stück Käse, das sie sich griff und in das sie hineinbiss. Sie war entschlossen, Moritz auf seine Beziehung zu Sonja Wallbrecht anzusprechen. Jetzt. Und eigentlich müsste sie dazu die rosa getönte Brille der Freundschaft absetzen.

»Spinnst du?«, flüsterte sie und kniff sich mit Daumen und Zeigefinger in den Nasenrücken, als würde ihr das dabei helfen, ihre Gedanken zu ordnen. Da hätte sie auch gleich annehmen können, dass Moritz derjenige war, den Hermina Blankenburg im Moor gesehen hatte. Klara knabberte an ihrer Unterlippe. Natürlich, auch Moritz hatte Hannah gekannt, aber warum hätte er …?

Moritz legte den Föhn weg, als Klara mit dem Reststück Käse neben ihn trat. »So müsste es gehen«, sagte er und wartete.

Sie stand einfach da, kaute und betrachtete die Seiten. »Marlene Sommer hat mein Armband von damals gefunden – Hannah hatte es versteckt. Sie hat es mir an diesem letzten Abend im Zelt abgerissen, weil sie wütend war.«

Moritz nahm ihr den Rest Käse aus der Hand und stopfte ihn sich in den Mund. »Das verändert die Geschichte. Denn wenn Hannah es versteckt hat, ist sie noch einmal nach Hause gegangen und kam dort auch an«, sagte er.

»Aber es verändert nicht das Ende der Geschichte«, erwiderte Klara.

»Das du bisher nur vermutest«, wusste er.

Sogar ein Serienmörder wie Ray Ridell hatte sie in der Vermutung bestätigt, sie könnte schuld am Tod der Freundin sein.

»Was gibt's Neues in der Welt?«, fragte sie.

»In deiner Welt geht der Kampf der Presse gegen die Polizei in die zweite Runde. Ein neuer Experte ist aufgetaucht. Michael Losen. Das war doch der Komiker mit dem Samenraub, oder nicht?«

Klara musste lachen. »Experte wofür?«, fragte sie.

»Wirklich seltsam, aber das wurde nicht ganz klar.«

Klara lauschte gespannt.

»Er schwadronierte, die neue Ausstellung des Landesmuseums drehe sich auch um einen Mord, um einen der ältesten der Geschichte. Den Täter will er höchstpersönlich ermittelt haben.«

Was für ein Kunststück, er hatte einfach einer der Schwestern den Schwarzen Peter zugeschoben. Klara verschränkte die Arme vor der Brust, beugte sich nach ein paar Sekunden vor und deckte das Foto von Sonja Wallbrecht und ihrem besten Freund auf wie eine Tarotkarte. »War es etwas Ernstes mit Sonja und dir?«, fragte sie.

Moritz warf einen Blick auf das Bild und dann auf Klara. »Wie … ernst? Sonja wer … wer soll das sein?«, fragte er überzeugend überrascht. »Ein Abend am Lagerfeuer, ich bin geschätzt knapp zwanzig. Keine Ahnung.« Irritiert zuckte er die Schultern.

»Du hältst Sonja Wallbrecht im Arm, und sie hat ihre Hand auf deinen Oberschenkel gelegt. Ziemlich weit oben auf deinen Oberschenkel«, beschrieb Klara, was auf dem Bild zu sehen war.

»Ach so«, machte er. »Du meinst, ich hätte mich an sie erinnern müssen. Und weil ich sie auf diesen Illustriertenfotos nicht erkannt habe, lässt mich das jetzt in deinen Augen verdächtig erscheinen. Dass ich nichts mit ihr hatte, ist mir aber nicht entfallen, denn das wüsste ich. Genauso wie du.«

Es war schlicht die Wahrheit. Sie bemerkte es an seinem Verhalten und hörte es am angeschlagenen Tonfall. Klara war einmal mehr froh darüber, so gut in Moritz lesen zu können.

Er schwieg einen langen Augenblick. »Wenn es wichtig ist, denke ich über damals nach«, sagte er dann.

»Das wäre gut«, nahm Klara das Angebot an.

Ihr bester Freund verzog das Gesicht. »Du bist anscheinend dabei, etwas herauszufinden. Aber vergiss nicht, dabei auf dich aufzupassen.«

Warum klang er so, als würde er sich Sorgen machen?

»Ich wollte mich bei dir dafür bedanken, dass ich hierbleiben konnte. Ich habe eigentlich nur noch abgewartet, dass du nach Hause kommst.« Moritz deutete auf den Koffer, der im Gang stand.

Abschied. »Zurück zu Mutter«, stellte Klara fest. In Kürze würde sie sich fühlen, als wäre er nicht nur wieder ausgezogen, sondern auch aus ihrem Leben verschwunden.

»Vergiss Goldi nicht«, erinnerte er sie. »Ich habe neuen Babybrei gekauft, er steht im Kühlschrank.«

Klara wurde nervös. Sie hatte den Grünen noch nie gefüttert. Wie sollte das mit dem Brei funktionieren? Sie beschloss, sich der Herausforderung erst am nächsten Tag zu stellen.

»Das Alleinsein mit den Gedanken an Hannah macht mir eine Heidenangst«, beichtete sie Goldi wenig später und wischte einige Male über die getrockneten Seiten – das Vermächtnis ihrer besten Freundin.

Wenigstens fühlte sich Klara nicht mehr so fürchterlich schuldig, seit sie wusste, dass Hannah nach ihrer Flucht aus dem Moor noch einmal zu Hause gewesen war. Erst danach war sie irgendwo ihrem Mörder begegnet. Und Klara hatte ihr halbes Leben lang geglaubt, Hannah wäre im Moor umgekommen, weil sie nicht zurückgefunden hatte.

Sie würde die Antwort darauf, was damals passiert war, finden, für Marlene Sommer und für sich.

Mit einem Messer schnitt Klara vorsichtig die zusammengeklebten Seiten auf. Zwischen ihnen kam eine Karte aus Tonpapier zum Vorschein. Auf ihr eine Zeichnung mit ein paar Gebäuden und etwas, das aussah wie ein See: Bäume, dazwischen waagerechte Linien. In der rechten unteren Ecke befand sich ein Kompass. Was sollte das sein, eine Art Karte? Klara kniff die Augen zusammen. Die Stelle musste irgendwo im Moor sein. Als würde sich jemand freiwillig in diesem Sumpf auf die Suche nach etwas machen. Klara machte mit ihrem Handy ein Foto der Skizze, aber die Linien sah man darauf kaum.

Eine Person würde ihr mit Sicherheit sagen können, ob es einen solchen Ort im Moor gab. Hermina Blankenburg. Klara würde die Skizze mitnehmen. Vielleicht hätte sie morgen die Gelegenheit, mit der alten Frau zu reden. Dann würde sie auch bei der Kriminaltechnik um einen Schriftvergleich bitten.

Sie hatte also eine Zeichnung und Dominik Hohenwarts Ansichtskarte an Sonja Wallbrecht aus Kanada. Und das Erpresserschreiben mit der Unterschrift »FREUNDE«. Vielleicht könnten die Experten ja mit den Handyfotos arbeiten, vor allem die Skizze wollte Klara nicht aus der Hand geben.

*Verlassen Sie sich nicht allein auf das, was Sie sehen.* Der Rat des alten Polizisten. In Klaras Kehle stieg ein bitteres Lachen auf. Besser, sie rief dessen Sohn sofort an, bevor jemand das leere Boot auf dem Altwarmbüchener See mit der Kleidung darin entdeckte.

Als sie Alexander Cord erreichte, versprach er, ihre Nachricht an die Kollegen weiterzugeben. Vielleicht würde sie auf diesem Weg sogar ihre Jeans, den Gürtel und die Schuhe zurückerhalten. »Es ist ja auch nur ein beinahe fünfzig Hektar großer See«, sagte er.

Wollte er damit andeuten, dass Klara ertrinken hätte können? Sie hatte keine Lust, seine in Ironie verpackte Sorge herauszuhören. »Es musste sein«, betonte sie, obwohl das nicht der Wahrheit entsprach.

»Wie hätte ich etwas anderes annehmen können. Frau Rehbein stellt den zusätzlichen Beamten zur Verfügung, der dafür Sorge tragen soll, dass die Neugierigen sich vom Grundstück der Wallbrechts möglichst fernhalten. Und das freiwillig.« Themenwechsel. »Sie hat sich für ihren intuitiv gefassten Entschluss, Familie Wallbrecht anzurufen, entschuldigt. – Ihre Worte, nicht meine. Ich hätte den Entschluss auch nicht intuitiv genannt.«

Wie dann? Aber das fragte Klara nicht. »Die Entschuldigung scheint Sie nicht zu beeindrucken.« Jedenfalls klang er nicht danach.

»Nicht sonderlich«, gab er ihr recht. »Doch wenn das schlechte Gewissen für irgendetwas gut ist, dann soll es mir recht sein«, meinte er. »Nebenbei habe ich herausgefunden, wer im Gartenhaus sauber macht und wann zuletzt jemand dort war. Normalerweise werden dort keine Gläser aufbewahrt, obwohl die Scherbe, die wir gefunden haben, von einem Sektglas stammt. Ein kaputtes Glas wurde nicht gefunden, eine Flasche nicht entsorgt. Alles war aufgeräumt und ordentlich, sogar der Mülleimer war leer.«

»Da hat sich jemand aber große Mühe gegeben«, sagte Klara. »Wir brauchen so schnell wie möglich die übrigen Ergebnisse. Annett Rehbeins schlechtes Gewissen ist vielleicht zu etwas nutze.«

»Ihr Schuldgefühl dürfte nicht lange vorhalten.« Cord war anscheinend weniger zuversichtlich. »Haben Sie die Nachrichten gehört? Es werden gezielte Fragen gestellt, und jemand wird sie beantworten müssen. Die Journalistenmeute zieht uns das Fell über die Ohren, und ich wette, eher zieht unsere liebe Frau Rehbein mit, als sich vor ihre Leute zu stellen. Nur bildlich gesprochen … hoffe ich jedenfalls.«

Seine Einschätzung ist gut, dachte Klara. »Also soll ich morgen wieder in der Tiefgarage parken?« Sie wollte ihr Fell noch etwas länger behalten.

»Um der Beantwortung von Fragen zu entgehen, ja. Verdammtes öffentliches Informationsinteresse, die Journalisten denken, das ist wie ein Freifahrtschein für sie.«

Wie ist das noch mal mit den Persönlichkeitsrechten?, hätte sie fragen können, aber der Zug war längst abgefahren. Alle besaßen mehr Rechte als die Person, um die es ging. Egal, um welchen Fall es ging.

»Wenn Sie sich Lindas Ergebnisse zu der schlimmen Sache vor achtzehn Jahren noch nicht angesehen haben … tun Sie's jetzt«, empfahl ihr Cord. »Die Unterlagen sind in Ihrem E-Mail-Postfach.«

Was Klara ohnehin vorgehabt hatte.

Der Ordner enthielt eine polizeiliche Fallakte, Tatortfotos und jede Menge Zeitungsartikel. Cords Assistentin war gründlich gewesen.

Die Tat: ein Doppelmord in einem Luxushotel in Hannover.

Die Opfer: zwei Studentinnen, die nebenbei für eine Begleitagentur arbeiteten.

Der Täter: Paul Harald Tenbergen, der achtzehnjährige Sohn eines bekannten Künstlers und Galeristen.

Klara betrachtete die Fotos. Bilder waren stets ihr Einstieg in einen Fall und lieferten ihr erste Erkenntnisse über den Täter. Auf den ihr vorliegenden sah sie einen verschreckten jungen Mann, der die Augen zusammenkniff und aussah, als könnte er nicht begreifen, was passiert war. Und dass es ausgerechnet ihm passiert war.

Die Bilder aus der Datei der Begleitagentur zeigten zwei hübsche Frauen, eine blond, die andere dunkelhaarig, schick gestylt, dezent geschminkt. Die Tatortfotos machten etwas anderes deutlich: geschwollene, blutige Lippen, ausgerissene Haare, einen gebrochenen Finger, Schnitte auf Wangen und Brüsten.

Um ihnen das in einem Hotelzimmer antun zu können, hatte der Täter die Frauen vorher betäuben müssen. Anschließend hatte er das langsame Erwachen seiner Opfer abgewartet und das Drosselwerkzeug, in diesem Fall einen Gürtel, immer enger um ihre Kehlen gezogen.

*Er hat die Frauen nacheinander aufwachen lassen. Zufall, oder hatte er Ähnliches schon öfter getan und deshalb Übung darin?*

Die Bemerkung war seitlich, offensichtlich in Eile, von dem Beamten am Tatort hingekritzelt worden.

Eine andere, spätere Notiz besagte, dass der Verdächtige keinen Gürtel bei der Festnahme getragen hatte. Diese war nur wenige Stunden nach der Tat erfolgt. Überdurchschnittlich schnell.

Wieder hatte Klara das Bild der sechzehnjährigen Nadine Franke vor Augen – die Schnitte auf ihrem Dekolleté, dem Hals, der Brust.

Das konnte unmöglich ein Zufall sein, solche Zufälle gab es nicht.

Die Psyche eines Kriminellen war untrennbar mit seinem Verstand verbunden und zwang ihn dazu, Dinge auf eine bestimmte Art und Weise zu tun. Die Notiz des Beamten, der Täter könnte etwas Ähnliches schon einmal getan haben, ergab, bezogen auf die Tat, einen Sinn. Bezog man sie aber auf den Täter, tat sie es nicht. Paul Harald Tenbergen wirkte so verschreckt, als wäre er der einzige Überlebende eines Anschlags.

Ein Prostituiertenmord im Luxushotel, begangen vom Sohn eines Prominenten; ein Stoff, der es auch in die Kinos schaffen würde, hatte ein Journalist geschrieben. Nur wenige Tage danach hatte jemand herausgefunden, dass Paul T. eng mit Sonja Wallbrecht und Dominik Hohenwart befreundet war. Die Freunde seien entsetzt ob dessen Verbrechen, hieß es.

Die Zeitungsartikel waren durchaus interessant. Man erfuhr Nebensächlichkeiten und Namen. Der bekannte Galerist war Lennart Tenbergen. Die Familie gab bekannt, sie habe den Kontakt zu ihrem Sohn Paul abgebrochen, als sie erfuhr, was er getan hatte. Der Vater betonte öffentlich, er werde einem Mörder nicht dabei helfen, seine Strafe zu verkürzen, also war Paul Tenbergens Anwalt ein Pflichtverteidiger gewesen. Man hatte den verstörten jungen Mann alleingelassen.

Klara konnte sich an den Fall nicht erinnern. Nicht verwunderlich, im Sommer vor achtzehn Jahren hatte ihr persönliches Drama stattgefunden.

Unwillkürlich fragte sie sich, wo sich Paul Tenbergen momentan aufhielt. Seine Gefängnisstrafe müsste er verbüßt haben und seit drei Jahren frei sein. Und wer hatte den Fall damals bearbeitet?

Linda Volant hatte entweder ähnlich gedacht oder angenommen, dass Alexander Cord oder sie, die Profilerin, die Frage stellen würde. Sie hatte eine Antwort beigefügt, deren Inhalt allerdings ziemlich unbefriedigend war: Einer der damals ermittelnden Kriminalbeamten sei auf dem Friedhof anzutreffen, er war vor vier Jahren gestorben, der andere in einem Pflegeheim – er litt an Alzheimer.

Klara betrachtete wieder das Foto. Das jugendliche Gesicht von Paul Tenbergen erinnerte sie an jemanden.

Ein Blick auf die Uhr, sie gähnte. Ihre Gedanken würden auch bis morgen Zeit haben.

## 15

Ein vermutlich angeborener Drang wird irgendwann zu etwas Finsterem und Tödlichem.

Es konnte keine Rede davon sein, ausgeschlafen zu haben, trotzdem klingelte der Wecker unerbittlich. Klara wollte viel erledigen, deshalb hatte sie ihn noch früher als sonst gestellt.

Sie musste die Kartons mit ihren Erinnerungen öffnen und Goldi füttern. Was zuerst?

Ihr Blick fiel auf das große Acrylbild, hinter dem sich der kleine Stauraum in einer Nische verbarg. Zwei Messingknöpfe waren unterhalb der Leinwand rechts und links angebracht. Nur einer von ihnen ließ sich bewegen. Sie zögerte einen Augenblick, dann hängte sie das Bild ab, lehnte es gegen die Kommode und zog am Knauf. In dem kleinen Raum roch es abgestanden und staubig. Eine Lampe gab es nicht, nur das Dämmerlicht des Morgens, das hereinfiel. Klara benötigte entweder eine Taschenlampe oder musste den Inhalt der Kartons woanders ansehen. Ihre nackten Füße hinterließen Abdrücke auf dem staubigen Boden, als sie die kleine Kammer betrat, herumfliegende Flusen kitzelten sie in der Nase. Klara schnappte sich den ersten Karton mit der entsprechenden Jahreszahl und setzte sich im Gang auf den Läufer. Sie brauchte Licht und Luft.

Ihre Hände zitterten, als sie den Deckel anhob. Was hatte sie erwartet? Einen weißen Hauch, der ihr entgegenstieg – den Geist der Vergangenheit?

Klara leerte den Karton vor sich aus. Nur eine Recherche, sagte sie sich, als wäre es nicht ihres, sondern das Leben einer anderen, das da vor ihr ausgebreitet lag. Sie hatte sogar ein paar Schulhefte aufgehoben; einen Aufsatz, für den sie eine Eins mit Stern bekommen hatte, eine Meisterleistung bei dem Lehrer und zu der Zeit. Dazu viele Notizen, die einmal von Bedeutung gewesen waren. Die Einladung zu einer Geburtstagsparty von Zwillingen starrte ihr fröhlich bunt entgegen.

Klara erinnerte sich, dass sie einen Zwilling gemocht hatte, den anderen dagegen überhaupt nicht. Sie und Hannah waren gemeinsam hingegangen. An dem Abend hatte jemand einen alten Kaufmannsladen und im Sortiment eine kleine Flasche mit Flüssigwürze entdeckt. Sie kamen auf die alberne Idee, sich die Flüssigkeit, die nach Liebstöckel roch, auf die Lippen zu tupfen und so einen Jungen zu küssen. Ein dummer Spaß, aber die Jungen machten mit, weil sich ihnen so die Gelegenheit bot, einigen der Mädchen näherzukommen.

Klara erinnerte sich nicht mehr, wen sie geküsst hatte. Jedenfalls nicht Moritz. Wen hatte Hannah geküsst? Hätte Klara geahnt, dass dieser Umstand womöglich irgendwann einmal wichtig sein würde, hätte sie darauf geachtet, aber an das Sterben von einem von ihnen hatte damals niemand gedacht. Sie griff wahllos in den Papierberg. Ihre Hände wischten die Blätter zur Seite. Glänzend und dunkel lag vor ihr eine Kassette. Auf dem dafür vorgesehenen Feld ein Titel: »Verschwunden im Moor«. Klara fröstelte. Es war ihre Schrift.

Sich nicht mehr an den Kuss eines bestimmten Jungen zu erinnern war eine Sache, aber diese Aufnahme nicht mehr zu erkennen schon eine andere. Das alte Radio mit den Batterien, das auch Kassetten abspielte, musste noch irgendwo sein.

Klara wechselte die Batterien, wickelte sich in eine Decke und legte die Kassette ein. Ihr Finger verharrte einen Moment über der Starttaste. Mach schon!, befahl sie sich.

»Ihr Sohn würde seine Geheimnisse mit ins Grab nehmen, versprach die alte Frau, außer ihm sollte niemand mehr sterben. Der Vollmond war ihr Zeuge.«

Die Gespenstergeschichte handelte von einer Frau, die am Rande des Moors lebte. In der beginnenden Dunkelheit lud sie einen Sack auf einen Handkarren. Gruselige Musik begleitete die Handlung, während die Erzählerstimme beschrieb, wie eine altersfleckige Hand den Holzgriff des Karrens eisern umfasst hielt.

Klara war froh, dass sie den frühen Morgen gewählt hatte, um ihrer Vergangenheit auf den Grund zu gehen. Hatten sie und Hannah die Gruselgeschichte gemeinsam angehört? Einen

Augenblick lang hatte Klara wirklich geglaubt, es wäre mehr als nur eine Geschichte. Wahrscheinlich war sie überempfindlich, vielleicht weil es das Haus und die alte Frau tatsächlich gab. Klara würde bei ihrem nächsten Besuch von Hermina Blankenburg wahrscheinlich nach einem Handkarren Ausschau halten.

Sie schaltete den Rekorder ab und häufte die Papiere zu einem Berg aufeinander. Sie entdeckte ihr gemeinsames Tagebuch, das sie und Hannah geführt hatten, der Einband purpurrot mit silberfarbenen Ornamenten. Klara musste es in jener denkwürdigen letzten Nacht eingesteckt und mitgenommen haben.

Sie blätterte durch die Seiten nach Hannahs letzten Einträgen, Hannahs Gefühle schrien ihr entgegen. Klara hätte sich am liebsten die Ohren zugehalten, doch das würde nichts bringen. Sie hörte ihre beste Freundin trotzdem …

***

*Frühlingsgefühle*
*Interesse erkennt man an einem Blick. Sag mir, ob das stimmt. Er ist ein bisschen älter, reifer und der hübscheste Typ, dem ich je begegnet bin.*
*Noch kenne ich ihn nicht wirklich, aber ich habe mich von ihm küssen lassen. Ich war wie elektrisiert. Bis ich ihn mit der Blonden sah, die er auch geküsst hat. – Es hat sich angefühlt wie ein Schlag in die Magengrube!*
*Jetzt wäre ein Rat echt nicht schlecht, aber ich glaube nicht, dass du meine Einträge liest … Aber falls doch … Es soll kein Geheimnis sein. Ich habe mich verliebt und will nicht das kleine dumme Mädchen sein. Aber er sagt, das mit der Blonden sei nur ein Abschied gewesen, und ich weiß nicht, ob ich ihm glauben soll. Was denkst du?*
*Ich möchte es so gern. Ihm glauben.*

***

*Summertime*
*Es soll nicht aufhören. Das schöne Gefühl. Ich stelle mir vor, es mit ihm zu tun, und fürchte mich gleichzeitig davor. Mit geschlossenen Augen, den Kopf in den Wolken.*
*Ich fühle mich wieder geerdet. Ich mag seine Hände, wenn sie mich streicheln. Wenn sie sich eng um meine Kehle legen, mag ich sie nicht. Seine Augen nehmen dann einen eigenartigen Glanz an, etwas verändert sich.*
*Wieso fragst du nicht endlich? Beste Freundinnen sollen wir sein, und du fragst nicht!?!*
*Ich freu mich so auf unsere Abenteuernacht im Moor, nur wir beide.*
*Ich weiß, es ist dein Geburtstag, und du solltest im Mittelpunkt stehen, aber ich mag es nicht mehr für mich behalten.*
*Der Abschied war erstunken und erlogen, ich habe ihn wieder mit der Blonden gesehen. Sonja. Sie waren mal zusammen, sind es vielleicht wieder.*
*Diesmal ist seine Hand unter ihrem Rock verschwunden und blieb dort, während sein Mund gierig an ihren Lippen saugte.*
*Er hat mich angelogen, und ich habe ihm geglaubt.*
*Ich bin doch ein kleines dummes Mädchen.*
*Und du, Klara, du wirst geliebt und merkst es gar nicht. Moritz wartet noch immer auf einen zweiten Kuss – seit dem im Kindergarten.*

***

*Schattenland*
*Es war gruselig, es roch eigenartig, als würde der Untergrund nach und nach alles verschlingen.*
*Der See warf an manchen Stellen Blasen, blubberte. Einen Moment lang dachte ich, ein Gesicht unter dem braunen Wasser zu sehen.*
*Ich weiß nicht, warum er mich dorthingelotst hat, warum ich mich dorthinbringen habe lassen. Er sagte, er wolle es mit mir teilen. Was?, dachte ich. Ich wollte nicht ängstlich sein, ich mag meine Angst nicht.*

*Es war nicht schwierig, die Kartenskizze zu lesen, aber warum sollte ausgerechnet ich diesen Ort finden?*
*In einer der Hütten lag eine alte Matratze. Er zog mich darauf und küsste mich. Er wollte mich dort, aber nicht so, wie ich wollte. Ich habe mich gewehrt, ihn weggestoßen. Er hat nur gelacht. Du wirst noch wollen, hat er gesagt.*
*Noch vor ein paar Tagen hätte ich ihn dir so gern vorgestellt, und jetzt erkenne ich ihn nicht mehr wieder. Er ist ein völlig anderer geworden.*
*Ich habe Angst. Vielleicht wird es einmal mein Gesicht sein – unter dem braunen Wasser.*

***

Klara saß noch immer vor dem Karton, hielt das Tagebuch umklammert und versuchte, die Tränen fortzublinzeln. Sie hatte Hannah im Stich gelassen.

Du musst Goldi füttern, meldete sich hartnäckig eine Stimme.

Nach einem Blick auf die kleinen Behälter wurde klar, dass der Inhalt nicht mehr lebendig war. Die Heuschrecken und Fliegen lagen tot am Boden.

Klara hatte keinen grünen Daumen und war offenbar auch nicht in der Lage, Tiere zu halten. Also der Babybrei.

Würde es helfen, sich zu schütteln, um sich aus den Fängen des Grusels zu befreien? Klara tat es. Sie packte die alten Erinnerungen bis auf eine wieder in den Karton, stellte ihn in die Kammer zurück und schloss die getarnte Tür. Das gemeinsame Tagebuch legte sie auf ihren Nachttisch.

Mit dem geöffneten Glas Babybrei und einem Eierlöffel brachte sie sich vor dem Terrarium in Stellung und nahm die Abdeckung ab. Mittlerweile kannte sie der Grüne und lugte hinter einem kleinen Ast hervor. Klara lockte ihn mit dem Brei auf dem Löffel.

Blitzschnell kletterte Goldi den Ast hinauf und hangelte sich schwungvoll weiter – nicht auf Klara zu, sondern in die entgegengesetzte Richtung, aber auch hin zur Öffnung. Er hatte offenbar nicht vor, etwas zu fressen.

»Mist, bleib da!«, rief sie. Klara stellte schnell das Glas ab, ließ den Löffel fallen, griff nach dem Gecko, sah auf ihre Hand und schrie auf. Sie hatte Goldis Hinterteil erwischt – nur sein Hinterteil, der Rest von ihm verschwand gerade aus ihrem Blickfeld irgendwo unter dem Schrank. Wäre es etwas nicht so Offensichtliches gewesen, okay, aber wie sollte sie Cord *das* erklären? Sie seufzte auf. Moritz wäre das bestimmt nicht passiert.

Sie bettelte, der Grüne möge unter dem Schrank hervorkommen. Aber keine Chance. »Du bist so was von gemein!« Schließlich räumte sie das Glas und den Löffel wieder weg. Was sollte sie jetzt mit dem Schwanz machen? Schauderhaft. Es schien ihr die beste Lösung, ihn in ein Papiertaschentuch zu wickeln und wegzuwerfen.

Klara ließ die Abdeckung des Terrariums offen, falls der Gecko beschließen sollte, wieder nach Hause zu kommen. Für Tim, den Putzmann, der später kommen würde, schrieb sie einen Zettel. Staubsaugen sei nicht nötig, ein Gecko werde vermisst. Er solle bitte aufpassen, wohin er trat. Die Warnung war hoffentlich deutlich.

Vermutlich wurde sie schon im Büro erwartet, doch zuerst musste sie noch die Antwort auf eine dringende Frage erhalten.

Beim Lesen von Hannahs Tagebucheinträgen war ihr etwas aufgefallen. Hannah hatte eine Sonja erwähnt, die Frau, die der ältere Typ, in den sich ihre beste Freundin verliebt hatte, geküsst und der er unter den Rock gefasst hatte. Dass es nicht vorbei gewesen war mit dieser Sonja und er Hannah angelogen hatte. Ich werde leider keine Gelegenheit mehr haben, dich kennenzulernen, Sonja, dachte Klara.

Ihre eigenen Bemerkungen hatte sie nur kurz überflogen. Es tat weh zu lesen, wie ignorant sie stellenweise klang. Klara steckte die gezeichnete Skizze des Sees ein und hoffte, sie gleich Hermina Blankenburg zeigen zu können.

Sie hatte den Wagen in der Seitenstraße nahe ihrer Wohnung geparkt. Bevor sie einstieg, hielt sie Ausschau, ob in einem der anderen Autos jemand hinter dem Steuer saß. Nichts. Hätte sie trotzdem einen Verfolger, würde der ihr spätestens beim Schillerslager oder auf der Moorstraße auffallen. Wer diese Richtung einschlug, hatte ein bestimmtes Ziel – das Oldhorster Moor.

Klara hatte sich bei Hermina Blankenburg nicht angekündigt. Das kleine Haus duckte sich unter dem heraufziehenden Nebel, und als Klara den Mini abstellte und ausstieg, öffnete sich die Tür. Doch niemand kam, um den Gast zu begrüßen. Klara interpretierte es trotzdem als Einladung.

»Ich ahnte, dass ich Sie wiedersehen werde«, sagte die alte Frau. Sie trug ihr Haar am Hinterkopf zusammengefasst und eine dunkelgrüne Jacke zu einer braunen Hose. Ihre Lederstiefel waren modisch, sahen aber auch praktisch aus. Genau richtig für einen Ausflug mit einem Handkarren.

Hermina Blankenburg reichte ihr ungefragt eine Tasse Tee. Ihre Hände waren gepflegt, keine Altersflecken, keine Erde.

Jetzt ist es aber gut, ermahnte Klara ihre Phantasie.

»Aus Teufelsabbiss«, sagte die alte Frau, was Klara dazu veranlasste, einen diskreten Blick in die Flüssigkeit zu werfen.

»Diese tote Frau auf der Lichtung ist die Tochter des reichen Bauunternehmers. Aber wenn jemand aufgehört hat zu atmen, macht Geld keinen Unterschied mehr. Die Toten sind alle gleich. Ich habe beschlossen, nichts zu sagen, es wird auch so schon so viel darüber berichtet«, sagte Hermina Blankenburg.

»Ich hatte auch die Ahnung, dass wir uns wiedersehen würden«, gab Klara zurück. »Und vielleicht wäre es gut, wenn Sie mir doch etwas sagen würden.«

»Finden Sie es nicht mehr seltsam?«, fragte die alte Frau. In ihre Augen trat ein leichtes Glitzern. Sie hatte einen Köder ausgeworfen, und Klara wusste es.

»Was?«

»Der Täter. Es sah nicht so aus, als hätte er besondere Freude an seiner Tat gehabt. Er hat ihr Gesicht zugedeckt.« Ihre Augen fanden Klaras. »Aha, Sie sind schon weiter … Das hätte ich mir denken können. Schmeckt Ihnen mein Tee?«

»Ich weiß es nicht – das mit dem Tee«, fügte Klara hinzu, sollte Hermina Blankenburg zuerst etwas anderes verstanden haben.

»Der Mörder hat die Frau an diesen Ort gebracht, den Sie gut kennen – Ihr Zelt stand doch damals auch auf dieser Lichtung. Der Ort hat mit Ihnen zu tun. Sind Sie denn noch gar nicht auf den Gedanken gekommen, dass es bei dem aktuellen Mord um Sie gehen könnte?«, fragte Hermina Blankenburg.

In ihrem Berufsleben war Klara bis jetzt den verschiedensten Motiven begegnet, aus denen jemand tötete. Täter wollten immer etwas sagen, aber dieser – wollte er *ihr* etwas sagen, war sie die Adressatin? Klara holte die Skizze hervor. »Vielleicht können Sie mir helfen. Meine beste Freundin hat das hier aufbewahrt. Erkennen Sie den See?«, fragte Klara.

Die alte Frau nahm die Zeichnung und fuhr die Linien mit einem Finger nach. »Ein romantisches Naturbad im Moor. Badegäste, die im Mondschein schwimmen gehen. Der Moorsee ist irgendwann umgekippt, nur der Pavillon direkt am Ufer ist noch übrig. Darin steht eine Badewanne. Sie war einmal dazu gedacht, sich zu entspannen, das Dach war aufklappbar, und man konnte von ihr aus in den Himmel sehen. Heute klappt da nichts mehr auf, höchstens Tote können dort noch in Ruhe träumen«, sagte die alte Frau mit den schönen Händen.

Klaras Arme überzog eine Gänsehaut.

Hermina Blankenburg deutete auf die Zeichnung. »Alles passt, da muss jemand gut Bescheid gewusst haben. Aber gefährlich war es damals schon, wenn man vom Weg abgekommen ist. Ihre Freundin war nicht die Letzte, die ins Moor ging und nicht wieder auftauchte.«

Nicht die Letzte, aber vielleicht die Erste? Klara hatte diese Frage nicht mehr aus dem Kopf bekommen, seit Christian Cord sie ihr gestellt hatte.

»Wen haben Sie damals gesehen?«, fragte Klara. »In der Nacht vor achtzehn Jahren.«

»Einen Mann. Er war jung, sonst hätte ich auch nicht geglaubt, dass er zu Ihnen gehört. Seine Bewegungen waren die eines Jugendlichen. Aber mehr habe ich nicht erkannt«, fügte Hermina Blankenburg hinzu.

Wäre ja auch zu schön gewesen, dachte Klara.

»Gehen Sie bloß nicht allein ins Moor«, warnte die Alte

Klara und bot an, sie zu den Überresten des alten Moorbades zu begleiten. Klara schlug das Angebot aus. Sie würde später dorthingehen. Zuerst war etwas anderes wichtiger.

»Beenden Sie das Vergessen«, verabschiedete sie Hermina Blankenburg. »Teufelsabbiss ist übrigens eine Heilpflanze mit blutreinigenden und wundheilenden Eigenschaften.« Ein geheimnisvolles Lächeln umspielte ihren Mund.

Wundheilung; sie würde für Klara wahrscheinlich erst einsetzen, wenn sie über Hannahs Verbleib Bescheid wusste.

Als sie den Mini Cooper in der Tiefgarage des Präsidiums parkte, musste sie wieder an Goldi ohne Schwanz denken. Sie legte sich zurecht, was sie Alexander Cord sagen würde. Aber sollte sie ihm überhaupt davon erzählen? Wie lange würde es dauern, bis der Körperteil nachgewachsen war? Und tat er das? Klara war in Gedanken versunken, als sie im Aufzug von der Tiefgarage in ihre Etage fuhr.

Cord saß am Schreibtisch. »Ihre Kleidung«, sagte er und deutete auf ein kleines Paket auf ihrem Tisch, nachdem er Klara einen guten Morgen gewünscht hatte. »Zumindest das, was Sie im Boot ausgezogen haben.«

»Danke.« Sie klang fürchterlich nach schlechtem Gewissen. Er hatte sich um ihre Kleidung gekümmert, sie sich nicht genug um Goldi. »Wie kann er sich ohne Schwanz bewegen? Ist es sehr schmerzhaft?«

»Gut, dass wir zwei Leute sind, die immer genau wissen, wovon wir reden«, sagte Cord. »Was ist das Problem?«

»Goldi wollte flüchten, ich habe ihn aufgehalten und sein Hinterteil erwischt. Es war sicher keine Absicht.« Sie wollte beruhigt werden, soweit diese Möglichkeit überhaupt bestand.

»Echsen werfen den Schwanz ab, wenn sie sich in Gefahr wähnen, was Goldi sicher nicht war. Aber Sie haben ihn erschreckt. Es gibt in seinem Schwanz so etwas wie Bruchstellen«, erklärte er. »Goldi kann ab einem bestimmten Wirbel den hinteren Teil abklappen, der aber wieder nachwachsen wird. Leider nicht mehr so farbig.«

»Er wird mich mit Nichtachtung strafen. Sein Futter war

ohnehin schon mausetot, vielleicht wollte er deshalb den Babybrei nicht«, fasste sie das aktuelle Dilemma zusammen, ohne zu erwähnen, dass der Grüne ihr auch noch entwischt war.

»Sie sind ja komplett aufgelöst. Gibt es dafür vielleicht noch einen anderen Grund?« Sein Blick hielt sie fest, seine Hand berührte ihre.

»Ich war noch einmal bei Hermina Blankenburg. Eben erst. Und gestern ... bei meiner Richterin.« Klara erzählte Alexander Cord vom Besuch bei der Mutter ihrer besten, vor achtzehn Jahren verschwundenen Freundin.

»Marlene Sommer wird sterben, und ich kann sie nicht gehen lassen, ohne ihr nicht wenigstens gesagt zu haben, wo Hannahs Leiche ist. Sie hat bis jetzt nicht einmal ein Grab, das sie besuchen konnte.«

»Hannah Sommer hat aber doch nichts mit Sonja Wallbrecht zu tun«, sagte Cord.

Klara zögerte. »Natürlich nicht, nicht direkt jedenfalls. Aber vielleicht gibt es eine andere Verbindung. Die Blankenburg hat mich darauf gebracht.«

»Worauf gebracht?«, fragte Cord.

Im Augenblick war es noch nicht viel mehr als eine Vermutung. Die Details waren bloß Details; der Schlüssel in Sonja Wallbrechts Handschuh – ein Hinweis. Die blutige Scherbe im Gartenhaus – vielleicht ein Versehen. Die Handtasche – absichtlich zurückgelassen, mit einem Halstuch im Seitenfach. Und dennoch war da noch ihr Gefühl, das sie in der Regel nicht trog.

»Ich glaube, Sonja Wallbrecht war Teil eines Plans. *Der* Teil des Plans. Sie wurde nicht zum Mitmachen gezwungen, sondern tat es freiwillig.«

»Sie ist tot«, warf Cord ein. »Hat sie sich etwa auch freiwillig umbringen lassen?«, provozierte er.

»Die Handschrift eines Täters, das sind mehrere Elemente, die ein Verbrechen von allen anderen unterscheiden. Eigenheiten, nennen Sie es Besonderheiten, die repräsentieren, was er ist. Und genau darüber stolpere ich ständig. Was er uns glauben macht, ist unecht.«

»Sie wollen damit sagen, dass das Gartenhaus nicht der Tatort ist? Aber wozu war es dann gut?«

»Wir sollten genau dort die Spuren finden. Genau wie im Moor nahe dem Leichnam. Für eine hübsche Frau, die vorhatte, ihren Jugendfreund zu verführen, dürfte es nicht weiter schwierig gewesen sein, unbemerkt ein Stückchen aus seinem Kaschmirpullover zu schneiden und sein Halstuch einzustecken.« Einen Gedanken behielt Klara für sich. Dass das alles vielleicht schon einmal ganz ähnlich abgelaufen war, im Herbst vor achtzehn Jahren. Ebenfalls nach Plan, nur unter einem anderen Regisseur, der sich damals absicherte, indem er dafür sorgte, dass das Alibi eines anderen platzte.

»Professor Danemann hat an einer von Sonjas Fußsohlen einen Schnitt entdeckt, in ihren Schuhen befand sich Sand«, fuhr Klara fort. »Sie muss an einem See gewesen sein, vielleicht zusammen mit ihrem Mörder. Das Gartenhaus war ein Arrangement, weil der Täter jemand anderem das Verbrechen anlasten wollte. Wem würden Sie es heimzahlen wollen? Doch demjenigen, der Ihr Leben vernichtet hat. Der vor achtzehn Jahren den Doppelmord in einem Luxushotel beging und Sie unschuldig ins Gefängnis brachte.«

»Aber hätte Sonja ihrem alten Freund blind vertraut? Immerhin hat sie für ein falsches Alibi gesorgt, das zu seiner Verurteilung führte«, wandte Cord ein.

»Vielleicht ging es ihr darum, eine alte Schuld zu begleichen. Dabei getötet zu werden ... damit hat sie nicht gerechnet.«

»Die Schuld wurde mehr als nur beglichen. Was verbindet Sonja Wallbrecht mit Ihrer besten Freundin Hannah Sommer?«, fragte Cord.

»Der Ort – die Lichtung. Vor achtzehn Jahren stand dort in einer Vollmondnacht unser Zelt. Sonja Wallbrechts Leiche wurde genau dort abgelegt. Das konnte nur Hannahs Mörder wissen.«

»Und genau von da an passt überhaupt nichts mehr zusammen. Ihre Theorie hakt gewaltig. Außerdem müsste Sonjas Mörder jemand sein, zu dem Sie eine Verbindung haben, jemand, den Sie kennen. Wie sonst erklärt sich, dass die Person von der Lichtung weiß und was sie für Sie bedeutet.« Cord rieb sich nachdenklich übers Kinn.

Genau das war der Punkt. Klara hatte tatsächlich das Gefühl, dass Sonjas Mörder genau über sie Bescheid wusste. »Ich möchte mich noch einmal mit Richard Wallbrecht unterhalten und hätte dafür gern ein Bild von Paul Tenbergen.« Außerdem hatte Klara noch etwas anderes vor, aber würde sie das Cord gegenüber ansprechen, wäre sie nicht länger glaubwürdig. Also schwieg sie.

Der Mord an Sonja hatte eine andere Motivation gehabt. Hermina Blankenburg hatte es angedeutet. Der Mörder hatte die Tat nicht gern begangen. Das Legen seiner Hände um Sonjas Hals und das Zudrücken, beides hatte ihm keine Freude bereitet, es war nur nötig gewesen, um dem Opfer das Leben zu nehmen. Der Mörder hatte wahrscheinlich unabsichtlich etwas über sich verraten, und Klara bekam allmählich ein Gespür dafür, was. Sie würde ihrem Instinkt vertrauen, der förmlich schrie: Du suchst nach zwei Tätern.

Klara vereinbarte mit Alexander Cord, dass er die Nachrichten im Blick behielt. Sie hatte das ungute Gefühl, dass es eng wurde. Die Presseleute gruben aus, was sie finden konnten, und waren der Polizei nicht unbedingt wohlgesonnen. Klara würde wie angekündigt versuchen, noch etwas von Richard Wallbrecht zu erfahren.

Die Auffahrt zur Villa der Wallbrechts war zugeparkt. Klara fragte sich, ob man nicht eine Genehmigung brauchte, um auf fremdem Besitz so offensichtlich herumzulungern. Erst kurz vor der Eingangstür versperrte ein Polizeiwagen den Weg. Der Uniformierte hatte Weisung, keinen Unbefugten durchzulassen.

Klara hatte ihren Ausweis ins Fenster gelegt, sie durfte passieren. Dem Gesicht des Mannes nach zu schließen, würde er denjenigen am liebsten umbringen, der ihn verdonnert hatte, hier Strafdienst zu schieben. Sie grüßte, wünschte ihm aber besser keinen schönen Tag.

Diesmal öffnete eine junge Frau die Tür. Ihr Gesicht war

gerötet, sie leckte sich nervös die Lippen. Prompt klingelte das Telefon, wahrscheinlich mehr oder weniger ein Dauerzustand. Klara wies sich aus und bat, mit Richard Wallbrecht zu sprechen. Die junge Frau war offenbar hin- und hergerissen. Was zuerst? Das Telefon oder … Schlagartig herrschte absolute Ruhe. Die Angestellte stieß erleichtert den Atem aus und verschwand im Flur.

Kurz darauf sah Klara aus den Augenwinkeln den Rollstuhl über die Galerie rollen.

»Kommen Sie rauf«, krächzte Wallbrecht ihr zu. Er steuerte auf das Arbeitszimmer zu, das Klara schon kannte, und drehte sich ihr schließlich schwungvoll entgegen. Die Tür schloss hinter ihr automatisch. Auf seinem Gesicht lag ein eigenartig zufriedener Ausdruck. Wäre er ein kleiner Junge gewesen, hätte sie gemutmaßt, dass er sich über einen gelungenen Streich freute.

»Ich möchte mit Ihnen gerne über den Doppelmord vor achtzehn Jahren reden.« Sie war wenigstens höflich.

»Aha«, sagte er mit erhobenen Augenbrauen. Dann zog er Kugelschreiber und Block hervor.

*Ein Tatort ist einem Kriegsschauplatz manches Mal nicht unähnlich,* so der ehemalige Reuters-Korrespondent. Es lag kein zufriedener Ausdruck mehr auf seinem Gesicht.

*Und ein Mord …* Richard Wallbrecht beendete den Satz nicht.

Klara nickte.

*Erzählen Sie mir, wie es bei Sonja war.*

Bemerkenswert. Der Vergleich und sein Gespür für das Wesentliche. Er würde Klara ihre Antworten liefern, bestand aber zuerst auf seine von ihr. Der alte Herr hatte den Spieß umgedreht.

»Während Ihrer Arbeit in Kriegsgebieten haben Sie sicher in die Augen von Sterbenden gesehen und mit der Zeit begonnen, darin zu lesen. Können Sie sich eigentlich noch an Paul Tenbergen erinnern?« Sie wusste, dass er es konnte.

*Augen, die man nicht vergisst. Goldbraun mit … keine Ahnung, wie man es nennt, bei einem Diamanten wären es Einschlüsse.*

Sprenkel, dachte Klara.

*Ruhig und zurückhaltend, geredet hat er nie viel. Vielleicht aus Angst, er war ein Konsonantendreher, er vertauschte sie manchmal. Ich war mit seinem Vater gut bekannt. Ich war es, der Paul und Sonja einander vorgestellt hat. Nach dem blöden Einfall mit der Entführung. Er war mir angenehmer als Dominik.*

Der Stift flog übers Papier.

*Dominik konnte einen lächelnd anlügen. Paul war weniger gewinnend, nicht darauf aus, Eindruck zu machen. Sonja hat beide ausprobiert. Sie wissen, was ich meine. Liebe kann man es nicht nennen, es zog sie mal zu Dominik hin, dann wieder zu Paul. Sie war nicht fair. Als wir vom Mord an den Studentinnen erfuhren, dachte ich, dass Paul es gewesen sein könnte. So viel aufgestauter Hass. Er hatte herausgefunden, dass Sonja nur mit ihm spielte.*

»Wann haben Sie von dem Mord erfahren?«

*Am Morgen nachdem die Leichen entdeckt wurden. Paul sagte, er habe den ganzen Abend und die Nacht mit Dominik verbracht – sie seien um die Häuser gezogen, hätten Spaß gehabt. So ähnlich.*

»Aber dann hat Ihnen jemand eine andere Geschichte erzählt?«, mutmaßte Klara.

*Sonja. Sie sagte, sie sei mit Dominik zusammen gewesen.*

»Stimmte es?«, wollte Klara wissen.

*Wenn nicht, hätten beide einen Grund gehabt, sie zu töten. Dominik, weil er um sein Alibi fürchten musste, das Sonja im Nachhinein widerrufen könnte. Und Paul, weil er für das falsche Alibi Rache an ihr nehmen könnte. Ihre Aussage hat ihn damals ins Gefängnis gebracht. Nicht sie allein, aber sie war wesentlich. Wie heißt es so schön? Rache genießt man kalt.*

Richard Wallbrecht klang nicht gefühllos. Vielleicht war das ein guter Zeitpunkt, um mehr über seinen Detektiv herauszufinden.

»Sie wissen, wer Christian Cord ist«, sagte Klara.

Heiseres Lachen ertönte. »Der Vater Ihres Kollegen«, quälte er die Worte heraus. »Wir beide sind hiermit fertig.«

Klara hatte ein paar Antworten bekommen und war noch immer der Ansicht, dass Wallbrecht eine bestimmte Sache erledigt wissen wollte. Und die konnte nur die Person betreffen, die er für den Mörder seiner Enkelin hielt.

Derjenige, der ihn aufstöbern sollte, war Christian Cord. War Richard Wallbrechts Detektiv Dominik Hohenwart im Moor begegnet? Inmitten der Phalanx aus Presse und Schaulustigen? Und was war mit Paul Tenbergen? Wallbrecht hatte gesagt, beide Männer hätten ein Motiv gehabt, Sonja zu töten. Sie würde über die neuesten Informationen nachdenken – auf dem Weg zum Moorbad.

Der dunkle Wagen war wieder da. Jemand wollte unbedingt ihre Aufmerksamkeit. Er konnte sicher sein, dass er sie hatte. Klara fuhr an die Seite, kramte in der Tasche nach ihrem Handy und tippte eine Nummer ein. »Wo steckst du?«, fragte sie, als sie die Stimme ihres besten Freundes hörte.

»Du rufst an, um mich das zu fragen?« Moritz gab etwas von sich, das nach Schnauben klang. »Ich bin im Büro«, sagte er.

»Seit wann hast du ein Büro?« Klara wusste nichts davon. »Oder meinst du das schwarze, das auf vier Rädern fährt?« Sie zog die Handbremse an und stieg aus.

»Folgt dir wieder jemand? Bleib bloß im Auto.« Besorgnis, Wut.

Klara zögerte, warf einen langen Blick zurück. Ihr Verfolger hatte wahrscheinlich auch angehalten.

»Ich habe gehört, wie du die Tür aufgemacht hast, Klara. Jetzt steig wieder ein!«, brüllte Moritz durchs Telefon.

Klara murmelte etwas.

»Bist du wieder im Auto?«, fragte er, noch immer nervös. »Mir ist wieder eingefallen, woher ich Sonja Wallbrecht kannte. Ich fand sie nicht toll, und sie war auch nicht wirklich an mir interessiert. Eine flüchtige Bekanntschaft. An das Lagerfeuer kann ich mich nur noch vage erinnern. Ist auch nicht wichtig … ich bin nicht wichtig«, sagte er. »Ich würde darauf tippen, dass sie damals jemanden eifersüchtig machen wollte. Sieh dir das Foto noch einmal an. Irgendwo darauf muss ein Typ sein, der ein anderes Mädchen im Arm hält. Daran habe ich mich erinnert, weil Sonja so seltsam reagierte. Vielleicht hat sie das Bild ihretwegen aufgehoben. Die andere könnte eine Bedeutung für sie gehabt haben«, sagte Moritz.

Klara würde sich das Bild also noch einmal vornehmen. Sie hoffte, dass Moritz' Erinnerung stimmte.

»Ist dein Verfolger noch irgendwo zu sehen?«, fragte er.

»Nein«, gab Klara nach einem Rundumblick zurück, »aber vielleicht hat er sich auch nur versteckt.«

»Erzähl deinem Kriminalhauptkommissar davon«, schlug Moritz vor. »Wenn das kein Stalking ist.«

Für Belästigungen, wie auch immer sie aussehen, ist Alexander Cord erst zuständig, wenn ich tot bin, hätte sie beinahe gesagt. Die verdammte Sache ging ihr unter die Haut, und die Karte von Ridell wühlte sie noch zusätzlich auf. Und das, wo sie mit ihren eigenen Erinnerungen doch genug zu tun hatte. »Bleib nicht so lange weg«, bat sie ihren besten Freund. »Deine Gesellschaft an den Abenden fehlt mir.«

## 16

Jedes polizeiliche Verhör ist eine Verführung; die eine Seite versucht, die andere zu verführen, ihr zu geben, was sie will.

Klara öffnete vorsichtig die Wohnungstür. Wo sich der Ausgerissene wohl gerade befand?

Im Terrarium rührte sich nichts, und auch sonst blieb es still. Klara achtete bei jedem Schritt darauf, wohin sie trat. Ihr schlechtes Gewissen befahl ihr, Goldi sofort zu suchen, aber sie erklärte ihm, dass sie das ein bisschen später tun würde.

Als sie das Handy aus ihrer Tasche nahm, berührten ihre Finger Karton. Ray Ridells Karte wanderte aus ihrer Handtasche in die Schublade, in der sich bereits die übrigen von ihm befanden. »Irgendwann will ich dich verdammt noch mal vergessen können!«, fluchte sie und hoffte, es würde aufhören, auch die Karten. Dann würde die Erinnerung vielleicht mit der Zeit verblassen. Der Typ war eine echte Heimsuchung.

Klara zog eine alte Stretchjeans an, knöchelhohe Turnschuhe, ein langärmliges Shirt und ihre Uralt-Lederjacke, abgewetzt und farblich bedenklich, die sie ausschließlich bei fragwürdigen Unternehmungen trug. Klara versetzte der Schranktür entschlossen einen Stoß, sonst würde sie sich am Ende noch eine Entschuldigung ausdenken, warum sie nicht mehr losziehen konnte.

Sie überlegte, was ihr bei dem Ausflug nützlich wäre, und packte alles in einen kleinen Rucksack. Der Klappspaten lugte oben heraus, sie hatte keine Ahnung, warum sie glaubte, ihn zu brauchen. Reine Intuition. In die Seitentasche steckte sie die Zeichnung, die Hannah so sorgsam unter dem Dielenbrett verborgen hatte.

Hermina Blankenburg hatte Klara gewarnt, nicht auf eigene Faust zum alten Moorbad hinauszuwandern, aber sie musste allein dorthin, sonst würde sie das Gespür für den Ort nicht bekommen. Außerdem wollte sie niemanden dabeihaben. Und das, obwohl sie sich unlängst gefragt hatte, ob sie das Moor nicht schon für immer hinter sich gelassen hatte. Wenigstens so vernünftig, eine Nachricht zu hinterlassen, war sie. Falls was? Falls etwas schiefgehen und sie sich im Sumpf verlaufen würde?

*Ich muss noch mal ins Oldhorster Moor – zum alten Moorbad.*

Sie legte ihre Notiz neben eine andere, die sie übersehen hatte: *Ich putze nicht unter Lebensgefahr. Was für ein Tier? Komme erst wieder, wenn die Lage wieder unter Kontrolle ist.*

Wie beruhigend. Dann hatte der Staubsauger Goldi auf keinen Fall geschluckt.

»Ich muss noch mal weg. Halt durch, Grüner – und komm bitte bald wieder nach Hause zurück!«, rief sie in die Wohnung. Unsinnig, das Tier brauchte keine Aufforderung.

Entschlossen zog sie die Wohnungstür hinter sich zu. Als sie aus dem Haus trat, scannte sie die Umgebung, bevor sie in ihren Mini Cooper stieg. Es waren nur ein paar Kilometer bis zum Oldhorster Moor, die Sonne schien am frühen Nachmittag. Ein paar Jugendliche kamen ihr auf Fahrrädern entgegen, einer streckte fröhlich Füße und Arme von sich. Klara schüttelte lächelnd den Kopf. Vor ihrem inneren Auge sah sie zwei übermütige Mädchen. Sich selbst auf ihrem Skateboard, wie sie sich am Gepäckträger von Hannahs Fahrrad festhielt. Sie hatte losgelassen, als ihre Freundin mit ausgebreiteten Armen lachend den kleinen Hügel hinuntergesaust war. Sie waren beide in der Wiese gelandet. Klara konnte mit dem Skateboard nicht bremsen, und Hannah hatte es zu spät getan. Es gab Erinnerungen, die wehtaten, bei dieser hörte Klara aber für einen kurzen Moment wieder Hannahs unbeschwertes Lachen.

Klara kannte den Weg ins Moor im Schlaf, sie hatte sich nicht auf die Strecke konzentriert, war einige Male abgebogen, bis sie am Waldrand stand. Sie parkte den Mini am schmalen Weg, stieg aus, schaltete die Navigations-App auf ihrem Handy ein und ließ sich die möglichen Routen ins Moor zeigen, bevor sie die kleine gezeichnete Skizze zur Hand nahm. Klara wollte den Weg nehmen, den auch Hannah genommen hatte, sollte sie dieser Beschreibung gefolgt sein. Sie konnte es sich immer noch nicht vorstellen, dass ihre beste Freundin allein losgegangen war. Aber der Eintrag im Tagebuch war unmissverständlich: Hannah hatte es tatsächlich gewagt.

Und gerade tat sie das Gleiche und hatte mehr Angst, als sie glaubte, ertragen zu können. Sie würde auch durch das Waldstück gehen müssen, in dem vor siebzehn Jahren die Leiche von Nadine Franke entdeckt worden war.

Nach einigen hundert Metern wurde der Weg schmaler, und die Vegetation veränderte sich. Diesen Weg war ihre Freundin allein gegangen. Die vorsichtige, zurückhaltende Hannah.

Das Waldstück lag links von ihr, ein Holzschild mahnte den Spaziergänger, auf dem Weg zu bleiben. Klara konnte sehen, warum die Warnung gern ignoriert wurde – Sonnenstrahlen tanzten zwischen den Bäumen, Moose, die weich wie große grüne Kissen wirkten, bedeckten den Boden. Darüber ein schützendes, aber durchlässiges Blätterdach. Es wäre wunderschön gewesen, hätte in Klaras Vorstellung nicht ganz in der Nähe die tote Nadine Franke gelegen.

Klara würde auf dem Weg bleiben, bis er zu Ende war und ein Schild verkündete, dass, wer weiterging, es auf eigenes Risiko tat. Ihr Handy zeigte das rote Achtung-Schild in Miniaturausgabe. Der ausgewiesene Rad- und Wanderweg machte eine kleine Biegung. Hier war der Untergrund aus fester Walderde unbedenklich.

Hannah und sie hatten des Öfteren darüber gewitzelt, ob sie es einmal im Sommer wagen sollten, in einem der alten Bombenkrater zu baden, die es hier geben sollte. Zuerst müssten sie einen finden, hatte Klara gesagt und gelacht.

Heute überlegte sie, wie aufwendig es wäre, in einem solchen Krater eine Leiche zu entsorgen. Das Leichengas würde den Körper in Kürze wieder an die Oberfläche treiben. Aber ein Fahrrad könnte man hier sicher entsorgen, dachte Klara.

Niemand wusste etwas darüber, niemand wollte es damals gesehen haben, als Hannah verschwand. Dabei waren sie fast immer mit den Rädern unterwegs gewesen. Hannah hatte ein cremefarbenes Kalkhoff-Rad besessen; fünf Gänge mit Rücktrittbremse. Klara wunderte sich nicht zum ersten Mal, wo das Rad geblieben war. Auch die Polizei hatte sich das gefragt und zusätzlich zur Personenbeschreibung eine Beschreibung des Fahrrads rausgegeben. Trotzdem war es nie wieder aufgetaucht.

Klara betrachtete die Skizze. Sie zeigte deutlich zwei Bäume, die am Stamm zusammengewachsen waren. Kurz darauf sah sie sie vor sich. Danach ging es ein kurzes Stück über nachgiebigen Untergrund. Sie war froh, die Turnschuhe mit dem hohen Schaft gewählt zu haben. Ein richtiger Weg war das nicht mehr, und unversehens verabschiedete sich auch ihr Handy, das keinen Empfang mehr hatte. Sie blieb stehen, was jedoch keine gute Idee war. Klara fühlte sofort, wie der Boden eine Winzigkeit nachgab. Sie musste weiter, bis sie wieder auf festem Grund stand – wenn es den in näherer Umgebung überhaupt noch gab.

Furcht kroch über ihren Nacken und stellte die kleinen Härchen auf ihren Armen auf. Klara lief schneller, orientierte sich an den Punkten auf der Skizze und achtete darauf, wohin sie trat. Sie hetzte einen kleinen Hügel hinauf und wieder hinunter, dann veränderte sich die Umgebung.

Sie hatte ihr Ziel erreicht. Ein muffiger Geruch umfing sie. Auf einer Plattform aus dunkler Eiche stand der große Pavillon, in seinem Innern eine gusseiserne Wanne, fleckig, in einem abblätternden Eitergelb.

Hermina Blankenburgs Beschreibung kam ihr in den Sinn. Ein schweres Gefühl drohte ihr die Luft abzudrücken. Die Geister der Vergangenheit schienen nicht ruhen zu wollen.

Sonja Wallbrecht hatte hier draußen als Teenager einige Tage verbracht. Wahrscheinlich war sie die meiste Zeit über nicht allein gewesen. Hatte sie gehört, wie das Moor in den Nächten stöhnte?

Klara stieg vorsichtig die zwei Stufen zum Pavillon hinauf. Vor vielen, vielen Jahren war dieser sicher einmal eine massive Holzkonstruktion gewesen, mittlerweile sah er aus, als wäre ihm nicht mehr zu trauen.

Sie warf einen Blick in die Wanne, zuckte zurück. Im bräunlich schwarzen Wasser schimmerte etwas Helles. Sie ekelte sich davor, mit bloßen Händen hineinzufassen. Aber diesen Ort verlassen, ohne zu wissen, ob etwas in dem Behältnis lag und was es war, das würde sie auch nicht.

Sie nahm den Rucksack ab, öffnete den Klettverschluss und

zog den Klappspaten heraus. Damit könnte sie den Wanneninhalt untersuchen.

Klara musste an Sven Kraus denken, der nach dem Stiefel in dem Tümpel geangelt hatte, aus Neugierde, ob nicht noch mehr zum Vorschein käme. Sie presste die Lippen zusammen und zog das Metall durchs Wasser. Irgendetwas hing an der kleinen Schaufel fest. Stumm betete sie, es möge nichts Menschliches sein. Sie hob den kleinen Spaten mit seiner Last vorsichtig aus dem Wasser. Knochen. Kleine Knochen. Fellreste baumelten an der Kante des Spatens. »Ein Tier … ein kleines Tier.« Erleichtert überließ sie den Kadaver wieder der Wanne.

Klara wusste, dass es vernünftiger wäre, zurückzugehen, aber sie konnte nicht. Sie hatte längst nicht alles gesehen. Sie wischte den Spaten an einem Büschel Gras ab, legte ihn zusammen und steckte ihn zurück in den Rucksack.

Am Ufer des Moorsees stand eine Hütte, deren Rückseite anscheinend im Wasser verschwunden war. Die Tür hing einladend geöffnet in rostigen Angeln. Seitlich des kleinen Gebäudes war ein breiter Absatz. Klara prüfte das Holzbrett, das einigermaßen trocken und zudem stabil aussah, als könnte man es wagen. Sie versuchte, sich zu beruhigen. »Es sind nur wenige Meter bis zur Tür.«

Der faulige Geruch wurde intensiver. Sie würde nur einen Blick ins Innere der Hütte werfen. Eng an die Holzwand gedrückt, setzte sie vorsichtig einen Schritt vor den anderen. Dann hatte sie es geschafft, stand in einem Türrahmen und konnte in den Raum hineinsehen.

Ein paar Fingerbreit Wasser schwappten müde im Innern hin und her, darin dümpelte eine Matratze. Doch Klaras Blick hing an dem einzigen Schrank fest. Er schien sie auffordernd anzustarren.

Ihr Verstand riet ihr, es nicht zu tun. Sie wusste, dass er recht hatte. Sollte ihr hier etwas zustoßen, wäre sie mit großer Wahrscheinlichkeit in Schwierigkeiten. Aber würde sie zurückgehen, würde sie sich für immer fragen, was in dem Schrank war. Sie machte einen Schritt nach vorn. Das kalte Wasser schwappte stärker, schien lebendig zu sein.

Klara streckte die Hand aus, um den Riegel an der Schranktür umzulegen. Er brach, als sie daran herumhantierte, im selben Augenblick gab etwas nach, und sie hatte das Gefühl zu rutschen.

Mit einem Mal war das Schrankinnere nicht mehr wichtig. Sie musste zusehen, dass sie nicht durch den ehemals massiven Naturholzboden brach, denn dann würde sie wahrscheinlich sofort im Moor stecken bleiben. Den Rucksack halb über die Schulter geworfen, kroch sie auf allen vieren über den Boden, zog sich schließlich am Türstock hoch und stand wieder auf dem sicheren Absatz.

Klara warf einen letzten Blick auf den Schrank, dessen Tür sich jetzt wie zum Hohn ein Stück weit geöffnet hatte.

Sie würde zurückkommen. Bald. Sie wandte sich um. Die Sonne verschwand hinter den Wolken und würde an diesem Tag nicht wieder auftauchen. Das nasse Holz der Hütte verlor seinen Glanz, und vom sumpfigen Boden stieg ein Gurgeln auf, begleitet von unheimlichen Schwaden, die wie Rauchfäden aussahen. Sie musste sich beeilen.

Als wäre jemand hinter ihr her, rannte sie den Weg zurück, das erste Mal seit Tagen spürte sie den Schmerz in ihrem Bein. Sie musste eine Pause machen, in diesem Tempo würde sie es nicht bis zu ihrem Mini schaffen, geschweige denn wieder in die Zivilisation.

Klara passierte den zusammengewachsenen Baum. Zumindest war sie auf dem richtigen Weg. Doch der Nebel schien ihr nachzueilen.

Zuerst war es nur ein Gefühl gewesen. Sie sah ihn, als sie sich umwandte: einen Schatten. Ein Mensch aus Fleisch und Blut. Panik stieg in Klara auf, sie versuchte, rational zu denken. Sie würde hinter einem dickeren Baum Stellung beziehen, sich beruhigen, tief Atem holen und einen Blick auf den Verfolger werfen.

Vor ihr lag die kleine Lichtung. Jetzt tanzten keine Sonnenstrahlen mehr über den Boden. Klara verbarg sich hinter einem Baumstamm. Ihr Atem ging schnell, ihr Herz schlug wie verrückt. War das ihr Verfolger, der sie schon seit Tagen beschattete?

Klara wartete, bis sich der Schatten aus dem Nebel löste und Konturen annahm. Auf die Entfernung konnte sie das Gesicht nicht deutlich erkennen, aber plötzlich ahnte sie, um wen es sich handelte. Der Mann blickte sich verwirrt um, drehte sich einmal um die eigene Achse.

»Klara Niehof!«, rief er.

Sie neigte sich weiter nach vorn. Der Mann war ihr im Moor begegnet, er hatte Klara nach Hannah gefragt. Auf ihrem Anrufbeantworter gab er sich als H. Berger aus, aber im wirklichen Leben war er Paul Tenbergen. Gerade fühlte er sich unbeobachtet. Da brauchte er nicht zu verbergen, dass er kein r sprechen konnte.

»Ich hätte dich rausgezogen, wenn …« Er reckte wem auch immer seine leeren Hände entgegen und lachte kopfschüttelnd. »Unfassbar leichtsinnig, hier allein unterwegs zu sein.«

Klara ließ sich hinter dem Baum auf den Boden sinken. Scheiße! Hätte er sie wirklich rausgezogen, wenn ihr etwas passiert wäre? Gerade durfte es ihr egal sein. Sie wusste, dass sie nicht ewig hier sitzen bleiben konnte, die Sonne sank tiefer, der Nebel kam näher.

Nach einigen Minuten, die sie reglos an Ort und Stelle ausgeharrt hatte, glaubte sie, dass Tenbergen genügend Vorsprung und keinen Grund haben dürfte, zurückzukommen.

Das Handy erwachte zu neuem Leben, als Klara um ein paar Bäume bog. Die Vegetation wurde übersichtlicher, der Geruch änderte sich. Gleich darauf informierte sie ein Klingelton über einen verpassten Anruf und eine eingegangene Nachricht. Sie warf einen Blick auf das Display. Alexander Cord.

*Ich konnte Sie nicht erreichen. Es ist etwas passiert, das Ihnen nicht gefallen wird.*

Das hätte sicher auch noch eine Stunde länger Zeit. Um Goldi ging es dabei bestimmt nicht.

Klara erreichte in klammer Kleidung und quietschenden Turnschuhen gerade wieder den Wanderweg, als ihr jemand mit langen Schritten entgegenkam.

»Ich habe auf Sie gewartet.« Cord betrachtete Klara eingehend, wobei sein Blick an ihren Füßen hängen blieb.

Sie sah an sich hinunter. Verdammt, Pflanzenreste und Dreck klebten an ihr. Darauf hatte sie nicht geachtet.

»Sie haben also schon wieder im Sumpf gesteckt. Darf ich Ihnen Ihr Gepäck abnehmen?«

»Äh, welches?« Sie hatte den Rucksack völlig vergessen, sein Gewicht nicht mehr gespürt. Sie winkte ab. »Können wir bitte später über meine Moorwanderung sprechen? Ich habe entsetzlich kalte Füße«, sagte sie. Und ein entsetzlich unterkühltes Herz, das in bodenlose Tiefe gesunken ist.

»Wahrscheinlich wollen Sie sie mir wieder als Privatangelegenheit verkaufen. Wie auch immer, auf Ihrem Tisch lag diese Nachricht. Ich habe leider auch eine für Sie – wir müssen dringend ins Rechtsmedizinische Institut.«

Überhaupt nichts ist privat, dachte Klara. Ich bin gerade nur dem Mann begegnet, den wir suchen. Aber darüber könnten sie auch nachher noch reden. Cord wäre nicht aufgetaucht, wenn es um etwas Banales ging. »Es gibt wieder eine Leiche.« Eine Feststellung. Aber woher hatte Cord gewusst, wo er auf sie warten musste? Er würde es erklären müssen, und sie musste dringend ins Warme, sich duschen, sich umziehen – und dann wieder eine Tote ansehen. »Ist vor mir jemand diesen Weg entlanggekommen?«, fragte sie ihn. Wenn Cord schon etwas länger gewartet hatte, könnte er Tenbergen gesehen haben.

»Mehrere Spaziergänger. Wer sich jetzt nicht beeilt, der findet womöglich nicht mehr hinaus.« Cord gestikulierte in die Richtung, aus der Klara gekommen war.

»Aber Sie haben nicht auf sie geachtet –«, begann sie.

Cords Augen funkelten. »Weil ich mich mit etwas anderem beschäftigt habe, stimmt. Und beim nächsten Mal schreiben Sie die Uhrzeit auf, wenn Sie sich auf den Weg machen. Ich hatte keine Ahnung, wie lange Sie schon im Moor waren, und Ihr Handy war aus«, schimpfte er.

## 17

Serienmörder sind per Definition erfolgreiche Mörder, die aus ihren Erfahrungen lernen. Der Anspruch muss sein, schneller zu lernen als sie.

Sie gingen gemeinsam zurück. Cord hatte seinen Wagen hinter Klaras Mini Cooper abgestellt.

Als er fragte, ob sie fahren könne, blickte sie ihn erstaunt an. Sah sie etwa aus, als wäre sie nicht dazu nicht in der Lage?

Klara nahm einen Zipfel ihres Shirts und wrang ihn aus wie ein Stück Wäsche. Die Bezüge in ihrem Mini Cooper dufteten längst nicht mehr frisch, weil andauernd etwas auf ihnen trocknete. Klara warf den Rucksack in den Kofferraum. Sie duldete keinen Widerspruch.

»Zu Ihnen?«

Sie nickte. Klara stieg ein, wartete, bis Cord losgefahren war, und kippte die Sonnenblende mit dem kleinen Spiegel herunter. Ein blasses Gesicht sah ihr entgegen, und sie kniff sich in die Wangen.

Cord und Klara kamen fast zeitgleich vor ihrem Wohnhaus an. Sie holte den Rucksack aus dem Kofferraum und dachte daran, den Klappspaten reinigen zu müssen. Es hingen bestimmt noch tierische Überreste daran.

Sie überlegte, Cord vorzuwarnen, weil Goldi sich noch irgendwo in der Wohnung herumtrieb. Im nächsten Moment stutzte sie. Er musste bereits in der Wohnung gewesen sein, weil er ihre Nachricht gelesen hatte. Womöglich auch die andere von Tim, der Putzfee. Beide lagen auf dem Tisch, was bedeutete, dass Cord wissen musste, dass Goldi entwischt war. Schweigend öffnete Klara die Tür und schob Cord eilig vor sich her.

»Alles gut, Goldi ist wieder im Terrarium«, sagte er.

Fand er Goldis Flucht vielleicht lustig? Sie bemerkte die kleinen Boxen mit den Insekten, die auf der Kommode standen. Wiederbelebt oder neu gekauft? »Wo haben Sie ihn gefunden?« Sie hängte den Rucksack und ihre Jacke an die Garderobe und ignorierte das Gemuffel.

»Vor der Haustür.«

»Das ist nicht wahr«, sagte Klara.

»Vor seiner Haustür«, machte Cord deutlich.

»Machen Sie bitte keine Späße auf meine Kosten«, bat ihn Klara. »Ich fühle mich so schon elend genug. Ihr Gecko ist ein Meister des Verstecks, und ich bin, ich gestehe, bedingt schuldig. Aber die Zeit und unsere Ermittlungen haben auch gegen mich gespielt.« So in etwa jedenfalls. Sie würde ihn jetzt sich selbst überlassen. »Geben Sie mir ein paar Minuten und nehmen Sie sich aus dem Kühlschrank, was immer Sie wollen.«

»Was ich will, ist nicht im Kühlschrank.«

Klara war durcheinander. Alles an ihr klebte, sie hatten eine neue Leiche, und Cord wollte freundlich sein oder auch nicht und sprach in Rätseln. Sie setzte sich auf den Boden, zog die Schuhe aus und versuchte, aus der engen Jeans zu schlüpfen. »Würden Sie vielleicht …?«

»Ziehen?«

»Ziehen«, bestätigte sie. Es wäre ihr lieber gewesen, wenn Moritz an Cords Stelle vor ihr stünde. Weniger verwirrend. Kurz schoss ihr durch den Kopf, dass sie immer noch nicht wusste, ob ihr Kollege mit jemandem zusammen war.

Eine Viertelstunde später war sie geduscht, hatte sich frische Sachen angezogen und den Rucksack im Bad aufgehängt, wo er weitertropfen und sein Aroma des Todes verströmen konnte. Sie rubbelte ihr feuchtes Haar ein wenig trocken und lauschte, wie Cord mit Goldi redete.

»Warum konnten Sie nicht länger auf mich warten? Sie haben bei mir eingebrochen«, beschwerte sie sich, obwohl ihr die Empörung unpassend erschien.

Dass er sich Zugang zu ihrer Wohnung verschafft hatte, versetzte sie nicht gerade in Hochstimmung. Es bedeutete, dass Einbrecher leichtes Spiel hätten – ein allzu leichtes. Verdammt noch mal.

»Rufen Sie doch die Polizei.« Belustigt zuckte er die Schulter. »Ich dachte, Sie würden die Tote so schnell wie möglich sehen wollen.« Sein Blick war wie eine Taschenlampe, deren

Strahl sie erfasste. »Aber natürlich haben Sie dort draußen im Moor nicht das Geringste mitbekommen. Die Nachrichten sind allerdings schon voll davon. Was haben Sie nur wieder gemacht?«, hakte er nach.

Es gab kein Ausweichen, keine Fluchtmöglichkeit mehr. »Ich war im alten Moorbad, von dem es nicht mehr viel zu sehen gibt. Als Sonja Wallbrecht sozusagen sich selbst entführt hat, hat sie einige Tage dort verbracht.« Klara schaute ihrem Gesprächspartner in seine Taschenlampen-Augen. »Ich wollte Sie nicht dabeihaben, es für mich behalten – nur so lange, bis ich sicher gewesen wäre …« Dass Hannahs Leiche irgendwo dort draußen ist, dass ein Serienmörder das alte Moorbad vielleicht für seine Zwecke genutzt hat. »Bis ich mehr über den Ort gewusst hätte«, sagte sie und zwirbelte mit den Fingern nervös eine ihrer Haarsträhnen. Sofort hatte sie wieder Ridell vor Augen, wie er damals lächelnd eine ihrer Locken zwischen den Fingern gerieben, sie unter seine Nase gehalten und den Duft eingesogen hatte. Der Wachmann reagierte spät, aber Klara war klar, dass sie den Fehler begangen hatte. Sie war ihm zu nahe gekommen, für seine Begriffe sicher in mehr als nur einer Hinsicht.

»Sie verschweigen mir etwas«, sagte Alexander Cord, und Ray Ridell löste sich in Luft auf.

Klara ließ sich in einen Sessel fallen. »Haben Sie Goldi seinen Babybrei gegeben?«

»Ich mag an Ihnen, dass Sie sich nebensächliche Gedanken machen. Und ja, den Babybrei hat er bekommen. – Bevor wir uns aber auf den Weg machen, muss ich noch eins loswerden: Ihr Türschloss ist die reinste Einladung.« Cord zog sie aus dem Sessel hoch.

Der Nebel konnte ihnen unmöglich gefolgt sein, doch als sie das Haus verließen, zogen einige helle Schleier durch die Straße.

Obwohl Alexander Cord den Mercedes direkt vor dem Haus geparkt hatte, lief Klara erst einmal an Mr. Mint vorbei.

Cord öffnete ihr die Autotür. »Diesmal sage ich es Ihnen: Machen Sie sich locker und spucken Sie aus, was Sie denken.«

»Gerne doch … Aber gerade überschlagen sich meine Gedanken auch schon ohne die neue Leiche«, sagte Klara. »Warum? Es gab doch keinen Grund, noch jemanden zu töten. Wer ist das Mordopfer, wo wurde die Frau gefunden? Wir reden hier doch von einer Frau, nicht wahr?« Sie hatte recht, wie Klara an seiner Miene bemerkte. Aber was machte die Dame so interessant, dass Cord in ihre Wohnung einbrechen und sie zum Institut chauffieren musste?

»Es handelt sich um Brit Lehnert, Ehefrau eines bekannten Herzchirurgen. Sie ist blond, Ende dreißig. Sie wurde am frühen Nachmittag mit Würgemalen am Hals in ihrem Garten gefunden«, beantwortete er ihre Frage.

»Diesmal also die Ehefrau einer Säule der Gesellschaft. Im Garten aufgefunden, das passt nicht.« Ein spontaner Mord? Der Garten war das persönliche Umfeld des Opfers, der Täter, der auch Sonja Wallbrecht umgebracht hatte, hätte aber unter allen Umständen *sein* persönliches Umfeld geschaffen. Es sei denn … sie hatten es mit einem neuen Täter zu tun. Klara empfand bei dem Gedanken fast ein bisschen Erleichterung.

»Annett Rehbein ist nervös und gereizt, die Medien gieren nach Informationen, und die Kollegen haben Angst, einen Fehler zu machen«, sagte Cord.

Klara nickte. Die Angst hatte sie auch.

»Was war Ihr Fehler?«, fragte er.

Klara stöhnte innerlich auf. Ihr Fehler; es war mehr als nur einer gewesen. Sie waren zwei Männern auf der Spur, wovon einer für eine Serie verantwortlich war. Sie hatte es spät bemerkt, und um der Wahrheit die Ehre zu geben, war sie nicht von selbst darauf gestoßen. Erst Moritz hatte sie mit seiner Bemerkung, außer Hannah könnte es noch andere Personen geben, die in der Gegend verschwunden waren, zusammen mit den Akten im Archiv darauf gebracht. »Der Mörder von Sonja Wallbrecht hat nur einmal getötet, der Mörder von vor achtzehn Jahren ist ein Serientäter. Sie erinnern sich … die schlimme Sache.«

»Der Doppelmord an zwei Frauen. Paul Tenbergen wurde verurteilt. Er kann kein Serientäter sein, er war bis vor drei Jahren im Gefängnis.« Sein Gesicht verschloss sich.

»Gestern ist nie vorbei«, sagte Klara und krallte die Finger in den Sitz. »Das ist mein Fehler.«

Cord bremste, fuhr den Mercedes auf das unbefestigte Bankett und schaltete die Warnblinkanlage ein. »Ich hasse Ihre Märtyrernummer.« Er löste den Gurt und drehte sich auf dem Sitz zu ihr herum. »Erklären Sie mir das genauer«, forderte er.

»Ich habe versucht, aus zwei Mördern einen zu machen. Ich habe das Spiel vielleicht zu spät durchschaut. Paul Tenbergen hat Sonja erwürgt, aber für die Serie ist ein anderer verantwortlich. Und ich habe ihn … übersehen.« Dominik Hohenwart. Er war derjenige, der eine Klinge benutzte, um zu schneiden, und einen Gürtel, um seine Opfer erst zur Besinnungslosigkeit zu würgen und sie dann mit einem letzten Zug, sodass die Gürtelschnalle auf die Kehle drückte, zu töten. Der Handlungsablauf des Mörders hatte in diesen Akten auf sie gewartet, so schien es ihr. »Interessiert Sie, wonach Verzweiflung schmeckt?« Klara schnallte sich ab, beugte sich zu ihm, nahm sein Gesicht in beide Hände und küsste ihn. Hungrig, die Augen geschlossen, auf der Flucht vor sich und ihren Empfindungen. Ihre Finger griffen in Cords Haar, sie zog seinen Kopf zu sich, schmeckte ihn. Sie wollte ihre Hände weiter wandern lassen, sein Hemd öffnen …

Klick. Ihre Vernunft schaltete sich wieder ein, sie gab ihn frei, zog schnell ihre Hände zurück, als fürchtete sie Verbrennungen. »Entschuldigung. Es war ein langer Tag, wir sollten uns die tote Frau ansehen, und ich wollte Sie nicht …«

»Doch, das wolltest du«, wiedersprach er. »Schon die ganze Zeit. Und ich habe dich zurückgeküsst, falls das nicht deutlich gewesen sein sollte.«

Im Institut kündeten nur mehr ein paar einsame Lichtquellen von der Anwesenheit weniger Personen, die bei den Toten wachten und für Sicherheit sorgten. Was die Leichen in den Kühlfächern sicher nicht großartig kümmerte.

Klara ging neben Cord den Gang entlang. Er war ihr einen Schritt voraus. Der Kuss hatte für Entspannung und gleichzeitig für elektrisierende Hochspannung gesorgt. Sie hatte seine Sehnsucht gespürt. Aber was sollten sie jetzt damit anfangen?

Professor Danemann kam ihnen wie schon bei ihrem letzten gemeinsamen Besuch entgegen. Er sah munter und gesund aus, worum Klara ihn beneidete. »Die Nachrichten lösen Panik unter den Leuten aus. Womöglich ein Serienmörder.« Doch Danemann wirkte in keiner Weise auch nur eine Spur beunruhigt. »Das sind die Fotos der Auffindesituation. Werfen Sie einen Blick darauf und sagen Sie mir, was Ihnen auffällt.« Er reichte Klara einen kleinen Packen Bilder.

Klara griff verhalten danach. Warum kam ihr das alles nur wie die Szene in einem Schauspiel vor?

Zuerst fielen ihr die diversen Gartengeräte auf. Der Garten stand noch nicht in voller Pracht, aber jemand hatte ganz offensichtlich Freude an Blumen und am Pflanzen derselben: dieser jemand, der in der Nähe des Gartentors lag. Die Frau war blond, ihr Haar hatte sie zu einem Pferdeschwanz gebunden, sie trug Leggins und ein Jeanshemd, dessen sämtliche Knöpfe geöffnet waren – darunter blitzte ein gemusterter BH hervor. »Man hat versucht, sie wiederzubeleben?«, fragte Klara.

»Das Hemd der Frau war zugeknöpft. Ein Nachbar glaubte, noch etwas tun zu können«, beschrieb Danemann, was unternommen worden war, um Brit Lehnert zu retten.

»Und dabei hat er die Würgemale entdeckt«, sagte Klara. »Hat er für die schnelle Verbreitung der Neuigkeit gesorgt? Dass der Mörder von Sonja Wallbrecht ein weiteres Opfer gefunden hat?«

»Bitte nach Ihnen«, sagte der Professor und führte sie in einen der Sektionsräume. »Richard Wallbrecht war am Nachmittag übrigens mit Begleitung im Institut, um seine Enkelin zu identifizieren.«

Klara konnte sich denken, wer ihn begleitet hatte. Genauso wie Alexander Cord. Sie sah es ihm an: sein Vater.

Victor Danemann kam wieder auf die Frau des Herzchirurgen zu sprechen. »Ich habe mir Brit Lehnert bereits angesehen, wollte aber den ersten Schnitt erst setzen, wenn Sie mir das Okay dafür geben.« Er war völlig ruhig. Abwartend.

Cords Handy klingelte und durchbrach die angespannte Stille. Er fischte es aus der Tasche, betrachtete das Display, wirkte überrascht. Er ließ sich ausnehmend viel Zeit, bis er sich entschuldigte und sich zurückzog. Wahrscheinlich ein privater Anruf. Klara konnte die ersten Sätze hören. *Liebe … davon hast du lange nichts mehr gesagt. Jetzt interessiert es mich nicht mehr …*

Und wie privat dieser Anruf war. Klara versuchte, ihn auszublenden, und nahm das Paar Handschuhe, das Victor Danemann ihr reichte.

Brit Lehnert lag auf einem Stahltisch. Vielleicht war sie eine hübsche Frau gewesen, nicht sehr groß, ein wenig mollig, mit kinnlangem Haar und offensichtlichen Würgespuren am Hals. Ihre Gesichtszüge ließen nicht auf ein friedliches Dahinscheiden schließen.

Die Spuren stammten von Händen, aber sie waren nicht übermäßig deutlich und hatten bereits begonnen, sich zurückzubilden. Klara war verwirrt. Um Brit Lehnert zu töten, hätten sie stärker und frischer sein müssen.

Der Professor beobachtete sie. »Sie hatten Sonja Wallbrecht vor sich und wissen, welche Spuren ihr Mörder an ihr hinterlassen hat. Die Medien gehen vom selben Täter aus.«

Cord stand wieder neben ihr. Sehr nah. Für einen Augenblick stockte ihr der Atem. Klara warf einen neuerlichen Blick auf die Fotos, um sich zu konzentrieren. Dann drehte sie den Kopf der Frau. »Aber Sie und ich, wir gehen nicht vom selben Täter aus. Wenn ich mich nicht vollkommen irre, dann wurde diese Frau zwar ge-, aber nicht erwürgt.« Klara fasste zusammen, was sie sah und was sie daraus schloss. »Wie es scheint, wollte Brit Lehnert im Garten arbeiten, dann passierte etwas, und sie wurde nahe am Gartentor aufgefunden. Wollte sie Hilfe holen und hat es nicht mehr geschafft? Sie sieht aus, als wären die letzten Sekunden ihres Lebens ein Alptraum gewesen. Fragen, die wir uns stellen müssen: Was ist die Todesursache? Und wie kommt die Presse darauf, dass Brit Lehnert ein Mordopfer sein könnte? Was soll das Gefasel von einer Serie?« Klara hob wie zur Kapitulation die Hände.

»Ganz meine Meinung«, sagte Professor Danemann. »Ich nehme meine Arbeit auf, tippe aber auf einen natürlichen Tod.« Deshalb also seine Gelassenheit. »Das Herz. Ihr Gesichtsausdruck rührt vermutlich von den körperlichen Schmerzen her. Und der Angst«, sagte er.

Die Ehefrau eines Herzchirurgen war an Herzversagen gestorben; wenn das kein bizarres Zusammenspiel war. Klara nickte.

Danemann legte ein Tuch über die Tote. »Trotzdem hat ihr jemand in jüngster Vergangenheit die Kehle zugedrückt. Vielleicht beim Sex, manche haben solche Vorlieben. Man sollte sich beim Ehemann danach erkundigen?« Er verpasste dem Satz ein Fragezeichen.

Oder beim Liebhaber, dachte Klara.

»Und jetzt sehen Sie beide zu, dass Sie ins Bett kommen. Gute Nacht«, sagte er.

Klara warf Brit Lehnert einen letzten Blick zu. Sie würde für immer schlafen.

Die gute Nachricht, dass die jüngsten Toten nichts miteinander zu tun hatten, würde sich deutlich langsamer als die des neuen Mordes verbreiten.

Klara und Cord liefen über den Parkplatz, sie waren sich nahe, aber sie berührten sich nicht. Die Spannung schien Funken zu schlagen. Klara vergrub ihre Hände in den Taschen ihrer Jeans, bevor sie womöglich noch etwas Unbedachtes tat.

Sie gab Cord Bescheid, sie würde die Kommissariatsleiterin schnell informieren. Das Gerücht der Serie musste vom Tisch und aus den Köpfen der Reporter. »Es gibt eine gute Nachricht«, begann sie das Gespräch, nachdem sie sich gemeldet hatte. »Alexander Cord und ich waren gerade im Rechtsmedizinischen Institut. Brit Lehnert starb an einem Herzanfall, es geht nicht um eine Tötung, es war kein Mord«, betonte Klara und berichtete ihrer Vorgesetzten, was sie gerade von Professor Danemann erfahren hatten.

Annett Rehbein fiel ein Stein vom Herzen, wie sie es formulierte, ein kleiner, denn Brit Lehnert war zwar tot, aber zum Glück nicht ermordet worden. »In diesem Sinne«, verabschiedete sie sich. »Wir treffen uns morgen um neun im Polizeipräsidium.« Gespräch beendet.

In diesem Sinne … könnte man auch etwas Begonnenes zu Ende bringen. Doch Klara würde damit nicht anfangen.

Und plötzlich bist du altmodisch, sagte die kleine Stimme.

»Stimmt«, gab sie ihr recht.

Cord startete den Mercedes. »Stimmt?«, fragte er.

»Nein«, sagte Klara. Wie konnte man nur so konfus, aufgewühlt und gleichzeitig so dämlich sein? »Bist du gerade noch jemandem außer Goldi verpflichtet?«, fragte sie. Na, wenn das mal intelligent geklungen hatte.

»Ich bin dabei, etwas abzuschließen, oder was denkst du, warum ich Tier und Koffer durch die Gegend schleppe und mir ein Zimmer in einer Pension miete?«

Es war also noch nicht abgeschlossen und könnte ihr wehtun. Klara nickte.

»Und jetzt habe ich vor, dich nach Hause zu bringen und noch ein bisschen mehr. Aber, Klara Niehof, was auch immer passiert, ich will hinterher nicht hören, es wäre nicht ernst gemeint gewesen oder nur aus einer Stresssituation passiert. Ich will gar nichts hören.«

Sie wollte ihn, sie wollten einander. Und es war doch immer ein Wagnis, oder etwa nicht? Den Rest der Fahrt schwiegen sie voller Erwartung.

Cord parkte Mr. Mint, stieg aus, ging um den Wagen herum und hielt ihr die Tür auf, als hätten sie eine Verabredung. Aber sie hatten ja auch eine. Er tat, was sie sich vorhin nicht gestattet hatte, nahm ihre Hand, ganz selbstverständlich.

Im Treppenhaus drückte Cord auf den Schalter für den Aufzug. Sie standen in der Kabine, keiner von beiden sprach, nur ihre Blicke taten es. Klara suchte nach ihrer Tasche, bis ihr klar wurde, dass sie mit der Jacke an ihrer Garderobe hing.

Cord strich ihr über die Wange, sein Daumen zeichnete ihren Mund nach. »Und jetzt?«

Der Aufzug stoppte.

»Wir müssen einbrechen – ich habe die Schlüssel in meiner Wohnung vergessen.« Sie klang ein wenig atemlos.

Aber sie brachen nicht ein, jedenfalls nicht sofort. Sie konnten beide nicht warten, bis die Tür sich öffnete. Er presste sie gegen die Wand, sein Mund strich über ihre halb geöffneten Lippen, bevor er sie mit seiner Zunge teilte. Klara stöhnte. Endlich, dachte sie.

Er schob seine Hände unter ihren Pulli und raunte ihr ins Ohr, wie sehr er sich das gewünscht hätte. »Seit du in meinem Koffer gesessen hast.« Er zog ihr den Pulli über den Kopf, die Träger ihres Spitzen-BHs rutschten über ihre Schultern.

Sie hatte es sich genauso gewünscht und nicht erst, seit sie gestolpert und in seinem Koffer gelandet war. Ihr Blick verschwamm, als seine kühlen Fingerspitzen ihre Brustwarzen berührten. Sie wollte die Beine um seine Hüften schlingen, wollte ihn in sich spüren, wollte zuerst vor Lust und dann befreit aufschreien.

Er zog sein Hemd aus, ließ es zu Boden gleiten, und diesmal wanderten ihre Hände über seine Brust. Sie küsste ihn, während er sich am Gürtel ihrer Hose zu schaffen machte und sie schließlich nach unten streifte. Dann knöpfte er seine Jeans auf, und sie ließ ihre Hand in den Schlitz wandern. Sie spürte seine Härte, strich zärtlich über seine Eichel. Mit ihrem Mund nahm sie das begehrende Stöhnen von seinen Lippen, dann streifte sie sich ihren Slip über die Schenkel.

Er riss an seinen Boxershorts, die auf dem Kleiderhaufen auf dem Boden landeten. Seine Augen lösten sich keinen Augenblick von ihr. Dann sah sie nichts mehr, weil ihre sich schlossen. Klara spürte, wie er sie hochhob und sich aufsetzte. Langsam drang er in sie ein. Sie kippte den Kopf nach hinten, ihre Finger krallten sich lustvoll in seinen Rücken. Er bewegte sich in ihr, sanft zuerst, langsam … bis er die Selbstbeherrschung aufgab.

Sie wusste, dass sie es wieder wollen würde. Und sagte es ihm, als sie beide schließlich erschöpft auf den kühlen Boden vor ihrer Tür sanken. Minuten verstrichen, in denen nur ihr Atem zu hören war. Cord deckte sie mit seinem Hemd zu.

»Ich wusste nicht, dass du ihn so verdammt gut beherrschst«, flüsterte Klara und küsste seine Halsbeuge.

»Ein echtes Klara-Kompliment. Was meinst du?« Er streichelte ihren Rücken.

»Ich meine den Kulissenblick. Früher wurde er als der vielsagendste und der köstlichste aller Blicke bezeichnet. Er ist wahnsinnig intensiv. Und genau so hast du mich angesehen.«

»Ich glaube, wir sollten jetzt endlich deine verdammte Tür aufmachen.« Cord sperrte ihre Tür zum zweiten Mal an diesem Tag auf, ohne einen Schlüssel zu benutzen. Aus einem kleinen Set holte er zwei Dietriche, steckte sie ins Schloss und drehte sie gekonnt. Seine Augen rügten sie noch einmal: *Nicht sicher.*

Sie würde sich etwas einfallen lassen.

# 18

C. Auguste Dupin, der Amateurdetektiv in Edgar Allan Poes Klassiker »Die Morde in der Rue Morgue« von 1841, ist vielleicht die erste Person in der Kriminalgeschichte, die ein Täterprofil aufgrund der Beobachtung von Verhaltensmustern erstellt hat.

Als draußen der Tag längst begonnen hatte und die Erlebnisse der Nacht in die Erinnerung sanken, sodass man sie jederzeit wieder hervorholen konnte, klingelte Klaras Wecker – den sie nicht gestellt hatte. Verschlafen öffnete sie die Augen. Sie war allein in ihrem Bett, neben ihr lagen ein Zettel und ein Brief. Der Zettel erinnerte sie an ihre Vorgesetzte und die bevorstehende Besprechung um neun Uhr.

Cord musste den Wecker für sie gestellt haben. Er war bereits verschwunden. Einen kurzen Moment kroch Furcht ihre Kehle hinauf. Eine Liebesnacht ließ einen verletzlich zurück. Zumindest konnte sie es, wenn man etwas von sich preisgegeben hatte. Es konnte einen zerreißen, erlaubte man jemandem, den eigenen Schutzwall zu durchbrechen. Klara hatte es Cord erlaubt.

Es hatte sich gut angefühlt, aber würde das genügen, um sich in ihn zu verlieben? Mit einiger Sicherheit glaubte sie zu wissen, was nicht in Cords kleinem Brief stehen würde. Eine Entschuldigung für das, was zwischen ihnen passiert war.

*Mein Blick dürfte dir mehr gesagt haben, als ich eigentlich wollte, denn mit Blicken kennst du dich bestens aus. Aber was meinst du zu uns, Klara Niehof? Du wirst dir die Mühe machen müssen, es auszusprechen. Ich kann warten.*

Sie drückte einen Kuss auf die Worte und schälte sich aus der Umarmung der leichten Decke. Das rote Licht des Anrufbeantworters blinkte, jemand hatte eine Nachricht hinterlassen. Sie sollte sie abhören, vielleicht war es Moritz. Aber nein, der würde nur im Notfall ihre Festnetznummer wählen.

»Die Frage nach dem Alibi. Ist es gut, eines zu haben, oder hat man lieber keins, weil derjenige, der es einem gegeben hat, es vielleicht eines Tage mit einer neuen Aussage zunichtemacht? Und dann steht man da.« Der gar nicht mehr so rätselhafte H. Berger von InforAll.

Klara sagte nur ihr Instinkt, dass er und Paul Tenbergen derselbe Mann waren, und das war nicht annähernd genug, um etwas gegen ihn zu unternehmen. Er hatte nichts getan, nichts, das sich beweisen ließ, und sie hatte keine Ahnung, wo er zu finden war. H. Berger und InforAll waren völlig unbekannt, wie ihre Recherche ergeben hatte. Der Mann war kein Journalist. Ein weiterer Fehler ihrerseits. Warum hatte Klara wie selbstverständlich angenommen, er wäre tatsächlich ein Reporter? Weil er im Oldhorster Moor gewesen war, etwas über sie und Hannah wusste und vielleicht einen schwarzen Wagen fuhr?

Ein leises Geräusch lenkte ihren Blick auf Goldis Heim. Der Grüne hielt sich um Balance bemüht an einem Ästchen fest.

Klara ging zum Terrarium und legte einen Finger ans Glas. Diesmal klappte es nicht, eine Verbindung zu ihr herzustellen, die Echse drehte sich weg. Klara konnte es ihr nicht verübeln.

Unter der Dusche nahm das Wasser die Leidenschaft der vergangenen Nacht mit sich. Sie wollte eine Wiederholung und nicht nur eine, wenn sie ehrlich war.

Noch musste sie sich nicht beeilen. Klara dankte ihrem fürsorglichen Liebhaber stumm dafür, sie so früh geweckt zu haben.

Bei einer Tasse Kaffee fiel ihr Moritz ein. Gestern hatte er gesagt, sie solle sich das Lagerfeuerfoto, auf dem Sonja Wallbrechts Hand auf seinem Schenkel lag, noch einmal genauer ansehen, was sie nun tat. Tatsächlich konnte sie einen unscharfen Schatten im Hintergrund ausmachen. Die Person war nicht zu erkennen, dafür aber das hübsche Mädchen im Vordergrund, dem Klara unlängst in einer Vermisstenakte begegnet war: Patricia Schubert.

»Das bist du doch, du musst es sein!«, sagte Klara. Und wenn Sonja Wallbrecht vorgehabt hatte, jemanden eifersüchtig zu machen, wie Moritz es vermutete, dann war der Schatten wahrscheinlich Dominik Hohenwart.

Aber wann hatte sie dieses Foto an ihre Wand gepinnt? Es

schien, als wollte Sonja Wallbrecht nicht vergessen, dass Dominik Hohenwart Patricia Schubert im Arm gehalten hatte. Patricia Schubert, die später verschwunden war. »Wann kam dir der Gedanke, dass Dominik etwas damit zu tun haben könnte?«, fragte Klara Sonja Wallbrecht. Aber die Antwort darauf würde sie selbst suchen müssen. Sonja Wallbracht hatte Hohenwart ein Alibi für die Zeit des Doppelmordes gegeben. Sie hatte ihm vertraut, war dann irgendwann auf dieses alte Foto gestoßen, und ihr Gewissen hatte eine Wiedergutmachung gefordert.

So wie Klara ihre Schuldgefühle, Neugier und Angst dazu aufgefordert hatten, Hannahs Spuren bis zu dem Moorsee zu folgen. Dominik Hohenwart war die Verknüpfung: Er war Sonja Wallbrechts Freund gewesen und hatte vielleicht auch Hannah und ganz sicher Patricia gekannt. Auch Nadine Franke? Den einen Mord, den an Sonja Wallbrecht, den Hohenwart nicht begangen hatte, würde man ihm dagegen nachweisen können. So viele Indizien, dass kein Ermittler darüber hinwegsehen konnte. Ein paradoxer Plan. Aber dieser eine Mord konnte Klara nicht genügen.

Sie überlegte, die Nachrichten einzuschalten. Musste sie zwingend wissen, was sich die Medien ausgedacht hatte, jetzt, wo ihnen der zweite Mord einer möglichen Serie weggebrochen war? Sie musste. In Zeiten wie diesen war man besser informiert. Und anschließend würde sie sich auf den Weg ins Büro machen.

Die Meldung lief im regionalen Radiosender.

*Ehefrau des Herzchirurgen beim Liebesspiel fast zu Tode gewürgt?*

Wie hilfreich waren da noch das Wörtchen »fast« und ein Fragezeichen? Sie würden überhört werden. Doch dafür konnte man wenigstens ihre Behörde nicht verantwortlich machen. Annett Rehbein hatte am vorigen Abend mit keinem Wort erwähnt, wen sie zur Besprechung erwartete.

Klara traf als Letzte im Büro ein. Annett Rehbein hatte sich bereits den Sessel an Klaras Schreibtisch gerückt. Die Kommissariatsleiterin war offensichtlich von ihrer Erlaubnis ausgegangen.

Alexander Cord hatte sich frisch gemacht und umgezogen.

Er warf ihr einen liebevollen Blick zu. Sie wünschte sich, sich ein bisschen daran festhalten zu können, aber dafür war jetzt keine Zeit.

Auch Linda Volant saß hinter ihrem Schreibtisch, ihr Bein mit dem Bänderriss lag auf einem Hocker. Sie trug eine Schiene mit Klettverschlüssen. Die Frau mit dem rotblonden halblangen Bob drehte sich auf dem Bürostuhl ihr zu, was den kleinen Hocker zum Kippen brachte.

Die Kommissariatsleiterin stellte sie einander vor. Klara begrüßte Cords nicht mehr so geheimnisvolle Assistentin. Sie hätte sich gern für die Fotos und die Recherchearbeiten bedankt, aber das würde Rehbein auf den Plan rufen, und das konnte momentan niemand wollen.

Annett Rehbein kam Klara heute abgeklärter und weniger nervös vor als noch vor wenigen Tagen im Zelt der Bundeswehr, aber da hatte sie auch jemanden vermisst. Was auch immer Professor Bitter und ihre Vorgesetzte miteinander hatten oder nicht, es sollte jetzt keine Rolle spielen.

»Zu dem Fall Sonja Wallbrecht«, begann Rehbein, »es dürfte sich herumgesprochen haben, dass ich mit der Familie bekannt bin, was natürlich keinerlei Einfluss auf die Ermittlungen hat. Ich habe mir die Beweise der Spurensicherung angesehen und bin nicht ganz schlau aus ihnen geworden. Klären Sie mich auf. Womit haben wir es zu tun?« Sie schaute niemanden im Besonderen an, dachte offenbar, ein fragender Blick ins Leere würde genügen, um ihre Untergebenen zum Reden zu bringen.

Klara wollte nicht den Anfang machen, und auch Linda Volant hielt sich dezent zurück.

Schließlich sagte Cord, dass auch sie aus den Beweisen noch nicht ganz schlau würden, woraufhin sich der Teint der Kommissariatsleiterin dunkel färbte und sie ihn ins Visier nahm. »Das kann doch nicht Ihr Ernst sein. Was soll der Unsinn? Sonja ist als Jugendliche einer Entführung zum Opfer gefallen, und jetzt ist sie tot. Irgendjemanden müssen diese Beweise, und es gibt einige, doch schuldig sprechen.«

»Sie sprechen tatsächlich eine Person schuldig, aber nicht den wahren Mörder«, sagte Klara.

Rehbein presste sich genervt die Handflächen gegen die Schläfen. »Mir ist klar, dass Profiling eine abstrakte Angelegenheit und wahrscheinlich meist recht unerquicklich ist, aber das ist doch vollkommener Mist. Wenn wir etwas haben, lassen Sie es mich sofort wissen. Wir müssen reagieren, die Öffentlichkeit ist besorgt. Der Staatsanwalt wird den Haftbefehl ausstellen.« Rehbein hielt sich am Stuhl fest, als drohte er jeden Moment mit ihr abzuheben.

»Die Ergebnisse passen nicht zusammen«, versuchte es Cord noch einmal. »Die damalige Entführung hat wahrscheinlich nichts mit ihrem Tod zu tun. Wir brauchen noch etwas Zeit.«

»Wir haben keine«, machte Rehbein deutlich.

Klara überlegte. Eigentlich müsste sie jetzt damit herausrücken, dass es genau genommen um zwei Täter ging. Aber wenn sie das tat, kam einer womöglich davon, und das wollte sie nicht riskieren. Dominik Hohenwart war eine tickende Zeitbombe. Klara müsste Paul Tenbergen überlisten, müsste es zumindest versuchen.

Die Kommissariatsleiterin war noch nicht fertig. »Und Sie sollten sich um Ihren Vater kümmern, Cord. Ich habe den Verdacht, dass er im Polizeiarchiv herumschnüffelt und alte Fallakten liest.«

Cord beugte sich unheilvoll über Klaras Schreibtisch, Annett Rehbein entgegen. »Ich empfehle Ihnen, meinen Vater da rauszulassen.« Seine Stimme klang kühl.

Rehbein hielt seinem Blick nicht lange stand. Sie wandte den Kopf ab, schob den Stuhl zurück und zupfte ihre Kleidung zurecht. »Es genügt nicht, dass Sonja Wallbrechts Entführung *wahrscheinlich* nichts mit ihrem Tod zu tun hat.« Sie musste einfach das letzte Wort haben.

***

Es kommt Bewegung in ihre Runde. Er sieht durchaus über den sogenannten Tellerrand hinaus, wenn er auch nicht alles überblicken kann.

Er wartet. Die Presse braucht Futter, und er kann sicher sein, dass sie es in Kürze bekommen wird. – Der dritte Streich, um es mit den Worten von Wilhelm Buschs zwei bösen Buben Max und Moritz zu sagen, die sich mit so etwas fabelhaft auskannten.

Nur eine Person ist jetzt noch von Bedeutung: Klara Niehof. Darum hat er sie ausgesucht. Sie weiß, dass er Sonja getötet hat, und wird ihn finden wollen. Doch zuerst gibt es noch einige Aufgaben für sie zu erledigen. Die anderen in dem Spiel sind unwichtig, sie erkennen eine Spur nicht, wenn sie vor ihnen liegt.

Klara Niehof ist wieder im Moor bei der alten Frau gewesen, kann aber von ihr nicht viel erfahren haben. Den Weg zum alten Moorbad ist sie unerschrocken gegangen. Einen Moment lang hat er befürchtet, ihr helfen zu müssen – er hätte es getan, auch wenn es ihn zu früh verraten hätte. Denn Klara Niehof gehört nicht zu den Schuldigen. Sie ist selbst ein Opfer.

Das Oldhorster Moor birgt einige Geheimnisse, es birgt einige Leichen. Dominik hat seine Opfer hier unter die Erde gebracht, wenn man das weiche Moor als solche bezeichnen kann. Er wollte der Profilerin doch nur einen kleinen Schubs in die richtige Richtung geben, damit sie den roten Faden endlich zu fassen kriegt.

Die Arbeit, alles herauszufinden, muss sie allein leisten. Sie ist motiviert, will endlich Antworten haben, aber wie weit wird sie dafür gehen?

## 19

Die meisten Psychiater und psychologisch Tätigen überprüfen ihre Erkenntnisse nicht an der Realität.

Rehbeins Andeutung, jemand würde im Archiv Fallakten lesen, wartete noch auf eine Auflösung. Klara hatte ihr nichts davon gesagt, dass sie Cords Vater ausgerechnet im Polizeiarchiv über den Weg gelaufen war. Für die überhaupt nicht zufällige Begegnung hatte Leon Pracht mit dem Anruf bei seinem ehemaligen Ausbilder gesorgt. Krummgenommen hatte Klara es Leon nicht, sie wusste aus eigener Erfahrung, wie es sich anfühlte, wenn man glaubte, jemandem etwas zu schulden, und sei es nur einen Gefallen.

Sie schloss die Tür hinter sich und ging hinunter in den Innenhof des Präsidiums, wo sie ihr Handy aus der Tasche holte.

»Hast du Sehnsucht nach mir?«, fragte er mit einem scherzhaften Unterton.

»Ich bin auf der Suche nach einer Antwort, Leon. Ich weiß, du bist ziemlich fit, was Rätsel betrifft.«

»Schmeichlerin. Wann gehst du endlich mit mir essen?«

»Ich bin nicht sicher, ob ich das möchte, Leon«, sagte sie und biss sich auf die Zunge. Und nach so einer Bemerkung sollte er ihr noch helfen?

»Verstehe, du glaubst, es könnte gefährlich werden, weil du immer noch etwas für mich übrig hast.«

Dem würde sie bestimmt nicht widersprechen. »Du bist ein beeindruckender Mann.« Nicht einmal geschummelt, denn das war er für Klara schon wegen seiner Leibesfülle und der unvergleichlich sanften Stimme. »Ich muss wissen, für welche Akten sich Christian Cord interessiert hat.«

»Für die, die eure Behörde auch erst angefragt hat. Zu einem Doppelmord, der achtzehn Jahre zurückliegt«, informierte er sie.

»Also nur die eine?«, fragte sie, was Leon ihr bestätigte. Klara schaffte es, das Gespräch zu beenden, ohne einen festen Termin für ein Essen vereinbart zu haben, und gönnte sich ein erleichtertes Ausatmen.

Du schuldest ihm wirklich etwas, verlangte ihr Gewissen prompt.

Klara setzte sich auf einen Mauervorsprung. Sie musste das Gesagte kurz einordnen. Warum hatte Christian Cord die Akte des achtzehn Jahre alten Mordes einsehen wollen?

Sie erinnerte sich, dass Richard Wallbrecht der Meinung war, Hohenwart und Tenbergen hätten ein Motiv gehabt, Sonja zu töten, aber den Täter in Dominik Hohenwart gesehen hatte.

Endlich begriff sie, worauf er mit dieser Bemerkung abgezielt hatte. »Bravo! Christian und du, ihr seid wirklich Teamspieler«, flüsterte sie, als ihr die Bedeutung klar wurde. Es war nur Paul Tenbergen, der sie interessieren musste.

Die Enttäuschung, nur aufgrund von Sympathie jemanden falsch eingeschätzt zu haben, war nicht einfach hinunterzuschlucken. Was für ein Fehler, Klara Niehof!

Eine leichte Berührung an der Schulter holte sie zurück in die Gegenwart. »Ich würde zwar gern, aber hier draußen kann ich dich nicht umarmen«, sagte Cord.

»Du hast den Wecker gestellt … Schade. Ich hätte heute lieber den Klang deiner Stimme als Erstes gehört, nicht das Piepen.« Auf verschlungenen Wegen zur Wahrheit. Klara stand auf und überließ den Mauervorsprung wieder der Sonne.

»Ich wollte dich nicht wecken. Ich habe neben dir gesessen, dich angesehen und gewusst, dass ich von dir hören möchte, wie du über unsere gemeinsame Nacht denkst.«

Zärtliche Worte, die Klara trotz der unglücklichen Situation glücklich machten. Doch der Zweifel ließ sich nicht lange bitten, die kleine Stimme, die alles in Frage stellte, war allzu schnell wieder zur Stelle. »Deine Frau hat dich gestern im Institut angerufen.« Klara biss sich auf die Unterlippe. Zu spät.

»Um mich zu belügen. Sie glaubt, sie könnte damit Erfolg haben. So wie lange Zeit zuvor«, sagte er. Seine Frau versicherte ihm ihre Liebe. Relativ durchschaubar.

»Bedeutet es dir etwas?«, fragte Klara.

»Unbedingt«, gab er zurück. »Denn damit überzeugt sie mich nur vom Gegenteil. – Wir müssen reden, Klara.«

Ihr wurde kalt.

»Ich meine, wir müssen über den Fall reden. Ich wüsste nämlich verdammt gern, woher du deine Informationen über Sonja Wallbrecht hast, wenn ihr Großvater nicht viel herausrückt.« Er legte den Kopf schief.

»Die Antwort wird dir nicht gefallen«, sagte sie erleichtert und mit einem unsinnigen Lächeln.

»Möglich. Aber wie es gerade klingt, kann ich mir einen Teil davon denken. Mein Vater …«, kombinierte er. »Wenn das die richtige Antwort auf meine Frage gewesen sein soll, dann gut. Er ist gerade kein Thema. Verschieben wir meine Vergangenheit auf irgendwann später. Sag du mir lieber, warum du selbst nach der verdammt intensiven letzten Nacht immer noch die Zögernde gibst. Und außerdem will ich endlich hören, ob dein Gefühl tiefer geht, ob das gestern eine Bedeutung für dich hatte. Ich kann Lippen lesen, aber keine Gedanken. Sag es endlich, Klara Niehof!«

Sag es endlich. »Ich hatte Angst, du könntest zur deiner Frau zurückgehen.« Jetzt hatte sie es gesagt und spürte in sich hinein. Sie hatte in dieser Situation nicht mit Liebe gerechnet, und doch fühlte es sich so an. Er hatte recht. Sie mussten reden, noch mehr. Auch über das Thema, das er am liebsten bereits als abgehakt betrachten wollte. Klara verabredete sich mit ihm im Nachtexpress.

»Ein Lokal?«, fragte er.

»Nein, aber doch irgendwie verschwiegen.« Klara nannte ihm Treffpunkt und Uhrzeit. »Vielleicht könntest du dich ein bisschen tarnen, am besten komm in Jeans und mit dem Dreitagebart, der bereits sprießt.«

»Das nennst du Tarnung?« Er lachte. »Der Treffpunkt ist doch eine Haltestelle«, sagte er.

»Ja.«

»Wir treffen uns also an einer Bushaltestelle?«, vergewisserte er sich und lächelte schief.

Klara nickte.

Er zuckte die Schultern. »Okay.« Cord sah sich um, küsste sie in einem unbeobachteten Moment und raunte ihr ins Ohr, er würde sich auf den späteren Abend freuen.

Klara ahnte, dass er vorhatte, vorher mit seinem Vater zu reden – und dass er es allein tun wollte. Sie hatte eigentlich geplant, noch einmal ins Moor zu gehen und einen Blick in den geheimnisvollen Schrank im Moorbad-Pavillon zu werfen. Doch dafür bräuchte sie Zeit, und daran mangelte es ihr. Sie musste die Kriminaltechnik wegen der Spuren anrufen.

Klara ließ sich erklären, welche Ergebnisse vorlagen, und bat darum, ihr eine kurze Zusammenfassung zu mailen. »Am allerliebsten jetzt gleich«, regte sie an.

»Sollen Sie bekommen«, kam es zurück. Ein entspanntes Lachen schwang in der Stimme des Spurensicherers mit. »Das Blut auf der Scherbe, die Speichelreste unter der Briefmarke auf der Postkarte, der Hautabrieb am Seidentuch – alles dieselbe DNA. So reich beschenkt mit Hinweisen werden wir selten.«

So großzügig war nur jemand, der sich komplett absichern wollte. Was Klara allerdings lediglich zu denken wagte. Sie erkundigte sich nach dem Resultat des Schriftvergleichs. Davon hatte sie sich gleich, als sie die Postkarte gesehen hatte, etwas versprochen. Hohenwart, der Junge, von dem Hannah zuerst geschwärmt und dessen Veränderung sie dann beschrieben hatte. Er, der die Karte aus Kanada an Sonja geschickt hatte. Der Schwung des N hatte demjenigen auf dem Erpresserbrief frappierend geähnelt. »FREUNDE«. Ob es sich bei dem Schreibenden um dieselbe Person handele, hatte sie den Experten gefragt.

»Schriften verändern sich im Laufe des Lebens. Allgemein gilt, dass anhand von ihnen Geschlecht, Alter, Beruf, Krankheiten, eine Veranlagung zur Genialität oder Kriminalität nicht zu erkennen sind. Jedenfalls sind die beiden Handschriften auf der Postkarte und dem Brief identisch, zwischen dem Verfassen der Schriftstücke dürften höchstens ein paar Jahre liegen, wenn überhaupt. Sie wollten wissen, ob beides eine Person geschrieben hat. Treffer«, sagte der Mann von der Spurensicherung.

Klara würde die nächste Frage normalerweise nicht stellen,

weil sie ziemlich spekulativ war, aber sie war neugierig. »Was für ein Mensch steckt hinter der Handschrift?« Natürlich könnte man sich auf die Aussage des Spurensicherers vor Gericht weder berufen noch stützen, aber darauf hatte sie es auch nicht abgesehen. Sie wollte ein Psychogramm des Verfassers erstellen. Nur aus persönlichem Interesse, sagte sie sich.

Wirklich?, hakte das kleine Stimmchen nach. Oder vielleicht, um gesagt zu bekommen, dass die Person anderen gern Schmerzen zufügt?

»Der Schreiber gibt dem Materiellen den Vorzug, ist intelligent, kraftvoll und unerschrocken, aber auch skrupellos. Ein Egoist, womöglich mit sadistischen Zügen. Er besitzt Überzeugungskraft, übersteigertes Selbstgefühl, ist, kurz gesagt, ein Wolf im Schafspelz, der seine Härte aber verbirgt, um auf andere nicht abstoßend zu wirken.«

Klara überlief es kalt. Also war es doch möglich, an einer Handschrift ein Ungeheuer zu erkennen. Hinter den Morden stand eine Person, sehr real und todbringend.

Ihr Gesprächspartner wünschte ihr einen erfolgreichen Abschluss des Falls, und sie wünschte sich noch einiges mehr. Im Moment vor allem, dass ihre Vorgesetzte sie wegen der Kosten für die Analyse nicht in der Luft zerreißen würde. Aber Annett Rehbein hatte sich Tempo bei den Ermittlungen erbeten, und das legte Klara jetzt an den Tag.

Klara rief die Kommissariatsleiterin an, bevor sie ihnen vorwerfen konnte, gar nicht oder zu spät reagiert zu haben. Auch wenn es in ihren Augen längst zu spät war.

Rehbein atmete schwer, alle Anzeichen zeigten allzu deutlich in eine bestimmte Richtung. Die ihr nicht schmeckte. »Das wussten Sie doch schon bei unserer Besprechung am Morgen.«

Da musste ihr Klara beipflichten.

»Die Spuren sind doch nicht gerade erst wie ein Vogel durch Ihr Bürofenster geflogen. Und was sollte das, er wäre schuldig und doch nicht? Wenn das auf uns zurückfällt …« Annett Rehbein justierte die Lautstärke ihrer Stimme. Sie klang ausgesprochen ungehalten, wütend.

»Wir haben nur diese Beweise«, sagte Klara. »Und keine Zeit, nicht wahr?« Die rhetorische Frage hatte sich Rehbein redlich verdient.

Sie überhörte sie. »Ausgerechnet. Wallbrecht und Hohenwart.« Ein Seufzen, dem eine Entscheidung folgte. »Ich werde mit dem Staatsanwalt reden.«

Womit sich Klara später beschäftigen würde. Erst einmal würde sie sich Gedanken machen, was sie kochen wollte, denn sie hatte ihren besten Freund angerufen und Moritz zu einem frühen Abendessen eingeladen. Und ihm gleich noch erklärt, sie müsse später noch einmal weg. Aber sie wollte ein weiteres Teilchen in ihr Puzzle einfügen, und ihr bester Freund konnte ihr hoffentlich dabei helfen. Sie wollte ihn nach der Schattengestalt auf dem Foto fragen. Er musste sich an den Abend des Lagerfeuers zurückerinnern.

Weil der Ärger mit der Rehbein dir noch nicht reicht, schalt sie die kleine Stimme.

Der Zeitpunkt hätte nicht schlechter gewählt sein können. Ihr Kühlschrank war leer, sie musste einkaufen.

Klara schlang sich ein Tuch um den Kopf und verknotete es im Nacken, um unerkannt im Supermarkt nach ein paar Zutaten für ein schönes Abendessen fahnden zu können.

Sie hätte es Diebstahl genannt, aber nur den einer Idee – die von zwei Frauen an der Fleischtheke erörtert wurde: dünne Scheiben Schweinefilet, überbacken mit Gorgonzola, auf Spaghetti. Das klang machbar. Klara schaltete den Turbo ein, besorgte die Zutaten und dazu einen Weißwein.

An der Kasse holten sie die aktuellen Nachrichten wieder ein. Hier fachsimpelte niemand über Rezepte, hier hatte man eine lautstarke Meinung zu den sich häufenden Toten in der Gegend. Jeder Kunde wurde zum Ermittler. Zu einem erfolgreichen natürlich, anders als der Kriminalhauptkommissar und die Profilerin.

Es war menschlich, eine Meinung zu haben und diese kundzutun, sagte sich Klara, wünschte die Klugscheißer aber knapp eine Minute später trotzdem sonst wohin. Sie zwang sich wegzuhören, es standen nur noch zwei Leute vor ihr in der Schlange. Sie zog das Tuch von ihrem Kopf und über Nase, Mund und Ohren.

Gab es ihren Verfolger noch?, fragte sich Klara, als sie ihre Einkäufe im Mini verstaute. Konnte sie sich getäuscht haben, und es war niemand mit einer bestimmten Absicht hinter ihr her? Das fehlte gerade noch. Ihre Selbstzweifel wurden stärker.

Eine Stunde später waren die Spaghetti gekocht, und der Gorgonzola schmolz auf den angebratenen Filets. Sie hatte den Tisch gedeckt und zwei Gläser Chardonnay eingeschenkt.

Klara hörte den Aufzug, und Moritz öffnete sich selbst. Er pfiff etwas, dann schnupperte er, lachte und küsste sie schmatzend auf die Wange.

»Welcher Song war das?«, fragte sie.

»Desperado.« Er zuckte die Schultern.

Klara kannte ihn.

Moritz lobte ihre gewagte kulinarische Komposition, nahm einen Schluck Wein, und Klara beschloss, nicht beim Essen über die Vorfälle zu reden. Ihr bester Freund würde darauf allergisch reagieren. Aber natürlich roch er den Braten und wusste genau, dass sie etwas von ihm wollte. Was er nicht wusste, war, was.

Er spießte das letzte Stück Fleisch auf und wischte damit über seinen Teller. »Jetzt kann ich nachdenken.«

»Es geht um ein fehlendes Puzzleteil.« Klara nahm die Fotos von Dominik Hohenwart aus einer Mappe und legte das dazu, das am Abend des Lagerfeuers von Sonja Wallbrecht gemacht worden war. Sie deutete auf den Schatten und die blonde junge Frau – Patricia Schubert. »Fällt dir dazu etwas ein?« Klara würde ihn nicht darauf stoßen, er sollte nicht von ihr beeinflusst werden. Gerade jetzt brauchte sie nichts als die Wahrheit.

»Der Typ sah schon immer extraklasse aus. Und das von mir, der ich wirklich niemand bin, der auf so etwas achtet.«

Das war nicht genug. »Du weißt, wer er ist?« Klara tippte auf die Aufnahme, die Linda Volant im Oldhorster Moor gemacht hatte.

»Dominik Irgendwas. Ich kann mich gut an sein überlegenes Grinsen erinnern. Es hat mich geärgert«, bekannte er. »Sonja hat mich erst in Betracht gezogen, als er seinen Arm um dieses andere Mädchen legte.«

Klara nickte gedankenvoll. »Dieses andere Mädchen heißt Patricia Schubert. Sie verschwand damals – wie Hannah.«

»Ich glaube, ich will gar nicht wissen, was du mir sagen willst.« Moritz rieb über seine Arme, ihm war das Gänsehautgefühl anzusehen.

Gemeinsam räumten sie die Küche auf, und Klara erstattete ihrem besten Freund Bericht, angefangen von den irreführenden Spuren bis zu ihrer Vermutung, es müsse zwei Täter geben.

»Was hast du vor?«, wollte Moritz wissen.

»Ich werde Dominik Hohenwart herausfordern, bluffen. Wenn nötig, werde ich mich mit ihm am alten Moorbad treffen.«

»Das sind die Nachwirkungen deiner diversen Unternehmungen. Ich nenne nur deinen Beinahetauchgang bei der Rettungsaktion in diesem Moorloch und dein Bad im Altwarmbüchener See. Klara, hör mir zu: als ob es dem Kerl auf eine Leiche mehr ankommen würde. Ich verbiete es dir!« Moritz verschränkte die Arme vor der Brust und versuchte, einen bösen Blick aufzusetzen.

»Aber doch nur, falls alles andere fehlschlägt.«

»Er ist ein Serienmörder, vergiss das nicht. Aber Sonja hat er nicht umgebracht, oder?«

»Nein. Vor achtzehn Jahren wurde Paul Tenbergen für eine Tat verurteilt, die Dominik Hohenwart begangen hat. Sonja Wallbrecht war Hohenwarts Alibi und hat damit Pauls zunichtegemacht. Jetzt hat sich Tenbergen gerächt. An ihr, indem er sie für das falsche Alibi bezahlen ließ. Und an Hohenwart, indem er falsche Spuren legte, die auf ihn hindeuten. Nahezu perfekt«, sagte Klara. Sie glaubte, dass Tenbergen etwas über Hohenwart gewusst haben könnte, was diesen mit den Verschwundenen in Verbindung brachte. Der beste aller Gründe für Hohenwart, Paul Tenbergen loszuwerden. »Wenn wir Hohenwart die mörderische Serie nicht nachweisen können, dann aber doch zumindest einen Mord – ironischerweise den an Sonja Wallbrecht, den er nicht begangen hat. Stell dir nur mal vor:

Sonja hat ihr falsches Alibi, das sie Dominik vor achtzehn Jahren gegeben hat, bereut. Vielleicht hatte Paul ein paar Beweise zusammengetragen, die sie davon überzeugten, wie sie auch mich überzeugt haben, wer Dominik Hohenwart in Wirklichkeit ist. Sie hat Paul also geholfen, weil sie glaubte, ihm das schuldig zu sein. Doch spätestens als sie das Stückchen aus Hohenwarts Pullover geschnitten hat, muss ihr klar geworden sein, worum es wirklich ging. Paul brauchte eine Leiche, und sie hatte für ein solches Szenario die Spuren besorgt. Am Ende wusste sie bestimmt, dass er für seine Rache ihre Leiche benötigte.« Hier stoppte Klara. »Leider kann ich die Geschichte erst zu Ende erzählen, wenn es eines gibt ... ein Ende«

»Du willst sagen, Hohenwart könnte immer noch davonkommen?«, erriet Moritz, was ihr durch den Kopf ging.

Klara nickte, hoffte, ihren Schlechte-Vorzeichen-Gedanken zu zwingen, sich in der hintersten Ecke ihres Gehirns zu verkrümeln.

»Und wofür genau war das leckere Essen?«, fragte er.

»Für eine Identifizierung«, sagte Klara.

»Des Schattenmanns alias Hohenwart. Todbringend war seine Liebe. – Hat Goldi schon etwas zu essen bekommen?«, wechselte Moritz das Thema und warf einen Blick zur Behausung des Grünen.

»Gestern seinen Babybrei«, sagte Klara schnell.

»Vielleicht hat er ja noch Appetit.« Er stand auf.

»Bestimmt nicht«, wollte Klara das Schlimmste verhindern, aber der Grüne fiel ihr in den Rücken. Er kam aus der Deckung und präsentierte sich in seiner deprimierend kurzen Pracht.

Moritz bedeckte die Augen und stimmte eine Trauerrede auf Goldis unrettbar dahingegangenen Körperteil an.

»Ist ja gut, das reicht! Er wächst nach.«

»Ein halber Mann – er hat mein Mitleid verdient. Von wem ist er gefüttert worden? Oh, bringt dich die Frage in Verlegenheit?« Moritz trat näher an sie heran.

Sie fühlte sich, als wäre sie tatsächlich rot geworden. »Ich hoffe, das war nur so dahingesagt.« Klara musste lachen. Und wenn schon, was sollte ein bisschen Verlegenheit schon aussagen? Sie nahm einen Schluck Wein, obwohl ihr eine Abkühlung lieber gewesen wäre.

Etwas später sah sie auf die Uhr, erschrak demonstrativ und entschuldigte sich bei Moritz, sie habe noch etwas zu erledigen. Natürlich blieb ihr neugieriger bester Freund, bis Klara aus dem Bad kam. Wie zu erwarten, hatte er die Anzeichen einer bevorstehenden Verabredung richtig gedeutet.

Bei der Betrachtung im Spiegel schaute ihr eine Frau entgegen, die in ihren engen Jeans und dem champagnerfarbenen Shirt mit Wasserfallausschnitt ziemlich gut aussah. Und deren Augen leuchteten.

»Eine männliche Verabredung, deinem Hüftschwung nach zu urteilen«, erklärte Moritz

»Ich schwinge gar nichts.« Und damit verließ sie ihre Wohnung.

Der Nachtexpress war eine Institution, die zu Klaras Jugend gehörte und noch immer bestand. Ein Bus, der eine große Runde abfuhr und die Leute auch fernab von Haltestellen einsammelte und aussteigen ließ. Damals, als sie noch keinen Führerschein besaß, war er in so mancher Nacht ihre Rettung gewesen. Mit Frau Brauning am Steuer, die Klara schon damals ziemlich betagt vorgekommen war.

Klara und Cord würden im Westen von Burgdorf zusteigen. Ein paar Bäume standen zwischen dem Parkplatz und den Bahngleisen auf der Strecke Hannover–Celle, die dahinter entlangführten.

Sie kamen fast zeitgleich am Treffpunkt an. Nur ein kleines Schild verkündete, dass hier ein Bus halten würde. In annähernd zehn Minuten. Wenigstens hatte sie daran gedacht, Alexander Cords gewaschenes Hemd und den Gürtel einzupacken, den sie sich nach ihrem Moor-Erlebnis ausgeliehen hatte. Klara bemerkte, wie sie ihre Hüfte doch hin- und herschwang. Unbewusst, aber es schwang sich ganz gut mit der Tüte in der Hand.

Cord sah umwerfend aus. Er trug eine Strickmütze, eine braune Lederjacke, Jeans und Boots und hatte ein kleines Päckchen dabei. Der Rat, sich zu tarnen, war eigentlich nicht ganz ernst gemeint gewesen, aber diese Tarnung gefiel ihr.

Klara registrierte die winzigen Bartstoppeln auf seiner Wange und grinste.

»Ich mag mich normalweise nicht unrasiert. Nur für dich«, sagte er, zog sie in seine Arme und küsste sie. Die Tüte raschelte.

Sie trennten sich erst voneinander, als der Bus herangerauscht kam und die Tür sich schnaufend öffnete. Klara fühlte sich zwanzig Jahre zurückversetzt.

»Kindchen, beeil dich, es zieht – fünf fünfzig und du bist dabei.« Frau Brauning lachte sie an.

Klara angelte in ihren Jeans nach einem Schein und Münzen und legte das Geld auf den Zahlteller.

Die Frau am Steuer sah noch immer aus wie damals, oder Klara war tatsächlich in ein Zeitloch gefallen. Graue Wuschelhaare und sehr rote Lippen, die glänzten wie ein glasierter Apfel. Die unvergängliche Frau Brauning riskierte gerade einen zweiten Blick auf Klaras Begleiter. »Küssen ist erlaubt, und Herumfummeln sehe ich nicht. Hoffentlich habt ihr zwei Hübschen nichts anderes vor.« In einem freundlichen Kanzelton.

Cord verschluckte sich an seinem Lachen.

»Was ist dadrin?« Frau Brauning deutete auf Klaras Tüte. Im Bus war Alkohol verboten.

Klara zog die Tüte auseinander, und Frau Brauning reckte ihren Hals. »Ahhh. Und dadrin?« Sie deutete auf Cords Päckchen.

Er zeigte es ihr.

Zufrieden nickte sie.

»Wir tauschen«, raunte er Klara zu. »Wenn das mein Hemd ist, krieg ich es für deine Jeans, den Gürtel und die Schuhe aus dem Boot am Altwarmbüchener See.«

Die Tür schloss sich.

»Gern«, freute sich Klara und steuerte die hinterste Sitzreihe an. In dem Bus war man anonym, wenn man es wollte. Falls aber jemand einstieg und einen bedrängte, war Frau Brauning sofort zur Stelle und es konnte für den Bedränger unangenehm werden.

»Wohin fahren wir?«, fragte Cord und setzte sich.

»Nirgendwohin«, sagte Klara. »Wir fahren die komplette Runde, ganz unauffällig. Hier interessiert sich niemand für uns, ein guter Platz zum Reden. – Über Christian.«

»Ach, deshalb. Weil ich sitzen bleiben muss. Warum sprichst du von ihm mit seinem Vornamen?«

»Ich fand ihn mögenswert, als wir uns unterhalten haben.« Vergangenheit. »Und er hat sich mir so vorgestellt. Da dachte ich noch, er wäre offen zu mir.«

»Er hat dich getäuscht«, bemerkte Cord. »Wie kann das passieren, wo du doch in den Menschen liest? Mein Vater war immer nur dann offen, wenn er glaubte, sein Verhalten könnte ihm von Nutzen sein.«

Klara war anderer Meinung. Eigennützig schien ihr Cords Vater nicht zu sein. »Er versucht, einem Freund zu helfen.« Sie glaubte, dass es auf einen Freundschaftsdienst hinauslaufe. Auch wenn Richard Wallbrecht ihn als seinen Detektiv bezeichnet hatte. »Dein Vater und Richard Wallbrecht hatten die ganze Zeit Paul Tenbergen im Blick. Für sie war Dominik Hohenwart nie wirklich verdächtig, Sonja getötet zu haben. Sie konnten sicher sein, dass wir die erste Entführung genauer unter die Lupe nehmen und vielleicht eine zweite in Betracht ziehen würden. Die Hohenwart-Werke stehen längst nicht mehr so gut da, wie das noch der Fall war, als Dominiks Vater die Leitung innehatte. Und das bedeutet, dass er Geld braucht. Er könnte Sonja um Hilfe gebeten haben, so wie damals bei der fingierten Entführung, doch dieses Mal ging etwas schief. So könnten wir denken, so abwegig ist das nicht.«

»Ganz kurz haben wir auch so gedacht«, erinnerte er sie.

Frau Brauning steuerte den Bus in Richtung Süden, zum Berliner Ring. Klara hörte einige Gäste sagen, dass Spielzeit sei. Sie wollten ins Casino. Klara war keine Hasardeurin, im Gegensatz zu einem ihrer Verdächtigen. Er spielte sein Spiel mit voller Hingabe und Risiko.

»Christian sagte etwas davon, dass eine Finanzspritze vielleicht Hohenwarts berufliche Rettung sein könne und Richard jemanden auf dem Grundstück gesehen habe. Der erzählte mir passenderweise, seine Enkelin habe wieder Kontakt zu einem alten Freund gehabt. Die beiden haben also erfolgreich einige falsche Spuren gelegt. Als hätten wir nicht schon genug davon. Christian hat im Archiv die Fallakte des Doppelmordes vor achtzehn Jahren studiert, aber den Grund kenne ich noch nicht.« Es wurmte Klara, weil sie annehmen musste, dass Cords Vater mehr wusste als sie.

»Keine Freunde der Behörden – weder Christian noch Richard Wallbrecht«, sagte Cord. »Ich drohe meinem eigenen Vater, weil ich endlich will, dass er mit mir redet – aber habe weniger als nichts in der Hand, womit es sich lohnen würde zu drohen. Großmütig, wie er ist, habe ich nur zu hören bekommen, die Profilerin habe im Gegensatz zu seinem Sohn sicher bereits durchschaut, worum es geht. Die Sympathie zwischen euch dürfte also auf Gegenseitigkeit beruhen. Er lässt dir übrigens ausrichten, dass ein Messer ein Arbeitsgerät ist, das als Schneidewerkzeug dient. Ein Täter, der einmal seine Hände benutzt hat, wird nie ein Messer verwenden.«

Was sie tatsächlich erst spät erkannt hatte. »Er ist ein verdammt fähiger Polizist«, sagte Klara. Christian Cord war also auch auf die Verbindung mit den Verschwundenen und den ermordeten jungen Frauen gestoßen.

»Er ist schon lange kein Polizist mehr, er hat gegen sämtliche Regeln verstoßen.« In Cords Augen blitzte etwas auf.

Der Bus fuhr an einem erleuchteten Möbelhaus vorbei, Klaras Blick fiel auf ein Doppelbett im Schaufenster. Sie legte eine Hand auf Cords Oberschenkel, zog sie aber gleich darauf zurück.

Er schnappte nach ihr und legte sie sich wieder aufs Bein. »Küssen ist erlaubt, habe ich gehört.« Sein Finger strich über ihre Lippen, bevor er eine Hand unter ihr Kinn legte, ihr Gesicht zu sich heranzog und zärtlich ihre Augenlider küsste.

Klara lächelte. Für einen langen Moment blieben sie stumm.

Dann wandte sich Cord wieder dem Fall zu. »Ich habe mich bemüht, Paul Tenbergen auf die Spur zu kommen; nach seiner Zeit im Gefängnis. Es ist nicht so schwer, hinter Gittern zu verschwinden, aber taucht man wieder auf, erregt das normalerweise Aufmerksamkeit. Das ist bei ihm nicht der Fall gewesen, was mich stutzig machte. Also beschäftigte ich mich mit seinen Interessen und Fertigkeiten, mit allem, worin er angeblich gut war. Was hat er sich angeeignet, hat er einen Schulabschluss gemacht? Er war erst achtzehn, als er verhaftet wurde, das Leben stand ihm offen. So einfach wirft man die Zukunft doch nicht weg. Vor allem nicht dann, wenn man unschuldig ist.«

Klara dachte daran, wie unbehaglich man sich fühlte, wenn ein Mörder einem gegenüber beteuerte, er säße zu Unrecht im Gefängnis, alles sei ein schrecklicher Irrtum. Wenn man einen winzigen Moment in Betracht zog, dass er die Wahrheit sagen könnte. Doch ein Blick in seine Augen und auf seine Mimik enttarnte den Täter meist. Bis auf wenige einzelne Ausnahmen waren die Inhaftierten so schuldig wie ein sich brechender Schuss, nachdem ein Finger den Abzug betätigt hatte.

Ray Ridell wollte nicht unschuldig sein, doch Klara hatte andere kennengelernt, die logen, weil sie selbst nicht von sich glauben wollten, die Taten, die ihnen zur Last gelegt wurden, begangen zu haben.

Cord erzählte ihr, dass Paul Tenbergen sein Abitur gemacht und an einer Fernuni Informatik studiert habe, danach folgten einige Weiterbildungen in Richtung Journalismus, Fotografie und Medien. Nicht Kunstgeschichte und Malerei, Fachrichtungen, die ihm wegen der Galerie des Vaters eigentlich hätten liegen müssen.

Frau Brauning bog in die Hauptstraße ein.

»Wer hat Tenbergen während der Haft besucht?«, fragte Klara.

Cord rieb sich das Kinn. »Seine Familie interessiert sich schon lange nicht mehr für ihn, er bekam im Gefängnis keinen Besuch – überhaupt keinen. So als wäre er tot. Was er für Familie und Freunde wahrscheinlich bis heute ist.«

»Das muss ihn wütend gemacht haben«, sagte Klara. Sie hätte es jedenfalls verdammt wütend gemacht. Sie stellte sich lange Jahre von Leere vor, ein geballtes Nichts.

»Am Tag der Entlassung ist er in einen Bus gestiegen und hat sich, soweit bekannt, zum Flughafen bringen lassen. Schon seltsam, dass es ausgerechnet dafür einen Zeugen gab. Ein Dieb, der mit ihm rausgelassen wurde und darüber nachdachte, das Weite zu suchen, sich aber schließlich besann und sich bei seinem Bewährungshelfer meldete. Eine nette kleine Geschichte. Tenbergen hat dann keinen Flug genommen, jedenfalls nicht unter seiner tatsächlichen Identität. Seine Fährte verliert sich. Paul Tenbergen existiert seither nicht mehr.«

Er nicht, dachte Klara, aber dafür jemand, dessen gesprenkelte goldfarbene Augen alles im Blick hatten.

Sämtliche Haltestellen waren angesteuert worden, als der Nachtexpress seine letzten Fahrgäste am Parkplatz ausspuckte. Frau Brauning wünschte einen schönen Abend und schickte ihnen ein wissendes Lächeln hinterher.

»Die Erinnerung an sie ist schuld, dass ich mich fühle, als müsste ich schnellstens nach Hause. Mit einer Erklärung für meine Eltern, warum ich erst jetzt heimkomme.« Klara schüttelte lachend den Kopf.

Es war ähnlich spät wie tags zuvor im Institut, und wieder klingelte Cords Handy. Er zog es aus der Hosentasche und starrte das Display an, bevor er sich entschuldigte.

Klara drehte sich ebenfalls weg und ging ein paar Schritte. Wenn die Gedanken erst einmal begonnen hatten, verrücktzuspielen, wenn man der Nörgelstimme lauschte – Vertraue keinem verheirateten Mann! –, dann war eigentlich schon alles zu spät. Sie wollte in ihren Mini Cooper steigen, hatte keine Lust, Zeugin eines Ehedramas zu werden, das vielleicht nie ganz abgeschlossen sein würde. Es in jedem Fall aktuell nicht war. Trotzdem blieb sie stehen und rührte sich nicht vom Fleck.

Erst als das Telefonat beendet war, wandte sie sich wieder zu ihm um. Besser, sie verabschiedete sich. Doch ehe sie sich's versah, hatte ihr Blick ihn gefragt, was ihr Mund ihn nicht fragen wollte.

Er berührte sie nicht, ging aber auch nicht auf Abstand. Er sah sie nur an. »Ob ich offen und ehrlich bin, willst du wissen? Das kannst du von mir erwarten. Ich teile meine Liebe nicht auf. Aber der Anruf gerade war alles andere als privat«, sagte er. »Frau Rehbein hat mich informiert, dass der Staatsanwalt einer vorläufigen Festnahme von Hohenwart zugestimmt hat. Wir treffen uns morgen früh um fünf Uhr vor seinem Haus. Er wohnt Im Eichholz. Das Villenviertel ist sogar mir ein Begriff. Ein Freund wollte dort unlängst eine Wohnung mieten. Leider hatte er den Straßennamen verwechselt. Eichenweg, Im Eichengrund, Im Eichenholz: Alles hört sich so ähnlich an.«

»Den Unterschied erkennt man spätestens am Mietpreis«, sagte sie lachend.

»Ich denke, wir werden morgen früh dort ziemlich auffallen.«

»Ganz sicher«, gab ihm Klara recht. Der Quadratmeterpreis für Immobilien in der exklusiven Gegend dürfte sich etwa bei zweihundertfünfzig Euro bewegen.

»Wenn ich dich jetzt küsse, ist es übrigens aus allen anderen Gründen, aber nicht aus Verzweiflung«, lieh Cord sich einmal mehr ihre Worte aus.

Die Kommissariatsleiterin hatte nicht nur Cord über die bevorstehende Aktion informiert. Klara fand beim Heimkommen eine kurze Nachricht auf dem Anrufbeantworter. Rehbein hatte auch gefragt, wo sie denn stecke, sie habe es vergeblich auf ihrem Handy probiert.

Als Cord ihr Hohenwarts Anschrift genannt hatte, war da ein leises Erinnern gewesen. In einem der Aktenblätter, die Leon für sie kopierte hatte, war Klara darauf gestoßen – auch Patricia Schubert hatte mit ihrer Mutter Im Eichholz gewohnt, also in der Nachbarschaft von Dominik Hohenwart. Der Fakt war mehr als nur ein bisschen interessant. Die Leiche der jungen Frau war nie gefunden worden, so viel hatte er nicht riskiert.

Sie würde alles in ihrer Macht Stehende unternehmen, um ihm die Luft zum Atmen zu nehmen, so wie er es gern mit seinen Opfern tat. Der Gedanke beruhigte sie ein wenig. Doch sie hatte noch keine Vorstellung davon, was passieren würde.

# 20

Der Schlüssel, um einen Täter zu fassen, liegt in manchen Fällen in einer provokanten Strategie, bei der man das entscheidende Detail für sich behält.

Klara hatte den Wecker großzügig gestellt, damit sie sich nicht beeilen musste. Er klingelte sie um halb vier Uhr morgens aus den Federn. Ein erstes Lächeln, weil sie an das kurze Zusammensein auf dem Parkplatz zurückdachte, bevor sie sich verabschiedet hatten. Cord und sie hatten die Rückbank von Mr. Mint in Beschlag genommen – wie Teenager. Sollte jemand die Absicht gehabt haben, sie zu beobachten, dürfte die Person nichts gesehen haben, denn die Scheiben beschlugen ziemlich schnell.

Punkt fünf Uhr standen zwei Beamte vor Dominik Hohenwarts Tür Im Eichholz, während sich die anderen auf dem Grundstück verteilten.

Annett Rehbein hatte schon am vergangenen Abend eine Streife losgeschickt, die den Mann im Auge behalten sollte. Die Kommissariatsleiterin wollte jederzeit wissen, wo sich Hohenwart aufhielt. Keine Fehler begehen.

Einem Kriminalhauptkommissar, der wegen der Vergangenheit seines Vaters womöglich in die Schusslinie geraten würde, konnte man das Feld nicht überlassen. Alexander Cord sollte sich im Hintergrund halten. Und genau das tat er. Mit vor der Brust verschränkten Armen lehnte er an einem Baum. Seine Miene gab nichts von seiner Profession preis, er hätte auch ein neugieriger Nachbar sein können.

Klara trug ein dunkles Kostüm, sie war als Kriminologin und Verbrechensanalytikerin anwesend.

Zeitgleich zur Festnahme würden auch Haus und Grundstück unter die Lupe genommen werden. Irgendwo musste der cognacfarbene Kaschmir-Seiden-Pullover sein, von dem man ein Stück an einem Ästchen im Moor gefunden hatte. Vielleicht im Müll, falls seinem Träger das Loch bereits aufgefallen war.

Auch bei Hohenwart öffnete eine Angestellte, die sich nach dem Klingeln anscheinend in Windeseile etwas angezogen hatte. Sie erschrak, als sie die Uniformen sah und ihr die Dienstausweise unter die Nase gehalten wurden.

Klara hatte sich das Vernehmungsprotokoll von Paul Tenbergen noch einmal durchgelesen, das vor achtzehn Jahren von zwei Beamten zu den Morden im Luxushotel erstellt worden war. Es enthielt die Beschreibung des Verdächtigen, seines Verhaltens, seines Unverständnisses und einige Anmerkungen. – Der Plan war, dass alles gleich ganz ähnlich ablaufen sollte wie damals. Darum hatte Klara sich auch eine halbe Stunde vor dem Beginn der Aktion mit Annett Rehbein und dem Einsatzteam getroffen.

Die Beamten hatten sich zuerst verdutzt angeschaut, als sie bat, die Festnahme solle nach bestimmten Kriterien erfolgen, aber nicht weiter nachgefragt. Klara lieferte ihnen trotzdem eine kurze Erklärung. Es ginge um die bewusste Wiederholung von etwas, das sich vor achtzehn Jahre bei einem Mordfall abgespielt hatte. Einige Details seien maßgeblich und wichtig.

»Sie lieben es wohl, Verwirrung zu stiften«, hatte ihre Vorgesetzte mit einem Stirnrunzeln angemerkt.

»Hohenwart wird schnell wissen, worum es geht«, sagte Klara.

»Ich weiß es leider immer noch nicht wirklich«, beschwerte sich Rehbein. Die gerunzelte Stirn stand ihr gar nicht.

»Er wird reagieren, und diese Reaktion wird mir etwas verraten.«

»Seien Sie vorsichtig.« Rehbein reckte einen Daumen. Sie gab ihr Okay. Ihr blieb nichts anderes übrig.

Klara soufflierte den Beamten ihren Text. Sie stand etwas abseits, konnte so das Geschehen verfolgen und Hohenwarts Reaktion sehen.

Der Blonde, dessen Aussehen Moritz unlängst als extraklasse bezeichnet hatte, trug Polohemd, Jeans und Slipper. Er gab sich unwissend, wirkte nicht beunruhigt oder überheblich. »Worum geht es so früh am Morgen?«

In Klara zog sich alles zusammen, als sie sich das jüngere Gesicht des Mannes vorstellte, der ihrer besten Freundin gefallen hatte.

»Sie wissen bestimmt, worum es geht.«

»Ist etwas passiert? Es ist kurz nach fünf, ich war bis heute früh mit einem Freund unterwegs.« Seine Augen wurden dunkler, sein Blick war wachsam. Er erstarrte innerlich, Klara sah es an seiner Haltung.

»Natürlich waren Sie das.« Das sollte ihm zu verstehen geben, dass sie über ihn Bescheid wussten.

Hohenwart redete, obwohl die Beamten nicht weiter nachfragten. »Wir waren bis etwa zwei Uhr morgens in der Spielbank in Wiesbaden. In der Tasche meines Smokings dürften noch ein paar Jetons und eine Bar-Quittung mit Datum und Uhrzeit sein.«

Er gab sich ein Alibi. Dachte er, er würde es brauchen?

»Das ist nicht der Grund unserer Anwesenheit«, sagte einer der Beamten.

Klara sah, wie sich eine Sehne an Hohenwarts Hals zusammenzog und wieder entspannte, er schluckte. Die Unterhaltung glich einem sportlichen Wettkampf, den Polizisten machte es offenbar Spaß, den Ball zurückzuspielen. Der nächste würde ihn taktisch unter Druck setzen.

»Was ist der Grund für Ihr frühes Erscheinen?«, fragte Hohenwart vorsichtig. Er schien nicht damit zu rechnen, was über ihn hereinbrechen sollte.

Einer der Polizisten erklärte ihm, warum sie hier waren und was ihm vorgeworfen wurde, machte ihn auf seine Rechte aufmerksam und bat ihn, die Hände auf den Rücken zu legen.

Hohenwart holte scharf Luft, als er den Stahl der Handschellen auf seinen Handgelenken spürte. »Das ist völlig undenkbar. Unsinn. Sonja war eine liebe Freundin. Ich habe sie nicht getötet.«

Der Einsatz war beendet, die Festnahme erfolgt. Natürlich würde es weitergehen, aber wie, das war die Frage.

Alexander Cord schien sich in Luft aufgelöst zu haben.

Klara fuhr zurück in ihre Wohnung. Sie wollte sich ein wenig Ruhe gönnen, in der letzten Nacht hatte sie nicht viel Schlaf abbekommen. Sie zog ihr Kostüm aus, legte sich in ihrer Unterwäsche aufs Bett und stopfte sich ihr Lieblingskissen in den Nacken, um die Bilder der Festnahme von Hohenwart noch einmal Revue passieren zu lassen. Sie hatte dafür gesorgt, dass er sie bemerkte. Wer bei so einem Einsatz vor Ort war, der konnte nicht unbedeutend sein. Er sollte wissen, dass sie, Klara Niehof, dazu beitragen konnte, ihn für einige Zeit hinter Gitter zu bringen.

»Es ist lange her, Herr Hohenwart«, hatte sie ihn angesprochen, als er schon im Polizeiwagen saß. Die Einleitung zu einem Gespräch war es nicht gewesen, das würde sich zwischen ihnen wohl nie entwickeln. »Wir hatten früher eine gemeinsame Freundin«, sagte sie. »Aber darüber werden wir uns später unterhalten, wenn Sie sich in Ihrer Zelle eingerichtet haben.« Klara war vorsichtig gewesen, dass niemand sie beobachtete. Ihr Ton war kalt wie blankes Eis, aber ihre Augen loderten, dass Hohenwart zurückzuckte. Recht so, er sollte die Bedrohung spüren. Sie hoffte, ihn mit ihrem Auftreten wenigstens ein bisschen beeindruckt zu haben.

Erst wenn ihn die Haft unbeeindruckt ließ und er nicht redete, würde Klara das Undenkbare in Betracht ziehen, aber dafür müssten die gesicherten Spuren im Moor für unbrauchbar und unzulässig zur Beweiserbringung erklärt werden.

In ein oder zwei Tagen wollte sie mit Hohenwart reden. Das ließ ihm Zeit, sich mit der Furcht vertraut zu machen. Sie gönnte ihm massenweise davon.

Klara gähnte. Die Festnahme hatte sie erschöpft, die Begegnung mit Hohenwart war nicht spurlos an ihr vorbeigegangen. Furcht, das war ihr letzter Gedanke, ehe sie schließlich wegdämmerte.

Ihr Traum war nicht fassbar, die Bilder ausschließlich schwarzweiß.

Klara befand sich in einem Waldstück, die Bäume waren anthrazit. Sie sah ihre beste Freundin in einer weißen Bluse auf der tristen und sonnenlosen Lichtung. Die verbliebenen Lichtstrahlen verkrochen sich irgendwo am Rande der Dunkelheit. Hannah winkte ihr zu und verschwand noch im selben Moment zwischen den Bäumen.

Dorthin, wo jemand wartete.

Klara wusste, was passieren würde. Sie durfte Hannah nicht verlieren, nicht noch einmal. Sie rannte, kam aber nicht weit, weil sich der Boden unter ihr öffnete. Sie fiel in eine Grube. Es war ein Grab. Die riesigen Augenhöhlen eines Totenschädels starrten sie an.

Nein, bitte. NEIN! Mit einem Schrei auf den Lippen wachte sie auf. Von ihrer Stirn rann ein Schweißtropfen, als hätte sie Fieber. Langsam drehte sich Klara zur Seite. Diese Art des dahindämmernden Träumens war ihr verhasst, sie kannte sie gut. In diesen Träumen war sie bereits Hunderte Male gestorben, ermordet und gequält worden. Doch gerade eben war es nicht um sie gegangen. Manche Erinnerungen besaßen die Macht, sich zu verselbstständigen, etwa Erinnerungen an Fälle und ihre Täter. Klara dachte daran, wie Dominik Hohenwart geschluckt hatte, wie dabei die Sehne an seinem Hals hervorgetreten war.

Würde er sich verraten? Sie konnte nicht sicher sein, denn bisher schien es, als hätte er seine Nerven unter Kontrolle.

Dann hab du deine auch unter Kontrolle, ermahnte sie sich stumm.

Sie sollte versuchen, sich einigermaßen zu entspannen. Die entscheidende Phase hatte gerade erst begonnen.

***

Endlich. Er hat schier endlos lange gewartet und die Tage abgezählt, bis die Meldung überall in den Nachrichten zu hören und zu sehen war.

*Dominik Hohenwart, der Erbe der renommierten Hohenwart-Werke, ist in den frühen Morgenstunden festgenommen worden, tatverdächtig im Mordfall Sonja Wallbrecht.*

Für den einzigen Mord, den sein alter Freund trotz all der schönen Beweisspuren nicht begangen hat.

Vielleicht wird er ihn irgendwann im Gefängnis besuchen und nach dem Grund fragen. Warum er ausgerechnet ihn für den Mord an den beiden Studentinnen bezahlen ließ. Arglos war er in die Falle gelaufen, weil er nie an die Möglichkeit gedacht hatte, dass Dominik so abartig sein könnte. Nie hatte er in Erwägung gezogen, dass er sein wahres Ich so gut vor der Welt und vor allen, die ihm nahestanden, verbergen konnte. Das tat er noch immer trefflich, war aber unvorsichtig genug gewesen, auf seine Nachricht zu reagieren und sich mit ihm am Tag des Bundeswehreinsatzes im Moor zu treffen. Er wollte seinen alten Freund genau dort haben, aber begegnen wollte er ihm nicht. Er konnte sich denken, dass die Polizei vor Ort sein, dass sie Fotos machen würde. Die unscheinbare Kleine mit der Kamera – die Einzige, die in die entgegengesetzte Richtung fotografiert hatte. Statt an dem Moor war sie an den Leuten vor dem Zelt interessiert gewesen. Schlau gemacht, damit eine Profilerin später Gesichtsausdrücke und Reaktionen studieren könnte.

Sein Bild haben sie nicht, bestimmt nicht. Er hat darauf geachtet, nicht fotografiert zu werden, aber Klara Niehof wird trotzdem wissen, dass er derjenige ist, der sie nach Hannah gefragt hat. Aber nicht, dass er ihr viel näher ist, als sie glaubt. Sie kennt ihn als Tim, er macht für sie sauber. Doch begegnet ist sie ihm höchstens einmal, und das zufällig, weil sie ihre Nachrichten für ihn meist schriftlich hinterlässt. Bei dem einen Mal war er schon im Aufzug, er hat geniest, etwas von einer Erkältung gemurmelt und sich eilig davongemacht. Sie hat sein Gesicht nie deutlich gesehen. Vielleicht kennt sie seine Stimme, und obwohl er sie als H. Berger verstellt hat, könnte die Profilerin irgendwann doch dahinterkommen, wer er in Wirklichkeit ist.

## 21

Wenn ein Mörder jemanden tötet, macht er neben dieser einen Person noch viele weitere zu Opfern.

Klara spürte eine Hand auf ihrer. »Wovon träumst du?«, fragte eine leise Stimme. Moritz.

»Vom Tod«, sagte sie, ihre Lider öffneten sich, und sie setzte sich langsam auf.

Zehn Minuten später saß Klara mit ihrem besten Freund in ihrer Küche. Auf dem Herd köchelte in einem Topf eine Gemüsesuppe, in der Pfanne bräunten Croutons.

»Mutter hat eine Frühjahrsreise geplant und mag plötzlich Katzen. Wärst du so nett, sie dir mal anzusehen?« Das fragte er allen Ernstes.

»Nein.« Klara war nicht nett, und die Mutter brauchte weder sie noch einen Psychologen. »Lass sie verreisen und Katzen mögen«, empfahl sie.

»Aber sie hasst normalerweise Katzen, und gegen Verreisen im Frühling hatte sie auch immer was. Diese eigenartige Veränderung liegt bestimmt an dem Nachbarn, er hat einen schlechten Einfluss auf sie.«

Was daran ausdrücklich schlecht sein sollte, konnte Klara nicht verstehen. Wenn Moritz nicht sofort mit dem Unsinn aufhörte und dem Gespräch eine andere Richtung verpasste, würde sich giftig werden.

Er seufzte. »Aber deswegen bin ich nicht gekommen … Mein Gewissen quält mich.« Er sah sie eine Weile an.

»Warum?«, fragte Klara. Hatte er ihr etwas Bedeutsames verheimlicht?

»Wenn ich darüber nachdenke, war es eine komische Situation.«

»Drück dich bitte nicht so kompliziert aus, das vertrage ich im Moment überhaupt nicht«, sagte sie.

»Ich fühle mich schuldig. Es wäre gar nicht dazu gekommen …«

Wozu wäre es nicht gekommen? Sie blickte ihn erwartungsvoll an. Ging es um Sonja Wallbrecht? Aber dann sähe er nicht derart niedergeschlagen aus. Um Hannah? War Moritz etwa derjenige, den Hermina Blankenburg in jener Nacht im Moor gesehen hatte?

»Es ist schon ein halbes Jahr her, ich hatte einen Auftrag erledigt und war hinterher noch im Stadtcafé, die haben da richtig guten Kuchen. Er muss mich abgepasst haben. Er verfolgte eine Absicht. Und jetzt weiß ich auch, welche.«

»Von wem redest du?« Es war ein Flüstern. Um Hannah ging es also nicht.

»Tut mir leid. Mir ist eingefallen, dass Paul Tenbergen jemand aus deinem näheren Umfeld sein muss. Und das ist er, nämlich Tim, die Putzfee. Er muss es einfach sein. Er war damals im Café. Wir unterhielten uns und kamen irgendwie drauf ... auf die Wohnungssache, das Saubermachen, dass es wenig verlässliche und ehrliche Zugehfrauen gibt. Er fragte mich, ob ich nicht jemanden wisse, weil er meist in Geldnöten stecke. Er sei in jedem Fall verlässlich und ehrlich, sagte er noch.« Moritz schaute zerknirscht drein.

Darum das schlechte Gewissen. Sie küsste ihren besten Freund.

»Oh«, sagte Moritz überrascht. Dann, nach einem Augenblick: »Weil ich das gerade nicht wirklich genießen konnte ...« Er deutete auf seine Lippen.

»Weil du nicht mal weißt, wofür ...«, erwiderte Klara.

»Für eine Antwort?«

»Für *die* Antwort.« Ihr erneuter Kuss auf die Wange wurde freundschaftlich erwidert.

»Wird er zurückkommen?« Moritz fühlte sich offenbar dafür verantwortlich, dass ein Mörder sie im Blick hatte.

»Er wird damit rechnen, dass ich sein Spiel allmählich kapiere, kann aber nicht wissen, wann das sein wird. Auf jeden Fall darf er nicht zu viel riskieren.«

Paul Tenbergen alias H. Berger alias Tim, der Staubwedel. Klara fiel auf, dass sie nicht einmal den Nachnamen der gründlichen Putzfee kannte. Aber egal, es wäre ohnehin der falsche gewesen. Sie hatte ihn noch nie gesehen, und am Telefon fiel ein Sprachfehler nicht sofort auf, wenn man leise Musik im Hintergrund laufen ließ – wie Tim. Nein, doch, sie waren sich einmal begegnet, ganz kurz. Er hatte eine Erkältung vorgetäuscht, hatte geniest und sich dann die Hände vors Gesicht gehalten. Klara hatte stets in bar bezahlt, das Kuvert mit dem Geld für ihn auf die Kommode gelegt. Tim besaß ihren Wohnungsschlüssel, war ihr extrem gewissenhaft, ordentlich, zuverlässig und vertrauenswürdig vorgekommen. Wie musste er gelacht haben!

Eigentlich mutig, sich wie er in die Höhle des Löwen zu wagen. Doch Klara hatte sich als zahnloser Löwe entpuppt. Sie hatte Tim, der Putzfee, jede Möglichkeit gegeben, sich in Ruhe bei ihr umzusehen und einen Plan auszuarbeiten. Er hatte ihren Computer durchforsten, nachsehen, woran sie arbeitete, sich die für ihn nötigen Informationen besorgen können. Sein Eindringen in ihr Leben war ein persönlicher Angriff, ein absoluter Tiefschlag – und ausgesprochen peinlich obendrein.

Wie sollte sie es anstellen, ihn zu erwischen? Sie hatte nichts gegen ihn in der Hand, obwohl er der Mörder von Sonja Wallbrecht war. Sie musste überlegen, brauchte eine Strategie.

Fest stand, dass Paul Tenbergen größtes Interesse daran haben musste, die Weiterentwicklung des Falles Wallbrecht zu verfolgen. Vielleicht wäre er überrascht zu hören, dass eine Überwachungskamera auf dem Grundstück der Familie neue Hinweise geliefert hatte.

»Vergiss nicht, dich auf dem Laufenden darüber zu halten, was die Medien sagen«, empfahl Moritz ihr, bevor er sich auf den Weg nach Hause zur womöglich in Kürze frühjahrsverreisenden Mutter machte. »Ich treffe mich nachher noch mit einem potenziellen neuen Auftraggeber. Wünsch mir Glück.«

»Hoffentlich behandeln sie dich diesmal pfleglicher«, sagte Klara. Dieser Wunsch war besser und konkreter als Glück. Glück wäre dagegen, wenn sie die Behauptung mit den Überwachungskameras in einer Radiosendung unterbringen könnte.

»Apropos pfleglich behandeln, was macht eigentlich Goldi?« Im Gehen warf er einen neugierigen Blick ins Terrarium.

Offenbar fiel sein Urteil zufriedenstellend aus. »Ich bin in ein paar Tagen wieder zurück.«

Klara schaltete eine Nachrichtensendung ein. Die Macher der Meldungen rühmten sich bereits, alles über die Verbindung zwischen Sonja Wallbrecht und Dominik Hohenwart zu wissen. Jemand hatte die Entführung von Sonja als Teenager ausgegraben. Man mutmaßte, die Tochter von Magnus und Dorothea Wallbrecht sei erneut entführt worden, doch diesmal habe die Aktion einen tödlichen Ausgang genommen. An dieser Geschichte wurde weitergestrickt, so lange, bis sich ein Muster ergeben würde. Und in diesem Fall würde die Taktik sogar erfolgreich sein, weil es ja tatsächlich ein Muster gab.

# 22

Sexualmörder und Serienvergewaltiger werden im Laufe ihres Täterseins zu Fachleuten in Dominanz, Manipulation und Kontrolle.

Die zwei Tage, die Klara verstreichen lassen wollte, um sich Dominik Hohenwart vorzuknöpfen, waren ihr länger als nur achtundvierzig Stunden vorgekommen.

Zwei Tage sollte er über seine Situation nachdenken, zwei Tage sollte er sich mit der Furcht vor dem Kommenden vertraut machen.

Sie hoffte, dass er es getan hatte.

Hohenwart war in der JVA Sehnde untergebracht worden, von Burgdorf in nur zwanzig Minuten erreichbar. Gitter, Tore, allerhand Sicherheitsvorkehrungen und Überprüfungen. Obwohl die viergeschossige JVA erst im Oktober 2004 eingeweiht worden war, hatte sie schon im Dezember 2005 ihre maximale Belegungsstärke erreicht. Der Vollzug von Straf-, Untersuchungs- und Sicherungshaft galt hier für männliche Erwachsene. Klara hatte in Sehnde bereits einige Begutachtungen von Gefangenen als forensische Psychiaterin durchgeführt und kannte den Direktor, was ihrem Vorhaben nicht abträglich sein konnte. Trotzdem würde sie ihr sehr persönliches Motiv, warum sie unbedingt mit dem Untersuchungshäftling sprechen wollte, gut kaschieren, denn eigentlich hätte sie den Besuch vorher mit Annett Rehbein absprechen müssen. Sie hatte es nicht getan, weil sie sich mit Hohenwart allein unterhalten wollte.

Im Büro von Remo Arnold, dem Gefängnisdirektor, hingen noch immer dieselben bunten Surfer-Fotos wie bei ihrem letzten Besuch: dieselben Jungs, die auf denselben Wellen ritten. Aus einer Ära, die schon einige Jahrzehnte zurücklag. Der Surfer auf einem Bild mit dem pechschwarzen Haar war jetzt grauhaarig, grinste immer noch ausgelassen breit und saß vor ihr.

Klara schilderte kurz, wie es zur Festnahme von Dominik

Hohenwart gekommen war, und erklärte, dass sie mit dem Mann noch über einige Dinge sprechen müsse. Sie legte mehr offen, als sie musste, vielleicht mehr, als überhaupt erforderlich war, aber sie wollte ein angenehmes Klima zwischen Arnold und ihr schaffen. Es war sein Herrschaftsbereich, in den sie eindrang. »Die Behörde bittet mich um eine kurze Exploration und ein paar persönliche Eindrücke als Psychologin.«

»Bisher verhält er sich ziemlich unbeeindruckt. Geld zu haben ist wie überall sonst auch in dieser Welt von Vorteil, Dominik Hohenwarts Stellung hat selbst im Gefängnis einiges Gewicht. Aber wir geben uns Mühe, dem so gut es eben geht Einhalt zu gebieten.«

Männer in U-Haft erfuhren eine andere Behandlung als die, die bereits den Stempel »verurteilt« trugen. Ihnen war es erlaubt, eigene Kleidung zu tragen, ihre Bettwäsche mitzubringen und Lebensmittel zu kaufen.

»Hohenwart wurde am gestrigen Nachmittag dem Ermittlungsrichter vorgeführt«, sagte Klara. »Es gibt noch keine Entscheidung bezüglich der Beweiserhebung, und eine Anklageschrift wurde auch noch nicht formuliert.« Genau das war ihre Chance. Klara versuchte, einen nicht allzu zufriedenen Eindruck zu machen.

»Der Mann soll sich keine Mühe gegeben haben, dem Richter etwas zu erklären«, sagte Remo Arnold.

Klara nickte. Ein begleitender Beamter hatte also geplaudert. Im Klartext hieß das, dass Dominik Hohenwart kein Alibi geltend gemacht hatte. Nicht hatte machen können? Dann war Paul Tenbergens Plan bis hierher aufgegangen.

»Heikel, aber Richter Feldmann ist ein harter Hund. Der ist durch nichts zu beeindrucken. – So wie Sie, wie es scheint.«

Zum Glück war Arnold nicht dabei gewesen, als sie den Spaten durch die Badewanne im Moor gezogen, die Knochen rausgefischt hatte und ihr das Herz sonst wohin gerutscht war. Womöglich hätte er dann seine Meinung geändert.

»Also, worum geht's?«, fragte er.

»Ich will versuchen, Hohenwart einige Details zu entlocken. Es gibt noch Unklarheiten, die wir uns nicht leisten können.« Ihr war völlig klar, dass sie damit schon zu viel gesagt hatte.

»Nennen Sie es einfach ein Gespräch mit ihm«, empfahl er ihr. »Kein Psychodings, sonst stimmt er womöglich nicht zu. Ich kann ihn vielleicht zwingen, zu der Unterhaltung zu erscheinen, aber ich kann ihn nicht zwingen, Ihnen etwas zu sagen.« Arnold griff nach dem Telefonhörer.

Klara nickte, und sie erhoben sich beide.

»Lissi wird Sie begleiten.«

Klara stellte sich unter dem Namen eine gewichtige Frau vor, an deren Gürtel bei jeder wogenden Bewegung die Schlüssel klimperten. Doch Schlüssel, die in Gebrauch waren und klimpern konnten, gab es in der JVA nur noch wenige, und Lissi hieß in Wirklichkeit Gregor Lisser. Er war groß und hager, von ausladenden Hüften keine Spur. »Dann auf zur Wandelhalle«, scherzte er.

Klara war Dominik Hohenwart als Besucherin angekündigt worden. Eine offizielle Befragung hätte sie vorher anmelden müssen. Sie würde ihm ein paar Brocken hinwerfen. Die Anregung des Direktors, die Vernehmung als bloßes Gespräch zu tarnen, war eigentlich nicht nötig, Hohenwart würde sowieso nicht viel preisgeben. Allerdings würde bei einem Gespräch kein Beamter dabei sein, was Klara für sich zu nutzen gedachte. Sie spekulierte darauf, dass Hohenwart neugierig war. Sie griff in ihre Handtasche und holte einen Gegenstand heraus. »Du wirst mit mir reden«, flüsterte sie.

Auf dem Gang kam ihnen ein Wärter entgegen, in seinem Rücken ein bulliger Typ.

Plötzlich hörte Klara, wie der Mann sagte: »Sieben, acht – fürchte dich bei Nacht.«

Klara erschrak bis ins Mark. Sie wandte sich nach ihm um, er nach ihr und winkte. In einem hatte der fiktive H. Berger tatsächlich recht – gestern war nie vorbei. Sie drückte sich gegen die Wand, atmete flach und schnell.

»Alles gut?«, fragte Lissi. »Tut mir leid, man sollte vielleicht vorher Bescheid geben, wenn ein Gast wie Sie auf den Gängen unterwegs ist. Irgendwann war das mal der Fall.«

Vor hundert Jahren in einem anderen Rechtssystem. »Alles gut«, versicherte Klara ihm. Es war nicht Ridell gewesen, nur jemand, der die gleiche Vorliebe für Reime hatte. Trotzdem hatte die Begegnung Klara wie ein eisiges Geschoss getroffen, sie musste sich besser zusammenreißen.

Lissi hatte sich wieder umgedreht und ging weiter voraus den Gang entlang, bis er die Tür zu einem der Besucherräume öffnete.

Nett, ein wenig Farbe an den Wänden, einfach und schlicht mit Holztischen und Rattanstühlen ausgestattet, die nicht schon auf den ersten Blick ungemütlich anmuteten, um die Besucher schnell wieder loszuwerden.

Klara achtete weniger auf die Ausstattung als auf den Mann in dem mitternachtsblauen Hemd und der Leinenhose, der mit betont lässig übergeschlagenem Bein abwartend an einem der Tische saß und ihr Hereinkommen verfolgte.

Lissi deutete erst auf eine von mehreren Kameras, die alles im Blick hatten, dann auf seine Augen: Jemand würde sie beobachten. Für den Fall der Fälle. »Drücken Sie auf den Knopf hier, wenn Sie gehen wollen.« Er zeigte ihn ihr.

Gleich würde sich die Tür hinter Klara schließen, und sie wäre mit Dominik Hohenwart allein, der sich plötzlich auf sein gutes Benehmen besann und aufstand. Als Klara ihm die Hand entgegenstreckte, rutschte der leichte Pullover über ihr Handgelenk nach hinten und gab den Blick auf das Bettelarmband frei, dessen Verschluss sie notdürftig mit einem Stückchen Draht repariert hatte.

Einen kleinen Moment erstarrte Hohenwarts Hand, dann hatte er sich wieder unter Kontrolle.

Sie lächelte ihm zu.

»Meine charmante Besucherin, worüber wollen wir uns austauschen?« Seine Augen versuchten, ihre einzufangen.

So spielen wir ganz sicher nicht, Herr Hohenwart. Klara hielt den Blickkontakt zu ihm absichtlich nicht allzu lange. »Über das Klima. Es ist ziemlich frostig, nicht wahr?« Ihre Stimme war kalt.

»Ich habe Sonja Wallbrecht nicht getötet«, sagte er unvermittelt.

Sie musste vorsichtig sein. Sie konnte ihn ein bisschen provozieren, durfte aber nicht riskieren, dass er deshalb verstummte. »Sie haben ein Alibi? Warum haben Sie das niemandem gegenüber erwähnt? Der Verdacht wäre damit erst einmal entkräftet.«

»Ich habe Sonja Wallbrecht nicht getötet«, wiederholte er.

»Das ist …« Genial, hätte sie gern gesagt. Paul Tenbergen hatte offenbar an alles gedacht, er hatte den Tag des Mordes nicht zufällig gewählt. Hohenwart hatte womöglich ein Alibi, aber keines, das er ungestraft anführen konnte. Was war an Sonja Wallbrechts Todestag passiert? »… unmöglich«, beendete sie den begonnenen Satz. »Alle Hinweise deuten auf Sie als Täter hin.«

»Ich habe mit ihr geschlafen. Im Gartenhaus. Aber ich bin nicht … ihr Mörder.«

Klara sah die Zähne, die auf die Unterlippe bissen. Hohenwart kämpfte mit seinem Zorn. Sie hätte seinen Mund gern weit aufgerissen, um die Worte, die sie hören wollte, aus ihm herauszuziehen. Es dauerte nur einen Moment, dann legte sich wieder eine Maske der Beherrschung über seine Züge.

»Haben Sie auch mit Hannah Sommer geschlafen?« Klara bewegte ihren Arm, die kleinen silbernen Anhänger am Bettelarmband klimperten.

Ein Zusammenkneifen der Augen, ein schnelles Senken des Kopfes. Er begriff. Ein kurzes Verharren seines Blickes auf den Anhängersymbolen, dann näherte sich seine Hand, seine Finger begannen, mit dem Silber zu spielen, und fuhren dabei über Klaras Handgelenk. Zärtlich.

Sie versteifte sich.

»Schönes Armband, nur das falsche«, sagte er. Er wusste es. Seine Maske zeigte nicht mehr den geringsten Riss. Hatte er den Ausweg gesehen, das kleine Licht am Ende des langen Gefängnisganges, das möglicherweise für ihn zu erreichen war, wenn er jetzt keinen Fehler beging?

Klara ahnte, dass er jetzt genüsslich seinen Köder auslegen würde. Er wusste genau, was sie von ihm wollte.

»Es war ihr erstes Mal. Sie war unglaublich süß – und willig.«

Fehlte nur noch, dass er sich mit der Zungenspitze über die

Lippen leckte. Klara ballte die Hände. Lass es nicht zu, sagte sie sich immer wieder.

»Von dem alten Moorbad ist nicht mehr viel übrig, aber die Matratze liegt noch immer dort. Auch der Schrank steht noch. Den haben Sie bestimmt nicht vergessen … Genauso wenig wie das, was in seinen Fächern liegt. Vielleicht Kleidung? Persönliche Gegenstände der Opfer?«

Mit Unschuldsmiene frage sie ihn, ob er in letzter Zeit mal wieder dort gewesen sei. »Die Skizze war hilfreich, sonst hätte ich mich vielleicht … im Moor verlaufen.« Klara tat so, als ginge es ihr allein um Hannah. »Nicht zu vergessen für einen Schriftvergleich. Die Karte mit dem Weg zum alten Moorbad war für Hannah bestimmt, sie hat sie gut verwahrt. Trotzdem wird alles, was man aufbewahrt, irgendwann wiederentdeckt. Und da wäre noch etwas, was jemand aufgehoben hat. Sie erinnern sich sicher noch an den Skiurlaub in Kanada und an die Postkarte, die Sie Sonja Wallbrecht geschickt haben. Mit einem Motiv der Whistler Blackcomb Mountains. Ach ja, und an das Erpresserschreiben mit der bezeichnenden Unterschrift: ›FREUNDE‹. Sie sind ein Angeber, Herr Hohenwart.« Es war alles andere als ein Kompliment. Klara hatte bis jetzt kein einziges Mal die Polizeibehörde erwähnt. Absichtlich.

Hohenwart versuchte, seine Mimik zu kontrollieren, doch seine Haltung und Körpersprache verrieten genug. Nur wenigen Tätern gelang es, sich vollkommen zu beherrschen. Auf die Erwähnung des Erpresserschreibens hatte er eine kaum wahrnehmbare Reaktion gezeigt. Er wusste nicht mehr, wohin ihn Klara lotsen wollte. Sein Blick sagte ihr, dass er sich vage an die Postkarte erinnern konnte, aber nicht an Einzelheiten. Die Linie zwischen seinen Augenbrauen wurde immer tiefer.

Klara war ernüchtert. Es schien, als würde er nichts kommentieren, nichts zugeben. Sie könnte lange auf einen Fehler von ihm warten. Er würde ihn nicht begehen. »Sie werden für den Mord an Sonja Wallbrecht bezahlen«, sagte Klara.

Hohenwart schenkte ihr ein Lächeln.

Sie erwiderte es nicht. Sie wollte, dass er diesen einen Mord deutlich vor sich sah.

»Wenn das alles ist …? Aber das ist es nicht, oder? Denn Sie wollen ja unbedingt wissen, wo Hannah Sommer ist. Wirklich schrecklich, ich habe gehört, dass ihre Mutter schwer krank sein soll. Wäre es da nicht eine Erlösung …?« Er beugte sich über den Tisch, verkürzte die Distanz. »Ich war in Hannah verliebt, allerdings nur ein kleines bisschen. Trotzdem wollte ich sie unbedingt haben, sie schmecken, und ich wollte sie … aufschneiden, ihr den Atem nehmen.« Sein Ton war scharf geworden, die plötzlich leuchtenden Augen gehörten zu einem anderen Mann – zu dem, der lustvoll quälte und tötete. »Oh, sie hat mir natürlich auch von ihrer besten Freundin erzählt«, sagte er. »Und ich habe ihr versprochen, dass wir uns bald kennenlernen würden. Jetzt ist es endlich so weit, Klara Niehof.«

Klara riss sich zusammen. Sie durfte ihm ihren Abscheu nicht zeigen, obwohl sie ihn am liebsten angespuckt hätte.

Hohenwart wusste, dass sie diese Information von ihm brauchte, dass sie sie unbedingt wollte. Deshalb hatte er den Einsatz in ihrem Spiel gerade erhöht.

Sie würde das Gleiche tun. Aber ob es genügte? »Sie haben für den Zeitpunkt des Mordes an Sonja Wallbrecht kein Alibi. Oder haben Sie eins«, sie schnippte mit den Fingern, »aber das würde Sie noch tiefer in den Sumpf hinunterziehen? Sie verzeihen meinen unglücklichen Vergleich.« Klara schob ihren Stuhl zurück. Ein klares Zeichen, dass sie gehen würde.

Er blieb sitzen. »Sie werden zurückkommen«, herrschte er sie an. Alle gespielte Höflichkeit war dahin. »Sie wollen wissen, für welchen Preis ich bereit bin zu reden.«

»Ihr Preis ist mir vollkommen egal«, sagte sie mit einer Leichtigkeit, die sie nicht empfand. Sie wollte nur noch den verdammten Knopf drücken und durch die Tür und den Gang entkommen. Hohenwart war ihr zuwider, aber mit einem lag er richtig – sie würde ihn wieder besuchen. Er dachte also, er könnte sein Wissen gegen seine Freiheit eintauschen. Sein Wissen von etwas, das sie schon ihr halbes Leben lang verfolgte. Er wollte seinen ganz privaten kleinen Handel, weil er wusste, dass sie ihre Vermutung, er sei Hannahs Mörder, durch nichts beweisen konnte. Nur dachte er fälschlicherweise, dass es ihr ausschließlich um ihre Freundin ginge. Hätte er gewusst, dass es ihr um viel mehr ging, wäre ihm klar gewesen, dass es für ihn über sie keinen Weg in die Freiheit geben konnte. Sie drückte auf den Knopf.

Es dauerte nur einige Sekunden, bis sich die Tür öffnete. Lissi begleitete sie durch den Gang. »Wir konnten Ihr Gespräch nicht hören, aber manchmal sind Bilder genug«, ließ er sie wissen. »Passen Sie auf sich auf!«

Oh ja, das würde sie – und sich die Unachtsamkeit von jemandem zunutze machen. Hätte Professor Dr. Bitter nicht um seine Haut gefürchtet und im Moor den Metallsarg mit Sonja Wallbrechts Leiche zurückgelassen, hätte Klara überhaupt nichts in der Hand, so aber ließ sich sein Fehler nutzen, und das würde sie tun.

Das bist du nicht, sendete die kleine Stimme ihr Störsignal aus.

»Doch«, flüsterte sie. »Das muss ich sein.« Klara konnte nicht anders handeln. Sie brauchte etwas Handfestes gegen Hohenwart, etwas, an dem niemand mehr zweifeln würde. Klara ahnte dessen finstere Hintergedanken. Sollte er aus der JVA entlassen werden, würde er mit Sicherheit einen weiteren Mord in Erwägung ziehen.

Klara kaufte sich in einer Bäckerei einen Kaffee und ein süßes Teilchen.

Sie sei unglaublich süß, hörte sie prompt Hohenwart sagen. Klara ließ die Nussschnecke sofort wieder in die Tüte zurückgleiten. Sie hatte darauf verzichtet, das Gespräch aufzuzeichnen, und war jetzt froh darüber. Was auch immer der Mistkerl am Tag des Mordes an Sonja Wallbrecht getan hatte, es musste etwas derart Belastendes sein, dass er es nicht als Alibi anführte und lieber eine Mordanklage in Kauf nahm.

Klara fuhr ins Büro, um zu erfahren, ob es etwas Neues gab. Sie würde ihren Ausflug in die JVA rechtfertigen müssen – vor wem, war noch nicht klar. Cord wäre sauer, dass sie allein in der Justizvollzugsanstalt und bei Hohenwart gewesen war, und würde sich und sie fragen, was der Grund dafür gewesen sei.

Ihre Vorgesetzte würde sie das Gleiche fragen. Es war besser, sie machte selbst den Anfang.

Ihr Schreibtisch schien attraktiv zu sein wie kein anderer, die Kommissariatsleiterin wippte auf Klaras Stuhl, vor sich ihren mitgebrachten Tablet-PC. Cord und Linda Volant saßen ihr gegenüber an ihren Plätzen.

»Sie müssen nicht aufstehen«, sagte Klara, aber Annett Rehbein schien die Anspielung nicht verstehen zu wollen. Immerhin hörte sie einen Augenblick lang mit dem Wippen auf.

»Ich komme aus der JVA. Von einem Gespräch mit Dominik Hohenwart«, fiel Klara mit der Tür ins Haus und erzählte, dass es zu einer Unterhaltung mit Hohenwart gekommen sei, weil er mit einem Psychologen habe sprechen wollen.

»Will er am Ende Unzurechnungsfähigkeit geltend machen?« Annett Rehbein furchte die Stirn. »Wie wirkte Dominik Hohenwart auf Sie?«

»Er sagt, er habe den Mord nicht begangen. Sonst hat er sich nicht dazu geäußert und sich auch nicht für nicht schuldfähig erklärt«, sagte Klara und gönnte sich ein Schulterzucken.

»Und wozu hat er etwas gesagt? Warum wollte er einen Psychologen?«, fragte Rehbein.

Klara würde ihren Plan nicht aufgeben, würde dieses Ungeheuer nicht den Kollegen überlassen. »Manche Täter denken, sie hätten eine Ahnung von Psychologie. Sie sehen sich auf Augenhöhe mit den Behörden und halten sich für intelligent genug, um herauszufinden, an welchem Punkt die Ermittler stehen. Was halten Sie davon: Wir präsentieren Hohenwart etwas, wovon er nicht glauben möchte, dass wir es wissen?«

»Und das wäre?« Rehbein sah sie voller Erwartung an.

Doch Klara würde sie nicht erfüllen. »Im Grunde haben wir nichts. Aber dieses Nichts muss der Presse verdammt überzeugend präsentiert werden«, sagte sie.

Rehbeins Augenbrauen hoben sich.

Klara sah kurz zu Cord hinüber. »Auf dem Grundstück der Wallbrechts gibt es Überwachungskameras. Allein diese Tatsache müsste genügen, um einen Täter nervös zu machen.« Sie blieb vage. Einen Täter. Klara hatte dabei jemand anderes im Visier – Paul Tenbergen. Sie wollte es nur so aussehen lassen, als ginge es ihr um Hohenwart. »Wir müssen Zeit schinden.« Natürlich war sie es, die Zeit schinden wollte, weil sie Hohenwart freibekommen, aber gleichzeitig die Falle für Paul Tenbergen aufstellen musste. Zwei Fliegen mit einer Klappe schlagen; die Formulierung traf auf ihren Plan zu. Hohenwarts Leichen lagen irgendwo draußen im Oldhorster Moor, jedenfalls sagte ihr das ihre Intuition. Den Rest würde sie aus dem Mann noch herausbekommen, dessen war sie sich sicher. Sie wollte, dass er bezahlte – und das nicht nur für einen Mord, noch dazu für den einen, den er nicht begangen hatte.

»Für die Presse müssen es nur ein paar Andeutungen sein. Unbedingt sollte gesagt werden, dass das Gartenhaus der Wallbrechts kein Tatort und dort niemand zu Tode gekommen ist. Und dass es eine vielversprechende Spur gibt, der gerade nachgegangen wird. Nebenbei könnte man erwähnen, dass es sich bei dieser Spur um ein Haus an einem See handelt.«

»Haus an einem See?«, murrte Rehbein.

»Eine winzige Spur, die Professor Danemann entdeckt hat«, half ihr Alexander Cord aus.

Es war wirklich ein Spiel auf Zeit. Klara wollte erreichen, dass Tenbergen befürchtete, dass sein Plan nicht aufgehen würde. Dann müsste er sich zeigen.

»Ich übernehme das«, erbot sich Linda.

»Und was soll das bringen?«, meldete Rehbein Zweifel an. »Wen sollen wir ohne richtige Beweise aufschrecken? Gerade haben Sie uns noch gesagt, dass Hohenwart nicht redet.«

»Nicht mit einer Ermittlerin, wohl aber mit einer Psychologin. Ich bin mir sicher, ich werde etwas erfahren. Vertrauen Sie mir.«

Cord und Klara hatten sich für später bei ihr verabredet. Seit Hohenwarts Festnahme hatte das Medieninteresse am Ermittler und der Profilerin wieder nachgelassen, dennoch parkte Cord nicht direkt vor Klaras Wohnhaus.

Sie umarmten, berührten und küssten sich. Dann setzten

sie sich in die Küche, weil Klara die Couch zu verführerisch erschien.

»Du warst sicher nicht in der JVA Sehnde, weil Hohenwart einen Psychologen sehen wollte. Also?«

»Es geht um meine beste Freundin.« Sie zeigte ihm das Bettelarmband an ihrem Handgelenk. »Der Mistkerl hat es erkannt. Hannah und ich haben damals beide eins getragen, aber an ihrem waren andere Anhänger. Wenn er sich heute noch daran erinnern kann, muss er Hannah gut gekannt haben«, sagte Klara und erzählte Cord die ganze Geschichte. Sie begann damit, dass sie endlich beschlossen hatte, der Spur des Verschwindens ihrer besten Freundin zu folgen, berichtete von den Akten im Polizeiarchiv und ihrer Vermutung, dass es um eine Mordserie ging. »Ich habe es nicht gleich gesehen, sogar erst ziemlich spät, aber da gab es jemanden, der nicht lockergelassen hat. Er hat mich ständig angerufen, Nachrichten hinterlassen, seltsame, sogar ein bisschen verstörende Nachrichten. Und irgendwann wusste ich es: Es ist eine Serie, die vor achtzehn Jahren begann, vielleicht auch schon vorher. Dominik Hohenwart darf nicht weitermorden.«

Wie viel Zeit würde ihr noch bleiben, um ihm genügend Angst einzujagen? Sie wollte Marlene Sommer eine Antwort geben und Hannah nach Hause holen.

»Du willst ihn überführen«, sagte Cord. Er schüttelte den Kopf. »Er ist ein Killer, falls du das Wort brauchen solltest, um seine Taten wieder deutlich vor dir zu sehen.«

Klara brauchte dafür keinen Begriff. Sie hatte die Bilder in den Akten studiert, die Gewalt, die Verstümmelungen. Das war deutlich genug gewesen. So etwas konnte man nicht vergessen. Statt etwas zu erwidern, fragte sie: »Was meinst du, was wäre ein absolut unbrauchbares Alibi für Hohenwart?«

»Ein anderer Mord.« Die Antwort war so simpel wie einleuchtend. Und möglich, wenn Hohenwart, als Sonja Wallbrecht getötet wurde, mit einer Frau zusammen gewesen war, die ihr Treffen nicht überlebt hatte.

Sie erzählte Cord von ihrer Vermutung, dass Paul Tenbergen Hohenwart einige Zeit im Auge behalten hatte, um den bestmöglichen Zeitpunkt für Sonja Wallbrechts Tod zu wählen.

»Hohenwart weiß nicht, dass du ihn verdächtigst, die beiden Studentinnen umgebracht zu haben«, sagte Cord.

Klara vergegenwärtigte sich die Darstellung der Beamten, die damals den Fall bearbeitet hatten. »Wenn Hohenwart auch die anderen Male mit einem Gürtel gearbeitet hat, wird ihm diese Vorliebe das Genick brechen.« Es schien, als hätte er seine kranke Phantasie damals nur bei Sonja Wallbrecht im Zaum halten können. Er hatte ihr nicht zeigen wollen, wer er eigentlich war. Vielleicht hatte sie auf verquere Weise sogar Sicherheit für ihn bedeutet. Er musste gewusst haben, dass ihr Großvater ihn nicht leiden konnte, ausgerechnet ein Mann, der ihr so wichtig war. Der alte Wallbrecht hatte Paul gemocht, was Hohenwart ziemlich gegen den Strich gegangen sein dürfte. Hatte Paul etwas davon gewusst? Auf jeden Fall musste es für Hohenwart einen starken Grund gegeben haben, den Freund ans Messer zu liefern.

Cord ließ Klara Zeit, ihre Gedanken zu ordnen.

»Er würgt sie bis zur Besinnungslosigkeit und lässt dann wieder locker. Er hat Spaß daran, zu beobachten, wie sein Opfer allmählich zu sich kommt. Dann benutzt er das Messer.« Klara hatte seine Vorgehensweise wegen Hannah nicht wissen wollen, jetzt wollte sie sie gerade wegen ihr wissen. Ihr Mörder hatte ein Gesicht und eine Stimme bekommen. Und Augen wie aus Marmor. Klara würde Dominik Hohenwart mit seinen Taten konfrontieren. Im alten Moorbad, aber davon sagte sie Cord erst einmal nichts.

Am späten Abend kam in den Medien die Meldung, dass sich in der Tiefgarage des Capitols – kein unbescheidener Name für ein Rockcafé – in der Nacht des Mordes an Sonja Wallbrecht ein Verbrechen ereignet hatte. Diana Solturn war tot im Kofferraum ihres eigenen Wagens entdeckt worden, erwürgt und verstümmelt. Die Schließe des Gürtels hatte am Hals der Neunzehnjährigen Abdrücke hinterlassen, ihr Kehlkopf war eingedrückt. Eine aufmerksame Freundin und Mitbewohnerin hatte sich Sorgen gemacht, nachdem Diana über Nacht weggeblieben war, und einen Tag später ihr Verschwinden der Polizei gemeldet.

Klara betrachtete die Fotos, die ihr Cord auf ihren Laptop geschickt hatte. Die Tote war nackt, das blonde Haar büschelweise ausgerissen. Krustige Hautfetzen klebten am Kopf, die Lippen dick und blutig, ihr Gesicht genauso mit Schnitten übersät wie ihre Brüste. Klaras Hände fuhren zu ihrem eigenen Gesicht, zu ihrem Mund. Eine Geste des nachempfundenen Grauens. Es wird bösartiger, unkontrollierbarer, dachte sie. Der Täter war ohne Frage ein Sadist.

»Du wolltest sie wie die anderen entsorgen. Du hattest keine Ahnung, dass der fürsorgliche Paul etwas anderes für dich plante«, flüsterte sie dem Täter zu.

Aber wie hatte Tenbergen gewusst, dass sein ehemaliger Freund in jener Nacht jemanden töten würde? Dass diese Nacht auch seine Nacht sein müsste, um den Trumpf auszuspielen, der Hohenwart nicht die kleinste Chance bot?

Klara versuchte ihr Gedankenspiel andersherum. Paul Tenbergen hatte es nicht gewusst, aber vielleicht geahnt, weil er Hohenwart einige Male gefolgt war und ihn zusammen mit der jungen blonden Frau gesehen hatte.

Klara musste aufpassen, dass ihre eigene Wut ihr nicht im Weg stand. Diese ganze Situation machte sie noch krank. Ein Fall, das waren für sie nicht nur bloße Gedanken, sondern zudem sehr lebendige Bilder. Aber was auch immer passieren würde, die Bestie durfte um keinen Preis wiederkehren, um sich ihr nächstes Opfer auszusuchen.

## 23

Ein ermittelter Zusammenhang zwischen den Fällen, der nicht ausnahmslos auf alle Opfer zutrifft, legt den Schluss nahe, dass es sich beim Täter nicht um ein und dieselbe Person handelt.

Am nächsten Vormittag nahm Klara sich Zeit für ihre Recherche in Bezug auf Paul Tenbergen. Du kannst dich nicht die ganze Zeit über unsichtbar gemacht haben, dachte sie. Du hast den Mord an Sonja bis ins kleinste Detail durchdacht und geplant.

Was würde ich tun?, fragte sie sich. Wie vorgehen?

Wieder kamen ihr der winzige Schnitt an Sonjas Fuß und der Sand in ihren Schuhen in den Sinn. Ein Haus am See – das brauchst du nur so lange, bis dein Plan ausgeführt ist, dachte sie. In der Abgeschiedenheit bekommt dich niemand zu Gesicht, wenn du aufpasst.

Sie klappte das Notebook auf, um in der Gegend ein Haus am See ausfindig zu machen. Es war eine bloße Vermutung, dass auch Paul Tenbergen so vorgegangen war. Sie recherchierte einige interessante Objekte, die passten. Zum Grundstück gehörte jeweils ein kurzer Strandabschnitt. Sie betrachtete die Fotos. Zuerst wollte sie sich informieren, dann telefonieren, um zu erfahren, ob jemand die Häuser in letzter Zeit gemietet hatte.

Klara brauchte den gesamten Vormittag, um sich auf ein paar Häuser festzulegen und herauszufinden, ob sie zum Kauf oder zur Miete angeboten wurden. Zum Glück traf das nur auf zwei der Objekte zu. »Mal sehen, ob du dich in einem davon eingenistet hast.«

Klara wählte die neben der Annonce stehende Nummer der Immobilienfirma, stellte sich als Polizeibeamtin vor und erkundigte sich, ob in letzter Zeit ein Haus am See vermietet worden war.

Sie hatte eine auskunftsfreudige Dame erwischt, die sich bereit erklärte, sofort die Daten der in letzter Zeit vermieteten

Objekte zu überprüfen. So erfuhr Klara, dass ein junger Mann vor einem Monat ein Haus für ein halbes Jahr gemietet hatte. Offenbar hatte dieser Mieter sämtliche Entscheidungen per Telefon übermittelt und die gesamte Summe im Voraus bezahlt. Niemand hatte ihn gesehen, weil er vorgab, sich noch einige Zeit im Ausland aufzuhalten. Trotzdem wolle er sich dieses einmalige Angebot auf keinen Fall entgehen lassen, hatte er gesagt.

Klara bedankte sich, ein kleines Lächeln ließ ihre Mundwinkel nach oben wandern. Jetzt musste sie nur noch herausbekommen, ob in diesem Haus Spuren von Sonja Wallbrecht und Paul Tenbergen zu finden waren.

Nur noch? Das war das Wichtigste.

Aber um überhaupt Zutritt zu bekommen, bräuchte sie einen richterlichen Beschluss. Und hätte sie den, dann käme die Spurensicherung zum Einsatz, um im Haus am See das Unterste zuoberst zu kehren.

Bei Licht betrachtet funktionierte ihr Plan überhaupt nicht. Dann würde Klara eben den Spieß umdrehen und ihrem Verfolger zuvorkommen.

Sie war sich sicher, dass er sie nicht aus den Augen ließ. Er konnte es sich nicht erlauben, nicht zu wissen, was vor sich ging.

Ein guter Zeitpunkt, um Dominik Hohenwart noch einmal zu besuchen. Sollte Paul Tenbergen ihr ruhig zur JVA folgen.

Der Direktor, Remo Arnold, war außer Haus, also rief Klara ihn auf seinem Handy an.

Er meldete sich sofort und klang, als hätte er mit jemand anderem gerechnet. »Verdammte Scheiße, mein Neffe wurde auf dem Pausenhof der Schule mit einigen Gramm Koks erwischt«, regte er sich auf. Zum Glück erteilte er Klara in Turbogeschwindigkeit die Erlaubnis, noch einmal mit Dominik Hohenwart zu reden.

»Tut mir wirklich leid«, kommentierte Klara die Koks-Sache.

»Mir auch«, kam es zurück. »Weil ich mir das jetzt für die nächsten hundert Jahre anhören kann: Neffe des gefürchteten Gefängnisdirektors …«

Oje! Ob wohl jemals jemand in Bezug auf Arnold das Wort »gefürchtet« in den Mund genommen hatte? Klara glaubte es nicht.

Wieder führte Lissi sie durch die Gänge. »Von dem Hohenwart will niemand außer Ihnen was wissen«, behauptete er. »Ist wahrscheinlich so, wenn man solch einen Verdacht wie Fußfesseln mit sich herumschleppt. Sonja Wallbrecht war prominent, ihr Vater ist hoch angesehen, der Großvater nicht minder. Mord ist kein Kavaliersdelikt, auch nicht, wenn man Hohenwart heißt.«

Unschuldig bis zum Beweis der Schuld, so lautete der Rechtsgrundsatz. Doch wer damit rechnete, hatte sich verrechnet. Zu diesem Zeitpunkt existierte die Schuld bereits in den Köpfen der Leute, und sie mussten erst wieder vom Gegenteil überzeugt werden.

Sie trafen sich im selben Raum, in dem Hohenwart und sie sich bereits am Vortag an einem der Tische gegenübergesessen hatten.

Er trug eine weiße Jeans und einen violetten Pullover. Er wusste, dass er attraktiv war, doch auf Klara machte sein gutes Aussehen keinen Eindruck. Er spielte die Karte der Überlegenheit aus. »Hannahs beste Freundin«, begrüßte er sie und stürzte sich auf sie wie ein Geier auf ein köstliches Stück Aas. »Wie lange haben Sie eigentlich nach ihr gesucht? Oder vielleicht sollte ich anders fragen: Wie lange haben Sie sich irgendwo verkrochen, um nicht nach ihr suchen zu müssen?«

»Ich habe nicht vor, mich weiter mit Ihnen zu unterhalten. Es gibt zwei Möglichkeiten, Sie entscheiden sich für eine davon.« Klara sagte ihm, was er für seine Freiheit tun musste. »Es wäre schlau, wenn man sich die Beweismittel, die zu Ihrer Festnahme geführt haben, ganz genau ansieht. Vor allem, wie sie erlangt wurden. Die Begleitumstände.«

»Vielleicht kann ich sogar nachempfinden, was Sie dieses besondere Angebot kostet.« Sein Tonfall war weich wie sahniges Karamell, seine Augen streichelten sie.

Klara sah weg. Sie wollte es einfach nur hinter sich bringen. »Ich glaube nicht, dass Sie das können.« Sie musste an Marlene Sommer denken, die zu ahnen glaubte, wie sehr Hannahs Verschwinden Klara seit damals belastete. Daran, dass sie ihr versprochen hatte, alles zu tun, um endlich das Rätsel um das Verschwinden ihrer Tochter zu lösen.

Ihr war übel, als Lissi sie nur wenig später über den Gang zurückbegleitete. Und als sich das Tor hinter ihr schloss, war sie sicher: Sie würde nicht zurückkommen. Nicht im Fall Dominik Hohenwart.

Sie lehnte sich einen Augenblick gegen den kühlen Stahl. Sie hatte getan, was Moritz ihr verboten hatte zu tun. Mit dem Rücken zur Wand. Nach gängigem Recht würde Dominik Hohenwart für den Mord an Sonja Wallbrecht vielleicht acht Jahre Haft bekommen und höchstens fünf davon absitzen müssen. Paul Tenbergen würde man nicht das Geringste ankreiden können, er würde straffrei bleiben. Man konnte nicht zwei verschiedene Personen derselben Tat beschuldigen, wenn ein gemeinschaftlicher Mord auszuschließen war.

Aber das konnte sie nicht zulassen. Klara ging zu ihrem Wagen und meinte zu spüren, wie Tenbergen sie beobachtete. »Gleich wirst du eine Überraschung erleben«, flüsterte sie leise, stieg in ihren Mini und sah schon kurze Zeit später die dunkle Limousine hinter sich.

Klara hielt an einer Weinhandlung und kaufte einen Cabernet Sauvignon, rot, körperreich, trocken, kein bisschen billig. Mit der Flasche bewaffnet schlug sie den Weg zu dem von Paul Tenbergen gemieteten Haus am See ein.

***

*Chapeau*, Klara Niehof.

Er ist ihr gefolgt und weiß, was sie ihm mit ihrem Verhalten sagen will: durchschaut.

Aber auf halbem Weg macht er kehrt. Auf ein Glas Wein am See hat er keine Lust, und sie dürfte den teuren Tropfen auch nicht eigens für ihn aufmachen wollen. Teuer, weil sie etwas zu feiern hat? Aber wie sollte sie …? Es gibt keine Spuren in dem Haus, dafür hat er gesorgt. Außerdem darf sie ohne einen ausreichenden Verdacht nicht einmal potenzielle Spuren sichern lassen.

Er ist auf dem Weg in seine kleine Wohnung, als er im Radio von den Aufzeichnungen der Überwachungskameras auf dem Grundstück der Wallbrechts und von der neuen Spur im Mordfall Sonja Wallbrecht hört. Seltsam, Sonja hat von den Kameras nie etwas gesagt. Der Nachrichtensprecher erwähnt auch das Haus am See, und dennoch sieht er sich nicht in unmittelbarer Gefahr. Er hatte einen Plan, hat nichts dem Zufall überlassen.

Die Meldungen überschlagen sich. Als Nächstes wird darüber spekuliert, ob Dominik Hohenwart wegen zahlreicher Fehler, die bei der Beweismittelsicherung gemacht wurden, bald aus der Untersuchungshaft entlassen wird.

Fehler, so nennt man das also, denkt er, wenn ein Rechtsmediziner eine Leiche in einem Moorsee versenkt und damit die Spuren unbrauchbar macht.

Ihm wird bewusst, dass er seinen Plan anders hätte konstruieren sollen.

Das Gericht wird nur die Beweise zulassen, die die Ermittler im Gartenhaus gesichert haben, aber dort ist nichts passiert. Dominik Hohenwart wird also freikommen.

Was hat Klara Niehof damit gewonnen?, fragt er sich. Dass ein Serientäter wieder auf freiem Fuß ist? Darauf kann sie doch nicht ernstlich mit Wein anstoßen wollen. Oder will sie uns beide fassen? Hoffentlich hat sie daran gedacht, sich abzusichern.

Er kann Hohenwarts Lachen fast hören. Für ihn ist es gut gelaufen. Im Mordfall Sonja Wallbrecht haben die Beweismittel versagt, und die meisten der anderen Mordfälle gibt es offiziell nicht. Weil es keine Leichen gibt, gelten diese Personen nur als vermisst. So werden sie immer noch in den Akten geführt.

Klara Niehof hat ihn gestellt. Er hätte mit ihr reden sollen. Aber zum Reden ist es jetzt zu spät.

Was hat sie vor?

## 24

Viele Serienmörder kehren zu den Tatorten und den Stellen zurück, an denen sie die Leichen abgelegt haben.

Es lief Musik, weil sie alles Wichtige heute schon gehört hatte – auf der Rückfahrt vom Haus am See. Als Paul Tenbergen entdeckte, wohin ihr Weg sie führen würde, war er umgekehrt.

Sie hoffte, dass die Bemerkung in den Medien, die Spurensicherung hätte das Gartenhaus auf dem Grundstück der Wallbrechts als möglichen Tatort ausgeschlossen, genügen würde. Würde Tenbergen reagieren? Und wenn ja, wie? Nicht zum ersten Mal wurde ihr bewusst, dass er schwer einzuschätzen war, der Mann, der aus der Kälte des Gefängnisses gekommen war, sein Bedürfnis nach Rache im Gepäck.

Als Paul Tenbergen auch zwei Tage nach der Meldung im Radio noch nicht reagiert hatte, wusste sie, dass er nicht vorhatte, in Erscheinung zu treten. Er, die Maus, fühlte sich sicher in seinem Loch.

Allmählich lief ihnen die Zeit davon. Klara hatte das elende Gefühl, irgendwo zwischen den Träumen von morgen und den Alpträumen von gestern festzustecken.

In ein paar Tagen würde sich für Dominik Hohenwart das Tor in die Freiheit öffnen. Für einen Schuldigen. Und dennoch hoffte sie noch immer, dass ihr tollkühner Plan, ihn als Serientäter zu überführen, aufging.

Noch einmal nahm sie sich die kopierten Unterlagen der vermissten Frauen vor. Sie wollte sich darüber informieren, welche Kleidung sie am Tag ihres Verschwindens getragen hatten. Du weißt nicht, wo er sie getroffen hat, überlegte sie. Aber sie glaubte, die Kleidung seiner Opfer könnte sich in dem Schrank im Moorbad befinden, weil er sie nicht behalten konnte, sie aber vielleicht immer wieder ansehen wollte: ein Kleid, eine Jeans und eine Bluse.

Klara konnte sich daran erinnern, was Hannah in jener Nacht getragen hatte, hatte aber keine Ahnung, ob ihre Freundin sich zu Hause die Jeans und das Shirt ausgezogen und sich noch einmal umgezogen hatte. Schließlich war sie verabredet gewesen, oder? Die Bilder der stinkenden Matratze und des Schranks, dessen Inhalt sie nicht gesehen hatte, drängten sich immer vehementer in Klaras Gedanken.

***

Er muss verschwinden, bevor sie ihn aufzuhalten versucht. Sie gehört zu den wenigen, die er überhaupt nicht einschätzen kann. Nur aufgrund zweier durchsichtiger Meldungen kann sie doch mit keiner Reaktion gerechnet haben.

Klara Niehof hat sicher schon sehr bald gewusst, dass das Gartenhaus kein Tatort war. Und jetzt rudert die so erfinderische Presse plötzlich zurück.

Er hat sie beobachtet, als sie aus der JVA in Sehnde kam, sich gegen das Tor lehnte. Sie wirkte angegriffen, aber auch zu allem entschlossen. Und genau das bereitet ihm Sorgen. Er darf sich nicht allzu sicher fühlen.

Das Verbot der Doppelbestrafung ist fest im deutschen Recht verankert, doch Hohenwart würde bald wieder in Freiheit sein. Wegen des Mordes an Sonja Wallbrecht wird er sicher kein Gefängnis mehr von innen sehen.

Vielleicht sollte er sie noch einige Tage im Auge behalten. Dafür, dass sie einem Killer Tür und Tor geöffnet hatte, könnte er sie wirklich umbringen.

## 25

Trotz aller Bemühungen dauert es manchmal Jahre, den Täter von scheinbar simplen Verbrechen zu fassen. Andere, komplexere Fälle lassen sich wiederum in Tagen oder Wochen klären.

Am frühen Vormittag des folgenden Tages war in den Medien zu sehen, wie Dominik Hohenwart mit einer Tasche die Justizvollzugsanstalt Sehnde verließ. Zu einem Interview erklärte er sich nicht bereit.

Ein kluger Entschluss, fand Klara. Sie würde darauf warten, dass sich Hohenwart mit ihr in Verbindung setzte. Es würde bald geschehen, immerhin war sie das Risiko, das er sich vom Hals schaffen musste.

*Bereit, jemanden wiederzusehen?*

Klara überlief es kalt. Hohenwart hatte ein Kuvert mit einem Zettel an ihre Tür geheftet. Vermutlich spätnachts, als in den Straßen alles ruhig war und er sich unbeobachtet fühlte. Die Buchstaben waren aus einer Tageszeitung ausgeschnitten und dann aufgeklebt worden. Keine verräterische Unterschrift. Er nannte ihr eine Uhrzeit, der Ort sei ihr ja bekannt.

Klara wusste, dass der Einsatz für dieses Treffen verdammt hoch war – es ging um ihr Leben. Für eine Antwort riskierte sie buchstäblich Kopf und Kragen.

Die Sonne verschwand hinter den Bäumen, als sie sich auf den Weg ins Oldhorster Moor und zum alten Moorbad machte. Allein. Wie schon beim letzten Mal trug sie eng anliegende Kleidung und Stiefel. Eine Leuchtpistole steckte in einem kleinen Beutel, den sie sich über die Schulter hängte. Der Lichtkegel der Taschenlampe erfasste immer nur einen kleinen Ausschnitt der Umgebung. Klara hatte einen ausziehbaren Trekkingstock aus Aluminium mitgenommen. Sein Teller hatte einen gezahnten Rand, die Spitze war aus Hartmetall. Wenn nötig konnte sie sich damit auch vorantasten.

Obwohl sie früher als geplant aufgebrochen war, wurde sie bereits erwartet. Sie sah ihn, als sie den kleinen Hügel hinunterging. Natürlich, als Täter musste man als Erster am Tatort sein. Plötzlich erschien Klara der abgestandene, faulige Geruch intensiver.

Hohenwart trug eine Stirnlampe, als würden sie gemeinsam auf Erkundungstour gehen. Seine Daumen hakte er betont lässig in die Schlaufen seiner engen Jeans ein. Er hätte keinen Gürtel gebraucht, trug aber einen. Diesmal war er nicht darauf aus, gut auszusehen.

Als Klara auf ihn zutrat, erblickte sie den schlaffen Körper hinter ihm auf der Erde. Ein dünnes Seil war darum herumgeschlungen worden.

»Ich muss ja niemanden vorstellen.« Dominik Hohenwart klang regelrecht aufgekratzt. Das war seine finale Abrechnung, und er genoss seine Überlegenheit.

Nein! Der Schrei klang nur in Klaras Kopf, über ihre Lippen drang kein Ton. Damit hatte sie nicht gerechnet.

Christian Cord bewegte sich nicht. Klara fiel auf die Knie und tastete am Handgelenk nach seinem Puls. Er lebte. Kurz fühlte es sich an, als würden sich seine Finger bewegen, als würden sie ihr ein Zeichen geben wollen. Klara drehte sich zu Hohenwart um.

»Ein simpler Tod genügt mir nicht. So leicht kommt er mir nicht davon.« Er hörte sich an, als spielte er ein Spiel, und vermutlich tat er genau das. Der Mann, der ihm auf den Fersen war und schon einmal gegen ihn gewonnen hatte, sollte nun für seinen Sieg bezahlen. Hohenwart durfte keinen Zweifel daran lassen, dass er der Clevere der beiden war.

»Warum?«, fragte Klara. Sie musste nachdenken, aber genau dafür würde er ihr keine Zeit lassen.

»Es ist ganz einfach: Nur wenn Sie überleben, wird er es auch tun.« Frischer Minzgeruch wehte ihr entgegen.

Ersticken sollst du an deinem Kaugummi, wünschte sie ihm. »Ganz einfach«, wiederholte sie. Es sah so aus, als hätte er keine Sekunde vor, sie am Leben zu lassen.

»Ich dachte mir, ich bereite Ihnen ein angemessenes Ende. Er war derjenige, der damals herausfand, dass Sonjas Entführung keine war. Und Sie haben in jüngster Vergangenheit sogar noch mehr herausgefunden. – Wussten Sie eigentlich, dass Sie der Grund sind, warum er ins alte Moorbad gekommen ist? Er traute Ihnen, der Profilerin, offenbar zu, eine Dummheit zu begehen, und machte sich Sorgen um Sie.«

Hohenwart hatte Christian Cord also wissen lassen, dass er Klara Niehof ins alte Moorbad gelockt hatte. Und sie war tatsächlich hier. Dass sie mit ihrem Treffen nicht nur sich selbst in Gefahr bringen würde, damit hatte sie nicht gerechnet.

Auf Hohenwarts Zügen lag das zufriedenste Lächeln der Welt, dann blitzte im letzten Licht des Tages eine Klinge auf.

Du sollst nie mehr lächeln, wünschte sie ihm.

Ein Schimmer des aufgehenden Mondes fiel auf seine Züge und verlieh ihnen einen anderen Ausdruck. Als wäre eine Verwandlung mit ihm vorgegangen. Wieder einmal. Einen Augenblick lang musste Klara an die Vollmondnacht vor achtzehn Jahren zurückdenken.

Hohenwart drehte sein menschliches Paket auf die Seite und verpasste ihm mit dem Stiefel einen kräftigen Stoß. Es rollte zur Seite, und Sekunden später hörte Klara das Aufspritzen von Wasser.

Hohenwart hatte sie nur einen kleinen Moment aus den Augen gelassen, nicht lange genug, um reagieren zu können. Sie betete, dass Christian Cord es schaffen würde, seinen Kopf über Wasser zu halten.

»Jetzt ist Eile geboten, nicht wahr?«, höhnte Hohenwart. Er schlug ihr die Taschenlampe aus der Hand. »Wie lange kann er wohl die Luft anhalten?«

Klara musste sich nicht daran erinnern, dass niemand ihr zu Hilfe eilen würde. Sie hatte die Kommissariatsleiterin erst kurz vor ihrem Aufbruch über die Mordserie informiert, die sich bereits über knapp zwei Jahrzehnte erstreckte, und darüber, wo sie in Kürze Dominik Hohenwart treffen würde.

Rehbein hatte aufs Heftigste reagiert. Eine Verabredung mit einem mutmaßlichen Serienmörder, ihr sei doch klar, dass sie dem Mann allein nicht gewachsen war.

Klara hatte geschluckt. Aber anders würde sie nie herausfinden, wo sie nach Hannahs Leiche und denen der anderen jungen Frauen suchen musste.

Die Signalpistole lag immer noch sicher in ihrem Beutel, Hohenwart würde ihr keine Chance geben, sie herauszuholen und abzufeuern.

»Bitte nach Ihnen«, kehrte er den Gentleman heraus, spielte demonstrativ noch einmal mit dem Messer und ließ sie vorangehen. Er lotste sie einen schmalen Pfad am See entlang.

Klara würde versuchen, sich wieder zurückfallen zu lassen und ein Stück weit neben ihm zu bleiben. Um keinen Preis wollte sie ihm den Rücken zuwenden und seinen Minzatem heiß im Nacken fühlen. Immer wieder gab sie vor einzusinken, immer wieder wartete er geduldig, bis sie ihren Fuß wieder aus dem weichen Boden herauszog.

Wenn er sich für Christian Cord etwas ausgedacht hatte, hatte er sich auch für sie etwas überlegt. Sie musste mit ihm reden, sie wollte die Veränderung in seiner Stimme hören, wenn er bereit war, das Messer zu benutzen. »Warum Hannah?«, fragte Klara. »Sie war über beide Ohren in Sie verliebt.«

»Unsere Hannah … warum nur habe ich das Gefühl, dass du deine Freundin gar nicht kanntest? Ihr Verliebtsein war leider nicht von Dauer, dann hat sie mir etwas eröffnet. Ein paar Tränen rannen ihre Wangen hinunter, aber ihr Blick war wie gehärteter Stahl. Doch zu diesem Zeitpunkt hatte ich schon ihren Tod beschlossen …« Der anschließende Laut, den er von sich gab, war frei von Bedauern.

Seine Worte schnitten Klara schmerzhaft ins Fleisch, schärfer, als sein Messer es je gekonnt hätte. *Unsere Hannah.* Ihre Verbindung zueinander. Anschließend die vertraute Anrede.

»Eine reizende Jungfrau. Das Gefühl, sie zu nehmen, das Gefühl, sie auszuhöhlen, ihre Schreie, als sie nach ihrer besten Freundin rief.« Er sog die Luft ein, genoss den Nachhall des Grauens. »Ihr Geschenk für dich war sehr hübsch. Und nützlich. Was muss das für ein fröhlicher Geburtstag gewesen sein. Sie hat mir davon erzählt.« Er wollte sie treffen und wusste, mit welchen Worten er sein Ziel nicht verfehlen konnte. Den Gürtel, Hannahs Geschenk für sie, hatte Klara nie gesehen. Warum hatte sie ihn dabeigehabt? War er noch in ihrem Rucksack gewesen, als sie sich mit ihm getroffen hatte? Wieder wusste Klara es nicht, erneut hatte sie keine Antwort auf die Frage, was in ihrer besten Freundin vorgegangen war.

Dominik Hohenwart war, wie es schien, in Erzähllaune. »Sie hatte eine schöne Figur, oder? Du übrigens auch. Ich war damals da, falls du es noch immer nicht kapiert hast. Ich dachte, du hättest mich gesehen.«

Der Moorgeist. Klaras Mundwinkel zuckten. Das lose Fädchen, die Antwort auf die Frage, ob sie vor achtzehn Jahren tatsächlich beobachtet worden waren. Offenbar ja. »Ihr Kompliment können Sie sich …« Sonst wohin schieben, aber sie vollendete den Satz besser nicht. Sie wollte ihn nicht gegen sich aufbringen, sie musste noch einige Dinge von ihm erfahren.

»Du fragst gar nicht nach? Egal, ich werde es dir trotzdem erzählen. Ich wusste von eurer geplanten Nacht im Oldhorster Moor und dachte mir, ich könnte mal vorbeischauen. Wer hätte gedacht, dass Hannah Sommer noch vor Mitternacht aus dem Zelt stürmt? Ich nicht. Ich habe vorgegeben, es wäre Zufall, dass wir uns in der Seitenstraße der Hasenheide trafen, fragte sie, ob sie Lust auf einen Kuss hätte. Nur wir beide. Sie hatte keine, also sagte ich, ich würde warten. Ihre Mutter war nicht da, ich parkte ein Stück weit entfernt, sodass sie meinen Wagen von ihrem Zimmer aus sehen konnte. Sie muss sich anders entschlossen haben, denn plötzlich kam sie auf ihrem Rad um die Ecke und trug diesen Gürtel. Den, den sie für dich gekauft hatte. Vermutlich aus Trotz, oder was meinst du?«

Trotz? Das hätte Hannah ähnlich gesehen. Verdammt! Klara biss sich auf die Unterlippe. Wäre sie nicht noch einmal zu ihm hinausgegangen, dann … »Hannah könnte nicht vorgehabt haben, zu Ihnen in den Wagen zu steigen.«

»Vielleicht«, sagte er und lachte kurz auf. »Aber ich hatte einen Plan. Die Gelegenheit war gut, es war spät. Ich habe sie eingepackt und ihr blödes Rad gleich dazu. Ich hätte mir die Kleine gern noch etwas aufgespart, aber das ging nicht. Hannah hat mir nämlich erklärt, alles sei vorbei. Alles, das war nicht nur ich, das warst auch du.«

Hannahs Erinnerungen unter der Bodendiele. Abgehakt, um vergessen zu werden, nicht wegen eines zu bewahrenden Geheimnisses. Klara hatte die falschen Schlüsse gezogen.

»Du hättest nicht geglaubt, wie mutig sie war. Dabei hat sie mir mehrmals von dir erzählt, wenn es um Mut ging.« Er nickte, das Licht der Stirnlampe tanzte über den unebenen Boden.

Doch, sie wusste, wie mutig Hannah gewesen war, sie hatte es in ihrem gemeinsamen Tagebuch gelesen. Klara hatte das Gefühl, ihre Beine würden sie nicht mehr tragen. Sie umklammerte den Stock fester. Sie würde beim höflichen Sie bleiben, brauchte diese verdammte Distanz. »Erinnern Sie sich genauso gut an die mörderische Nacht im Hotel? Sie sind ein Schnitzer, Hohenwart. Dachten Sie vielleicht, Paul hätte Sie vergessen? Hätte vergessen, was Sie ihm angetan haben?«

Sie fühlte seine Hände, die sie grob packten und zu sich herumdrehten. Das Glitzern in seinen Augen verriet Klara, dass sie sich Gedanken über ihren eigenen Tod machen konnte. Doch noch war er nicht so weit, er war noch nicht fertig mit ihr.

»Der unscheinbare Paul. Plötzlich hat er reagiert. Ich gebe zu, er hat mich überrascht. Und natürlich kann jemand wie du, der Täter analysiert, die Hinweise lesen.« Hohenwart ließ ihre Schultern los, dann fühlte Klara die spitze Klinge an ihrer Wange und ein Rinnsal warmen Blutes, das ihr über das Gesicht lief. Hohenwart zog mit dem Finger die Spur nach, drehte Klara wieder zurück und versetzte ihr einen Stoß.

Sie senkte den Kopf ein wenig und drehte ihn zur Seite. So könnte sie Hohenwart wenigstens etwas im Blick behalten. »Sie haben Spuren hinterlassen, einen ganzen Trampelpfad«, sagte sie, »wohin auch immer Sie sich zurückdenken. Nehmen wir den heißen Sommer vor sechzehn Jahren. Patricia Schubert war Ihre Nachbarin. Die junge Frau verschwand plötzlich.« Klara erzählte ihm nach und nach, was sie wusste. Er hatte nichts zu verlieren, sie hingegen alles.

»Patricia Schubert«, wiederholte er. »Schreckliche Sache

damals.« Sein Mund verzog sich zu einem Grinsen. »Man hat nie wieder etwas von ihr gehört.«

Klara hätte ihm sein überlegenes Lächeln am liebsten aus dem Gesicht gewischt, aber sie musste ihn zum Reden bringen. »Sie waren vielleicht der Letzte, der sie umarmt hat. Sonja hat das Foto aufbewahrt.« Sie wollte ihn verwirren und dabei auf seine Reaktion achten. Als er den Namen ihrer ehemaligen Freundin murmelte, sagte sie: »Nadine Franke hingegen wurde gefunden. Lange konnte man mit den Spuren nichts anfangen. Warum haben Sie Nadine so offensichtlich liegen lassen?« Klara drehte sich zu ihm um.

Ein Schulterzucken. »Dumme Situation, ich dachte, ich hätte jemanden gehört. Sie hat geschrien … bis ich sie verstummen ließ. Ich konnte nicht riskieren, erwischt zu werden. Einen Ablageplatz für sie hatte ich schon ausgesucht, aber es wäre nicht besonders schlau gewesen, noch einmal dorthin zurückzugehen.«

»Stimmt, denn normalerweise sind Sie besonders schlau.« Jetzt war es Klara, die sich ein kleines Lächeln gönnte. »Für den Tag, an dem Sonja starb, haben Sie ja tatsächlich ein Alibi.«

Er drehte sie wieder zurück, weg von sich, wollte sie nicht länger ansehen und drängte sie weiter, die Klinge in ihrem Rücken.

Klara hoffte inständig, Annett Rehbein hätte alle Kräfte mobilisiert, die ihr zur Verfügung standen. Sie musste ihn noch länger hinhalten. »Ich gehe genauso wie die Spurensicherung davon aus, dass im Kofferraum von Diana Solturn ein Hinweis auf Sie zu finden sein wird. Sie müssen es eilig gehabt haben. Eine Leiche in einer Tiefgarage in dem Kofferraum eines Wagens zu platzieren, dort, wo ein Kommen und Gehen herrscht. Und auch an der Kleidung von Nadine Franke hat man damals womöglich Spuren sichern können. Es wird alles archiviert.« Und sollten diese Spuren noch so winzig sein, sie würden genügen. Aber hatten sie diese Spuren wirklich, oder waren sie nur eine Wunschvorstellung von Klara? »Es geht nicht allein um Hannah, sondern um eine Mordserie. Und ich verspreche Ihnen, Ihre Anwälte werden diesmal schon eine Lupe benutzen müssen, um einen Ermittlungsfehler zu finden.«

»Red keinen Scheiß, natürlich geht es dir um Hannah Sommer, beste Freundin.« Die Stimme war so kalt wie ein Januarmorgen.

Was hatte der Mistkerl in der Hand, das ihn in seinen Augen unangreifbar machte?

»Du behältst gern Dinge für dich und wolltest auch mich für dich behalten. Keiner deiner Kollegen ist in der JVA aufgetaucht und hat Antworten verlangt, nur du. Du musst lernen, besser zu lügen, solltest du noch die Gelegenheit dazu haben.«

Klara wurde immer mulmiger zumute. Wo blieb nur Annett Rehbeins Team?

»Warst du vorher schon hier und hast einen Blick in den Schrank geworfen?«, fragte er. »Muss ziemlich enttäuschend gewesen sein. Ich ziehe sie selten aus, ich behalte nichts, sie verrotten in ihrer Kleidung.« Ohne jede Emotion.

Klara hatte diese kühle Sachlichkeit schon einige Male erlebt, aber meist hatte ihr dabei der Täter in einem Raum gegenübergesessen und ein Beamter Wache gehalten.

»Wo sind die Leichen, wo ist Hannah?«, fragte sie ihn.

»Das versprochene Wiedersehen hat bereits stattgefunden«, sagte er. »Es war ein genialer Gedanke. Sonja und Hannah auf derselben Lichtung – gemeinsam, oder sollte ich sagen, übereinanderliegend? Pauls hätte auch meine Idee sein können.« Er lachte.

Das plötzliche Ende der Unwissenheit. Der Mörder von Sonja Wallbrecht hatte sie mit der Nase darauf gestoßen. Hohenwart brachte damals ihre beste Freundin dorthin, wo sie und Klara zuvor ihr Zelt aufgeschlagen hatten. Klara hatte genau über Hannah gestanden, als sie sich zur Leiche von Sonja Wallbrecht hinunterbeugte.

Hermina Blankenburg hatte es angedeutet. Die Lichtung habe eine besondere Bedeutung, hatte sie gesagt.

»Stell dir vor, wie es wäre, wenn jemand auf die Idee käme, die Polizei zu informieren. Klara Niehof, eine angesehene Fallanalytikerin, würde sich aufgrund eines Gürtels als Mörderin von Hannah Sommer entpuppen. Was für ein Schlag für die Mutter des Opfers, wenn sie erfährt, dass die Mörderin ihrer

Tochter ihre damals beste Freundin ist. Und dann verschwindet Klara Niehof plötzlich … natürlich spurlos.«

Das sollte wohl der Schlussakkord sein. Geistesgegenwärtig ließ Klara den Beutel mit der Leuchtpistole über ihre Schulter gleiten.

Hohenwart bemerkte es in seiner Erregung nicht. »Für dich habe ich mir etwas Maßgeschneidertes ausgedacht. Na ja, jedenfalls fast.« Das Messer in seiner Hand deutete jetzt direkt auf Klaras Kehle. »Der Betreiber des Moorbades hatte eine Attraktion geplant: eine Fass-Sauna. Einige der Fässer sind noch da.« Er schob Klara ins Wasser.

Der Vollmond spiegelte sich auf dem See, Nebel stieg vom Wasser auf. Etwas Großes tauchte vor ihr auf. Sie stieß dagegen. Ein Fass. Wasser schwappte. Hohenwart war es offenbar gleich, ob er sich nass machte. Die Erregung des Täters, das Adrenalin? Klara wollte nicht unbedingt jetzt daran erinnert werden.

»Besonders gemütlich wird es für dich nicht werden. Aber egal, es wird kein Später geben, an dem du dich zurückerinnern könntest.« Hohenwart war schnell, er legte ihr einen kräftigen Arm um den Hals.

Klara sah die Klinge im Licht seiner Stirnlampe aufblitzen, als er ihren Kopf zu sich zerrte und sie gleichzeitig von den Füßen riss. Immer noch umklammerte sie ihren Trekkingstock. Hohenwart wollte sie ertränken und sie dann in das Holzfass stecken. Bevor sie den Gedanken weiterverfolgen konnte, bevor sie auch nur reagieren konnte, zerrte er sie weiter in den stinkenden See. Er stand über ihr, drückte sie brutal unter Wasser, klemmte ihren Oberkörper zwischen seine Beine, um sie festzuhalten. So lange, bis sie keine Luft mehr hatte. Sie zappelte, er ließ nicht locker.

Panik flutete wellenartig Klaras Gehirn, als das faulige Wasser ihr in Nase und Mund schoss. Nur nicht atmen.

Sie tat, als würde sie sich noch einmal aufbäumen und stieß den letzten Rest Luft aus, dann hielt sie still. Sie hatte den Stock noch immer umklammert. Er war ihre einzige Chance und vielleicht ihre letzte. Sie musste den Knopf unter dem Griff drücken, damit sich der Stock komplett einzog. Und dann darauf hoffen, dass sie kräftig und wütend genug war, um ihn mit der Metallspitze wieder nach oben zu stoßen, Hohenwart mitten ins Gesicht. Dafür musste sie sich am Licht seiner Stirnlampe orientieren, in der Dunkelheit war es nur ein winziger Schein. Endlich ließ Hohenwart locker, und seine Beine zwängten sie nicht länger ein. Er glaubte, es wäre zu Ende.

Ihre Augen brannten, als sie sie öffnete, genauso ihre Lungen, die nach Luft schrien. Ihr blieb keine Zeit mehr. Klara drückte den Knopf, sammelte ihre letzten Kräfte und rammte den Stock nach oben. Aluminium durchschnitt das Moorwasser, sie meinte zu spüren, wie die Spitze auf einen Widerstand traf.

War das ein Stöhnen gewesen oder nur Einbildung? Im brackigen Wasser ließen sich kaum Geräusche vernehmen.

Das Brennen hielt an, obwohl sie die Augen wieder schloss. Doch der Druck der Beine um ihren Oberkörper lockerte sich erst und verschwand dann ganz. Der Stock entglitt ihr, als Hände nach ihr griffen. Klara fühlte die Erleichterung und hob den Kopf, dann wurde sie an den Schultern nach oben gerissen. Sie hustete, spuckte und sog gierig Luft ein.

Jemand richtete sie auf, packte sie unter den Achseln und schleppte sie durch den tückisch sumpfigen Morast auf festeren Untergrund.

»Werte Frau Niehof – immer zur Stelle …« Ein r, das zu einem w wurde.

»Wo ist … Christian Cord?« Aus ihrem Mund kam nur ein Krächzen. Ihr Blick fand den Beutel mit der Leuchtpistole, sie griff danach.

»Nicht totzukriegen. Beruhigen Sie sich und kommen Sie mit.« Paul Tenbergen nahm, ohne zu fragen, Klaras Arm. Gemeinsam gingen sie den Weg zurück, sie sah kaum, wohin sie trat.

Christian Cord saß auf den Stufen des Pavillons und rieb sich die Handgelenke. »Es hat ein bisschen gedauert, aber Hohenwart war nachlässig. Die Knoten taugten nichts. Wo ist er? Haben Sie ihn erledigt?«, fragte er.

Sie hatte ihn vielleicht mit dem Trekkingstock verletzt, aber hatte das gereicht, um ihn zu erledigen? »Kaum vorstellbar.«

Sie fuhr ihn an: »Und *Sie* hatten hier draußen überhaupt nichts verloren.«

»Und was ist mit Ihnen – und ihm?« Er deutete von ihr zu Paul Tenbergen. »Das war kein Meisterstück von Ihnen, ihn erst einzusperren und dann wieder freizulassen. Sie hatten sich etwas ausgerechnet und haben sich dabei um ein Haar vertan.« Sein wissender Blick streifte Paul Tenbergen. »Ausgerechnet er hat Sie rausgezogen, unglaublich, oder?« Er stand auf und schüttelte sich prustend. »Ich sollte verschwinden, bevor die Kavallerie eintrifft«, sagte er. »Sie waren hoffentlich so clever, ihnen Bescheid zu sagen.«

»Fast wäre ich es nicht gewesen«, sagte Klara.

»Fast«, wiederholte er kritisch, seine Augenbrauen hoben sich missbilligend.

Klara saß neben einem Mörder im Sumpf, der gerade ihr Leben gerettet hatte. »Sie sind zu einem Zeitpunkt aufgetaucht, an dem ich am allerwenigsten mit Ihnen gerechnet habe«, sagte sie.

»Dominik war ein Raubtier. Ich konnte es nicht glauben, als Sie ihn tatsächlich gehen ließen. Doch dann kam mir der Gedanke, Sie könnten etwas mit ihm vorhaben.«

Tenbergen hatte die Vergangenheitsform benutzt. Hatte sie Dominik Hohenwart tatsächlich so mit dem Stock getroffen, dass er untergegangen und ertrunken war? »Was ist mit Hohenwart?«, fragte sie.

»Was glauben Sie denn?«, entgegnete er.

Klara würde nur einmal fragen, egal, wie die Antwort ausfallen sollte. »Habe ich ihn umgebracht?«

»Würde es Sie wirklich belasten, jemanden aus Notwehr getötet zu haben?«, fragte er. Ungläubig. Paul Tenbergen nahm Klaras Gesicht in seine Hände und drehte es zu sich. »Nein«, sagte er deutlich. »Sie haben niemanden umgebracht.«

Schwer atmend öffnete Klara den Beutel. Sie hoffte, sie hätte die Signalpistole gut genug verpackt, sodass die Farbmunition nicht schon völlig durchweicht war.

»Geben Sie mir wenigstens einen kleinen Vorsprung«, bat Tenbergen. »Den habe ich mir mit Ihrer Rettung verdient.«

Klara nickte. »Reden Sie mit mir, dann denke ich über den Vorsprung nach.« Natürlich würde sie das nicht tun, und sein kleines Lächeln verriet, dass Tenbergen das wusste. »Sie sind nicht wie er«, sagte Klara.

Tenbergen zuckte zusammen, sah sie mit goldfarbenem Blick an.

Klara hatte ihm gesagt, was er hören musste. Sie hoffte, dass er das Gleiche für sie tun würde. Sie wischte über ihre Augen. »Woher wussten Sie, wohin er Hannah gebracht hatte?«

»Sie haben den Ort erst jetzt erraten? Dominik war auf seine Art ein Spieler, aber er brauchte auch Sicherheiten. Ich hatte im Gefängnis ausreichend Zeit, darüber nachzudenken. In Hannahs Fall haben mir all die Artikel und Berichte in den Medien Aufschluss gegeben. Irgendwann wusste ich es. Er hatte sie dorthingebracht, wo Sie und Ihre beste Freundin zuletzt zusammen gesehen wurden. Wissen Sie, dass er mich irgendwann einmal seinen Freund genannt hat?« Seine Bitterkeit schien sich im Laufe der Zeit verwässert zu haben.

»Hohenwart hat in der Mordnacht eine andere Frau getötet. Sie wussten davon. Darum waren Sie so sicher, dass er den Mund halten und lieber eine Verurteilung für den Mord an Sonja in Kauf nehmen würde.«

»In der Mordnacht«, wiederholte Tenbergen gedankenvoll. »Dominik war berechenbar, und ich hatte ihn beobachtet. Er traf sich einige Male mit der jungen Frau, sie interessierte ihn, und da war etwas in seinem Blick. Er musste den Mund halten, weil er am Ende womöglich noch für beide Morde gesessen hätte oder die Polizei seiner Serie auf die Spur gekommen wäre.«

»Hohenwart hat Diana Solturn umgebracht, und Sie haben es geschehen lassen.« Klara rief ihm die Wahrheit in Erinnerung, falls er die aus den Augen verloren haben sollte.

»Ich werde mich vor Ihnen nicht rechtfertigen.« In seiner Stimme schwang leise Traurigkeit mit. »Wenn ich sonst noch etwas für Sie tun kann …?«

Klara wollte nicht in seiner Schuld stehen. »Ich will Sie nie wieder sehen, Tim … wie eigentlich weiter?«

»Tim Harald Berger.«

Harald. Sein echter zweiter Vorname.

»Sie sind jedenfalls die beste Putzkraft im ganzen Viertel. Sind Sie eigentlich Linkshänder?«, wollte sie von ihm wissen. Plötzlich war das Nebensächlichste wichtig, aber sie wollte noch eine Bestätigung für ihre Vermutung.

Er nickte.

»Zeigen Sie mir Ihren Daumen.« Sie griff nach seinem Finger. Klara betrachtete die Wirbel und Schleifen auf der Haut. »Es gibt am Menschen etwas, das sich von seiner Wiege bis zum Grab niemals ändert – die Linien auf der Innenfläche eines Daumens«, gab sie Mark Twain wieder. »Und die wurden gesichert.« Klara übertrieb: Sie hatte nur ein Foto vom Abdruck auf Sonja Wallbrechts Hals gesehen. Nach dem Malheur mit dem See war nichts mehr zu sichern gewesen.

»Meine Fingerabdrücke sind sowieso schon in den Akten.« Dann schnalzte er mit der Zunge und sagte: »Ich bin ja schon Seltsames von Ihnen gewohnt, aber was ist das eigentlich für ein Tier bei Ihnen im Glaskasten?«

# 26

Man muss die Dynamik einer Situation und das, was tatsächlich vorgefallen ist, verstehen, um in einem Fall etwas zu bewegen.

Klara nahm die Leuchtpistole aus ihrer Hülle und gab einen Schuss senkrecht in die Luft ab. Die Farbkennung tauchte die Dunkelheit über dem Oldhorster Moor für einige Augenblicke in blutiges Rot. Es würde nicht lange dauern, bis das Einsatzteam zur Stelle war. Einen nennenswerten Vorsprung hatte sie Paul Tenbergen nicht gelassen. Er hatte sich verabschiedet, diesmal vielleicht für immer. Sie hatte ihn unbedingt festsetzen wollen, doch schlussendlich hatte sie weder ihn noch Hohenwart gestellt.

Das Team kam ihr keuchend entgegengerannt, die Männer rechneten offenbar mit einer Notsituation. Die Mienen, in die Klara blickte, drückten allesamt Missfallen aus, während die dazugehörigen Personen sie umarmten, als gäbe es dafür keine zweite Chance mehr.

»Du wolltest von ihm erfahren, wo Hannah ist. Aber warum bist du allein gegangen?« Cord presste sie so stark an sich, dass sie kaum noch Luft bekam. »Erdig, fischig, ein bisschen Schwefel – ein sehr extravagantes Parfüm. Was ist passiert?«

Klara hatte Cord vor ihrem Aufbruch eine SMS geschickt, kurz nachdem sie mit Rehbein telefoniert hatte. »Später«, sagte sie und murmelte dann: »Wenn wir allein sind.«

Annett Rehbein stand vor ihr in Schaftstiefeln, einem Südwester und dazu passender Miene, die einen Sturm ankündigte. »Sie haben mir verdammt spät Bescheid gegeben, Frau Niehof. Darüber werden wir uns noch unterhalten müssen. Genauso wie über Ihren Alleingang. Und auch den Kollegen haben Sie erst in letzter Minute informiert.«

»Es hieß, wir sollten uns die alten Akten der ungelösten Fälle vornehmen, und genau das haben wir getan.«

»Das glaube ich Ihnen aufs Wort.« Rehbein deutete verärgert in ihre Richtung. »Da steckt viel mehr dahinter, als Sie mir bislang erzählt haben.«

»Dominik Hohenwart spielte in mindestens einem der alten Fälle eine Rolle.« Klara tat, als hätte die Kommissariatsleiterin nichts gesagt. »Die neue Leiche ist uns sozusagen dazwischengekommen.«

Cord hustete, vielleicht lachte er auch.

Annett Rehbein war turbogeladen. »Dominik Hohenwart saß bereits hinter Gittern, er wäre wegen Mordes verurteilt worden. Aber stattdessen veranstalten Sie ein Chaos, bringen Leute in Misskredit und bemühen sich, wichtige Spuren zu entkräften«, schimpfte sie. »Ich will jetzt von Ihnen hören, was hier passiert ist!«

Klara lieferte Rehbein eine kurze Zusammenfassung der Ereignisse, gab aber vor, einige Gedächtnislücken zu haben – aufgrund des Schocks. Christian Cord und Paul Tenbergen kamen in dieser Darstellung nicht vor.

»Dominik Hohenwart muss entweder immer noch im See sein oder auf der Flucht. Sie erhalten später natürlich einen ausführlichen Bericht«, sagte Klara, woraufhin Rehbein Unverständliches knurrte.

Hinter ihnen trafen Männer in Tarnanzügen ein. Klara erkannte einige der Gesichter, es war dieselbe Einheit, die sich ins Moor begeben hatte, um nach dem verschwundenen Professor und den Spurensicherern Ausschau zu halten.

Rehbein ordnete an, den Moorsee abzusuchen.

»Wieso schon wieder wir?«, fragte Höllrath, der beim letzten Mal auf unrühmliche Art seinen Stiefel verloren hatte.

Klara führte die Männer zu der Stelle, wo Hohenwart sie angegriffen hatte. Die Scheinwerfer, die die Einheit aufstellte, ließen das Wasser tiefschwarz erscheinen.

Es dauerte nur wenige Minuten, dann wurde eine männliche Leiche ans Ufer gezogen.

»Dem scheint die Badekur gar nicht gut bekommen zu sein«, ließ sich einer der Männer, der Hohenwarts schlaffen Körper unter den Armen gefasst hielt, zu einem Kommentar hinreißen. »Sein Gesicht sieht übel aus. Wie er es wohl geschafft hat, sich das Genick zu brechen?«

Jetzt verstand Klara. Der gezahnte Teller und die Hartmetallspitze des Trekkingstocks hatten Hohenwart im Gesicht erwischt, aber getötet hatte ihn etwas anderes, jemand anderes.

Annett Rehbein warf einen Blick auf den Toten. Anscheinend interessierte sie die Antwort nicht, sie führte Selbstgespräche. »Wie kann eine Nacht länger dauern als ein ganzer Monat?«

Klara wusste, was sie meinte. Diese Nacht verlangte ihnen so viel ab wie normalerweise einige Wochen Ermittlungsarbeit. Sie waren an ihre Grenzen gegangen, Klara hatte ihre definitiv überschritten. Sie war völlig erledigt, aber wenigstens am Leben.

Hinter ihnen rief einer der Männer: »Wir haben noch etwas gefunden. Es ist völlig verschlammt, aber definitiv ein Fahrrad!«

Die Kommissariatsleiterin wies die Männer an, das Rad zu bergen.

»Wenn es ein Kalkhoff-Modell ist, dann –«, begann Klara.

»Nein«, winkte Rehbein ab. »Ich will es gar nicht wissen. Ihre Vorhersagen machen mir nur eine Gänsehaut. Der Heli wird in zehn Minuten dort hinten auf dem Weg landen. Für Sie ist die Aktion hier und jetzt zu Ende«, sagte Rehbein zu Klara und gab Cord zu verstehen, ihre Begleitung zu übernehmen.

Zu Ende; jenseits aller Wahrheit. Doch für Klara würde es erst zu Ende sein, wenn sie Hannah nach Hause gebracht hatte.

Cord schob sie vorwärts. »Deine Geschichte hat mehr Löcher als ein Fischernetz.«

»Ich möchte heute nicht mehr daran denken«, sagte sie. »Hohenwart hatte sich einen netten Tod für mich ausgedacht. Die Männer der Bundeswehr werden in Ufernähe ein altes Holzfass finden. Er hatte vor, mich dort hineinzustopfen.« Klara hoffte, dass Hohenwart dort, wo er jetzt war, nie Frieden finden würde.

»Wie hast du ihn getötet?«, fragte Cord und hielt sie fest.

Sie brachte es fertig, ihm in die Augen zu sehen. »Ich war es nicht.« Sie hörte sich an, als hätte sie den Halt verloren. »Es war Paul Tenbergen.« Den sie ganz weit weg wünschte.

»Wir wissen nicht, wo die Leichen sind, oder hat er es dir gesagt?«

»Nicht direkt. In seiner Arroganz hat er mich nur wissen

lassen, was genau er mit Hannah gemacht hat und wo ich sie finde.« *Unsere Hannah.* Ein kalter Schauer jagte durch Klaras Körper. »Immerhin hat er damit angegeben, alle jungen Frauen im Moor vergraben zu haben. Wir brauchen Metallsonden, vielleicht einen Laser.« Klara war überzeugt, dass Hohenwart bei jeder der Frauen einen Gürtel benutzt hatte, den er bei den Leichen ließ. Die Sonden würden auf die Metallschließen reagieren.

»Er muss sehr von sich überzeugt gewesen sein«, sagte Cord.

»Mehr als das.«

»Wo ist deine Freundin?«, fragte er, und seine Stimme klang, als könnte man sich darin einkuscheln.

Klara wollte Luft holen, schluchzte aber stattdessen auf. Tränen liefen über ihre Wangen. »Auf der sonnigen Lichtung mit dem Wollgras, dem Knabenkraut und den Libellen. Er hat es aussehen lassen, als hätte ich meine beste Freundin getötet. Er hat einen Gürtel benutzt, der mein Geburtstagsgeschenk sein sollte.« Ridell fiel ihr ein. Er hatte gesagt, dass sie Hannah vielleicht nicht ermordet, aber dennoch getötet habe. *»Fuck you, Mr. Ridell!«*, flüsterte sie.

Cord nahm ihre Hand. »Nichts davon ist deine Schuld, falls du das gerade gedacht haben solltest.«

Vielleicht war ihr das, was ihre Freundin anging, sogar klar, doch ihr Gefühl wollte sich dem nicht unterordnen. Zudem hatte sie jetzt auch noch Sonja Wallbrechts Mörder gehen lassen.

»Ich wollte dir übrigens schon seit ein paar Tagen sagen, dass Ray Ridell vor einem Monat im Gefängnis an Hepatitis gestorben ist. Leider hat sich die Gelegenheit nicht ergeben.«

Über Klaras Gesicht huschte ein winziges Lächeln. »Woher weißt du das? – Nein, sag nichts.« Sie legte ihm einen Finger auf die Lippen. »Zwar nicht die allerbeste Nachricht des Tages, aber annähernd«, sagte sie und beschloss, ihm irgendwann zu erzählen, wie sein Vater sich von den Fesseln befreit hatte. So war bei ihrer Aktion wenigstens nicht noch ein Unbeteiligter ums Leben gekommen.

Der Helikopter landete und nahm seine Passagiere auf. Es war ein kurzer Flug bis zum Parkplatz am Rand des Oldhorster

Moors, wo die Wagen der Beamten standen. Die Besatzung flog noch einmal zurück, um Hohenwarts Leiche zu bergen.

Cord und Mr. Mint brachten die zitternde Klara nach Hause, ihren Wagen würde sie morgen abholen.

»Ich möchte jetzt gerne allein sein«, sagte sie. Sie war müde, das Schuldgefühl trug kaum etwas zu ihrer Entspannung bei. Sie würde sich so lange auf den Boden der Dusche setzen, bis nur noch kaltes Wasser kam.

»Gleich. Davor will ich noch wissen, wer dieser Junge auf dem alten Foto ist. Derjenige, den du kennst und um den du dich kümmern wolltest«, sagte er.

Klara stöhnte. Hatte sie wirklich angenommen, Cord würde diese Frage nie stellen? »Moritz Mertens, mein bester Freund seit Kindertagen. Ich werde dir verraten, warum Moritz auf dem Bild ist – aber ein andermal.«

Cord drückte die Lippen kurz auf seine Fingerspitzen, blies darauf und schickte einen letzten Luftkuss auf den Weg zu ihr.

Schon morgen würde sich die Maschinerie der weiteren Polizeiarbeit wieder in Bewegung setzen.

Ihr Anrufbeantworter blinkte. Die Stimme darauf kannte Klara, doch die Nachricht überraschte sie. Hermina Blankenburg schlug ihr vor, gemeinsam die Moorleichen-Ausstellung zu besuchen. »Als Abschluss. Dann erzählen Sie mir, was mit den Frauen vor knapp zweitausend Jahren im Moor wirklich geschah, und ich erzähle Ihnen, wie mein Bruder zu Tode kam.«

Klara wusste nicht, was sie von dem Angebot halten sollte. Und warum sollte der Besuch ein Abschluss sein? Die alte Frau meinte hoffentlich nicht das, wonach es klang. Oder hatte Hermina Blankenburg doch etwas mit dem Tod ihres Bruders zu tun? Sicher nicht. In jedem Fall würde sie jetzt nicht anfangen, darüber nachdenken. Sie war im Moment vielleicht etwas überempfindlich, sie hatte sich eine kurze Auszeit redlich verdient. Klara schaltete die kleine Nörgelstimme auf stumm. Erst einmal – denn wenn sie am nächsten Morgen die Augen aufschlug, sähe sie alles wieder vor sich und wüsste, was sie erledigen musste.

Der Doppelmord an den Studentinnen verdiente endlich einen Schlusspunkt – das Urteil gegen Tenbergen musste aufgehoben und der Teil seines Lebenslaufes, der ihn ins Gefängnis gebracht hatte, korrigiert werden.

Sie bemerkte den Zettel und ihre Wohnungsschlüssel, die auf der Kommode lagen, erst, als sie am darauffolgenden Morgen nach Goldi schaute.

*Unter diesen Umständen kann ich nicht länger für Sie arbeiten. Passen Sie auf sich auf – beim nächsten Mal werde ich nicht da sein.*

Tim, die zuverlässige Putzfee, war hier gewesen. Hatte er für diesen kleinen Abstecher den Vorsprung in der vergangenen Nacht ausgehandelt? Klara schüttelte den Kopf.

***

Vorbei?

Die Sache mit dem ehemaligen Freund hat sich erledigt, und Klara Niehof wird ihn nie vergessen. Überhaupt hat es ihr nicht entsprochen, ihn ziehen zu lassen.

Nicht nur in ihren Augen ist er ein Mörder, aber in ihren konnte er es deutlich lesen: ein Tod für einen anderen. Sonja musste sterben, weil er glaubte, sich so an Dominik rächen zu können.

In jenem Sommer hat er ihn zusammen mit Hannah gesehen. Dann verschwand sie, und die Zeitungen waren voll von der Vermisstenmeldung. Weil Dominik befürchtete, dass er, Paul, sich an ihr Zusammensein erinnern würde, dachte er sich etwas für ihn aus. Doch erst nach Dominiks Mord an den beiden Studentinnen hat er dessen Spiel verstanden.

Wie er sie einschätzt, wird Klara Niehof nicht eher ruhen, bis Hannah Sommers Überreste ausgegraben sind und man auch die anderen Opfer von Dominik gefunden hat.

Das sollte ihr genügen … hofft er.

# 27

Wenn man lernt, wie sie zu denken, kann man sie fassen.

Der Morgen danach schmeckte gallig. Klara hatte nicht viel geschlafen und die meiste Zeit an die Decke gestarrt, bis sich das Morgenlicht endlich durch ihr Fenster schlich. Der Ausdruck »sich wie gerädert fühlen« kam ihr in den Sinn. Hätte es ihn nicht schon gegeben, Klara hätte ihn erfunden.

Ihr erster Gedanke war, Moritz anzurufen, doch bevor sie ihn noch zu Ende gedacht hatte, leuchtete ihr Handydisplay auch schon auf. Es war fast schon unheimlich.

Moritz shoppte derzeit irgendwo in Skandinavien. Hoffentlich mit mehr Erfolg und weniger Blessuren als bei seinem letzten Einsatz.

»Hannah wird bald nach Hause kommen.«

»Ich halte mich schon selbst auf dem Laufenden. Was glaubst du denn? Stockholm liegt doch nicht hinterm Mond«, echauffierte er sich. »›Leichenbergungen im Oldhorster Moor‹, vermelden die Nachrichten. Und dass Klara Niehof, ihres Zeichens bekannte Fallanalytikerin, ein Treffen mit einem Serienmörder erzwungen hat. Du solltest Hannah nicht so sehen müssen. Ich bin bald wieder zurück und kann dir Beistand leisten.«

»Dann suchen wir zusammen einen schönen Engel für Hannahs Grab aus«, schlug ihm Klara vor.

Klara wartete angstvoll und ungeduldig auf den Anruf, in dem sie erfahren würde, dass ein Bergungsteam auf der Lichtung die sterblichen Überreste einer Toten ausgegraben hatte. Als es endlich so weit war, hätte sie viel darum gegeben, nach einer Hand fassen zu können, aber niemand stand ihr zur Seite. Ruhelos tigerte sie in der Wohnung auf und ab. Cord hatte versprochen, sie abzuholen. Nach seiner Hand würde sie greifen.

Er kam mit Mr. Mint. »Ich weiß, du hast in deinem Arbeitsleben schon einiges gesehen, aber diese Knochen –«

»Sind die meiner besten Freundin.« Es würde einen Unterschied machen, natürlich.

»Professor Danemann ist vor Ort, er hat darum gebeten.«

Die Lichtung hatte auf Klara nie abstoßender gewirkt als in diesem Moment. Die Grube mit dem grässlichen Inhalt schien direkt Klaras Träumen entsprungen zu sein. Sie biss die Zähne zusammen, um die Trauer und Wut nicht hinauszubrüllen. Ihr Blick fiel auf gelbe Knochen in einer unnatürlichen Haltung, an ihnen hingen Muskelfaser- und Hautreste. Klara schimpfte sich einen Feigling, weil sie Hannah nicht ins Gesicht sehen wollte. Als sie sich endlich überwand, stellte sie fest, dass es kein Gesicht mehr gab. Sie kniete sich an den Rand der Grube. Endlich mit der Tat und dem Täter abschließen: Bislang war das bloßes Wunschdenken gewesen.

Sie zwang sich hinzuschauen, streckte die Hände aus und zog sie wieder zurück. Vereinzelte blonde Haarsträhnen klebten noch am Schädel, der Kiefer war weit aufgerissen, gefüllt mit Erde. Klara wandte den Blick ab. In ihrer Vorstellung hatte ihre beste Freundin im Moment des Todes geschrien. Klara hatte noch Hohenwarts Worte im Ohr, aber sie bestätigt zu sehen war unendlich grausamer. Die Reste eines Ledergürtels umgaben ihre Halswirbel. Der Mörder hatte tatsächlich Klaras Geburtstagsgeschenk für seine kranke Tat verwendet.

Die Schließe war ein verschnörkelt gearbeiteter Buchstabe, ein K. Aus Silber, wunderschön, wäre der Gürtel nicht um den Hals einer Toten geschlungen. Womöglich hätte er tatsächlich ausgereicht, um Klara schuldig zu sprechen.

Cords Hand legte sich auf ihre Schulter, Klara bedeckte sie mit ihrer. »Der Schmerz ist schon lange vorbei«, sagte sie. Hannahs Schmerz.

Ihr Blick fiel seitlich auf das rechte Handgelenk, um das sich ein silbernes Bettelarmband mit seinen Anhängern schloss: ein Kleeblatt, ein kleiner Schlüssel, ein Ring, ein Herz, ein Würfel und ein Schmetterling.

»Für immer beste Freundinnen«, flüsterte Klara.

# Anmerkungen

Das alte Moorbad, das ich zum Handlungsort erkoren habe, weil seine Atmosphäre so gut passt, gibt es – aber nicht im Oldhorster Moor, sondern am Scharmützelsee vor den Toren Berlins.

Ebenfalls ausgedacht habe ich mir den Nachtexpress für den Raum Burgdorf. Andernorts fährt er tatsächlich.

Es darf auf dem Altwarmbüchener See gerudert werden, der Wassersportverein bietet die Sparten Segeln und Rudern an. Sich privat ein Boot ausleihen und damit auf den See hinausrudern kann man jedoch nicht, das ist meine Erfindung.

Für meine Recherche zog ich einige Bücher zurate, erkundigte mich bei den jeweiligen Behörden und klickte mich durchs Internet.

# Danke

… meinem Lieblingskriminalhauptkommissar. Ohne ihn würde einigen Beschreibungen die solide Basis fehlen. Meist wird er von mir gnadenlos gelöchert, wenn ich mich vergewissern will, ob die erdachten Szenarien auch funktionieren. Manches Mal höre ich ein »Muss ich mich erst reindenken« und stelle mich mit dem Stift in der Hand auf ein längeres Gespräch ein. Ein andermal sagt er: »Ich werd's dir erklären, aber schreiben darfst du es nicht.« Besser, ich höre gar nicht erst hin, denke ich dann, aber schlussendlich ist meine Neugier doch größer.

Leider halten sich Analytiker gern bedeckt. Doch einer der alten Hasen hat etwas verraten: J. Douglas von der FBI-Spezialeinheit für Serienverbrechen, ein Jäger, der sich fünfundzwanzig Jahre intensiv mit den dunkelsten Aspekten der menschlichen Psyche beschäftigt hat. Seine Ansätze und einige seiner Gedanken habe ich als Anregungen für die Kapitelüberschriften verwendet.

INA MAY
Mord auf Frauenchiemsee
KRIMINALROMAN
emons: